MINHA ESTRELA FAVORITA

Susan Elizabeth Phillips

Minha estrela favorita

Tradução A C Reis

Gutenberg

Título original: *First Star I See Tonight*

EDITORA RESPONSÁVEL
Silvia Tocci Masini

EDITORAS ASSISTENTES
Carol Christo
Nilce Xavier

ASSISTENTE EDITORIAL
Andresa Vidal Vilchenski

PREPARAÇÃO
Andresa Vidal Vilchenski

REVISÃO
Nilce Xavier

REVISÃO FINAL
Mariana Paixão

CAPA
iStockphotos/Estudio Ediciones B

DIAGRAMAÇÃO
Carol Oliveira

Dados Internacionais de Catalogação na Publicação (CIP)
Câmara Brasileira do Livro, SP, Brasil

Phillips, Susan Elizabeth
Minha estrela favorita / Susan Elizabeth Phillips ; tradução A C Reis. -- 1. ed. -- Belo Horizonte : Gutenberg Editora, 2017.

Título original: *First Star I See Tonight*
ISBN 978-85-8235-451-3

1. Ficção norte-americana I. Título.

17-04423 CDD-813

Índices para catálogo sistemático:
1. Ficção : Literatura norte-americana 813

A **GUTENBERG** É UMA EDITORA DO **GRUPO AUTÊNTICA**

São Paulo
Av. Paulista, 2.073,
Conjunto Nacional, Horsa I
23º andar . Conj. 2301 .
Cerqueira César . 01311-940
São Paulo . SP
Tel.: (55 11) 3034 4468

Belo Horizonte
Rua Carlos Turner, 420,
Silveira . 31140-520
Belo Horizonte . MG
Tel.: (55 31) 3465 4500

Rio de Janeiro
Rua Debret, 23, sala 401
Centro . 20030-080
Rio de Janeiro . RJ
Tel.: (55 21) 3179 1975

www.editoragutenberg.com.br

Em memória de Cathie Linz, que adorava gatos, Beatles,
sapatos vermelhos, aniversários, bibliotecárias e bons livros.
Como Paul cantava: "Eu e você temos lembranças mais longas
do que a estrada que se estende à frente". Obrigada pelo
entusiasmo e encorajamento infinito que proporcionou aos seus
colegas escritores. E nós, que somos mais próximos de você,
mais que tudo, lhe agradecemos por nos dar a De.

1

A cidade era dele. Cooper Graham era dono da cidade, e tudo corria bem em seu mundo. Era isso o que ele dizia para si mesmo.

Uma morena se ajoelhou diante de Graham, e seus longos cabelos pretos roçaram a coxa dele. Sua voz era como um miado.

— Isto é para você não se esquecer de mim — ela ronronou.

A ponta porosa de uma caneta fez cócegas no interior da sua coxa. Ele observou o topo da cabeça dela.

— Como eu poderia me esquecer de uma mulher linda como você?

— É melhor não se esquecer, mesmo. — Ela encostou os lábios no número de telefone que tinha escrito na perna dele, com a caneta preta permanente. Demoraria uma eternidade para aquela tinta sair, mas ele gostava dos fãs e não quis impedi-la.

— Eu adoraria ficar e conversar com você — ele disse enquanto ajudava a moça a ficar de pé —, mas preciso correr.

Ela se abraçou nos lugares em que Cooper a tocou.

— Você pode me ligar a qualquer hora. Dia ou noite.

Ele deu seu sorriso automático e saiu correndo pela trilha pavimentada que seguia pela margem do Lago Michigan, diante do magnífico horizonte formado pelos prédios de Chicago. Ele era o cara mais sortudo do mundo, certo? Claro que sim. Todo mundo queria ser seu amigo, seu confidente, sua amante. Até mesmo os turistas estrangeiros sabiam quem ele era. Berlim, Délhi, Osaka... não importava de onde vinham. O mundo todo conhecia Cooper Graham.

Passou pelo Porto de Burnham à sua direita. Era setembro, então os barcos logo seriam retirados do lago, mas, por enquanto, eles balançavam, ancorados. Cooper aumentou o ritmo, para que seus tênis de corrida chegassem à Lakefront Trail em um ritmo perfeito. O rabo de cavalo loiro de uma mulher à sua frente oscilava de um lado para outro enquanto ela corria. Pernas fortes. Bela bunda. Nenhum desafio. Ele a ultrapassou sem mudar o ritmo tranquilo.

Aquele era um bom dia para ser Cooper Graham. Aliás, todos os dias eram. Pergunte para qualquer um. A colônia de gaivotas que circundava a margem do lago fez uma reverência para homenageá-lo. As folhas dos carvalhos gigantescos, que lançavam sua sombra na trilha, farfalharam em um aplauso frenético. Até as buzinas dos taxistas que passavam apressados pela avenida do lago o saudavam. Ele amava aquela cidade, e a cidade retribuía o amor.

O homem à sua frente era rápido e tinha o porte físico de atleta. Mesmo assim, não era rápido o bastante. Cooper o ultrapassou. O cara não parecia ter nem 30 anos. Coop, com 37, tinha apanhado muito durante a longa carreira no futebol americano, mas não apanhou o bastante para deixar que alguém o ultrapassasse em uma corrida. Cooper Graham: selecionado na Universidade de Oklahoma pelo time de Houston; oito temporadas como *quarterback* titular do Miami Dolphins (o principal do time, responsável por lançar a bola, comandar e analisar o jogo); uma última negociação o levou ao poderoso Chicago Stars, onde, depois de três temporadas, presenteou o time com anéis encrustados de diamantes do Super Bowl. Depois que colocou aquele anel em seu próprio dedo, Cooper fez a coisa mais inteligente: se aposentou no ápice da carreira. Com certeza era o ideal. Ele saiu de campo antes de se tornar um daqueles patéticos atletas de meia idade, que tentam, desesperados, se agarrar aos dias de glória.

— Ei, Cooper! — Um corredor vindo em sentido contrário o cumprimentou. — Os Stars vão sentir sua falta este ano.

Cooper fez um sinal de positivo para ele.

Os três anos que jogou pelo Chicago Stars foram os melhores de sua vida. Suas raízes podem até estar enterradas no solo de Oklahoma, e pode ser que Miami o tenha feito amadurecer, mas foi Chicago que, por fim, o colocou à prova. E o resto fazia parte da história do futebol americano.

— Coop! — A bela morena que ia na direção dele quase caiu quando o reconheceu.

Ele lhe deu seu patenteado sorriso para fãs mulheres.

— Oi, querida. Você está linda.

— Não tanto quanto você!

O corpo dele havia apanhado bastante ao longo dos anos, mas ele continuava forte, com os mesmos reflexos rápidos e a atitude vencedora que tinham lhe proporcionado reconhecimento nacional quando jogava pela universidade. Conforme os anos passaram, a atenção só cresceu. Ele podia ter se aposentado do esporte profissional, mas não significava que tinha pendurado as chuteiras – agora o jogo estava acontecendo em um novo campo, um que ele estava decidido a conquistar.

Outro quilômetro se passou. E então mais dois. Apenas os ciclistas eram mais rápidos, e atuavam como seus batedores, abrindo caminho para ele naquela tarde de setembro. Ninguém conseguia alcançá-lo — nem os jovens turcos que trabalhavam na Câmara do Comércio, nem os ratos de academia, que exibiam seus bíceps bombados e tatuados.

Cooper atingiu a marca de cinco quilômetros e um corredor, afinal, o ultrapassou. Era jovem, talvez um universitário. Cooper tinha afrouxado o ritmo, mas voltou a apertá-lo. Ninguém ganhava dele, era assim que funcionava.

O garoto olhou para o lado e reconheceu no mesmo instante quem o estava ultrapassando. Seus olhos quase saltaram das órbitas. Cooper o cumprimentou com um aceno de cabeça e apertou o passo, deixando o garoto para trás. *Velho? Pode esquecer.*

Ele ouviu, então, os passos se aproximando. Era o garoto, de novo. Ele ficou ao lado de Coop, parecendo querer ter algo de que se vangloriar. *"Hoje eu corri com Cooper Graham e acabei com ele."*

Isso não vai acontecer, filhotinho.

Cooper aumentou a velocidade. Ele não era um daqueles jogadores babacas que acreditava ter ganhado o anel do Super Bowl sozinho. Mas também sabia que o Stars não teria conseguido sem ele, porque, mais do que qualquer coisa, Cooper Graham *tinha* que vencer. Sempre.

Lá vinha o garoto de novo. Ele era magricela, com pernas que pareciam palitos e braços compridos demais para o corpo. Cooper devia ser uns quinze anos mais velho, mas ele não acreditava em desculpas, então forçou o ritmo. Quem diz que vencer não é tudo está falando besteira. Vencer é tudo que importa, cada derrota que ele sofreu lhe fez muito mal. Mas não importava o quanto ele estivesse contrariado por dentro, era sempre um bom perdedor: fazia piadas consigo mesmo, elogiava os adversários, nunca reclamava das decisões dos juízes, de colegas incompetentes ou de contusões. Não importava que seus pensamentos fossem azedos e que as palavras tivessem gosto amargo em sua boca, ele nunca demonstrava.

Reclamar da vida transforma perdedores em fracassados. Mas, diabos, ele detestava perder. E não iria perder aquela corrida.

O garoto tinha passadas firmes e longas. Longas demais. Cooper compreendia a ciência da corrida de um modo que o garoto não conseguia, e controlava sua tendência a dar passadas muito longas. Ele não era idiota. Corredores idiotas acabavam se machucando.

Tudo bem, ele *era* idiota. Uma dor lancinante castigava sua canela direita, ele respirava com muita dificuldade e seu quadril contundido latejava. Seu cérebro lhe dizia que ele não tinha mais nada para provar, mas Cooper não podia deixar o garoto passar. Simplesmente não podia.

O exercício tranquilo tinha se transformado em uma corrida maluca. Dores nunca o impediram de jogar durante toda sua carreira, não seria naquele momento que iria fraquejar. Não no primeiro setembro depois de sua aposentadoria, enquanto seus antigos colegas estavam suando a camisa nos treinos, preparando-se para outro domingo. Ele nunca seria como outros jogadores aposentados, que ficavam preguiçosos e gordos, conformados em viver do dinheiro que acumularam.

Oito quilômetros. Lincoln Park. Os dois estavam lado a lado outra vez. Os pulmões de Cooper doíam, seu quadril urrava e suas canelas ardiam. Síndrome do estresse medial da tíbia, dor na canela para os íntimos. Mas não havia nada de íntimo naquela dor.

O garoto ficava para trás, depois se aproximava. Ficou para trás, e se aproximou de novo. Ele estava dizendo algo. Cooper ignorou a dor. Bloqueou-a, como sempre fez. Manteve a concentração no movimento das pernas e em aspirar todas as moléculas de ar que conseguisse. Concentrou-se em vencer.

— Cooper! Sr. Graham!

Que diabos...

— Eu posso... tirar uma... selfie... com você? — o garoto arfou. — Para o... meu pai?

Tudo que ele queria era uma *selfie*? Suor brotava de todos os poros do corpo de Coop. Seus pulmões estavam em chamas. Ele foi diminuindo o ritmo e o garoto fez o mesmo, até que os dois pararam. Cooper queria desabar no chão e ficar em posição fetal, mas o garoto continuava firme, e o ex-jogador escolheria se matar com um tiro na cabeça a mostrar fraqueza.

Uma gota de suor escorreu pelo pescoço daquele merdinha.

— Eu não deveria ter... interrompido seu treino... mas... meu pai... ficaria tão feliz.

O garoto estava com muito menos dificuldade de respirar que Coop, mas com a disciplina de quinze anos de NFL, o ex-jogador abriu um sorriso.

— Claro. Com prazer.

O garoto pegou o celular e mexeu no aparelho, falando o tempo todo de como ele e o pai eram os maiores fãs de Coop. Este, por sua vez, se esforçava para manter os pulmões funcionando. O garoto contou que era um corredor da Primeira Divisão, o que fez Cooper se sentir um pouco melhor. Claro, ele teria que fazer uma compressa de gelo no quadril pelos próximos dois dias, mas o que podia fazer? Ele nasceu para vencer.

Em geral, ainda era um bom dia para ser Cooper Graham. Exceto por uma mulher inoportuna... Ele a viu no Museum Campus quando voltou para pegar o carro. Lá estava ela, sentada em um banco, fingindo ler um livro.

Ontem ela estava disfarçada de moradora de rua, com uma peruca grisalha e desgrenhada. Hoje usava shorts preto, leggings e uma camiseta comprida que a faziam parecer aluna do Instituto de Arte. Ele não conseguiu localizar o carro dela, mas sem dúvida devia estar estacionado por perto. Se não tivesse reparado no Hyundai Sonata verde-escuro, com a lanterna traseira quebrada, estacionado perto dele vezes demais nos últimos quatro dias, Cooper talvez não tivesse percebido que estava sendo seguido. Já estava farto daquilo.

Enquanto ele seguia na direção dela, porém, um ônibus parou. Talvez a moça tivesse percepção extrassensorial, porque pulou no coletivo e Cooper perdeu a oportunidade. Aquilo só não o incomodou muito porque ele teve certeza de que a veria de novo.

E viu. Duas noites depois.

✶

Piper atravessou a rua até a entrada da Spiral, a casa noturna que Cooper Graham inaugurou em julho, seis meses após se aposentar do Chicago Stars. A brisa leve de setembro acariciou suas pernas nuas e subiu por dentro de seu minivestido preto sem mangas. Por baixo dele, ela usava uma de suas últimas calcinhas limpas. Cedo ou tarde, Piper teria que lavar suas roupas, mas por enquanto tudo que a preocupava era registrar cada movimento de Cooper Graham.

O cabelo curto e repicado de Piper estava escondido debaixo da longa peruca morena comprada em um brechó, que fazia seu couro cabeludo coçar sem parar. Ela torcia para que a peruca, aliada ao vestido decotado, ao delineado gatinho nos olhos, ao batom vermelho e ao sutiã *push-up* conseguissem, finalmente, fazê-la passar pelo primata que atuava como porteiro da Spiral – um obstáculo que ela não tinha conseguido superar nas suas duas tentativas anteriores.

O mesmo porteiro trabalhava nessa noite. Ele parecia um torpedo do século dezenove: cabeça grande, corpo volumoso, pés grandes como nadadeiras. Da primeira vez, ele a impediu de entrar com um grunhido, ao mesmo tempo em que abria as portas douradas da boate para duas loiras de cabelos esvoaçantes. É claro que Piper o contestou.

— Como assim, estão lotados?! Você está deixando essas duas entrarem.

Ele cerrou os olhos e examinou o cabelo moreno e curto de Piper, sua melhor blusa branca e a calça jeans.

— Foi o que eu disse.

Isso aconteceu na noite de sábado. Piper não poderia fazer seu trabalho a menos que estivesse dentro da Spiral, mas como a casa só abria quatro noites por semana, ela não conseguiu fazer uma nova tentativa até o dia anterior. E embora tivesse penteado o cabelo e vestido saia e blusa, o porteiro não ficou impressionado, o que queria dizer que ela precisava caprichar mais. Então Piper comprou um vestido na H&M, trocou a botinha confortável por um par torturante de saltos agulha e pegou emprestada a *clutch* de sua amiga Jen. A bolsinha não era grande o bastante para guardar mais que seu celular, a identidade falsa e duas notas de vinte dólares. O resto – tudo que a identificava corretamente como Piper Dove – tinha ficado no porta-malas do carro: o notebook, uma bolsa com seus chapéus, óculos escuros, jaquetas e lenços que ela usava para compor seus disfarces e um objeto de aparência semiobscena chamado Comadre.

A Spiral, batizada em homenagem aos passes em espiral de Cooper Graham – longos e mortalmente precisos –, era a casa noturna mais badalada de Chicago e, como era de se esperar, sempre havia fila em frente à corda de veludo da entrada. Ao se aproximar do Cabeça de Torpedo, ela inspirou fundo e jogou os ombros para trás, fazendo os seios se projetarem.

— Vocês estão bombando esta noite, chefe — ela entoou com o sotaque britânico falso que andou praticando.

O Cabeça de Torpedo reparou, primeiro, nos seios dela, depois seu olhar seguiu para o rosto, até descer e examinar as pernas. O cara era um porco. Ótimo. Ela inclinou a cabeça para o lado e abriu um sorriso que revelou os dentes brancos e alinhados, nos quais seu pai gastou milhares de dólares quando Piper tinha 12 anos, embora ela tivesse implorado para que ele usasse aquele dinheiro para comprar um cavalo para ela. Aos 33 anos, Piper ainda acreditava que o cavalo teria sido melhor negócio.

— Eu ainda não consigo acreditar em como os homens americanos são grandes. — Com a ponta do dedo indicador, ela empurrou a ponte dos óculos *vintage* que tinha colocado, no último minuto, para disfarçar ainda mais sua aparência.

— Eu malho — ele respondeu, quase babando em cima dela.

— É ób-vio. — Ela teve vontade de estrangular o vagabundo com a corda de veludo que bloqueava a entrada.

Ele acenou para que ela entrasse no luxuoso interior em tons de preto e bronze do clube.

Piper nunca apreciou a vida noturna, nem mesmo quando estava com seus vinte e poucos anos. Toda aquela diversão forçada sempre a fez se sentir um pouco avulsa e desconectada. Mas ela estava trabalhando, e a Spiral, com uma megacelebridade como proprietário, não era uma casa noturna qualquer. O projeto arquitetônico de dois andares era inteligente, tinha espaço para uma grande pista de dança, mas também criava ambientes para conversa e sedução sem que fosse necessário gritar por causa da música. As banquetas móveis de couro e os espaços mais reservados, com iluminação difusa e mesas em formato de cubo, já estavam tomados pelo público da quinta-feira. O DJ da noite estava empoleirado em uma cabine sobre a pista de dança, onde luzes coloridas eram projetadas nos mais diversos formatos, se misturando e transformando, como amebas se reproduzindo.

Piper comprou sua única bebida daquela noite, uma soda de seis dólares, no bar central. Acima deste, um teto suspenso com hastes de LED parecia um óvni dourado. Ela observou o barman durante algum tempo, depois abriu caminho em meio à multidão até um espaço entre duas arandelas em formato de estalactites de bronze, de onde planejava observar o proprietário assim que ele aparecesse.

Um cara magrelo, com gel no cabelo e uma garrafa de Miller Lite parou diante dela, bloqueando sua visão.

— Coitadinha... Doeu muito quando você caiu do céu?

— Cai fora.

Ele pareceu magoado.

— Espere aí — ela disse, suspirando. De tanta esperança, a expressão dele chegou a ficar patética. Ela ajustou os óculos e continuou, mais suave: — A maioria das cantadas que você encontra na internet são horríveis. Você se daria melhor se dissesse apenas "oi".

— Está falando sério?

— É só uma sugestão.

— Vaca – ele disse.

Essa era a recompensa por tentar ser legal... O sujeito saiu em busca de uma presa mais fácil. Ela tomou um gole da soda. O Cabeça de Torpedo tinha se transformado de porteiro em leão de chácara. Sua especialidade parecia ser conversar com loiras de pernas compridas.

O espaço VIP da casa ficava localizado em um mezanino aberto. Ela examinou a parte visível à procura de seu alvo, mas ele não estava entre os clientes sentados junto ao parapeito de bronze. Piper precisava ir até lá, mas havia um buldogue loiro de guarda no pé da escada para afastar a ralé, na qual, infelizmente, ela estava incluída. Frustrada, abriu caminho em meio à multidão de endinheirados até chegar ao outro lado. Foi então que ela o viu.

Mesmo no meio da multidão, Cooper Graham se destacava como um farol em uma noite escura. Ele era extremamente másculo. Mais que extremamente. Ele era o Santo Graal dos homens, com aquele cabelo castanho espesso, da cor de uma torrada coberta de mel. Tinha o maxilar bem definido, ombros largos e uma covinha no queixo que era tão clichê que ele devia se sentir constrangido. Graham vestia o de sempre: camisa com caimento perfeito, jeans e botas de caubói. Usar botas de caubói em Chicago seria brega para a maioria das pessoas, mas ele tinha nascido e crescido em um rancho em Oklahoma. Ainda assim, ela não gostava das botas; nem das pernas compridas e musculosas que as vestiam; nem – como torcedora dos Chicago Bears desde que nasceu – do time pelo qual ele tinha jogado. Piper tinha que suar por cada centavo, ao contrário do ex-*quarterback* arrogante, egocêntrico e privilegiado dos Stars e seu curral de namoradas estrelas de cinema.

Ela o seguia há quase uma semana e Cooper esteve na boate todas as noites em que a casa abriu, mas ela duvidava que isso fosse durar muito. Celebridades que eram donas de casas noturnas apresentavam uma tendência de sumir quando expostas ao trabalho de verdade.

Cooper fazia sua ronda, dando tapinhas nas costas dos homens e flertando com as mulheres que pairavam à volta dele, como aviões esperando para pousar no aeroporto de Chicago. Ela não gostava de criticar os outros membros do seu sexo, mas isso agora fazia parte do trabalho dela, e nenhuma daquelas garotas parecia uma futura CEO – era muito cabelo sendo jogado para um lado e para outro, muitos cílios piscando e decotes demais sendo exibidos. Observá-las fez com que Piper se sentisse grata por não ter interesse em ninguém naquele momento. Tudo que lhe interessava era seu trabalho.

A multidão ao redor dele só crescia. Ela procurou os leões de chácara, mas os únicos que viu estavam ocupados em conversas sérias com clientes do sexo feminino. Até então, nenhum cliente de Piper a tinha contratado como segurança, mas ela fez um curso de treinamento intensivo na função e, pelo que podia ver, a falta de segurança de Cooper Graham era irresponsável. Mas isso lhe permitiria se aproximar dele.

Cooper parecia tranquilo, apesar do assédio, mas ela notou que, de vez em quando, ele passava os olhos pela multidão, como se procurasse alguém para receber seu passe. O olhar dele parou um instante nela e depois prosseguiu.

Quando a multidão ao redor dele atingiu um nível perigoso, Cooper, habilidosamente, conseguiu se desvencilhar e subir a escadaria que levava ao espaço VIP, no mezanino. Piper tinha conseguido entrar na boate, mas sua incapacidade de segui-lo lá dentro era de enlouquecer.

Ela abriu caminho até o banheiro feminino, onde não ouviu nada mais interessante do que fofocas sobre quem tinha conseguido chegar à cama coberta de mantas de pele que Cooper, diziam, tinha em seu escritório. Alguém tocou em seu ombro quando ela saiu do banheiro. *Cabeça de Torpedo.*

Assim como os outros leões de chácara, ele usava calças escuras e camisa branca – que devia ter sido feita sob medida para acomodar o pescoço grosso, que denunciava ele e os outros seguranças como ex-jogadores de futebol americano.

— Você tem que vir comigo — ele declarou.

Além de dar um conselho muito necessário ao garoto com a garrafa de Miller Lite sobre como melhorar as cantadas, ela não tinha feito nada para chamar atenção, então não gostou daquilo. Recuando um passo em seus saltos instáveis, ela incorporou o falso sotaque britânico:

— Oh, Deus. Por quê?

— Verificação de identidade.

— Ora! Eu já mostrei minha identidade na maldita porta. E eu agradeço muito o elogio, mas tenho 33 anos.

— É uma verificação aleatória.

Aquilo não tinha nada de aleatório. Alguma coisa estava acontecendo. Piper estava para recusar com mais vigor quando ele inclinou a cabeçorra na direção da escada que subia ao mezanino, dando-lhe, sem perceber, a chance que ela queria para se aproximar do espaço VIP. Ela abriu um sorriso provocante.

— Muito bem, então. Vamos até lá resolver isso.

Ele grunhiu. No alto da escada, um par de colunas de bronze marcava a entrada do salão VIP, mas, assim que eles se aproximaram, o segurança a agarrou pelo braço, a conduziu até um canto e a fez entrar por uma porta à esquerda.

O lugar em que ela entrou era um escritório comum, em que persianas de madeira cobriam a metade inferior de duas janelas e um televisor na parede transmitia, no mudo, a ESPN. Havia um iMac sobre uma escrivaninha simples. Do outro lado da sala, um sofá de dois lugares e, acima dele, uma camisa emoldurada do Chicago Stars com o nome de Cooper Graham nas costas. Para Piper, as cores do Stars – azul-turquesa e dourado – sempre pareceram afeminadas em comparação com as cores sensatas do Chicago Bears, azul-marinho e laranja.

— Espere aqui. — O grandão saiu e fechou a porta.

O espaço VIP ficava a alguns passos de distância. Piper contou até vinte e estendeu a mão para alcançar a maçaneta... A porta foi aberta na cara dela. Piper cambaleou para trás, tão concentrada em manter o equilíbrio que a porta se fechou antes que ela prestasse atenção em quem tinha entrado. O deslocamento de ar vindo porta zuniu em seus ouvidos. Era o próprio Cooper Graham.

Piper sentiu como se tivesse sido atingida por uma supernova e detestou a sensação. Ela deveria estar mais bem preparada para o encontro, depois de segui-lo por seis dias. Mas vê-lo à distância e estar a três metros dele eram experiências completamente diferentes.

Ele parecia estar consumindo todo o oxigênio da sala, e o sorrisão de "bons amigos" que dava para os clientes não estava à vista. Aquela era a expressão que ele fazia nos momentos tensos do jogo. Uma coisa era certa. Se Graham queria vê-la, não se tratava de uma simples verificação de identidade.

Piper listou mentalmente as razões pelas quais podia ter sido detida e não gostou de nenhuma delas. Mas disse a si mesma que Cooper não era o único naquela sala que sabia como dissimular uma jogada e, ao contrário dele, Piper tinha tudo a perder.

Embora sentisse o coração bater tão forte que estava com medo de que ele percebesse, Piper fingiu que estava vivendo o grande momento de sua vida.

— Que maravilha! Puxa, eu estou sem palavras!

Os olhos dele, um tom mais escuro que o cabelo cor de mel, analisaram Piper, assimilando a peruca comprida, os seios turbinados e as pernas normais. Ela não era uma beldade, mas também não era nenhuma baranga e, se tivesse um pingo de vaidade, teria se sentido desmoralizada pelo óbvio desdém no olhar dele. Mas como não tinha, não se importou.

Ela firmou os saltos finos e torturantes no carpete, quando Cooper se adiantou. O cabelo grosso dele estava um pouco despenteado. Não de um jeito estiloso. Era mais o desalinho de um homem que não se preocupava em cortar o cabelo a cada quinze dias nem em ter uma prateleira cheia de produtos de cuidados pessoais.

Fique calma. Mantenha a concentração.

Sem aviso, ele agarrou a bolsinha dela, e Piper soltou uma exclamação de espanto.

— Ei! — ela exclamou, um pouco atrasada.

Piper observou as mãos enormes dele – vinte e cinco centímetros do polegar ao dedo mínimo. Ela sabia da medida porque tinha feito a lição de casa, assim como sabia que aquelas manzorras tinham lançado passes para mais de trezentos *touchdowns*. As mesmas mãos que, naquele momento, tiravam seu *green card* falso da bolsa.

— Esmeralda Crocker?

Uma boa investigadora tinha que improvisar, e quanto mais detalhes ela fornecesse, mais convincente seria.

— Eu prefiro Esme. Lady Esme, na verdade. Esmeralda é um nome de família.

— É mesmo? — Ele falou numa voz arrastada, como água escorrendo por uma pradaria seca de Oklahoma.

Ela concordou com um movimento trêmulo da cabeça.

— É um nome passado de geração para geração, em honra da segunda mulher do quinto Conde de Lereia. Morreu no parto, a infeliz.

— Meus pêsames. — Ele reexaminou o conteúdo da bolsa. — Nenhum cartão de crédito?

— São tão vulgares, não acha?

— Dinheiro nunca é vulgar — o caubói falou.

— Essa ideologia é *tão* americana.

Ele recomeçou a vasculhar a bolsa dela, o que não demorou muito tempo, já que ela havia deixado a carteira guardada em segurança no carro – uma carteira que continha sua licença novinha de investigadora particular e também meia dúzia de cartões de visita:

INVESTIGAÇÕES DOVE
Fundada em 1958

A VERDADE TRAZ PAZ.

Os cartões originais diziam "A verdade traz pás". O avô de Piper era um investigador brilhante, mas não sabia escrever muito bem.

Cooper Graham cheirava a dinheiro e fama – não que ela soubesse descrever com precisão esses cheiros, mas sabia dizer quando os sentia, do mesmo modo que sabia que o futuro da sua agência dependia do que iria acontecer em seguida. Ela inspirou as poucas moléculas de ar que a presença dele não tinha consumido.

— Não ligo que você esteja revirando a minha bolsa, mas tenho curiosidade de saber o que está procurando.

— Algo que explique por que você tem me seguido – ele respondeu, devolvendo a bolsa para ela.

Ela teve tanto cuidado! Sua cabeça estava a mil por hora. Como ele a descobriu? Que erro de novata ela havia cometido, que a entregou? Todo aquele trabalho por nada – dormir no carro, comer porcarias, fazer xixi na Comadre e, o pior de tudo, gastar todas as suas economias para comprar a Investigações Dove de sua madrasta horrível e traidora. Investigações Dove – a agência de detetive que seu avô fundou, seu pai investiu e que Piper herdaria se o pai não tivesse sido tão cabeça-dura. Todos os sacrifícios que ela fez seriam inúteis. Ela seria forçada a voltar a viver em um cubículo, onde teria que acostumar-se com o fato de que um atleta mimado como Cooper Graham tinha acabado com ela.

Piper sentiu a boca do estômago queimar. Ela franziu a testa em uma expressão de confusão.

— Seguindo você?

Ele estava parado diante da camisa emoldurada dos Chicago Stars. Sua camisa azul fazia com que seus ombros formidáveis parecessem ainda mais largos, e as mangas enroladas exibiam os músculos definidos dos antebraços. O caimento perfeito da calça jeans escura que ele usava – nem justa, nem folgada demais – delineavam as pernas longas e poderosas, projetadas por Deus para serem firmes, fortes e rápidas – para o azar dos seus Chicago Bears.

O olhar dele estava tão sombrio quanto o inverno de Illinois.

— Eu já te vi estacionada em frente ao meu apartamento, me seguindo até a academia e agora aqui. E eu quero saber o porquê.

E ela que achou que estava sendo tão criativa com todos aqueles disfarces. Como ele tinha conseguido vê-la em todos os personagens? Negar seria inútil. Piper desabou no sofá e tentou pensar.

Ele esperou. Braços cruzados. De pé ao lado do campo vendo a ofensiva do inimigo desmoronar.

— Bem... — Ela engoliu em seco e o encarou. — O fato é que... — Ela expirou forte. —Eu sigo você. Eu sou a sua *stalker.*

— *Stalker?*

Um surto de adrenalina se apossou de Piper. Ela não se deixaria vencer sem lutar, então se levantou, de súbito, do sofá.

— Mas não sou perigosa. Meu Deus, não! Apenas obcecada.

— Por mim — ele disse em tom de declaração, e não como uma pergunta. Ele já tinha passado por isso.

— Não é meu hábito seguir as pessoas. Isso... foi mais forte do que eu, entende? — Ela não sabia como aquela tática iria salvá-la, mas resolveu insistir. — Não sou totalmente louca. Só um pouco... desajustada.

Ele inclinou a cabeça para o lado. Pelo menos, estava escutando. E por que não escutaria? Lunáticos são sempre fascinantes.

— Posso lhe garantir que sou só um pouquinho doida — ela disse, quase sem fôlego. — Absolutamente inofensiva. Você não precisa se preocupar com violência.

— Só com o fato de que tenho uma perseguidora.

— Não devo ser a primeira, arrisco dizer. Um homem como você... — Ela fez uma pausa, tentando não engasgar. — Um deus.

A expressão dura nos olhos dele indicou que Cooper não se deixava levar tão facilmente por bajulação.

— Eu não quero mais ver você perto de mim. Entendeu?

Ela entendeu. Tinha acabado. Era o fim. Mas não podia desistir.

— Receio que isso seja impossível. — Piper fez uma pausa. — Pelo menos até meu novo remédio começar a fazer efeito.

A covinha no queixo dele ficou mais acentuada quando ele apertou o maxilar.

— O que você está fazendo é ilegal!

— E arrasador. Você não pode imaginar como é humilhante estar nessa posição. Nada é mais doloroso do que... amor não correspondido. — As últimas palavras saíram como um resmungo, o que ela esperou poder ser atribuído à adoração, porque tudo nele a provocava. O tamanho, a boa aparência, mas, acima de tudo, a arrogância que vinha de passar a vida sendo bajulado pelas pessoas só porque tinha nascido com um talento especial.

Ele não demonstrou nem uma migalha de compaixão.

— Se eu a vir de novo, vou chamar a polícia.

— Eu... eu entendo. — Ela estava acabada. Aquela tática tinha sido inútil desde o começo. A menos que... — Eu entendo como deve ser aterrorizante para você. — Piper concordou com falsa compaixão.

Ele inclinou levemente o corpo para trás, jogando o próprio peso nos tacos de suas botas de caubói.

— Eu não diria isso.

— Bobagem. — Talvez ela tivesse encontrado o ponto fraco daquela armadura de masculinidade. — Você deve morrer de medo de que eu possa pular sobre você quando menos esperar. Ou que eu possa estar armada com uma daquelas armas horríveis que vocês americanos gostam de carregar por aí, como se fosse chiclete. — Como a pistola Glock que estava no bagageiro do carro dela. — Eu nunca faria isso. Por Deus, não! Mas você não tem como saber, e como poderia se defender?

— Acho que eu conseguiria enfrentar você — ele disse, seco.

— Se isso é verdade, por que está tão preocupado com uma franguinha como eu seguindo você? – Ela fingiu uma expressão confusa.

Ele já não parecia mais tão seguro de si.

— Porque eu não gosto disso.

— Tão aterrorizante para você! — Ela tentou soar, ao mesmo tempo, compassiva e apaixonada.

— Pare de dizer isso!

— Eu entendo. É um dilema pavoroso.

Os olhos dele dispararam fagulhas letais.

— Não é dilema nenhum. Apenas fique longe de mim.

Mas ela insistiu.

— Sim, bem, como eu mencionei, não é assim tão fácil. Pelo menos não até meu remédio fazer efeito. O médico me garantiu que não vai demorar muito. Mas, até lá, não posso fazer muita coisa. Talvez possamos chegar a um acordo?

— Nada de acordo.

— Uma semana, no máximo. Enquanto isso, se você me vir, pode apenas fingir que não estou lá. — Ela esfregou as mãos. — Pronto, estamos combinados.

Nenhuma surpresa. Ele não estava entrando no jogo.

— Eu não brinquei quando disse sobre os policiais.

Ela retorceu as mãos, esperando que o gesto não parecesse tão teatral quanto sentia que era.

— Ouvi coisas terríveis a respeito das cadeias de Chicago...

— Você devia ter pensado nisso antes de começar a me perseguir.

Talvez fosse o estresse das muitas noites sem sono, ou um pico de açúcar no sangue dela depois de todas aquelas porcarias que tinha comido, mas o mais provável é que fosse a possibilidade de perder tudo pelo que havia trabalhado. Piper baixou a cabeça, tirou os óculos e passou o dorso da mão pelas bochechas secas, como se estivesse chorando, algo que não faria nem em mil anos, não importava o quão horrível as coisas ficassem.

— Eu não quero ir para a cadeia... — ela disse, fungando. — Eu nunca recebi nem uma mísera multa de trânsito. — Bem, *isso* era uma mentira, mas ela era uma motorista excelente, e os limites de velocidade nas vias expressas de Chicago eram estúpidos de tão baixos. — O que você acha que vai acontecer comigo, lá?

— Não sei e não me interessa.

Apesar das palavras duras, ela detectou uma hesitação e resolveu investir.

— Sim, bem... talvez seja melhor você chamar a polícia agora mesmo, porque não importa o quanto eu tente, sei que não vou conseguir me controlar.

— Não diga isso.

Cooper pareceu estar um pouquinho abalado? Ela conseguiu fungar de novo e enxugou os olhos com o dedo indicador.

— Eu não desejo a dor desse tipo de amor para ninguém.

— Não é amor — ele disse, com repulsa. — É loucura.

— Eu sei. É absurdo. — Ela limpou as narinas absolutamente secas com o dorso da mão. — Como é possível amar alguém que só conheci hoje?

— Não é possível.

Até que Cooper a jogasse na rua, ela não iria desistir.

— Você não pode reconsiderar? Só uma semana, até minhas novas pílulas restaurarem minha sanidade?

— Não.

— É claro que não pode. E eu quero o melhor para você. Não posso tolerar a ideia de vê-lo se encolhendo de medo, com pavor de sair de seu apartamento porque está aterrorizado pela possibilidade de me ver.

— Eu não vou ficar aterrorizado de...

— Estou certa de que vou sobreviver à prisão. Quanto tempo você acha que vão me manter lá? Existe a mínima chance de você... Deixe para lá. Eu sei que é demais pedir que você me visite enquanto eu estiver atrás das grades.

— Você é completamente louca.

— Ah, sim. Mas inofensiva. E lembre-se, a loucura é apenas temporária. — Ela havia chegado até ali, agora iria até as últimas consequências. — Se você estivesse fisicamente atraído por mim... Você não está. Está?

— *Não!*

A afronta dele foi tranquilizadora.

— Então não vou me oferecer para... satisfazê-lo sexualmente. — *Eeeca!* Ela iria lavar a boca com sabão quando aquilo terminasse.

— Vá procurar ajuda! — ele rosnou.

Cooper foi até a porta e chamou seu capanga. Alguns minutos depois, Piper estava na rua.

E agora?

2

Cooper tinha encontrado muitos malucos ao longo da carreira, mas aquela moça realmente tinha um parafuso solto, talvez até mais de um. Mas, apesar de tudo, ele tinha que confessar que ela possuía algo de bom... era sincera. Piper tinha exposto sua loucura sem rodeios, para que ele soubesse com o que estava lidando.

Ele precisava voltar para a parte social do clube, mas continuou em sua escrivaninha. Depois de dois meses trabalhando, seu escritório continuava com um cheiro estranho – não de borracha e suor, nem de pomadas especiais para dor, ou de banheiras cheias de cloro. O aroma era de papel e tinta, estofamento novo e cartucho de impressora. Por mais que sentisse falta daqueles aromas familiares, contudo, ele não se permitiria apegar-se ao passado. Abrir a Spiral foi o modo de declarar ao mundo que ele nunca se tornaria mais um atleta acabado, do tipo que não tem nada melhor para fazer a não ser ficar na cabine de transmissão falando bobagens sobre jogadas que não consegue mais realizar. A vida noturna era seu novo campo de atuação, e a Spiral era só o começo. Ele pretendia construir um império e, como no futebol, fracasso não era uma opção.

Ele voltou sua atenção para o computador e pesquisou "Esmeralda Crocker" no Google. O *green card* informava que a doida tinha 33 anos, mas ela parecia ser bem mais nova. Ele foi abrindo páginas até encontrar o nome dela em uma lista de ex-alunos da Universidade de Middlesex, em Londres. Nenhuma outra informação. E nenhuma foto que mostrasse aquela boca grande de onde saía tantas ideias malucas, o queixo firme ou os olhos astutos da cor exata de geleia de mirtilo – olhos que exigiam que ele mergulhasse naquele mundo alucinado junto com ela.

Se ele não estivesse tão bravo, teria rido da oferta dela de "satisfazê-lo sexualmente". Cooper não precisava de mais loucura em sua vida. Além do mais, depois de oito anos vendo seu nome estampado em publicações sensacionalistas, resolveu dar um tempo com as mulheres.

Não era intenção de Cooper se transformar em um clichê – mais um *quarterback* da NFL com uma atriz linda de Hollywood na cama. E não teria se transformado, se tivesse ficado com apenas uma atriz. Mas depois que o primeiro relacionamento acabou por causa da incompatibilidade de agendas, divulgação demais e infidelidade – dela, não dele –, Cooper conheceu outra estrela linda. E depois outra. E então mais uma.

Em sua defesa, ele podia dizer que todos os quatro relacionamentos foram com atrizes que eram inteligentes, além de lindas. Ele gostava de mulheres bem-sucedidas, espertas e que também fossem lindas de morrer. Que homem não gostava? O fato de ser um *quarterback* da NFL lhe dava acesso ao que havia de melhor. No momento, contudo, sua concentração estava completamente dedicada à construção de um império de casas noturnas. Mulheres faziam muito drama, muita pressão e usavam perfume demais. Se pudesse, ele tornaria essa coisa ilegal. Mulheres deveriam ter cheiro de mulheres.

Esmeralda não usava perfume e, com todos aqueles disfarces, não havia modo de saber como era o cabelo dela. Mas seu rosto era interessante. Assim como as pernas bem torneadas. Entretanto, aquele episódio estava fazendo sua nuca coçar, do mesmo modo que costumava acontecer pouco antes de ser atacado pelos adversários.

✶

Piper arrancou a peruca e dirigiu até sua casa enquanto bolava um plano desesperado atrás do outro em sua cabeça. Outra abordagem... ou talvez um disfarce melhor. Mas não demoraria para que ele a descobrisse de novo. Se ela não inventasse algo, e rápido, logo estaria em um caminho sem volta para um emprego em que ficaria trancada em um cubículo com um computador à sua frente, algo que ela não tolerava nem pensar. Seu último emprego como estrategista digital, em uma cadeia local de lojas de autopeças, foi interessante no começo, mas depois do segundo ano o tédio começou a se instalar. No quinto, ela se pegou desejando um apocalipse zumbi.

Seu pai lhe negou a carreira para a qual Piper tinha nascido: trabalhar com ele na Investigações Dove – ou mesmo com um de seus concorrentes, algo que ele fez de tudo para que não acontecesse. Todo mundo o conhecia, e Duke Dove avisou a todos: "Quem contratar minha garotinha para fazer qualquer investigação que não seja mantê-la em segurança diante do computador vai ter que se ver comigo!".

Mas Duke estava morto e Piper era dona da empresa da qual o pai não queria que ela nem se aproximasse – a empresa pela qual ela pagou um valor exorbitante à madrasta, apenas para descobrir, tarde demais, que a lista de clientes de Duke estava dolorosamente desatualizada, e que as práticas de contabilidade de sua madrasta eram, se não fraudulentas, algo muito próximo disso. Piper tinha comprado pouco mais que um nome, mas esse nome era precioso para ela, que não desistiria sem lutar com todas as suas forças.

Quando finalmente estava para adormecer, ela se decidiu: iria continuar com a história da Esmeralda Crocker maluca e torcer para que tudo desse certo.

Na manhã seguinte, Piper tomou banho, vestiu jeans e camiseta, e ajeitou o cabelo molhado com os dedos – não havia necessidade de peruca. Depois de pegar seu café e uma fatia de pizza de três dias atrás, ela saiu.

Seu apartamento – que ela não conseguiria continuar pagando por muito tempo – ficava no segundo andar de um prédio de *brownstone* no bairro de Andersonville, com o luxo de uma vaga reservada de estacionamento. Depois de jogar a bolsa no carro e ajeitar a caneca de café e o pedaço de pizza fria para a viagem, ela se perguntou se terminaria o dia na cadeia. Era um risco que precisava correr.

Cooper Graham ocupava os dois últimos pisos de um antigo seminário reformado, de quatro andares, em uma rua arborizada em Lakeview. Não era o bairro mais caro de Chicago, mas era um dos melhores, com ótimas lojas, restaurantes da moda, próximo do lago e do estádio de beisebol dos Cubs. Piper enfiou seu Sonata em uma vaga apertada, em frente a um parque minúsculo, comeu um pedaço da pizza e bebeu um gole do café. Seus dias de Starbucks pela manhã tinham acabado.

Ela passou os dedos pelo cabelo – curto, repicado e do mesmo tom escuro de castanho que Duke dizia que sua mãe também tinha. A mãe foi assassinada na rua durante um assalto. Piper tinha quatro anos na época e não consegue se lembrar de quase nada, mas o efeito da morte violenta da mãe determinou o rumo de sua criação.

Duke criou a filha para ser durona. Ele a matriculou em diversos cursos de defesa pessoal e também lhe ensinou todos os truques que aprendeu ao longo da vida. O pai a ensinou a ser forte e, mesmo quando Piper era muito nova, ele a ignorava se ela chorasse. No entanto, Duke recompensava a filha quando ela demonstrava força, ensinando-a a atirar, levando-a a jogos de futebol, permitindo que ela o acompanhasse até o bar da esquina, e ria quando a menina soltava um palavrão. Mas nada de lágrimas. Nada de lamúrias. E nada de ir brincar na casa das amigas sem que ele investigasse a família.

Essa era a parte contraditória e maluca da criação dela. Ao mesmo tempo em que Duke exigia força da filha, também era superprotetor em um nível insano – o que foi uma fonte de conflito constante entre pai e filha, conforme a jovem crescia e ele se colocava como obstáculo em frente às ambições dela. Ele a criou para ser dura como ele, mas depois tentou guardá-la como se fosse de cristal.

Piper enrolou o resto da pizza e jogou no saco de lixo, já lotado, pendurado no painel. Ela implorou ao pai que a deixasse trabalhar com ele, mas Duke sempre recusou.

"Este trabalho é sujo demais para uma mulher. Eu não gastei uma fortuna na sua formação para vê-la de tocaia, dentro de um carro, fotografando algum vagabundo que está traindo a esposa."

Ela sentiu um nó se formar na garganta. Piper tinha saudades do pai. A combinação desconcertante de superproteção e severidade por parte dele tinha causado anos de conflitos acalorados, e ela se sentia como se nunca fosse boa o bastante. Ainda assim, nunca duvidou do amor do pai e continuava esperando ouvi-lo no telefone, alertando-a para não andar pela maldita cidade à noite, nem entrar em um táxi sem verificar se o motorista tem uma licença válida.

Você me deixava maluca, pai. Mas eu sempre te amei.

Ela forçou um gole de café a descer pela garganta seca e tentou se concentrar em transferir o restante das observações manuscritas, da noite anterior, para o notebook, em vez de ficar pensando na madrasta gananciosa, que no momento desfrutava de uma casa em Bonita Springs, na Flórida, comprada com o dinheiro de Piper.

Uma hora se passou e ela queria mais café, mas isso significava ter que usar a Comadre. Quando começou a duvidar que Cooper Graham fosse aparecer, o Tesla azul-metálico, um carro elétrico de cem mil dólares, emergiu do corredor que levava até a garagem no fundo do edifício. Mas em vez de sair para a rua, ele parou. O sol refletido no para-brisa do carro dele não a deixava ver muita coisa, mas Piper tinha estacionado bem à vista, e ele só podia tê-la visto.

O momento decisivo. Será que ele iria chamar a polícia?

Ela então abaixou o vidro e acenou para ele com animação, e fez um sinal de positivo com o polegar. Esperava que isso transmitisse que Esmeralda era maluca, mas não perigosa, assim Cooper podia ignorá-la e seguir com seu dia.

Cooper continuou parado e Piper não conseguiu ver se ele estava no celular. Se ela fosse embora, era provável que ele não mandasse prendê-la, mas Piper estaria desistindo, e ela não era do tipo que desistia.

O carro dele começou a se mover. Ela deu partida no Sonata e o seguiu até o centro da cidade, já prevendo ouvir o som de uma sirene. Piper manteve uma distância de três carros entre eles. Não para tentar ocultar sua presença, mas para não pressioná-lo. De repente, o Tesla mudou para a faixa da direita e fez uma curva acentuada, cantando os pneus ao entrar em uma rua residencial estreita. Ela também mudou para a faixa da direita e fez o mesmo.

Havia carros estacionados dos dois lados da rua e um homem de camiseta laranja empurrava um cortador de grama pelo jardim da casa dele. Piper continuou em frente por mais alguns quarteirões, até localizar o Tesla em uma rua transversal à direita. Mais uma curva rápida e o carro desapareceu. Cooper queria mostrar que podia se livrar dela quando quisesse. Que bom que ele não sabia que Piper fez vários cursos rigorosos de direção defensiva, ofensiva e em alta velocidade – algo que pesou em seu orçamento, mas eram habilidades que ela imaginava serem úteis. Mas uma atitude agressiva demais por parte de Esmeralda passaria a mensagem errada, então decidiu não o seguir. Além do mais, tinha quase certeza do lugar aonde ele estava indo.

Como esperado, Cooper chegou à academia pouco tempo depois dela. Piper acenou de sua posição do outro lado da rua e ele a fuzilou com o olhar. Ela fez o sinal de paz e amor. *Louca, não perigosa.* E ele entrou na academia.

Piper o seguiu pelo resto da tarde, mas se manteve longe para que ele não se sentisse pressionado. Dessa vez, Cooper não foi aos locais mais perigosos da cidade, onde ela o tinha visto duas vezes em conversas animadas com traficantes de rua. Era difícil acreditar que Cooper Graham precisava ir até esses lugares para comprar suas drogas, mas ela anotou cada encontro em seu diário, para o relatório do seu cliente.

No fim da tarde, ele desapareceu dentro de um prédio de vidros espelhados na North Wacker, onde fica um grande grupo de investimentos.

Ela sabia que Graham estava procurando financiamento para começar uma franquia nacional de casas noturnas de classe alta, administradas por outros atletas famosos. Como Cooper possuía mais dinheiro que o Estado de Illinois, provavelmente poderia financiar boa parte do projeto, mas ele desejava ter o apoio da comunidade financeira. Piper queria saber mais sobre o que motivava Cooper... Por que ele não preferiu comprar uma ilha em algum lugar qualquer, onde viveria o resto da vida fumando maconha na praia?

Enfim, ele apareceu. Enquanto caminhava na direção do estacionamento, o sol brilhou no cabelo dele, e a fachada espelhada do prédio refletiu suas passadas longas e decididas. Piper não gostou de reparar nesses detalhes em um homem com tantas qualidades repreensíveis: sua presunçosa autoconfiança, seu ar de superioridade... sua fortuna ultrajante.

Era a hora do *rush* e Cooper conhecia os atalhos de Chicago quase tão bem quanto ela, dirigindo pelas ruas laterais para voltar a Lakeview. Sem qualquer motivo aparente, o Tesla diminuiu a velocidade até quase parar, em uma rua de mão única a alguns quarteirões da Ashland. Ele esticou o braço pela janela do motorista e lançou o que parecia ser uma granada pequena por cima do teto do carro. A coisa aterrissou em um terreno vazio entre um salão de manicure e um escritório de fianças. Mais três projéteis se seguiram, e então o Tesla continuou.

Tudo aconteceu tão rápido que ela poderia pensar que foi imaginação, se já não tivesse visto aquilo antes. Cooper fez a mesma coisa dois dias antes, em Roscoe Village. Ela anotou o incidente em seu diário, mas não soube que nome dar àquilo. As pseudogranadas ficariam ali, sem que ninguém as visse, a menos que aparecesse alguém à procura delas. O que ele estava fazendo?

Quando Piper decidiu parar para investigar, ouviu uma sirene atrás dela e, pelo retrovisor, viu um carro de polícia se aproximar. Ela encostou o Sonata à direita, para deixá-lo passar, mas a polícia ficou atrás dela com as luzes acionadas. Era *ela* que o policial queria.

Soltando uma imprecação, ela entrou no estacionamento de um shopping. *Maldito!* Cooper estava brincando de gato e rato com ela. Ele tinha a intenção de chamar a polícia desde o começo.

A viatura a acompanhou até o estacionamento, com suas luzes vermelhas desenhando um rastro nas vitrines de um *Subway* e um consultório de dentista. A realidade da situação a atingiu. Ela estava arruinada. Cooper Graham iria prestar queixa contra ela. Cada centavo de suas economias tinha sido gasto; ela não possuía uma reserva de segurança, e não havia nenhum cliente rico que aguardava para ficar no lugar daquele que Piper estava prestes a perder.

Piper pegou a carteira de motorista – a verdadeira – na carteira, soltando todos os palavrões que aprendeu com o pai. Suas identidades falsas estavam em segurança, guardadas em sua gaveta de roupa íntima. Não a Glock, contudo. Porte de armas era permitido em Illinois, mas, mesmo assim, ela empurrou a pistola com o pé para baixo do banco, o máximo que conseguiu, e rezou por um milagre.

Enquanto o policial verificava a placa do carro dela, Piper pegou o documento e o cartão do seguro no porta-luvas. Quando ele finalmente se aproximou, ela viu que o policial devia ter a mesma idade que ela, trinta e poucos anos, e era um daqueles caras supermalhados que devia ter sido o Sr. Janeiro no calendário dos Policiais Nus de Chicago. Ela baixou o vidro e armou seu sorriso mais inocente e amistoso.

— Algum problema, policial?

— Posso ver a carteira de motorista da senhora, o licenciamento do veículo e o cartão do seguro?

Ela entregou os papéis para ele. Enquanto o policial examinava os documentos, o cheiro da colônia que ele usava entrou pela janela aberta. Ela devia estar ficando desequilibrada, *mesmo,* porque a música "It's Raining Men" começou a tocar em sua cabeça e ela imaginou o uniforme dele preso apenas com tiras de Velcro.

— A senhora sabe que é ilegal circular com a lanterna traseira quebrada?

Aquilo era por causa da *lanterna*? Cooper não a tinha denunciado? Ela ficou tão aliviada que se sentiu fraca.

— Vi que você levou uma advertência por uso de equipamento defeituoso em agosto — ele continuou —, mas, mesmo assim, não consertou o equipamento.

Era provável que as loiras de cabelo esvoaçante da Spiral conseguissem se safar daquilo na base da conversa, mas Piper se sentia tão aliviada que nem tentou.

— Eu não tinha dinheiro para consertar, mas sei que isso não é desculpa. Não é meu hábito ignorar a segurança do trânsito. — Exceto quando se tratava de limites de velocidade, mas como o policial já tinha verificado a placa dela, ele devia ter descoberto suas transgressões anteriores, bem como o fato de que ela possuía uma licença para porte de arma.

— Dirigir um veículo nessas condições é perigoso — ele disse. — Não só para você, mas também...

Ela não ouviu o resto do sermão porque um Tesla azul-metálico de cem mil dólares entrou, de repente, no estacionamento. Quando o carro estacionou diante do consultório do dentista, um novo temor a assaltou. O policial sabia seu nome verdadeiro, e o que era uma verificação de rotina no trânsito se transformava em um desastre de grandes proporções.

Piper não foi a única a notar o ex-*quarterback* emergindo do Tesla como se fosse um tipo de tigre urbano. O policial parou de falar. Ele estufou o peito e sua postura de oficial desapareceu quando Cooper se aproximou, estendendo a mão e se apresentando, como se isso fosse necessário.

— Cooper Graham.

— É claro! Sou um dos seus maiores fãs. — O policial fortão apertou a mão de Cooper como se estivesse bombeando água do poço. — Não consigo acreditar que você não vai jogar pelo Stars este ano.

— Tudo que é bom um dia acaba. — O sotaque de Cooper vinha direto das pradarias do Oklahoma. Piper só estava esperando o momento em que ele colocaria uma haste de grama no canto da boca, para manter a ilusão de que era inofensivo.

— Você jogou muito contra os Patriots no ano passado.

— Obrigado. Bons tempos, aqueles.

Os dois conversaram sobre ataque e passes como se ela não estivesse lá. Para alguém tão severo com as regras de trânsito, o Policial Gostosão não estava, exatamente, seguindo os procedimentos policiais adequados.

Cooper tinha seus próprios interesses. Ele observou o cabelo curto dela, oculto pela peruca na noite anterior.

— O que ela fez? — ele perguntou ao policial.

— Não consertou a lanterna traseira. Você conhece esta senhora?

Graham concordou com a cabeça.

— Claro que sim. Ela é minha *stalker.*

— Sua *stalker*? – O policial ficou tenso.

— Uma perseguidora irritante, mas inofensiva — Cooper disse, lançando um olhar penetrante na direção dela.

De repente, o Policial Gostosão ficou sério.

— Senhora, saia do carro.

Uma série de obscenidades ficou presa na ponta da língua dela. O Policial Gostosão a tinha ouvido falar, ele sabia que o sotaque dela não era britânico, mas se Cooper a ouvisse falar com sotaque do meio-oeste, qualquer chance minúscula que tinha de sobreviver àquilo estaria arruinada.

— Levante os braços, por favor.

Piper apertou o maxilar para não deixar escapar todas as palavras que não podia falar. O policial não mandou Cooper se afastar, como deveria ter feito. Jogadores de futebol famosos podiam fazer o que bem entendessem.

Felizmente, o policial realizou apenas um exame visual de seu corpo. Até notar um volume suspeito no bolso da calça dela...

— Senhora, vou ter que revistá-la.

Piper não podia dizer nenhuma palavra em sua defesa, não enquanto Cooper estava ali, observando a cena com uma satisfação sádica. Ela rilhou os dentes enquanto o Policial Gostosão a revistava. Ele foi profissional e usou apenas o dorso das mãos, mas ainda assim foi humilhante. Ali estava ela, à mercê de dois homens viris – um dos quais a tocava, e o outro poderia fazer o mesmo, considerando o quão próximo ele estava.

O policial retirou o pacote de amendoins de seu bolso, examinou-o, e então o devolveu a ela.

— Nós nos sentimos gratos pelo excelente trabalho que vocês, policiais, estão fazendo para nos manter em segurança. — A sinceridade evidente de Cooper fez Piper sentir ânsia de vômito.

— Há quanto tempo ela o está perseguindo? — Gostosão perguntou.

— É difícil dizer. Eu só percebi há cerca de dois dias, quando a lanterna quebrada do carro a entregou. — Enquanto ela rilhava os dentes diante da própria estupidez, Cooper fechava as garras ao redor dela. — Ela estava muito falante quando eu a interroguei, na noite passada, mas não parece ter muito a dizer agora.

O Policial Gostosão se voltou para ela.

— Você se importa que eu dê uma olhada no seu carro?

Piper conhecia a lei. Ele não poderia revistar seu carro sem motivo, mas a acusação de Graham tinha lhe dado um. Será que Cooper continuaria acreditando que ela era inofensiva se soubesse da Glock? Ela precisava informar ao policial onde a arma estava antes que ele começasse a revista.

Piper começou a tossir, batendo com o punho fechado no peito e fazendo o melhor para abafar a voz, para que a falta de sotaque britânico não fosse notada.

— Faça com... que ele... se afaste... primeiro. — Mais tosse. — Depois você pode... revistar.

A tosse de mentira fez com que ela engasgasse de verdade, e o policial tomou o que Piper disse como permissão para continuar, mas ele estava gostando demais de ficar perto de um dos atletas mais famosos da cidade para mandar Cooper se afastar. Então, Gostosão mandou que ela aguardasse atrás da viatura.

Ela ficou observando, através da janela suja, o Policial Gostosão abrir a porta do passageiro de seu carro enquanto Cooper assistia a tudo. Foram necessários menos de dez segundos para o policial encontrar a Glock. Cooper se virou na direção dela e, mesmo através da janela, Piper pôde ver como ele ficou furioso.

O policial abriu o porta-malas, revelando a bolsa cheia de disfarces. Parecendo intrigado, ele pegou a Comadre. Então os dois homens tiveram uma longa conversa, até que, enfim, Cooper apertou a mão do policial e voltou para o Tesla sem olhar de novo na direção dela.

✶

Gostosão, cujo nome ela descobriu ser Eric Vargas, confirmou o trabalho de Piper e, após três horas na delegacia de polícia, além de uma segunda multa por não ter consertado a lanterna traseira, ela foi liberada para ir embora.

Normalmente ela adorava o conforto familiar de seu apartamento pequenino, com o pé direito alto, a janela em arco e o piso de tábua corrida, mas nesse dia ela precisava de mais do que conforto. Ao tirar uma cerveja da geladeira, ela ouviu baterem na porta.

— Piper! Piper, você está aí, querida?

Piper adorava sua vizinha de baixo, a octogenária "Berni" Berkovitz, mas, nas últimas semanas, Berni começou a dar sinais de demência e Piper se sentia derrotada demais naquele momento para dar à velhinha a atenção de que ela precisava. Não que ela tivesse escolha. Berni era sozinha, seus olhos continuavam aguçados, e ela sabia que Piper estava lá dentro.

Piper foi até a porta.

— Oi, Berni.

Berni nem esperou ser convidada, já foi entrando. O cabelo da vizinha, curto e em um tom fluorescente de laranja, mostrava as raízes grisalhas, o que não era comum. Berni também não usava o característico batom vermelho. Antes da morte do marido, Berni vestia roupas exóticas, mas agora, em vez de calça saruel, camisa de gondoleiro ou saia poodle, ela se enrolava no velho cardigã de Howard, com uma calça de moletom.

— Quer uma? — Piper mostrou a cerveja.

— Não depois do Dia do Trabalho. Mas não recusaria uma vodca com gelo.

Piper ainda tinha um restinho de Stoli Elit, de seus dias de prosperidade, então foi buscar a garrafa.

— Sua geração sabe mesmo como beber.

— É um motivo de orgulho.

Piper forçou um sorriso. De certo modo, Berni continuava a mesma pessoa de antes do último cruzeiro, quando Howard sofreu um infarto fulminante no litoral da Itália. Piper desejou que tudo pudesse voltar a ser como era para Berni, mas costumava desejar muitas coisas que pareciam impossíveis.

— Você tem estado tão sumida. Eu mal a vejo — Berni reclamou.

— Ah, você vai me ver muito mais, agora. — Piper pôs algumas pedras de gelo no copo de vodca e se obrigou a dizer em voz alta: — Eu arruinei meu trabalho mais importante.

Embora Berni não soubesse dos detalhes do caso, ela sabia que Piper tinha um cliente importante.

— Oh, querida. Sinto muito. Mas você é inteligente, vai conseguir dar um jeito.

Piper queria acreditar nisso, mas a realidade era que no dia seguinte ela teria que comunicar ao cliente que Cooper Graham a tinha identificado, e quando aquela reunião desagradável terminasse, ela estaria na sarjeta.

Outra batida ecoou na porta. Uma batida apenas formal, porque sua vizinha Jen entrou sem esperar ser convidada. Ela continuava com a roupa de trabalho, um vestido verde e justo, que se ajustava perfeitamente ao corpo esguio. Seu cabelo moreno caía sobre os ombros e a maquiagem continuava perfeita desde manhã.

— Pancadas esparsas, amanhã — ela disse, carrancuda. — Nós precisamos da chuva, então é boa notícia, mas isso significa uma multiplicação da erva-de-santa-maria, e a minha alergia... — Ela fungou, como se já estivesse sofrendo. Dezenove anos atrás, Jennifer MacLeish foi a meteorologista mais sexy da TV em Chicago, mas agora, aos 42 anos, ela estava convencida de que o novo diretor da emissora iria substituí-la por uma modelo mais nova.

— Howard sofria muito com erva-de-santa-maria — Berni disse. — Me pergunto se ainda sofre.

Jennifer trocou um olhar com Piper, então foi até o sofá, seus scarpins nude estalando no piso laminado.

— Querida, Howard faleceu. Nós entendemos que você sinta muita falta dele, mas...

Berni não quis ouvir.

— Eu sei que vocês duas pensam que ele morreu, mas não. Eu já disse: eu o vi na semana passada, no meio da Lincoln Square. Ele estava usando um daqueles chapéus de espuma do Green Bay, que imita um queijo. Mas Howard detestava esse time, então não entendo por que ele estava usando o símbolo deles.

Jennifer olhou para Piper, pedindo ajuda. Elas tinham escutado a história da cabeça de queijo várias vezes, mas como as duas tinham comparecido ao funeral de Howard Berkovitz, não conseguiam acreditar na ressureição dele – muito menos como fã do Green Bay Packers.

Enquanto Piper servia o restinho da Stoli para Jennifer, mais uma batida ecoou na porta, dessa vez hesitante.

— É ela. — Berni suspirou.

— Pode entrar, Amber — Piper falou alto. E por que não? Se as amigas não estivessem com ela, tudo que faria seria ficar se lamentando.

Amber Kwan, outra vizinha de baixo, entrou, hesitante, no apartamento.

— Posso mesmo? Não fui convidada, mas...

— Elas também não foram — Piper disse. Amber era uma jovem de 27 anos, um pouco acima do peso, com pele de porcelana, cabelo preto brilhante e uma insegurança que só desaparecia quando ela subia no palco como membro permanente do coro da Ópera Lírica de Chicago. As amigas de infância de Piper tinham saído da cidade e ela se sentia grata por ter aquelas três em sua vida.

— Olá, Sra. Berkovitz — Amber cumprimentou a velhinha. — Como está se sentindo?

Berni respondeu com um aceno de cabeça, os lábios apertados. Berni não gostava de Amber porque esta era coreana, mas como Amber acreditava que a idade de Berni era uma permissão para seu preconceito racial, não deixava que Piper e Jennifer a repreendessem.

— A vodca acabou — Piper disse. — Cerveja?

Amber se sentou na beirada do divã.

— Nada, obrigada. Só vou ficar um minuto. — Amber morava naquele prédio há mais de um ano, mas continuava a se comportar como se fosse uma intrusa no grupo, ainda que Piper e Jennifer a tivessem recebido de braços abertos. — Eu só passei para saber se você continua interessada em alugar o apartamento — ela disse, como se estivesse se desculpando.

— Não! — Berni declarou. — Piper, você não vai para lugar nenhum! E, Amber, você não deveria ter tocado no assunto.

— Eu não quero que você vá embora! — Amber se apressou em dizer. — Mas você disse que iria precisar, e eu tenho um amigo, que é professor visitante na Universidade DePaul, que está procurando um apartamento para alugar.

Sair de seu apartamento acolhedor seria como levar uma facada no peito. Mas ao contrário de Berni, que queria trazer o marido morto de volta à vida, Piper era realista.

— Vou pensar nisso. Amanhã eu te respondo.

Não havia muito o que pensar. Ela não conseguiria continuar pagando o financiamento do apartamento que tinha lutado durante anos para comprar, e não iria abusar das amigas, apesar de terem lhe convidado para ficar com elas. Se alugasse o apartamento e se mudasse para o porão da casa de sua horrível prima Diane, em Skokie, pelo menos não precisaria vender o apartamento por enquanto, e também conservaria a amizade com as três.

— A última coisa de que precisamos é um homem estranho aqui — Berni reclamou. — Não vou aceitar.

Jennifer não quis se manifestar. Ela entendia que aquele era o último recurso de Piper.

— É um amigo de Amber — ela disse. — Não vai ser um estranho.

— Ele foi um dos meus professores na Eastman — Amber explicou. — Um homem muito bom.

— Não ligo — Berni insistiu. — Não precisamos de um homem aqui.

Aparentemente, o casal gay do andar de baixo não contava.

— É melhor Piper alugar o apartamento do que ser obrigada a vendê-lo — Jennifer disse. — E você sabe que ela não aceita vir morar com nenhuma de nós. Vai ser temporário, até ela colocar a agência de pé. — Ela descruzou as pernas longilíneas. — Infelizmente, a essa altura, vou ser eu a desempregada. É comigo que vocês devem se preocupar, não com a Piper. Ela é mais forte do que eu. E mais nova.

Aquela declaração não era tão egoísta quanto parecia. Jennifer apenas queria tirar o foco de Piper.

— Eu entendo tudo de televisão — Jennifer disse. — Quanto mais novas e loiras, mais os chefes querem contratá-las. E o Babacão adora as novinhas de 21 anos. — Fazia tanto tempo que Jennifer se referia ao novo diretor da emissora como "Babacão" que Piper tinha se esquecido do verdadeiro nome dele.

Jennifer deu um gole na vodca.

— Meteorologia é o novo curso preferido de toda garota bonita que tem um mínimo de interesse por ciência. As faculdades estão produzindo-as aos montes.

— Talento é mais importante que aparência — Amber disse, leal, e então foi rápida para emendar: — Não que você também não seja linda.

Amber estava acostumada a ser julgada apenas pela voz de soprano coloratura, e era um tanto ingênua quanto à indústria da televisão. Piper tentou encorajar Jennifer, mas crescer como filha de Duke Dove lhe permitiu conhecer todas as facetas do machismo. Jennifer estava sendo julgada por um padrão diferente daquele pelo qual os homens da emissora eram avaliados, e tinha motivos para se preocupar.

Berni se levantou do sofá, de repente.

— Eu já sei o que vou fazer!

— Contratar alguém para acabar com o Babacão? — Jennifer disse, mal-humorada.

— Vou contratar Piper para encontrar o Howard!

— Berni, isso não... — Piper olhou para ela com desânimo.

— Eu vou lhe pagar. Eu quero gastar minha devolução do imposto de renda em algo especial, e nada pode ser mais especial do que isso.

— Berni, não posso aceitar seu dinheiro. Howard tinha...

Outra batida na porta, mais vigorosa que as anteriores. Ninguém tinha tocado a campainha da entrada e suas visitas de sempre já estavam ali. Ela colocou o copo de cerveja na mesa, atravessou a sala e virou a maçaneta.

Ele preencheu todo o espaço da porta com seus músculos definidos, ombros largos e peitoral imponente.

— Olá, Esmeralda.

3

O bárbaro estava na porta dela. Piper sentiu o estômago revirar.

— Como você conseguiu entrar no prédio?

Ele a encarou com os olhos castanho-dourados de um lobo pronto para devorar sua presa, não porque o lobo estivesse com fome, mas só por diversão.

— Seus vizinhos são fãs do Stars.

Eles não eram os únicos. Quando o viu, Berni cacarejou como se tivesse acabado de pôr um ovo.

— Cooper Graham! — Ela pulou do sofá, ágil como uma adolescente. — Oh, eu queria que Howard estivesse aqui! Oh, meu Deus!

— Senhora — cumprimentou Cooper, inclinando a cabeça na direção dela.

— Howard torcia para o Bears, como a Piper — Berni disse. — Mas eu nasci na Zona Oeste, quando quase ninguém morava lá. Meu nome é Berni Berkovitz. Bernadette, na verdade. Sou torcedora do Stars desde sempre. E Howard sempre torcia pelo Stars quando vocês não jogavam contra o Bears — ela emendou.

— Dá para entender. — Ele estava sendo gentil como uma celebridade deve ser, ouvindo com paciência as divagações da velhinha. Jennifer aproveitou para cruzar as pernas bem torneadas, deixou o scarpin pendurado nos dedos e tirou o cabelo do rosto, esperando ser notada. Amber, por outro lado, estava confusa. Ela sabia o nome de todos os compositores obscuros dos últimos quatro séculos, mas mal tinha noção de que Chicago possuía times profissionais em vários esportes.

— Minha nossa, Piper — Berni não parava. — Você disse que tinha um cliente importante, mas eu não fazia ideia...

— Não sou cliente da *Srta. Dove* — Cooper cuspiu o nome dela como se fosse um inseto. — Eu sou a pessoa que a contrataram para investigar.

Obrigada, Policial Gostosão, por ser um fofoqueiro.

— Sério, Piper? — Berni gaguejou, voltando seus olhos acusadores para Piper. — Por que você está investigando o Cooper?

Enquanto Piper tentava destravar sua língua, Jennifer se levantou graciosamente do sofá.

— Jennifer MacLeish. Canal Oito, meteorologia. Nós nos conhecemos no Baile Beneficente de Natal para Crianças Carentes de Chicago, ano passado, mas você não vai se lembrar.

— É claro que me lembro. — A mão dele engolfou a dela. — É um prazer vê-la de novo, Srta. MacLeish. Embora eu não possa dizer o mesmo da sua amiga.

— Eu vou embora! — Amber exclamou e correu para a porta.

— Não é você, Amber — Jennifer disse. — Ele está falando da Piper.

— Isso mesmo — Cooper concordou.

Piper tomou um grande gole de cerveja, desejando que fosse vodca.

Berni não conseguia tolerar a ignorância de Amber.

— Amber, este é Cooper Graham. Ele é um dos jogadores de futebol mais famosos do mundo. Até você já deve ter ouvido falar nele.

— Oh, claro que já... — Amber disse, deixando claro que não.

— Amber canta na Ópera — Jennifer explicou. — Ela é, ao mesmo tempo, desligada e genial.

— Aposto que já a ouvi cantar — Cooper disse.

Duvido, Piper pensou. Graham devia comparecer na Ópera Lírica de Chicago com a mesma frequência com que errava um passe.

Amber, que estava indo para a porta, voltou e se colocou ao lado de Piper. Jennifer fez o mesmo.

— Talvez nós possamos ajudar — ela disse, com firmeza.

Amigas ficavam juntas, e nenhuma delas iria embora até Piper dizer que podiam ir. Com grande relutância, Berni se juntou a elas. As quatro formavam uma unidade: a corajosa meteorologista da TV, a cantora de ópera coreana com uma voz de anjo e a torcedora fanática do Stars. A vida de Piper não podia estar tão ruim se ela possuía amigas como aquelas.

— Está tudo bem — ela disse. — Eu cuido disso.

— Tem certeza? — A pergunta veio de Amber, que, de repente, parecia tão formidável quanto a Brunilda de Wagner.

Sem muita certeza, Piper concordou.

— É um assunto profissional.

— Estou certa de que se trata de um simples engano — Berni disse, e então, com um falso sussurro: — Vou deixar o cheque do adiantamento na sua caixa de correio, Piper. É assim que se faz, certo?

— Não precisa de cheque, Berni. Amanhã nós conversamos. — Depois do que estava para acontecer, o que era mais um desafio?

— Piper? — Jennifer olhou para ela.

Por mais que Piper se sentisse grata pela preocupação das amigas, não podia deixar que Cooper a enxergasse como uma profissional despreparada. Ela forçou um aceno despreocupado para a porta.

— Depois a gente se fala.

Dirigindo-se para a saída, Berni olhou para Cooper.

— Piper é uma pessoa muito boa — ela falou.

— Foi um prazer conhecê-la, Sra. Berkovitz — ele respondeu.

— Eu faço um assado maravilhoso. — Ela tocou no braço dele. — Se algum dia você quiser provar o melhor assado de Chicago, é só me dizer.

— Pode deixar que eu digo. — Ele deu seu detestável sorriso de celebridade.

— Ou minha divina mousse de chocolate, se você gostar de doces.

Cooper sorriu, Berni foi embora e a afabilidade dele desapareceu. A única defesa possível de Piper era uma ofensiva forte. Ela endireitou os ombros e foi na direção dele.

— Minha vigilância era legal. Sim, entrar na casa noturna é algo discutível, mas a Spiral é um espaço público e você teria que provar que minha presença lhe causou extremo estresse emocional. Duvido que algum juiz acredite nisso, vindo do antigo Melhor Jogador do Ano.

Ele se empertigou diante dela. Era 1,92 m dele contra 1,70 m dela.

— Quem a contratou?

Ela endireitou a coluna, tentando ganhar nem que fosse um centímetro a mais de altura.

— Não posso lhe dizer isso. Mas garanto que a pessoa não lhe deseja mal.

— Por que isso não me tranquiliza?

— Bom, é a verdade.

— E você é especialista em verdade, Esmeralda?

— Ninguém gosta de ser enganado, eu entendo isso. Mas eu tinha um trabalho a fazer. — Ela se esforçou para manter a tranquilidade.

— Isso não me convence. Para quem você está trabalhando?

— Como eu disse, ninguém que seja uma ameaça para você.

— Prefiro decidir isso eu mesmo.

— Não tenho mais nada a dizer.

— É mesmo? — Ele a fulminou com o olhar. — Pois eu vou lhe dizer uma coisa: ou você me conta agora ou vai ter que conversar com os meus advogados.

Ele devia saber que um processo acabaria com ela. Piper tentou incorporar um CEO de sucesso:

— Processos são uma perda de tempo.

— Então me dê o que eu preciso.

Não podia revelar aquela informação, mas precisava fazer algo que não fosse ficar de joelhos e implorar a Cooper Graham que não a processasse.

— Vamos fazer um acordo. Acalme-se, que eu lhe digo quem é seu verdadeiro inimigo. Que, a propósito, não é a pessoa que me contratou.

Ele a encarou com o olhar gélido. Piper esperou, lutando com a sensação sufocante de que ele, de novo, estava acabando com o oxigênio do ambiente.

— Aquela modelo em quem você está de olho — ela disse. — Loira, peituda, com o quadril estreito e pernas bizarras de tão longas. Eu sei, ela é apenas um peixe no oceano, mas esse peixe se chama Vivian e você tem conversado muito com ela.

— E daí?

— Depois de cheirar um pó esquisito no banheiro feminino, ela contou para todas as amigas que vai dar um jeito de engravidar de você. Quer alguém que seja uma ameaça verdadeira? É essa garota!

— É melhor que ninguém esteja cheirando nada no banheiro das mulheres — ele declarou. — É para isso que eu tenho seguranças.

— Você está pagando demais para os seus "seguranças".

— E você está inventando tudo isso.

— Estou? Isso que você chama de "segurança" descobriu o negócio paralelo que pelo menos um dos seus empregados está tocando às suas custas?

— Que tipo de negócio paralelo?

— Não envolva seus advogados que eu lhe conto.

— Eles já estão envolvidos.

— Faça como quiser — ela disse, engolindo em seco. — Mas eu aconselho que você mesmo faça o inventário das bebidas do clube, em vez de delegar esse trabalho. E quando descobrir que a conta não fecha, lembre-se desta conversa.

— Você está blefando.

Cooper estava farto dela. Quando ele se virou para a porta, Piper percebeu que tinha que lhe dar algo mais.

— Fique de olho no barman ruivo. E depois me ligue para pedir desculpas.

Isso o deteve. O rosto dele se contraiu de raiva.

— Keith? Isso é mentira! Você escolheu o cara errado para acusar. — Ele apontou o dedo indicador na direção da cabeça dela. — Você tem 24 horas para me dar o nome da pessoa que a contratou, ou vai ter notícias dos meus advogados.

Ele bateu a porta atrás de si.

✶

Cooper chegou no clube com a cabeça quente. Aquela mulher era uma mentirosa elevada à décima potência! Keith Millage era um de seus amigos mais antigos. Eles jogaram futebol juntos na faculdade. Era tão comum que barmen desviassem bebidas que Cooper tinha ido buscar Keith em Tulsa só para ter alguém de confiança no bar. Quanto a Vivian... Cooper não tinha interesse em nenhuma das suas clientes, mas se tivesse... Ao contrário de seus colegas estúpidos, ele nunca se expôs a uma gravidez "acidental".

Então ele se deteve na questão mais importante: quem tinha contratado uma detetive para segui-lo e por quê? Ele sabia que a competição entre as casas noturnas de Chicago era feroz, mas o que alguém podia querer descobrir?

Cooper chegou à boate e se sentou à sua mesa. Ele não gostava de mistérios e, principalmente, não gostava do fato de tudo isso estar acontecendo enquanto ele tentava atrair um investidor. Não qualquer investidor, mas o melhor da cidade. O único com quem ele queria trabalhar.

Estava na hora de descer para a área pública. Era ele quem atraía os clientes, e enquanto outras celebridades donas de casas noturnas faziam apenas aparições-relâmpago, ele jogava para vencer, mesmo que isso significasse ser assediado por fãs entusiasmados demais e supostos especialistas no esporte, que acreditavam entender de futebol.

Para seu desgosto, Cooper se pegou observando Keith naquela noite, o cara a quem confiaria sua própria vida. Sua hostilidade para com Piper Dove aumentou. Enquanto voltava sua atenção para um grupo de mulheres que se aproximava, Cooper se decidiu: ninguém ganha o campeonato deixando os inimigos jogar à vontade. Ele iria acabar com ela e com aquela agência de detetives ridícula.

✶

Na manhã de segunda-feira, Piper se vestiu de preto para aquela que seria, certamente, a reunião mais infeliz da sua curta carreira como empresária. Suéter preto e calças pretas de lã fria. Ela engraxou suas antiquíssimas botas pretas e desenterrou um par de brincos de prata. Mesmo que fosse desmoronar, ela o faria parecendo ter tudo sob controle.

O braço direito e Vice-Presidente de Deidre Joss foi ao encontro de Piper na recepção do escritório do Grupo de Investimento Joss. Noah Parks era o contato de Piper, a pessoa para quem ela teve de ligar e dar a péssima notícia de que Cooper Graham a tinha descoberto. Embora fosse ex-aluno de uma das universidades de elite da Costa Leste, o corte de cabelo, o nariz reto e o queixo proeminente faziam com que parecesse um ex-fuzileiro naval. Ele a cumprimentou com um aceno de cabeça.

— Deidre quer falar com você pessoalmente.

Noah a conduziu por um conjunto de portas de vidro até um corredor muito bem iluminado, com faixas de mármore claro margeando as tábuas corridas do piso. No fim do corredor, ele abriu a porta que dava acesso ao escritório da presidente e CEO da empresa.

Janelas altas e móveis de grife criavam um ambiente elegante e minimalista, mas o quadro branco que ocupava a maior parte da parede oposta testemunhava que aquele era um lugar de trabalho, não um *showroom*. A CEO estava sentada diante de uma mesa imponente, debaixo do retrato a óleo de seu pai, Clarence Joss III. Como Piper, Deidre Joss seguia os passos do pai, mas, ao contrário da detetive, ela não foi obrigada a comprar a empresa da madrasta gananciosa. Aos 36 anos, Deidre era apenas três anos mais velha que Piper, mas parecia ter uma geração a mais em sofisticação e experiência.

Alta e magra, com pequenos olhos escuros que eram ligeiramente amendoados, nariz aristocrático e cabelo castanho avermelhado, ela parecia mais uma primeira bailarina do que uma CEO. Deidre vestia preto, como na única reunião que tiveram; um vestido de jérsei com colar de pérolas. Ela perdera o marido em um acidente com uma moto de neve, um ano antes, de modo que Piper não sabia dizer se o preto era devido ao luto ou apenas uma escolha de estilo que ficava muito bem nela.

Deidre rodeou a mesa e apertou a mão de Piper.

— Espero que não tenha pegado muito trânsito a esta hora da manhã. — Ela gesticulou na direção do sofá e das cadeiras. — Sente-se.

Noah permaneceu junto à porta enquanto Piper se sentava em uma cadeira de couro cinza. Aquele trabalho significava muito para Piper, e ela estava determinada a fazer tudo com perfeição para que Deidre a contratasse em futuros trabalhos. Mas sua determinação não ajudou muito. Ela se sentia como uma estudante atrapalhada que foi chamada à sala da diretora.

— Conte-me o que aconteceu. — A Diretora Deidre cruzou as longas pernas em um movimento que lembrou um *grand jeté*.

Piper expôs os detalhes, deixando de fora apenas o aparecimento de Esmeralda Crocker.

— Estou decepcionada. — Deidre não acreditava em meias palavras.

Piper não tinha como se defender.

— Não tanto quanto eu. Eu o segui muito de perto. É um erro que não vou repetir, mas isso não muda o que aconteceu.

Ela poderia ter acrescentado que foi Deidre quem deu a ordem para que ela observasse Cooper Graham bem de perto, mas isso iria parecer uma desculpa.

— *Eu quero você acampada em frente à casa dele* – Deidre tinha dito. — *Siga-o durante o dia e frequente a boate à noite. Descubra quanto ele bebe, com que tipo de mulheres está ficando e quantas são. Antes que eu possa considerar investir nele, tenho que saber exatamente com quem estou lidando.*

Noah se aproximou e ficou de pé, ao lado da cadeira de Deidre.

— Tenho certeza de que Cooper quis saber quem a contratou — ele disse.

— Ele quis, mas eu não disse — Piper respondeu.

— Ele é um homem imponente. — Noah não escondeu seu ceticismo. — É difícil acreditar nisso.

— Pela lei de Illinois, só posso ser obrigada a revelar a identidade de um cliente por meio de ordem judicial. — Piper não mencionou que era provável que isso acontecesse. Mas ela já tinha muitos dragões para enfrentar antes de começar a se preocupar com os que se escondiam nas brumas. Ao mesmo tempo, ela desejou que Deidre lhe desse permissão para revelar a informação. Como Deidre considerava entrar em uma sociedade com ele, com certeza Cooper entenderia a decisão dela de investigar a vida pessoal e profissional dele antes de fechar o acordo.

Mas Deidre não iria permitir que Piper revelasse nada.

— Vamos torcer para que não chegue a tanto.

— Eu fico com o relatório. — Noah estendeu a mão e, como estava ao lado de Deidre, Piper teve que se levantar para lhe entregar o papel. Ela passou a maior parte da noite acordada, verificando cada detalhe, para ter certeza de que não havia esquecido nada. Ela também incluiu um sumário das despesas que teve e rezou para que eles não desistissem de pagá-la por não ter completado o serviço.

Deidre levou a mão às pérolas em seu pescoço.

— Eu a contratei porque seu pai trabalhava com o meu, e eu acredito em ajudar mulheres que estão começando o próprio negócio. É uma pena que isso não tenha dado certo.

Ela parecia triste de verdade, e o descontentamento de Piper com sua própria incompetência impossibilitou qualquer reação.

— Eu só queria ter correspondido à sua expectativa.

Noah fez um gesto na direção da porta, menos simpático que sua chefe. E enquanto Piper o seguia pelo corredor, podia sentir as ruínas de sua carreira desmoronando sob seus pés.

✶

Durante os próximos dias, Piper teve que se forçar a ir até o escritório, em vez de ficar em casa com a cabeça escondida sob as cobertas. Era meados de setembro, e a menos que alguma mudança drástica acontecesse, estaria completamente falida e fecharia as portas antes do Halloween. Mas ainda não. Ela tinha que dar um jeito de arrumar algum trabalho.

Na época do pai dela, as Investigações Dove ocupavam o andar inteiro de um prédio de tijolinhos que Duke comprou nos anos 1980. Agora a madrasta era dona de tudo e Piper só conseguia alugar a sala dos fundos, que era o escritório do contador.

Quando ela começou a trabalhar, o escritório era tão decrépito quanto o de um detetive de ficção. Ela esbanjou em um tapete verde-oliva com um padrão de sol nascente em preto para camuflar o piso de vinil, pintou as paredes de branco e pendurou pôsteres de antigas capas da revista *True Detective*. Em uma loja de segunda mão, Piper conseguiu uma mesa de biblioteca, que mandou laquear de preto para usar como escrivaninha. Ela instalou uma boa iluminação e comprou um par de cadeiras pretas com estrutura de aço para os clientes que esperava atrair.

A secretária eletrônica registrava outra mensagem do advogado de Cooper Graham, exigindo uma reunião na semana seguinte. Ela a apagou, como se isso fizesse o problema desaparecer, e ligou o computador. Por hábito, fez uma pesquisa rápida para ver se havia alguma novidade relativa a Cooper Graham. Nada.

Piper, então, fez algumas ligações para empresas de advocacia, para quem depois enviaria uma cópia do seu folheto.

Investigações Dove
Fundada em 1958

- Investigações corporativas, securitárias e jurídicas;
- Casos domésticos;
- Investigação de ativos ocultos;
- Investigação de antecedentes;
- Pessoas desaparecidas.

A verdade traz paz.

Ela chegou a pensar em aposentar o velho *slogan* da firma, "A verdade traz paz", mas ele fazia parte da sua história familiar, que começou com seu avô, e mudar aquilo daria a sensação de que ela estava apagando sua memória.

Uma batida ecoou na porta do escritório e ela teve um sobressalto. Mas, ao invés de um cliente novo, Berni entrou na sala. Ela se deu ao trabalho de amarrar uma faixa hippie ao redor do cabelo laranja fluorescente e vestir um colete com franjas que caíam sobre a calça de moletom.

— Agora, Piper, antes que você diga qualquer coisa... eu sei que você não acredita que eu vi Howard na Lincoln Square. Eu mesma não consigo acreditar. Mas vivi com aquele homem durante 58 anos e sei o que vi. — Ela passou por Piper e se sentou em uma das cadeiras em frente à escrivaninha. Berni abriu a bolsa, de onde tirou um envelope. — Aqui está um adiantamento de cem dólares. — Ela o colocou sobre a mesa.

— Berni, eu não posso aceitar seu dinheiro.

— Isso é assunto profissional. Eu preciso de um investigador e você é a melhor no ramo.

— Eu agradeço sua fé em mim, mas... — Ela tentou uma nova abordagem. — Há muito envolvimento pessoal nesse assunto e isso me impediria de ser objetiva. Outro investigador iria...

— Outro investigador iria pensar que sou uma velha louca. — Com um olhar determinado, ela desafiou Piper a discordar.

Piper se acomodou atrás da escrivaninha, na esperança de conseguir usar lógica para persuadir Berni a desistir daquela ilusão.

— Vamos analisar os fatos... Você estava na cabine com Howard quando ele teve o infarto.

— Mas eu não estava com Howard quando ele *morreu*. Já lhe disse. Eu tinha saído da enfermaria do navio para usar o banheiro, e então desmaiei quando aquele médico charlatão me disse que Howard tinha falecido. Quem sabe o que eles colocaram naquele caixão que mandaram para cá?

Se a burocracia não tivesse impedido Berni de ver o corpo de Howard antes que ele fosse cremado, nada disso estaria acontecendo.

— Tudo bem, Berni. — Discutir seria inútil, então Piper pegou seu bloco de anotações. — Eu vou lhe fazer algumas perguntas.

— A propósito, você está muito bonita hoje. — Berni lhe deu um sorriso afetado. — Você deveria usar batom sempre. E quase parece que você penteou o cabelo. Aliás, você tem um cabelo lindo e brilhante, Piper. Eu sei que esses cortes repicados estão na moda, mas um mensageiro de hotel conseguiria ser mais feminino.

— É sério, Berni? Você não me conhece o bastante para insistir com essa conversa de ser feminina?

— Bem, não. Mas mesmo assim parece que os homens gostam de você. Não que você lhes dê muita atenção. Ainda não acredito que você tem 33 anos e nunca se apaixonou.

— Sou um acidente da natureza e amor é uma perda de tempo.

— Amor nunca é perda de tempo — Berni afirmou. — Preciso fazer uma pergunta... Você é lésbica?

— Bem que eu gostaria.

— Dá para entender. Mulheres são tão mais interessantes que homens.

Piper concordou. Ela confiava muito mais em suas amigas do que em qualquer namorado que teve no tempo em que ainda se interessava em ter um namorado. Mas aquela conversa não estava ajudando Berni a superar sua ilusão.

— Quando, exatamente, você viu o sujeito com o chapéu de queijo?

— Howard! E foi em 4 de setembro. Há exatos dezesseis dias. Era dia de jogo dos Packers. Eu saí da livraria e lá estava ele, sentando em um banco da praça observando os pombos.

— E usando um chapéu de espuma em formato de queijo...

O entusiasmo de Berni desapareceu.

— É isso que eu não consigo entender. Por que um torcedor dos Bears, como o Howard, usaria um símbolo dos Packers? Eu até entenderia se ele estivesse usando um chapéu do Stars. Ele gostava do Stars quase tanto quanto do Bears.

Considerando que Berni acreditava que seu marido tinha voltado do mundo dos mortos, a escolha de chapéu não parecia ser a principal questão.

— Ele viu você?

— Claro que viu. Eu gritei: "Howard!". Ele olhou pra mim e seu rosto ficou branco que nem papel.

— Você estava perto o bastante para perceber isso? — Piper clicou a caneta.

— Talvez tenha sido só impressão. Mas de uma coisa eu tenho certeza: ele me reconheceu. Porque no mesmo instante se levantou e saiu correndo. Eu tentei segui-lo, mas não consegui por causa dos meus quadris. — Berni franziu o rosto. — Por que ele faria isso? Por que fugiria de mim desse jeito?

Piper evitou responder e fez mais uma pergunta, que faria se estivesse em um caso de verdade.

— Você e Howard tiveram problemas conjugais durante o cruzeiro?

— Nós implicávamos um com o outro. Que casal não implica? Aquele homem se recusava a cuidar da própria saúde. Você precisava vê-lo no navio, se empanturrando de bacon e pães. Ele sabia muito bem que eu não gostava nada disso. Mas nós nos amávamos. É por isso que a perda dele tem sido tão terrível.

Embora não fosse uma mulher romântica, Piper não duvidava do amor entre Berni e Howard. Mas também não os invejava. Homens davam muito trabalho, e quando seus relacionamentos antigos acabaram, ela não ficou nem um pouco chateada. Então o pai dela ficou doente e Piper perdeu o interesse por qualquer outro assunto que não fosse trabalho. Ela já tinha complicações suficientes na vida e não precisava das que um homem traria.

Fez mais algumas perguntas a Berni e prometeu que investigaria. Berni ficou tão grata que ela se sentiu uma impostora, e, para aliviar a consciência, Piper passou pela Lincoln Square a caminho de casa.

A praça de paralelepípedos abrigava seu sortimento usual de adolescentes, casais, jovens mães empurrando seus carrinhos de bebê e alguns idosos. Nenhum deles, porém, usava um chapéu de espuma em formato de queijo, e nenhum tinha a menor semelhança com Howard Berkovitz. Ela se sentia ridícula só de procurar, mas queria poder olhar para Berni com a consciência tranquila. Quanto aos cem dólares... Piper decidiu usá-lo para pagar um ótimo jantar para a amiga.

✶

No dia seguinte, a amiga de uma amiga de Jennifer telefonou. Ela achava que estava sendo traída pelo namorado. Piper ficou feliz por arrumar uma nova cliente, mas, infelizmente, o namorado era um idiota e, na mesma noite, Piper tirou uma foto dele entrando no motel com a amante. Caso resolvido em menos de 24 horas. Cliente devastada. Pouco dinheiro.

Quando estava trancando o escritório na noite de quarta-feira, seis dias depois que Cooper a descobriu, os advogados dele deixaram outra mensagem para ela ignorar. Quem disse que negação era algo ruim?

Ela havia estacionado o carro perto da modesta placa, em preto e verde, que identificava o escritório das Investigações Dove. Um Dodge Challenger estacionou na vaga ao lado da dela. A porta foi aberta e um homem saiu – um homem muito bonito, vestindo calça jeans e uma camiseta que revelava o tronco cheio de músculos. Ela não o reconheceu até ele tirar os óculos de sol. Espelhados, é claro.

— Oi, Piper.

Era o Gostosão. Ela o observou com desconfiança.

— Policial — ela o cumprimentou.

— Pode me chamar de Eric.

— Ok...

Ele apoiou o quadril no para-lama do carro e cruzou os braços sobre o peito superdefinido.

— Quer tomar um café ou alguma outra coisa? — ele perguntou.

— Por quê?

— Por que não? Eu gosto de você. Você é interessante.

Pelo menos ele não disse que ela era gata. Piper odiava isso.

— É bom saber — ela respondeu. — Mas eu não gosto de você.

— Ei! Eu só estava fazendo meu trabalho.

— Puxando o saco do Cooper Graham?

— É. Aquilo foi da hora. Vamos lá. Vinte minutos. — Eric sorriu.

Ela pensou um pouco. Ao contrário do pai, Piper não possuía contatos no departamento de polícia e, se por algum milagre ela fosse continuar com a empresa, iria precisar de alguns. Ela concordou.

— Tudo bem, vamos. Eu sigo você com o meu carro.

Sem perceber, o cafezinho durou quase uma hora. Ela não ficou totalmente surpresa com o interesse dele. Homens bonitos começaram a se interessar por ela quando Piper era caloura na universidade. A princípio ficou confusa com toda a atenção, mas acabou desconfiando que era a falta de interesse dela que os atraía. Em um de seus namoros relâmpago, o rapaz tinha lhe dito que ficar com ela era como ficar com os amigos.

"Você gosta de esportes e não tá nem aí se o cara lhe traz flores e tal. Além disso, é uma gata."

Ela não era uma gata, e não tinha chegado nem perto de se apaixonar por nenhum deles. Talvez porque todo relacionamento que teve acabava por fazê-la se sentir... quase vazia... como se um buraco que ela não conseguia entender tivesse se aberto dentro dela. Naquele momento, a aversão que ela sentia por relacionamentos era um benefício. Uma complicação a menos em uma vida já bastante difícil.

O Policial Gostosão era um cara decente. As histórias que ele contou sobre sua vida na polícia eram interessantes e ele só perdeu a concentração uma vez, quando uma morena supergostosa, vestindo um suéter apertado, passou pela mesa deles. Mas como até Piper tinha reparado nela, achou que não poderia culpá-lo. Ele a convidou para jantar no sábado, mas Amber tinha lhe dado um ingresso para a Ópera, então Piper respondeu que já tinha planos.

Ser trocado por uma noite na Ópera pareceu surpreendê-lo.

— Você é diferente — ele observou.

— E você é um cara legal, mas não estou em um bom momento para me envolver.

— Tudo bem. Não vamos namorar. Só vamos sair de vez em quando, o que você acha?

Ele contava boas histórias, e ela precisava mesmo de um contato na polícia.

— Tudo bem, mas como amigos. Nada de namoro. — Ela fez uma pausa. — E eu não vou dormir com você.

Piper viu que ele não acreditou nela.

★

Na noite seguinte, Piper começou a tarefa mais que deprimente de tentar decidir o que empacotar e o que jogar fora. Alugar o apartamento já não estava em discussão, o professor amigo de Amber iria se mudar no dia seguinte. O aluguel que ele iria pagar cobriria o financiamento e a taxa de condomínio, o que adiaria a necessidade de vender o imóvel. Piper ficava repetindo para si mesma que não viveria para sempre no minúsculo porão da prima Diane – um lugar sem entrada separada, com um banheiro mofado e, o pior de tudo, com sua prima que só sabia reclamar. Quanto aos dois filhos dela... Piper suspeitava que Diane tinha lhe oferecido um aluguel tão ridiculamente barato para que pudesse contar com uma babá interna, algo que era ainda mais deprimente do que viver em um porão.

Piper estava deixando a maioria de suas coisas para o professor de Amber, mas ela precisava embalar algumas caixas de itens pessoais, incluindo um porquinho de pelúcia que tinha redescoberto em sua última gaveta. Seu nome era Oinky. As costuras estavam esgarçadas e a pelúcia gasta. Ele tinha sido seu companheiro de infância, um presente que sua mãe ganhou em seu chá de bebê.

Quando Piper completou 5 anos, Duke anunciou que Oinky tinha que ir embora.

— Só bebês andam com essas porcarias. Você quer que todo mundo pense que você é um bebê?

Ela respondeu que não ligava para o que todo mundo pensava e que Oinky não iria embora de jeito nenhum. Apesar da pressão, que só aumentava com o passar do tempo, ela se manteve firme até os 7 anos. Foi quando o valentão do bairro jogou Piper no chão e ela foi pra casa chorando. Duke ficou furioso, não com o valentão, mas com a filha, por chorar.

— Nós não temos mariquinhas na família. Você vai voltar lá e acabar com aquele garoto, e não me deixe vê-la chorando outra vez.

Ela não lembrava mais o que tinha feito com Justin Termini, que depois se tornaria seu primeiro namorado, mas lembrava da sensação terrível de ter decepcionado Duke. Naquela mesma noite, Piper pegou Oinky e o jogou na cara do pai, depois saiu batendo os pés para jogar o porquinho no lixo. Ela foi muito bem recompensada, com um grande abraço e uma ida à sorveteria, além dos elogios por ser tão durona quanto qualquer garoto da cidade. Duke nunca descobriu que, naquela noite, Piper saiu pela janela do quarto, desceu pela pilastra da varanda e retirou Oinky da lixeira. Piper o manteve escondido pelo resto da infância.

Oinky tinha sobrevivido ao período em que foi útil, mas ela não conseguiu se livrar dele e o guardou em uma caixa com seus moletons. Ela interrompeu a mudança para comer um sanduíche, olhando pela janela. Enquanto observava a rua enluarada, Piper viu um Tesla azul-metálico estacionar junto ao meio-fio. O sanduíche parou a meio caminho de sua boca quando a porta do motorista foi aberta e Cooper Graham saiu do carro. O apetite sumiu. Ela não tinha respondido às ligações dos advogados dele e agora o próprio Cooper aparecia para confrontá-la.

Os vizinhos recém-casados vinham andando pela calçada. Ela já tinha visto um deles usando um moletom do Stars, de modo que Cooper não teria nenhuma dificuldade para conseguir que eles o deixassem entrar no prédio. Em menos de um minuto ele estaria batendo em sua porta. Ela poderia se recusar a recebê-lo ou então enfrentar a fera cara a cara.

Não foi difícil decidir. Ela estava passando por muita coisa. Não iria recebê-lo. Mas ficar acovardada dentro de seu próprio apartamento foi impossível e, na terceira batida, Piper atravessou a sala e abriu a porta de supetão.

— O que você *quer*?

4

Cooper irrompeu na sala de estar de Piper, trazendo consigo uma explosão de energia hostil.

— O Keith está me roubando!

— Seu barman ruivo? É, eu sei.

Um metro e noventa e dois de convencimento masculino furioso se empertigou diante dela.

— Por que você não me disse?

Ela levantou o queixo para o encarar.

— Mas que diabos... É claro que eu te contei!

— Não de um modo que eu pudesse *acreditar*!

Piper sustentou o olhar furioso dele. Cooper foi o primeiro a desviar, e passou os dedos pelo cabelo, que logo voltou a ficar revolto.

— Ok. Pode ser que eu não estivesse disposto a escutar — ele admitiu.

Ela empurrou a porta, fechando-a, antes que todos os vizinhos viessem correndo para ver o que estava acontecendo.

— Eu duvido que, algum dia, você já esteve disposto a escutar — Piper ralhou.

— O que você quer dizer com isso?

A frustração que ela sentia acabou vencendo:

— Você está tão acostumado a se sentir superior que esquece que algumas pessoas podem saber de coisas que você não sabe.

Cooper apoiou uma daquelas manzorras hábeis no osso do quadril.

— Qual é o seu problema, afinal? — ele disparou. — Você se sente tão fracassada que precisa atacar qualquer um que tenha sucesso?

— Não. Talvez. Não sei. Ah, vá se foder!

Ele riu. Um súbito e genuíno momento de alegria que pareceu chocá-lo tanto quanto chocou Piper.

— Como você descobriu? — Cooper perguntou.

"Nunca deixe nenhum homem acreditar que é melhor do que você", Duke costumava dizer. *"Exceto seu velho pai."*

— Simples capacidade de observação. — Ela voltou a pegar o sanduíche que não podia mais se imaginar comendo. — Uma coisa em que eu sou *boa*.

— Diga como você descobriu. — ele inclinou a cabeça na direção dela.

— Só se me pagar — ela retrucou.

Ele meneou a cabeça, não como se não estivesse acreditando no que ouvia, mas como se tentasse se livrar dos efeitos de uma pancada. Ele observou o apartamento, viu a mala aberta com pilhas de roupas, a caixa de papelão onde ela guardou os alimentos não perecíveis: cereal, sopa enlatada, caixas de macarrão com queijo. Ela sabia cozinhar, mas parecia nunca ter tempo para isso.

— Você está de mudança. Que pena. O apartamento é legal.

— Dá para o gasto. — Era mais que isso. E continuaria sendo dela se Piper desistisse e voltasse para seu antigo emprego. Mas ela não queria mais fazer promoções na internet para troca de óleo, nem lidar com avaliações de uma estrela só porque a bobina que o cliente comprou não funcionava. Esse tipo de trabalho sugava a alma dela.

Cooper pegou Oinky.

— Belo porquinho.

Ela conteve o impulso de arrancar o porco das mãos dele.

— Mascote da escola.

Cooper levou Oinky consigo ao se sentar, sem ser convidado, no sofá cor de chocolate. Comparado ao Policial Gostosão, Cooper era mais bruto – as linhas de seu rosto eram menos suaves; ele possuía uma cicatriz na testa e outra no maxilar. A covinha no queixo. Cooper parecia ser duro como pedra, apesar de estar segurando o porquinho de pelúcia. Em tempos de guerra, ele seria o comandante que os homens seguiriam na batalha. Em tempos de paz, conduziria o time à glória. De qualquer modo, era um homem para ser levado a sério.

— Keith e eu somos amigos desde a faculdade — ele disse. — Eu confio mais nele do que em qualquer outra pessoa.

— Esse é o seu erro. — Ela notou que havia certo cansaço naqueles ombros grandes de guerreiro e no brilho daqueles olhos de lobo, que a fez refletir.

"Não se deixe envolver", Duke dizia. *"Todo babaca tem uma história triste."*

O sanduíche se desfez nas mãos dela e Piper o jogou no lixo.

— Você não é o primeiro empresário a ser roubado por um funcionário de confiança. Acontece o tempo todo.

Ele cruzou a perna daquele jeito que os homens fazem, apoiando o tornozelo no joelho, e pousou a mão ali.

— Eu devia ter visto o que estava acontecendo.

— Aqueles homens que você chama de seguranças deveriam ter visto — ela retrucou. — É por isso que você os contratou. Mas eles, provavelmente, devem estar recebendo uma parte.

Ele levantou o queixo, vibrando hostilidade.

— Meus seguranças são os melhores do ramo.

Piper lhe deu um olhar de pena.

— Tão rico e tão bobo. — Era boa a sensação de perceber algo que ele não conseguia. — A realidade é que você está tão acostumado a ter todo mundo lhe fazendo reverência e puxando seu saco que não consegue entender que a maioria das pessoas só mostra o melhor lado delas. Você esqueceu da quantidade de monstros que existem por aí. Toda sua fama te transformou em um bebê perdido na floresta, no que diz respeito a viver no mundo real.

Piper esperava uma réplica furiosa, mas não. Cooper colocou o porco de lado e cravou os olhos nela.

— Quem contratou você para me seguir?

— Isso é confidencial. — Ela se retraiu. — Não me pergunte de novo.

Ele se levantou do sofá.

— Deixe-me ver se entendi. Mesmo que eu tenha colocado os melhores advogados da cidade atrás de você, e que sua agenciazinha de detetive esteja quase afundando... É, eu também te investiguei... você não vai me dizer o nome do seu cliente. É isso mesmo?

Piper tinha que se manter firme, não importava o quanto quisesse ceder.

— Que parte de "antiético" você não entende?

— Oh, eu entendo. Muito bem... Então eu vou dizer de outro modo. Diga o nome do cliente, que eu mesmo vou contratá-la.

— Para quê? — Piper ficou boquiaberta.

— Para me beneficiar da sua desconfiança. Eu aprendo rápido. É óbvio que preciso de mais um par de olhos na casa noturna. Só por algumas semanas. Alguém que possa ver o que eu estou deixando passar. Uma segurança para ficar de olho na minha segurança, digamos assim.

Esse seria o trabalho dos sonhos. Era exatamente o que Piper precisava: um cliente com bastante dinheiro lhe oferecendo um trabalho que seria, ao mesmo tempo, interessante e desafiador. A cabeça dela girou. Só tinha um problema. Dos grandes.

— Tudo que eu tenho que fazer é...

— Entregar o nome do seu cliente.

Naquele momento, Piper detestou Deidre Joss, cuja insistência obstinada no anonimato acabaria levando-a à ruína. Ela deveria simplesmente contar a verdade para Cooper. Mas não podia. Piper atravessou a sala até a porta, lutando contra a dor em seu peito.

— Foi bom conversar com você, Sr. Graham. É uma pena que tenha de ir embora.

— Você não vai me dizer?

A vontade de revelar o nome de Deidre Joss foi tão forte que ela teve que cerrar os dentes.

— Eu não tenho seu dinheiro nem seu poder muito menos sua fama, mas eu tenho ética — *Ética*. Ela nunca odiou tanto uma palavra.

"Depois que você ultrapassar essa linha, não tem mais volta. Lembre-se disso."

Duke provavelmente estava falando de sexo. Mas o fato era que, se ela cedesse, estaria abrindo mão da sua dignidade, e ela não faria isso por nada nem ninguém.

Graham se aproximou, atiçando-a, como se Piper fosse um burro e ele estivesse pendurando uma cenoura diante dela.

— Pense em todo o dinheiro que você poderia ganhar com esse trabalho...

— Estou pensando, pode acreditar! — Ela escancarou a porta. — Eu lhe fiz um favor. Agora retribua e caia fora, para que eu possa terminar de empacotar as coisas e me mudar para o porão de merda da minha prima, e depois pensar em algo para manter a agência sem vender minha alma.

O sádico miserável sorriu. Um sorriso tão grande que expôs as rugas de seu rosto.

— Você está contratada.

— Ficou surdo?! — ela exclamou. — Eu já lhe disse que não vou entregar meu cliente.

— É por isso que está contratada. Me encontre no meu apartamento amanhã às 10 horas. Acho que você já sabe o endereço.

E foi assim.

✶

Piper acordou ao nascer do sol no dia seguinte. Ela continuava repassando em sua cabeça o que tinha acontecido. Depois de beber duas xícaras de café preto, ela decidiu vestir uma saia cáqui, uma camisa verde-oliva de mangas curtas com um escorpião vermelho estampado e suas boas e velhas ankle boots marrons de saltinho. Quase profissional e sem parecer que estava tentando impressioná-lo.

Ela ficou pronta cedo demais, então resolveu matar o tempo na Lincoln Square, onde andou pelos poucos lugares que estavam abertos. Não foi surpresa ninguém ter reconhecido a foto de Howard que Berni havia lhe dado. *Afinal, ele estava morto.*

Como Jennifer tinha previsto, o dia estava quente demais para o fim de setembro, e Piper manteve as janelas abertas durante todo o caminho até Lakeview. Faltando exatos dois minutos para as dez, ela estacionou em uma das três vagas para visitantes na alameda atrás do prédio dele.

O edifício de tijolinhos, que antes era um seminário católico, ficou desocupado durante anos até ser transformado em três apartamentos de luxo. Graham era o proprietário do duplex, na cobertura. Um titã do mercado imobiliário local e um ator de Hollywood com raízes em Chicago eram os donos das outras duas unidades.

Piper seguiu por um caminho de paralelepípedos ladeado por samambaias até a porta da frente, onde entrou no saguão pequeno que dispunha de um sistema avançado de câmeras de segurança – que ficou curiosa para conhecer melhor. Uma voz vinda de um computador a orientou até um elevador particular, que a conduziu até a cobertura. A porta se abriu e ela entrou em uma ampla sala de estar com paredes de tijolo à vista e grandes janelas industriais. O pé-direito era duplo e havia tubulações expostas no teto, pintadas de cinza-escuro. As tábuas de bambu do chão formavam grandes letras "V", conferindo ao espaço um estilo moderno. As compridas prateleiras em uma das paredes abrigavam uma coleção de livros que, ela podia apostar, ele nunca tinha aberto.

Dois homens estavam sentados, de costas para ela, em um sofá curvo cor de champagne, do tamanho de três sofás normais. Cooper vestia um roupão felpudo branco e o outro homem estava de calças escuras e camisa azul. Foi este que se levantou e deu a volta no sofá para apertar a mão dela.

— Heath Champion — ele se apresentou.

Também conhecido como "Píton", Heath Champion era uma lenda de Chicago e um dos agentes esportivos mais poderosos do país. Ele representava dois dos maiores ex-*quarterbacks* do Stars, Kevin Tucker e Dean Robillard, bem como o novo cliente de Piper. Apesar de toda a aparência de moço bom e educado dele, Piper sabia reconhecer uma cobra quando via uma, e não baixaria a guarda nem por um segundo.

— Você deve ser a incorruptível Srta. Dove — Champion brincou.

— Piper.

Cooper não se deu ao trabalho de levantar para cumprimentá-la. Apenas fez um aceno de cabeça.

— Tem café na cozinha.

— Estou bem — ela disse.

— É melhor que esteja — ele retrucou.

Champion apontou para o sofá.

— Sente-se.

Ela se concentrou na vista das janelas para não ter que olhar logo para seu empregador. Um pátio sombreado, três andares abaixo, fechado por paredes de tijolo cobertas de hera, continha grandes crisântemos amarelos que pareciam brilhar na sombra. As samambaias começavam a ficar marrom nas pontas e as folhas que flutuavam na bacia da fonte de pedra anunciavam que o outono se aproximava.

Piper se forçou a virar na direção do sofá. Cooper estava sentado no meio, à vontade, as pernas cruzadas e apoiadas sobre uma mesa de centro de madeira e vidro com o formato de um disco voador. O robe de banho estava aberto o bastante para revelar as pernas e uma cicatriz feia no joelho direito e outra pequena que desfigurava o tornozelo. Quantas cicatrizes ele tinha? O que será que ele estava usando por baixo daquele robe?

Sua percepção feminina a enfureceu e ela culpou a cafeína.

Piper colocou a bolsa-carteiro cinza no sofá, que era fundo, projetado para um homem grande e não uma mulher de tamanho médio. Se apoiasse as costas no encosto, ficaria com as pernas penduradas como uma garotinha no jardim de infância. Então, ela se sentou na borda.

Cooper observou o escorpião na camisa dela.

— Logotipo da empresa?

— Ainda estou tentando decidir. Isto ou um rosto sorridente.

O rosto de Cooper parecia bronzeado contra o branco alvíssimo do robe, e o decote revelava um pouco dos pelos do peito. Ela lhe deu alguns pontos por não se depilar, mas depois os retirou, só porque teve vontade. Ele sorriu, como se estivesse lendo sua mente.

— Qual é o seu plano para melhorar minha segurança? Eu sei que você tem um.

Ela não se deixaria intimidar por um cliente quase nu.

— Antes de reabrir a agência, trabalhei como gerente de reputação e estrategista digital para uma rede de autopeças de Chicago.

— Que diabos é um gerente de reputação?

— Um segurança *online*. Eu monitorava sites comerciais e mídias sociais em busca de comentários negativos. Apagava os incêndios na internet e aprimorava o site da empresa.

Cooper entendeu tudo rapidamente.

— E esse vai ser seu disfarce?

— É o mais simples. Mas pode ser que aquele monstro que você chama de leão de chácara me reconheça.

— Duvido.

— Preciso ir embora — Champion disse. Piper percebeu o brilho de uma aliança de casamento na mão esquerda dele e imaginou sua esposa: uma modelo loira e peituda, com cabelos compridos, de quase meio metro, e lábios inflados como brinquedos de piscina.

— Você e Annabelle vão sair da cidade para uma viagem romântica? — Cooper perguntou.

Piper torceu para que Annabelle fosse a modelo peituda que era a esposa dele e não uma amante.

— Não faço ideia do que você está falando — Champion respondeu.

— Leve alguns tomates. — Cooper inclinou a cabeça na direção da cozinha americana, que era uma combinação eficiente de aço e alumínio. — E o que mais quiser.

— Não vou recusar. — Champion atravessou a cozinha e saiu por uma porta dupla de vidro para o que parecia ser outra indulgência dos super-ricos: uma horta no telhado. Ela imaginou quanto custaria a Cooper manter aquilo.

Quando ficou sozinha com ele, o salão já não lhe pareceu tão espaçoso. Ela precisava falar de negócios.

— Como você percebeu que seu ex-parceiro Keith estava com a mão na botija?

— Eu aceitei sua sugestão e conferi pessoalmente o estoque de bebidas.

— E percebeu que estava faltando.

— Isso foi só o começo. — Ele levantou do sofá e caminhou até a cozinha. — O filho da puta não estava registrando dezenas de pedidos. E também distribuía drinques de cortesia, todas as noites, o que lhe rendia belas gorjetas.

— Erro de gestor iniciante — ela disse. — Deixar que os empregados decidam para quem dar as cortesias. E manter o recipiente de gorjetas perto da registradora torna tudo muito fácil.

Ele colocou a caneca na pia e olhou para o jardim, além das portas de vidro. Piper não quis ficar sentada enquanto ele estava de pé e, ao se levantar, viu algo em que não tinha reparado antes: uma escada de metal aberta na extremidade do salão levava a um quarto de tamanho considerável no mezanino. Ela imaginou quantas mulheres já tinham prendido o salto agulha naqueles degraus de metal.

A cozinha não parecia ser usada para muito mais do que fazer café, o que tornava aquela horta no terraço um luxo ainda maior.

— Pelo que observei — Piper continuou —, e lembre que eu estava na Spiral para observar você, não sua equipe... seu amigo Keith talvez tenha um acordo paralelo com alguns dos garçons. Para afirmar que um drinque foi devolvido quando não foi e depois cancelar a venda e embolsar o dinheiro. Esse tipo de coisa.

— Quais garçons?

Ela não iria queimar ninguém sem provas.

— Você está me contratando para descobrir isso.

Heath Champion voltou da horta carregando uma sacola de compras com ramos de cenoura saindo por cima.

— Você é o único cara que eu conheço que cultiva couves-de-bruxelas — disse o agente. — Tomates eu entendo. Jalapeños também. Mas couves-de-bruxelas?

— Aceite que dói menos.

Piper havia se esquecido de silenciar o celular e o aparelho começou a tocar a música tema de *Buffy, a caça-vampiros*. Cooper arqueou uma sobrancelha para ela.

— Muito profissional.

Ela pegou o celular na bolsa. A chamada era do Policial Eric. Ela silenciou o celular e aproveitou para pegar uma pasta.

— Eu tenho um contrato da agência...

Cooper inclinou a cabeça na direção de Champion.

— Entregue para ele, eu vou me vestir. — Ele se dirigiu à escada e, por um breve momento, Piper se imaginou parada debaixo daqueles degraus vazados, olhando para cima. Então esticou a pasta para Champion.

Ele colocou a sacola com os vegetais no balcão e pegou a pasta com o contrato. Piper observou, nervosa, o agente estudar o contrato. Ainda que ela tivesse resistido ao impulso de inflacionar seus honorários, ele poderia achar que ela estava cobrando caro demais.

Champion tirou uma caneta do bolso da camisa e a clicou.

— Ele pode pagar um pouco mais do que você está cobrando.

Ela tentou assimilar o que acabara de ouvir.

— Você não deveria proteger os interesses dele? — perguntou.

Champion sorriu, mas não respondeu.

Cooper reapareceu alguns minutos depois, vestindo jeans e uma camisa justa do Stars, que fazia um trabalho excepcional na exibição dos admiráveis ombros dele. O agente lhe entregou o contrato. Cooper o analisou, levantou uma sobrancelha para Champion e depois olhou para ela.

— Tire quinhentos dólares — ele disse — e você pode ficar com o apartamento em cima da boate, em vez de ter que se mudar para o porão de merda que mencionou.

— Seu vagabundo avarento — o agente disse, alegre.

— Tem um apartamento em cima da boate? — Piper perguntou.

— Dois — Cooper respondeu. — Um está ocupado, mas o outro está livre. É barulhento quando a boate está aberta, mas você pode usar tampões nos ouvidos.

— Ela tira trezentos dólares — Champion interveio. — É o mínimo que Piper aceita.

E isso a deixava na mesma situação de antes, só que ela teria um lugar só dela para ficar.

Cooper apertou os olhos para o agente.

— Por que você continua trabalhando para mim, mesmo?

— Porque você precisa de uma consciência.

Cooper não pareceu se ofender, ele apenas se voltou para Piper.

— Pode se mudar quando quiser, mas preciso que comece esta noite. — Ele tirou um chaveiro de uma gaveta da cozinha e o jogou para ela. — Vou apresentá-la durante a reunião da equipe. Começa às 8 horas da noite. Seja pontual.

Piper tinha conseguido um trabalho e um apartamento que não era o porão da prima! Ao pegar o contrato assinado, Piper teve vontade de beijar Heath Champion. Mas havia mais uma coisa.

Ela fixou o olhar nas sobrancelhas escuras de Cooper Graham.

— Isso significa que você não vai mais me processar, não é?

Piper não gostou do sorriso rápido dele, que exibiu aqueles dentes de crocodilo.

— Depois nós falamos sobre isso.

✶

— Tem uma coisa que eu não estou entendendo — Champion disse quando as portas do elevador se fecharam atrás de Piper Dove.

Cooper investigou o conteúdo da sacola de vegetais de Champion com mais concentração do que parecia ser necessário.

— O quê?

— Por que você ofereceu o apartamento para ela?

— Quanto mais perto do clube eu a mantiver, mais vou conseguir pelo meu dinheiro.

Champion pegou sua sacola.

— Espero que dedicação à investigação seja tudo que você espera conseguir com seu dinheiro. Essa mulher não é uma das suas atrizes.

— Eu notei. Além do mais, como você deve ter reparado, não gosto muito dela.

— Percebi.

— E ela me despreza por completo.

— Com certeza não é uma de suas fãs.

— Mas a verdade é que essa mulher tem coragem e integridade.

— Ela tem mais do que isso. Olhos lindos, um rosto interessante e um belo par de pernas.

— Não estou interessado — declarou Cooper.

— Liberada para os amigos, então?

Cooper não iria mais deixar que Champion pusesse as mãos em nenhuma de suas ex-namoradas ou em Piper Dove.

— Caia fora daqui e vá ver sua esposa.

— Estou indo.

Depois que Champion se foi, Cooper atravessou a cozinha e saiu para a horta, seu lugar favorito no mundo. Ele sempre gostou de cultivar coisas e não via motivo para deixar que a vida urbana mudasse isso. Seu terraço enorme, em vários níveis, possuía muros altos o bastante para proteger a horta do vento, tornando aquele lugar perfeito para cultivar vegetais. Ele próprio tinha construído o espaço, carregando cada saco de terra, planta e vaso.

Durante as temporadas de futebol, o cheiro de terra e de vegetais o ajudava a esquecer das dores de seus machucados. Quer ele estivesse tratando o solo, removendo plantas mortas ou colhendo os vegetais que doava para o banco de alimentos, ali fora não havia o clangor dos capacetes se chocando, os grunhidos das interceptações, o rugido da multidão que varria o campo como uma onda de choque. Ali fora ele conseguia se esquecer do pico de adrenalina provocado pela consciência de estar no controle daquele balé selvagem que era cada jogo da NFL.

Agora que não jogava mais, ele saía para a horta para se distanciar de si mesmo – dos pensamentos sobre o futuro que sua cabeça não parava de remoer. Mas, nesse dia, a horta não estava lhe acalmando. Uma semana tinha se passado desde sua última reunião com Deidre Joss e ele não teve mais notícias da investidora. Ela disse que demoraria para tomar uma decisão, mas paciência não era o forte de Cooper Graham. Em mais alguns meses, a Spiral entraria no azul e ele estaria pronto para começar a próxima fase de sua nova carreira: criar uma franquia de casas noturnas com atletas famosos que eram ocupados demais – ou inteligentes de menos – para tocar o próprio negócio.

O surgimento de Piper Dove também foi uma distração bem-vinda; embora ela o irritasse de uma dúzia de modos diferentes, também o interessava. Apesar daquela palhaçada de Esmeralda, Piper tinha uma honestidade essencial que seria muito vantajosa para ele, e estava ansioso para ver como ela conciliaria sua evidente aversão por Cooper com o fato de que precisava trabalhar para ele.

Para infelicidade de Piper, o intrínseco cavalheirismo de Cooper parecia desaparecer quando ela estava por perto. Também era uma infelicidade que a operação diária de apenas uma casa noturna estivesse começando a entediá-lo. Ele precisava de uma distração, e Piper Dove poderia fornecê-la.

✶

No fim daquela tarde, Piper colocou a chave que Cooper tinha lhe dado na fechadura da porta de metal que se abria para a viela atrás da Spiral. O pequeno corredor tinha paredes cinzentas e cheirava à batata frita, mas o chão estava limpo. A porta em frente parecia levar à área de serviço da boate. Uma escadaria à direita levava aos apartamentos.

Quando começou a subir a escada rumo ao terceiro andar, ficou aliviada por não ter muita coisa em sua mudança. Ela chegou ao alto e parou no patamar.

Tudo aconteceu rápido. Uma figura pulou das sombras... Uma arma apontou para sua cabeça... Um ardor na têmpora...

— *Você está morta!*

5

Piper reagiu por instinto. Ela agarrou o braço do agressor, deu um chute e o derrubou com um baque estrondoso. Só quando ela ouviu o gemido de dor é que percebeu que a voz que a tinha declarado morta era feminina e não masculina.

Uma adolescente estava esparramada no chão de madeira, segurando o braço. Uma arma de brinquedo amarela estava caída ao lado dela, e o projétil de espuma dura que tinha atingido Piper estava caído sobre o último degrau da escada.

A garota era etnicamente ambígua: pele morena, olhos cor-de-âmbar brilhantes, cabelo longo e encaracolado; havia nela uma promessa de beleza quando deixasse a adolescência para trás.

— Ah, meu Deus, me desculpe! — ela exclamou, revelando o aparelho fixo metálico.

— Você está bem? — Piper perguntou, ajoelhando-se.

— Eu pensei que você fosse uma assassina!

— Há muitos assassinos por aqui? — Piper estendeu a mão para verificar o braço da garota.

— Eu estou bem. — Ela se sentou no chão.

Piper ficou aliviada ao ver que o braço da menina não estava quebrado, mas também ficou brava.

— O que você acha que estava fazendo?

— Pensei que você fosse outra pessoa. — A garota pegou sua arma de brinquedo, que tinha sido modificada com elásticos vermelhos para intensificar os disparos.

— Você tem permissão para portar esse tipo de arma? — Piper zombou.

— Eu sei. É uma estupidez. Foi meio constrangedor comprar essas armas.

— *Essas*?

— A gente precisa ter mais do que uma. É um tipo de jogo, mas é, tipo, sério. — Ela se levantou do chão. Seu corpo era bem proporcional, mas, como adolescente, provavelmente deveria se achar gorda. — Você deve ser minha nova vizinha. Cooper falou para minha mãe que alguém iria se mudar, mas eu, tipo, esqueci. Meu nome é Jada.

— E o meu é Piper. Então, qual é o lance de atacar uma pessoa inocente?

— Eu estudo na Pius, agora. — Piper reconheceu o nome de uma escola paroquial de Chicago. — Sou uma das Assassinas da Pius.

— O Papa sabe disso?

— Você é engraçada — ela disse, séria, como se tivesse avaliado Piper e encontrado uma categoria para classificá-la. — Nós viemos de St. Louis para cá pouco antes de as aulas começarem. Então esse é um modo de, talvez, fazer amizades.

E tentar se encaixar, Piper pensou.

— Vou mostrar o apartamento para você — Jada disse. — É menor que o nosso, mas dá para o gasto. — Ela apontou para uma das três portas que davam para o vestíbulo pequeno e quadrado. — Aquela porta dá para o clube. Você sabia que antes a Spiral era um restaurante italiano? — Ela indicou uma porta à frente delas. — Eu e minha mãe moramos aqui. Não é tão bom quanto nossa casa em St. Louis, mas minha mãe quis ir embora e o Cooper nos convidou para ficar aqui. Meu pai morreu em um acidente de carro quando eu tinha 9 anos. Ele foi *personal* por um tempo, e era, tipo, melhor amigo do Cooper, que pagou pelo funeral e tudo.

— Isso é difícil. Eu perdi minha mãe quando era pequena.

— O Cooper também. Este é o seu apartamento. — Carregando a arma, ela se encaminhou para a porta mais distante e girou a maçaneta. Estava destrancada.

O espaço não era grande, mas servia. As paredes eram cor de mostarda e o piso era revestido de tacos dos anos 1970. Havia duas janelas com vista para a viela atrás da boate. Um balcão de fórmica branca separava a cozinha modesta da área de estar, que tinha um sofá verde-musgo e uma espreguiçadeira da mesma cor, bem como duas mesinhas de carvalho e luminárias.

— O quarto é a melhor parte. — Jada desapareceu pela porta em frente.

E era mesmo. Piper parou na porta para assimilar tudo. A maior parte do espaço era ocupado por uma cama *king size* com cabeceira acolchoada e um edredom creme. A parede em frente sustentava uma grande TV de tela plana. Havia uma estação para carregar aparelhos eletrônicos na cabeceira e um par de luminárias em formato de funil pendiam do teto de cada lado da cama.

— Uau!

— Cooper dorme aqui às vezes.

Não mais. Ele não dorme mais aqui.

— Ele gosta de conforto — Jada explicou.

— Não brinca. — Piper sentou na extremidade da cama e sentiu o conforto do colchão de espuma caro.

Jada, cutucando o esmalte preto já destruído de suas unhas, olhou desejosa para o iPad no carregador.

— Cooper é rico de verdade.

— Ser rico não é tão legal como as pessoas dizem — Piper disse, o que era uma mentira completa.

— Acho que não.

— Conte-me sobre os Assassinos da Pius.

Jada afastou uma mecha de cabelo para trás da orelha.

— Começou alguns dias atrás. É tipo um exercício de integração para o segundo ano.

— Cada ano que passa essas freiras ficam mais divertidas.

— Os professores não gostam da brincadeira, mas desde que a gente não leve as armas para a escola, eles não podem fazer nada. Todo mundo do segundo ano que queria jogar teve que pagar, tipo, cinco dólares. Minha classe tem 120 alunos, e 92 se inscreveram.

— E o objetivo é...

— Ser o último sobrevivente — Jada explicou.

— Como nos *Jogos Vorazes*. — Piper estava começando a entender.

— E ganhar os 460 dólares. — Jada puxou o cabelo em um rabo-de-cavalo e depois o soltou. — Eu preciso muito do dinheiro, porque meu celular é, tipo, constrangedor. Eu nunca digo isso para minha mãe, mas ela sabe, e isso me deixa mal, porque não podemos comprar um melhor. — Ela olhou para baixo. — Eu não deveria ter te contado isso. Minha mãe disse para eu nunca falar de dinheiro.

Piper sentiu o coração apertar pela menina.

— Então, como o jogo funciona?

— Você não pode matar ninguém na escola, nem em atividades escolares, nem se a pessoa estiver trabalhando. E não pode atirar de um carro em movimento, porque crianças podem se machucar assim.

— Reconfortante.

— Você não pode matar um colega no ônibus nem no metrô, indo ou voltando da escola, mas em outros momentos é permitido.

— Eu fico imaginando como os passageiros se sentiriam, fugindo dos tiros das armas de brinquedo. Ainda mais em Chicago. Vocês têm sorte que ninguém tenha atirado de verdade em vocês.

— Nós devemos respeitar as outras pessoas.

— E isso está dando certo? — Piper perguntou, com só um pouco de sarcasmo.

Jada franziu a testa.

— Sinto muito pelo que aconteceu. A questão é, você não pode entrar na casa de uma pessoa para matá-la, a menos que alguém convide você para entrar. E, tipo, se algum colega da escola aparecer lá embaixo e disser que é meu amigo, é provável que um dos porteiros o deixe entrar.

— Que tal você falar com eles sobre isso?

— Minha mãe não permite. Como o Cooper deixa a gente ficar aqui de graça, nós meio que devemos tudo a ele, e a mamãe não quer que o perturbemos.

De graça? A natureza desconfiada de Piper fez com que ela se perguntasse se altruísmo seria o único motivo para Cooper fornecer alojamento grátis.

— Se isso acontecer de novo — Piper disse —, eu posso machucar você de verdade.

— Você mandou bem. Tem reflexos muito rápidos.

Agora que Piper sabia que não tinha quebrado o braço da garota, ficou bem satisfeita consigo mesma.

— E se a gente criar um código? — Jada sugeriu. — Você pode, tipo, bater duas vezes rápido e uma devagar, lá embaixo, antes de subir, para eu saber que é você. Eu preciso mesmo desses 460 dólares.

— Ajude-me a descarregar o carro e eu penso no assunto.

Jada desceu a escada na frente. Ela levantou a arma e examinou rapidamente a viela antes de sair.

Piper tinha enfiado tudo em duas malas e algumas caixas. Jada pegou uma das malas, a arma ainda levantada, a cabeça virando de um lado para outro. Piper pegou a outra.

— Você acha mesmo que alguém vai vir atrás de você aqui?

Jada olhou para Piper como se esta fosse uma tonta.

— Você está brincando, né? Este é um ótimo lugar para uma emboscada. No terceiro dia de aula, dois alunos, Daniel e Tasha, se esconderam atrás do carro do Cooper. Eles estavam atuando em dupla.

— Que malandros.

— Estão mortos, agora — Jada disse, toda satisfeita. — Eu tentei formar uma dupla com a Tasha, mas ela é uma das meninas populares. E também gosta do Daniel.

— Outra mulher bancando a boba por causa de um homem — Piper comentou.

— Pois é. — Jada concordou com a cabeça, como se conhecesse o mundo. — Eu vou ser psicóloga.

— É difícil imaginar que você tenha futuro, com tantos homicídios dolosos na sua ficha criminal, mas vá atrás do seu sonho.

Jada abriu um sorriso tão largo, com o aparelho nos dentes reluzindo, que Piper a perdoou pela emboscada.

✶

Tony, o gerente da casa noturna, tinha um vozeirão, um sorriso imenso e uma personalidade efusiva, mas Piper prometeu ficar de olho nele mesmo assim, embora isso não fosse ser fácil, porque Cooper tinha dito ao gerente o motivo da presença dela na boate. Na reunião da equipe, Cooper a apresentou como a nova estrategista digital. Ela soube que o nome do Cabeça de Torpedo era Jonah. Ele era o chefe dos seguranças e tinha sido defensor do Clemson. Embora não parecesse ter reconhecido Piper, seu olhar não tinha nada de amistoso – fosse por sua natureza rabugenta ou porque tinha decidido que ela não era gostosa o suficiente para trabalhar na Spiral. Os outros seis leões-de-chácara também pareciam ser ex-jogadores de futebol, uma teoria que não demorou para ser confirmada.

Tony orientou os atendentes sobre as marcas de bebidas que iriam oferecer naquela noite. Piper achou curioso que Cooper interviesse, no final, para lhes dizer que não servissem mais do que o cliente pudesse aguentar.

— É difícil definir esse limite — ela disse.

— Eu quero ter um negócio onde as pessoas vão para se divertir, não para se matar.

— Já pensou em minigolfe?

— Engraçadinha.

Às 9 horas da noite os clientes começaram a chegar – mulheres de cabelos longos e saias curtas, vestidos colados, blusas de seda e sapatos incríveis. Homens de jaqueta, camisas abertas no colarinho ou camisetas caras que mostravam os músculos. Todos pareciam querer a atenção do caubói de Oklahoma que chegou a Chicago vindo de Miami, trazendo glória para a cidade. As pessoas rodeavam Cooper como um enxame de vespas, empurrando e gesticulando. Os seguranças só observavam.

Uma mulher com shorts de couro e outra com vestido vermelho com recortes na barriga passaram por ela. Em seu armário, Piper só tinha um vestido adequado ao lugar, o pretinho inócuo que ela havia usado oito dias antes, na noite em que foi descoberta. A única vantagem de se trabalhar em um cubículo era que podia usar jeans. Ter que se arrumar para o trabalho era um sofrimento.

Enquanto andava pela boate, Piper viu que novas práticas já estavam sendo observadas pelos atendentes, mas uma das garçonetes, uma morena de nome Taylor, chamou sua atenção. Naquela primeira noite na boate, Piper percebeu que a morena parecia ter uma relação íntima com Keith, o barman. Quando Taylor parou no bar para pegar uma bebida, Piper puxou conversa:

— Acho que seria interessante publicar uma matéria periódica com o perfil dos atendentes no site da Spiral. Colocar uma fotografia, alguns fatos divertidos. Você acha que a equipe vai topar?

Piper observou que a maioria dos atendentes parecia feliz com o trabalho. O dinheiro era bom, os benefícios bem razoáveis, e ninguém precisava sentar no colo dos clientes para vender bebida. Mas talvez Taylor não estivesse tão satisfeita quanto o resto. Ela arrumou os drinques em uma bandeja preta que o barman lhe entregou.

— Claro. Eles fazem qualquer coisa para deixar o Cooper feliz.

Havia um tom esquisito na resposta?

— Eles? Mas você não?

— Ah, sim. Eu também. O trabalho é ótimo.

O entusiasmo de Taylor não pareceu verdadeiro, e Piper fez uma nota mental para prestar mais atenção nela.

Clientes estavam pressionando Cooper em busca de autógrafos e nenhum dos seguranças interveio para abrir espaço para o patrão. Ela entendia a ideia de não deixar que os seguranças parecessem guardas de prisão, mas aqueles caras estavam indo longe demais. Todo mundo queria ser amigo de Cooper Graham, e, embora a multidão dessa noite estivesse calma, isso podia mudar. Ainda assim, cuidar dele não era o trabalho dela, então Piper continuou em movimento, passando um tempo no bar, deslizando pela pista de dança e verificando constantemente o banheiro das mulheres.

Era quase meia-noite quando ela foi na direção da área VIP e o detestável Jonah a deteve na frente da escada.

— Você não pode subir aí.

Piper já tinha se deparado com esses valentões. Jonah sabia que ela fazia parte da equipe, mas queria mostrar quem mandava ali. Os saltos altos de Piper lhe davam mais alguns centímetros de altura, e ela usou cada um deles.

— Eu vou aonde eu quiser, e se você não gosta disso, vá falar com o Sr. Graham. Mas não chore quando falar com ele. Vai ficar feio para você.

Ela passou por ele e foi para a área VIP. Sua primeira noite no emprego e já tinha feito um inimigo.

Esse salão era decorado em bronze e preto, como o restante da casa, mas com treliças envernizadas que formavam ambientes reservados e um bar dourado na extremidade. O uniforme das atendentes era idêntico ao das que trabalhavam no piso principal – sugestivo, mas não vulgar. Vestido preto justo com tiras duplas como alças que se cruzavam nas costas. A bainha ficava no meio da coxa e tinha um dedo de renda preta. Algumas das mulheres usavam botas de couro de salto alto, outras calçavam sandálias gladiador com as tiras subindo pela perna, mas que ainda assim pareciam mais confortáveis que os sapatos que Piper estava usando.

Um homem que ela reconheceu como o novo atacante do Stars estava sentado com dois jogadores do Bears e um previsível quarteto de garotas de cabelo longo. Piper foi até o balcão e conversou com os barmen enquanto observava o movimento. Ali, a maioria dos clientes tendia a concentrar sua atenção nas pessoas em suas mesas, em vez de ficar passando os olhos de um grupo para outro, como a clientela no piso principal. Os VIPs pareciam acreditar que eram as pessoas mais importantes no ambiente.

Piper foi até o pequeno salão das mulheres no fundo. Assim que entrou, viu uma morena de aparência dramática que reconheceu ser a atriz de uma série policial de TV baseada em Chicago. A atriz estava sentada em um estofado em forma de cubo, diante de um espelho oval, encarando o próprio reflexo enquanto lágrimas carregadas de rímel escorriam por seu rosto. Piper se deteve.

— Você está bem? — ela perguntou.

— Minha vida é uma merda — a atriz disse, com a voz arrastada, sem parar de olhar para o próprio reflexo.

A julgar pelo tamanho dos diamantes nas orelhas dela e pelo belíssimo vestido azul-royal de um ombro só, a vida dela não podia ser essa merda toda.

— Os homens são uma merda. É tudo uma merda! — As lágrimas pretas continuavam rolando.

Piper pensou se devia ir embora logo, mas fazia horas que estava de pé e seus saltos a estavam matando. Então ela se sentou no cubo ao lado e tirou os sapatos.

— Parece que sua noite está sendo ruim.

— Minha *vida* está ruim. Uma merda.

— Quer uma sugestão? Dê um pé na bunda desse cara.

A atriz virou o par de olhos azuis estarrecidos para Piper.

— Mas eu o amo!

Oh, Senhor... Quantas mulheres estúpidas cabem neste planeta? Piper tentou mostrar empatia.

— Sem querer bancar a mestre Zen, mas talvez devesse amar mais você mesma.

A atriz pegou um lenço de papel e enxugou as lágrimas de rímel.

— Você não entende. Às vezes ele é tão carinhoso. E precisa de mim. Ele tem problemas.

— Todo mundo tem problemas. Deixe que ele cuide dos problemas dele.

As narinas perfeitas da atriz se expandiram com hostilidade.

— É óbvio que você não tem ideia do que é amar com toda sua alma.

— Tem toda razão. A menos que esteja falando de Doritos sabor taco.

A atriz não achou graça e se aproximou, trazendo consigo o aroma de seu perfume de um zilhão de dólares.

— Quem é você?

— Ninguém. Uma funcionária. Eu cuido da mídia social da casa.

A mulher observou o vestido nada memorável de Piper, tão deslocado naquele ambiente exclusivo, e então se levantou, sem qualquer elegância.

— Eu tenho pena de você. Não faz ideia do que está perdendo.

— Sofrimento? — Piper perguntou, do modo mais gentil que conseguiu.

A atriz saiu, ruidosamente, do salão das mulheres.

Piper observou, desanimada, seu reflexo no espelho. Sua segunda opção de carreira, como *coach*, não parecia promissora.

Ela não estava acostumada com os horários da vida noturna, então molhou uma das toalhas pretas em água fria. A porta foi aberta e entrou a mais bonita das loiras de cabelo comprido que estava com os jogadores de futebol.

— Você também? — ela disse quando viu Piper colocando a toalha fria na nuca. — Eu preciso ir embora. Estou com o sono muito atrasado e meu oral é daqui a duas semanas.

— Oral?

A loira se aproximou de um espelho e limpou a mancha de batom do dente da frente com o dedo indicador.

— Exame oral. Vou defender minha tese de doutorado em saúde pública. Linda, cabelos maravilhosos e inteligente.

— Isso não é justo — Piper murmurou.

— Perdão?

— Parece complicado.

— É mais fácil quando se dorme bem, com certeza. — A mulher foi até um dos três sanitários e fechou a porta.

Enquanto Piper se dirigia ao piso de baixo para ficar com os mortais, ela se lembrou de que um bom detetive não faz suposições como as que ela fez a respeito das loiras de cabelo comprido.

✶

O tema de *Buffy* acordou Piper na manhã seguinte. Desorientada por um instante devido ao novo cenário, ela tateou o criado-mudo à procura do celular, derrubou-o no chão, e então ficou pendurada de cabeça para baixo na beira da cama para pegá-lo.

— Alô?

— Abra a porta, Esmeralda. Nós precisamos conversar.

— Agora?

— Agora.

Ela grunhiu e voltou para o colchão luxuoso. Aquela cama era um paraíso e Piper nunca mais queria sair dali, muito menos naquele momento, quando não estava acordada o suficiente para conversar com seu empregador. Ela olhou para o relógio com os olhos embaçados – eram 9h30. Mas ela só tinha ido dormir depois das três. Graças a Deus a casa não abria todas as noites. Quatro por semana era mais que suficiente.

Ela dormiu vestindo apenas calcinha e uma camiseta do Chicago Bears. Piper lutou com a calça jeans e fechou o zíper, meio atrapalhada, antes de atravessar, descalça, a sala de estar. Ela não olhou para ele quando abriu a porta.

— Eu não falo nem comigo mesma até escovar os dentes. — Virando-se, ela foi para o banheiro minúsculo do apartamento, onde fez xixi, escovou os dentes e deu uma geral na aparência. Quando saiu, ele estava sentado no sofá, de pernas cruzadas e segurando um copo do Starbucks com a mãozorra. Ela olhou ao redor com a esperança de ver outro copo de café, mas não o encontrou.

— Você só trabalhou uma noite — ele disse —, e já recebi a primeira reclamação a seu respeito.

Ela não precisou pensar muito para deduzir qual era a fonte mais provável da reclamação, mas bancou a boba.

— Não é possível.

— Você irritou Emily Trenton.

— Emily Trenton?

— A atriz de *Homicídio Qualificado*.

— Essa é a pior série da TV de todos os tempos! — ela retrucou. — Não sei quanto a você, mas estou cansada de ver corpos de mulheres com a garganta cortada e buracos de bala toda vez que ligo a TV. O que aconteceu com o conceito de deixar o público usar a imaginação? Além das cenas de autópsia. Juro que se vir outra...

— Seu trabalho é observar a equipe, não antagonizar os clientes.

Ela estava começando a protestar, mas se conteve.

— Você tem razão. Não vai acontecer de novo.

Cooper pareceu surpreso por Piper não querer discutir, mas ela passou dos limites com a atriz e não via como defender sua atitude. Ele tomou um gole do café enquanto a observava.

— O que você disse para ela, afinal?

— Eu disse que ela devia dar o fora no cara que a estava fazendo sofrer.

— Um dos jogadores mais sujos da liga — Cooper disse, com aborrecimento. — Chega atrasado na bola, segura o capacete do adversário, dá cabeçadas. É só dizer uma infração, que o cretino já cometeu. Uma das minhas ressonâncias magnéticas tem a assinatura dele.

— E você deixa esse cara entrar na boate.

Ele deu de ombros.

— Se eu fosse barrar todo mundo que já me irritou, era melhor fechar as portas.

— Para começar, não entendo por que você se meteu nisso. É um negócio meio suspeito. Não que a Spiral seja um trabalho sujo, mas o horário é uma merda e você já tem dinheiro suficiente para comprar um pequeno país. Ou uma ilha. É isso que eu faria. Compraria uma ilha.

— Conseguiria comprar várias, na verdade.

A falta de cafeína deixava Piper abobalhada.

— Não gosto de você — ela disse, mas logo quis concluir seu pensamento. — É melhor eu esclarecer. Pessoalmente, não gosto da sua noção de que tem direito a privilégios, mas como sua empregada, sou completamente fiel. Eu até me jogaria na frente de uma bala por você.

— É bom saber.

Considerando o fato de que ele tinha lhe dado um trabalho e lhe oferecido um apartamento, ela estava sendo rude até para seus próprios padrões. Ele nem parecia inclinado a repreendê-la pelo incidente com a atriz na noite anterior.

— Desculpe — ela disse. — Eu tenho um problema de humor enquanto não tomo meu café da manhã.

— Só nessa situação?

— Em outras também. Eu pareço um homem nesse aspecto.

— Sério? — Ele baixou os olhos para os seios dela e isso a despertou por completo. Piper tinha se esquecido de que não estava usando sutiã por baixo da camiseta dos Bears e curvou os ombros para frente no mesmo instante. Ele sorriu. Por que não? Cooper Graham tinha visto os seios mais caros do mundo, os dela não eram nada além de comuns. Ainda assim, ele a deixou constrangida, o que não era comum.

— A cafeteira está no balcão — ele disse.

Piper começou a se virar para a cozinha, mas então lembrou que ainda não tinha comprado café.

— Tudo bem. Eu ainda não fui ao mercado.

— Na cozinha de baixo tem grãos de café e um moedor. Vou destrancar a porta para você.

— Ok. Vou calçar o tênis.

Não foi só o tênis. Ela também vestiu um sutiã. Quando saiu, ele estava segurando o Oinky, e o levantou:

— Que tipo de escola tem um porco como mascote?

— Faculdade comunitária. Cidade do interior.

— Ah. — Ele jogou o porco para ela com um efeito em espiral. Piper imaginou que ele duvidava que ela conseguiria pegar. Mas pegou.

Piper saboreou sua pequena vitória enquanto o acompanhava escada abaixo. Em vez de virar na direção da cozinha do clube, no térreo, ele abriu a porta para a viela.

— Espera um minuto, por favor? — Ele saiu.

Ela olhou para fora e viu que o vento da tempestade da noite anterior tinha espalhado embalagens molhadas pelo pavimento esburacado da viela e jogado algumas nos buracos lamacentos. Cooper não estava contente.

— Isto já deveria ter sido limpo. — Ele pegou uma caixa encharcada e a jogou na lixeira, depois pegou outra. Piper deu pontos a Cooper por ele estar disposto a fazer o trabalho sujo e foi ajudá-lo.

Enquanto tirava uma embalagem encharcada de uma poça imunda, Piper viu Jada vindo pela viela. A sacola de compras em seus braços sugeria que ela tinha responsabilidades que muitos adolescentes da sua idade não tinham. Jada acenou e Piper devolveu o cumprimento, virando-se para recolher mais embalagens.

Um garoto apareceu na esquina com uma arma de brinquedo na mão. Piper ficou tensa, então se virou e alertou Jada.

A garota tentou pegar a arma que estava enfiada no bolso da jaqueta, mas a sacola de compras a atrapalhou. O assassino adolescente empunhou sua arma como um policial da TV. Jada iria morrer. Mas não se Piper pudesse evitar.

Ela se jogou para frente e empurrou a primeira coisa que tocou para bloquear a trajetória da bala. Essa coisa era... Cooper Graham.

6

Cooper caiu. Não por causa da bala, que bateu, inofensiva, em seu braço, mas por ter sido empurrado sem aviso.

Uma segunda bala veio zunindo do outro lado quando Jada pegou sua arma.

— Você está morto! — ela gritou.

— Não é justo! — o garoto protestou.

— Totalmente justo! — Jada retrucou.

Cooper, enquanto isso, caía no meio da viela, com o quadril aterrissando em uma poça inundada de água suja, e o pé em outra.

— Que *diabos*?! — ele exclamou.

Derrotada, a vítima assassinada por Jada dobrou a esquina e desapareceu. Jada soltou uma exclamação quando percebeu o que tinha acontecido com Cooper. Piper correu até ele. As roupas e a pele dele estavam manchadas de água suja. Um torrão de lama tinha se alojado até mesmo naquela covinha formidável no queixo dele. A calça jeans estava imunda, e suas mãos, pretas. Ela se ajoelhou ao lado dele.

— Oh, meu Deus... Você está bem?

Jada veio correndo pela viela.

— Cooper! Por favor, não conte para minha mãe! Por favor! — Ela se virou para Piper. — Eu estaria morta se não fosse por você!

E agora Cooper iria matar Piper. Não com uma arma de brinquedo, mas – se o olhar dele dizia algo – com as próprias mãos enormes e imundas do ex-*quarterback*.

Água suja escorreu pelos joelhos de Piper quando ela se sentou nos calcanhares.

— É melhor você... entrar, Jada — Piper aconselhou.

Ela não precisou repetir. Com um último olhar de súplica para Cooper, ela, a sacola de compras e a arma desapareceram no prédio.

Piper ficou sozinha na viela com um homem que tinha construído sua carreira desmontando obstinadamente seus oponentes. Enquanto Cooper se ajeitava no chão, tirando o pé da poça, uma casca de toranja caiu do sapato dele. Ela estendeu as mãos.

— Deixe-me ajudá-lo a se levantar.

— Não. Me. Toque. *Nunca*. Mais. — Ele se colocou de pé com a elegância e a intenção matadora de um leopardo. Quem poderia culpá-la por cambalear um pouco quando se levantou? Crispando os dentes, ele grunhiu: — *Nunca mais me toque!* Você entendeu?

A expressão assassina nos olhos dele foi um pouco mais que desconcertante.

— Sim... senhor.

— Qual é o seu problema?

— Eu sou uma máquina de lutar muito boa? — ela falou em tom de pergunta, em vez de resposta, mas aquilo foi um erro, porque a expressão dele ficou ainda mais raivosa.

— Minha reação foi automática. — Ela se apressou em responder. — Você estava no caminho e eu reagi instintivamente para proteger Jada.

— De uma merda de arma de brinquedo!

— É... eu sei, mas... — Aquela não pareceu a hora mais oportuna para explicar sobre os Assassinos da Pius para ele, então Piper se decidiu por uma explicação abreviada. — É um jogo. Dinheiro e aceitação da garota, que é caloura na escola, estão em jogo.

— Caso você não tenha recebido o comunicado, eu não estou jogando.

— Não. Claro que não. Se você não estivesse no caminho, eu mesma teria bloqueado o tiro.

Os cantos dos olhos dele se apertaram.

— Há menos de dez minutos você estava se gabando de que levaria um tiro por mim. E o que foi que aconteceu?

— Bem... — Ela engoliu em seco. — Agora você sabe como meus reflexos são rápidos. Isso tem que servir de consolo. Quantos humanos neste planeta são rápidos o bastante para derrubar você?

Oh-oh. Coisa errada de se dizer. Ela praticamente *viu* a fumaça sair pelas orelhas dele.

— Você não me *derrubou*! Você me pegou *desprevenido*.

— Você trocou seis por meia-dúzia... Mas entendo a sua situação. — Ele não tinha percebido o sangue escorrendo da palma de uma das mãos de milhões de dólares, mas ela sim. — Vamos entrar para que você possa se limpar e eu pegar aquele café que me prometeu. — Ela tentou pensar em algo que o acalmasse. — Nós podemos fazer uma reunião de negócios ao mesmo tempo. Vou lhe entregar meu primeiro relatório.

Como por milagre, isso pareceu acalmá-lo um pouco, embora ele tenha se apressado para abrir a porta antes dela e a empurrado – não muito delicadamente – para o corredor. Foi só então que ele reparou na mão ensanguentada e soltou um palavrão.

— Foi só um arranhão. — Ela correu na frente dele para abrir a segunda porta, que dava acesso à cozinha. — Eu cuido disso em um segundo.

— Uma ova que vai cuidar!

— Tudo que eu preciso é um kit de primeiros socorros.

— E uma licença para matar. — Ele passou por ela. — Ou será que você já tem?

— Engraçado e inteligente. Tenho muita sorte de trabalhar para você.

— Cale a boca. — Apesar da resposta, o rancor dele já não era mais tão intenso.

A cozinha pequena e impecável tinha um balcão de aço inoxidável, forno, fritadeira e uma grelha para preparar o cardápio limitado da boate: minissanduíches, batatas-fritas com vinagre de malte e, às duas da manhã, *brownies* com calda de *bourbon* – uma cortesia da casa. Enquanto Cooper se lavava na pia, Piper encontrou o kit de primeiros socorros na despensa bem organizada. Mas ele tirou o estojo das mãos dela.

— Me dê isso aqui. Pode me chamar de possessivo, mas eu quero continuar com esta mão.

— Que ultraje!

Quando ele abriu a tampa de plástico, Piper viu pedriscos ainda na palma da mão dele.

— Eu realmente sinto muito. — Ela teria que fazer mais do que se desculpar para acalmá-lo. — Mas tenho boas notícias. Pelo que observei até aqui, sua equipe VIP é exemplar.

— Considerando o tamanho das gorjetas que eles recebem, têm que ser mesmo, mas é bom poder confirmar isso. — Cooper não pareceu menos contrariado. Ela precisava fazer mais. Aquela não era a hora certa para falar dos seguranças preguiçosos, e Piper não tinha provas que fundamentassem suas suspeitas de Taylor, a garçonete. Isso a deixava com opções limitadas.

— Eu sei que isso vai deixar você feliz: eu mesma vou atualizar o site do seu fã-clube!

— Eu já tenho alguém que faz isso. — Ele remexeu no conteúdo do estojo de primeiros socorros.

— Sim, mas ao contrário desse alguém, eu sei a diferença entre sujeito e predicado. — Um fio de sangue escorria pelo punho dele e ela ofereceu um papel-toalha, mas decidiu não mencionar a pelota de barro ainda alojada na covinha do queixo dele. — Você é uma grande celebridade de Chicago, mas quanto tempo isso vai durar se você não mantiver um bom trabalho com as mídias? Você só jogou três anos no Stars, ao contrário de Bonner, Tucker ou Robillard, que fizeram suas carreiras aqui. A fama não é eterna, e se você quer que sua casa noturna cresça, precisa manter a visibilidade.

Cooper não gostou de ouvir isso.

— Eu sempre dou o máximo quando jogo. Isso é algo que você precisa se lembrar.

Piper estava tentando acalmá-lo, e não insultá-lo.

— Durante as próximas semanas eu também vou monitorar e responder as críticas *on-line* da Spiral. — Aquele era exatamente o tipo de trabalho do qual ela pensava ter escapado. — E isso, meu amigo, vale algumas poças de lama.

— Continue. — Ele pegou uma pinça. — Você quer mais?

Ele deu de ombros.

— Dê isso aqui. — Ela tirou a pinça da mão dele.

Ele parecia não guardar rancor por muito tempo e, ao entregar a pinça para ela, estava mais reflexivo do que bravo.

— Você sabe que é um desastre, não sabe?

— Só quando estou perto de você.

— Por quê?

Porque ele controlava o futuro dela.

— Porque você é uma lenda.

— Que tal uma resposta melhor, Esmeralda?

— Eu sou humana. — Ela limpou a pinça com um dos lenços antibacterianos. — E você é... sobre-humano.

— Você não vai tentar de novo aquela bobagem de "você é um deus", vai?

Era isso mesmo que ela estava para fazer.

— Claro que não. Só estou dizendo que fico nervosa perto de você porque sou uma pessoa normal e você é maior que a vida.

— Um ninho de serpentes não deixaria você nervosa. — Ela se alegrou com o elogio, mas ele continuou transbordando satisfação. — Você está me bajulando porque sou o responsável pelo seu pagamento e você precisa de mim para continuar com sua agência.

Ela apertou o maxilar.

— É um remédio amargo que eu tenho que tomar. Agora fique parado. — Ela começou a tirar o cascalho da mão dele. Aquilo devia doer pra caramba, mas aquele Capitão América ali também devia ser composto de *Vibranium*, porque nem piscou e não tirou os olhos dela.

— Fale-me de você — ele pediu, como se realmente estivesse interessado. — A versão sem papo-furado.

Ela tirava os pedriscos com o máximo de delicadeza que podia.

— Filha única. Minha mãe foi morta em um assalto à mão armada quando eu tinha 4 anos, o que me deixou com um pai que ora me tratava como o filho homem que sempre quis ter, ora era superprotetor. Um tanto esquizofrênico.

— Isso explica seu transtorno de personalidade.

— É melhor não ofender a mulher que está empunhando a pinça. — Ela extraiu mais um pedrisco. — Sou formada em ciências da computação e sociologia pela Universidade de Illinois e tenho onze anos de experiência em trabalhos de escritório, que passei a odiar. Pensei em entrar para a polícia e provocar um infarto no meu pai, mas eu não queria ser policial, queria trabalhar para mim mesma. Avançando a história... quando comprei as Investigações Dove da minha madrasta, depois que meu pai morreu... — De jeito nenhum ela iria contar que tinha pagado demais pelo que tinha recebido.

— Comprou?

Uma pedrinha tinha penetrado fundo, e ela foi mais delicada possível.

— A alternativa seria assassiná-la. Eu pensei nisso, mas você pode parar na prisão se fizer algo assim.

— Bem observado. Gay ou heterossexual?

— Eu ou a Madrasta Malvada?

— Você.

Os pedriscos tinham acabado e ela passou antisséptico na ferida.

— Hétero. Infelizmente.

— Por que "infelizmente"?

Ela limpou a pinça e a guardou no estojo.

— Em geral, embora haja exceções, eu gosto mais de mulheres do que de homens. Elas são mais interessantes. Mais complicadas. E são leais.

Um dos meus maiores pesares é a minha falta de atração sexual pelos membros do meu próprio sexo.

— Parece que você teve namorados ruins demais. — Ele sorriu.

— Diz o homem que namorou metade de Hollywood. Como é ir a uma cerimônia do Oscar?

— Chato pra cacete. — Ele mexeu os dedos, como se estivesse conferindo se ela não tinha roubado nenhum. — E, atualmente, você tem namorado?

— Seu amigo policial está tentando, mas não.

— Amigo policial?

— Eric Vargas. O Policial Gostosão?

Cooper riu.

— Você está brincando, certo? Sem querer ofender, mas... — O brilho maldoso nos olhos dourados dele indicou que ele queria *muito* ofender. — Ele não é muita areia para o seu caminhãozinho?

Ela sorriu.

— Dá para pensar isso, né? Mas nunca tive dificuldade em atrair caras bonitos.

Ele franziu a testa, sem gostar que seu ataque proposital não a tivesse feito se encolher no canto e chorar.

— Você tem uma teoria para explicar isso?

— Eu tenho. — Ela colocou um curativo grande na palma da mão dele. — Os homens acham que sou um deles, e isso os deixa à vontade perto de mim. Até perceberem que eu só os estou usando. Não de forma insensível. Eu não faria isso. Mas, na real, como é possível levar homens heterossexuais a sério?

Cooper inclinou a cabeça de lado, como se não a tivesse ouvido bem.

— Você os está usando para...?

— Para... o que você acha?

Ela o tinha derrubado de novo, e Cooper pareceu perdido por um instante. Piper adorava sua própria irreverência. Ele não fazia ideia de como tinha durado pouco o período em que "usou os homens" e como isso a fazia se sentir solitária.

— Então você é, basicamente, uma devoradora de homens? — Cooper perguntou.

— Ah, não. Não sou assim tão sexy.

Ele começou a dizer algo – quase como se quisesse contestá-la –, mas então desistiu. Ela fechou o estojo de primeiros socorros e foi procurar os grãos de café.

✶

Cooper observou Piper entrar na despensa. Ela não era linda, mas era... o quê? Ele só conseguiu pensar em uma palavra: *Exasperante*. Talvez duas palavras: *Exasperante* e *intrigante*. Ele baixou os olhos para sua calça enlameada. O rasgo na manga de sua jaqueta, o curativo na mão. Exasperante, intrigante e... um pouco perigosa. Aqueles reflexos rápidos; o cabelo escuro, irregular como uma lâmina de barbear velha; os olhos azuis e atentos e as sobrancelhas grossas; aquela boca impossivelmente grande; e um maxilar quase tão definido quanto o dele próprio. E o corpo dela, também. Nenhum osso saliente. As curvas dela ficavam nos lugares certos.

Mas... assim que o trabalho acabasse, ela caía fora. Esse não era um bom momento para ele ter alguém imprevisível por perto, ainda que ela lhe provocasse... não exatamente excitação. Era mais um tipo de hiperconsciência. Ela fazia coisas inesperadas, o que significava que Cooper precisava estar sempre com a guarda levantada.

Não, também não era isso. Ele precisava ficar atento quando estava com ela, mas não em guarda, e sim o oposto disso. Não precisava armar seus golpes. Nem mesmo pensava na possibilidade. Ele era sempre bem-educado, até com mulheres que o incomodavam, mas com Piper ele era como um bobalhão na escola, que provocava uma garota para ver se conseguia fazê-la chorar. Mas a Srta. Piper Dove não derramava lágrimas. Ela sabia se defender.

Piper saiu da despensa. Ninguém se formava na Universidade de Illinois com dois diplomas se não fosse inteligente, e Cooper considerava a inteligência dela outro motivo de irritação. Considerando a sofrível carreira acadêmica dele próprio, sua atração por mulheres inteligentes era uma ironia. Mas suas notas ruins foram resultado de horas demais treinando futebol, não de burrice.

Piper colocou a cafeteira para funcionar sem precisar de ajuda. Ela só podia estar mentindo sobre suas conquistas amorosas. Ou talvez não, porque, com toda certeza, ela tinha algo de especial. Quando ela serviu o café na xícara, Cooper entendeu. Era o desafio.

O modo como ela se comportava, como ia atrás do que queria. Ela era uma mulher que corria atrás, em vez de esperar que as coisas acontecessem para ela. E a insensibilidade dela com relação a ele havia provocado um tipo de necessidade idiota de conquistá-la. Era *isso* que os outros homens viam nela. Um teste de masculinidade.

Ele duvidou que ela compreendesse isso, mas mesmo que sim, Cooper não conseguia imaginá-la bancando a difícil. Ela não parecia se importar tanto em atrair os homens para se fazer de difícil de propósito. A vida de Piper parecia girar ao redor do trabalho, e os homens não eram nada além de uma inconveniência necessária. Por causa disso...

Ele iria ficar com ela. Esse pensamento lhe passou de repente... ou talvez estivesse escondido em seu subconsciente o tempo todo. Ele queria possuí-la naquele instante. Contra a pia ou sobre o balcão. Arrancar a roupa dela e reafirmar a ordem natural das coisas. O homem sobre a mulher.

O ardor da sua mão ferida restaurou sua sanidade mental. Cooper ficou com nojo de si mesmo. De onde tinha vindo tudo aquilo?

— O que foi que eu fiz agora? — ela perguntou, colocando a caneca de café na bancada.

Cooper percebeu que estava franzindo a testa.

— Respirou — ele respondeu.

— Mil perdões. — Ela levantou a caneca, saudando-o, sem parecer abalada pela grosseria dele. — Você fez algo nobre hoje, Sr. Graham, quer queira, quer não. Salvar Jada de uma morte precoce será bom para o seu carma.

— Pare de me chamar de Sr. Graham. — Ele não se metia com as empregadas. Nunca. E não iria se meter com Esmeralda. Ainda não. Não enquanto ela estivesse trabalhando para ele. Mas no instante que o trabalho terminasse, ele iria atrás dela. Antes que Piper sumisse, Cooper pretendia lhe mostrar quem era o homem daquela relação.

✶

Piper bocejou e saiu para o corredor, segurando um copo descartável de café. Embora fosse domingo e tivesse trabalhado até as 3 horas da manhã, ela não podia se dar ao luxo de acordar tarde porque precisava ir até o escritório.

A porta do apartamento de Jada se abriu e uma mulher esguia, de cabelos escuros, carregando uma mochila, saiu.

— Você é a nova vizinha — a mulher disse ao ver Piper.

— Piper Dove.

— Karah Franklin.

Aquela devia ser a mãe de Jada, embora parecesse uma irmã mais velha. O cabelo escuro e cacheado lhe tocava os ombros e a pele marrom não precisava de nem um pouco de maquiagem. A beleza daquela mulher sugeria que Cooper não tinha lhe fornecido um apartamento de graça apenas porque foi amigo do marido dela, mas porque os dois eram amantes. Ela era parecida o suficiente com a atriz Kerry Washington para se qualificar como namorada-estrela-de-cinema.

Karah pendurou a mochila no ombro.

— Jada me disse que você tinha se mudado. Se ela incomodar, pode me contar.

Piper se lembrou da imagem de Cooper, no dia anterior, esparramado na viela.

— Ela não é nenhum incômodo. Parece ser uma garota fantástica.

— Você tem certeza de que a conheceu?

— Nós nos entendemos. — Piper sorriu.

— Eu estou trabalhando e estudando para conseguir meu diploma de contadora, de modo que não consigo ficar de olho nela como deveria. — Ela transpirava culpa por todos os poros. — Estou indo para a biblioteca agora.

Piper notou os olhos cansados da mulher. Ela não era a namorada atual do Cooper, porque, se fosse, ele não a deixaria trabalhar tanto.

— Não parece fácil — Piper disse.

— Poderia ser bem pior. Prazer em conhecê-la.

— O prazer é meu.

Quando Piper chegou ao escritório, terminou de tomar o café morno enquanto conversava com Jennifer sobre Berni pelo telefone. Então ela ligou o computador. Seu trabalho na Spiral era temporário e ela precisava continuar a promover a agência. Estava usando o site da agência para publicar dicas de defesa pessoal, fraude com cartões de crédito e segurança pessoal. Piper estava pondo em prática tudo que aprendeu com o pai e nos cursos que fez nos últimos anos. No momento, ela pretendia usar essas informações em um folheto para promover a empresa.

Ela queria clientes importantes: firmas de advocacia, grandes empresas de seguro que investigavam casos de invalidez fraudulenta. Até isso acontecer, o jeito mais rápido de que ela dispunha para conseguir dinheiro era investindo na desconfiança. Ela digitou:

COMO SABER SE ELE ESTÁ TE TRAINDO?
ELA ESTÁ MESMO SAINDO COM AS AMIGAS?

Piper começou a descrever os sinais de um cônjuge traidor: muitos dias trabalhando até tarde, chamadas telefônicas que são desligadas sem explicação, interesse renovado nos cuidados pessoais. Ela deixaria os folhetos, com o logotipo da empresa e o número de telefone, em salões de cabeleireiro, bares, cafés... qualquer lugar que permitisse.

O telefone tocou. Era Jennifer de novo.

— Adivinhe quem está vindo para a cidade? — a amiga falou. — A Princesa Alguma Coisa, de um dos grandes países produtores de petróleo. Com toda comitiva. Mais de cinquenta pessoas! Eles precisam de mulheres motoristas.

— Como você ficou sabendo disso?

— O Babacão contou. Eu o ouvi comentando com uma das jornalistas. Parece que a princesa decidiu gastar uns zilhões na Mag Mile, em Chicago, em vez de ir para a Rodeo Drive, em Los Angeles. Piper, a realeza do Oriente Médio dá gorjetas enormes!

— Estou totalmente nessa! — Piper exclamou.

Piper procurou um dos velhos amigos do seu pai, que lhe deu o número do proprietário de uma empresa de carros de luxo que trabalhava com VIPs e entrou de cabeça no novo trabalho. Piper não sabia como iria atender a princesa e Cooper Graham ao mesmo tempo, mas daria um jeito.

✶

Na manhã de terça feira, Piper estava sentada atrás do volante de um SUV preto no aeroporto internacional O'Hare. Ela nunca tinha se imaginado trabalhando como motorista, mas parecia interessante, o pagamento era bom e a expectativa de uma grande gorjeta no final facilitou a decisão. Ela deveria se encontrar com Cooper naquela tarde, para falar do site da Spiral, mas tinha tempo suficiente, até lá, para levar quem quer que fosse até o Hotel Península, no centro.

Piper ficou sabendo que a família real tinha, tipo, uns quinze mil membros, entre altezas e altezas reais, dependendo se a pessoa estivesse na linha sucessória do trono. Eles sempre viajavam com uma comitiva imensa: outros membros da família, guardas militares, empregadas e – comentava-se – seguranças que carregavam malas recheadas de dinheiro. Piper esperava, com toda sinceridade, que parte dessa grana acabasse nas mãos dela, na forma de uma gorda gratificação, quando o trabalho terminasse.

O avião particular deles era um 747, e a condição de visitantes especiais permitiu que evitassem as filas no controle de passaportes. Uma frota de SUVs e meia dúzia de furgões de carga para bagagem os esperavam. Quando a comitiva apareceu, apenas as empregadas vestiam o traje islâmico tradicional. As mulheres da família real – pelo menos uma dúzia delas, de adolescentes a senhoras de idade – vestiam o que havia de mais novo em roupas de grife. Diamantes brilhavam, sapatos Louboutin estalavam no pavimento e bolsas Hermès balançavam ao lado delas.

As princesas mais mimadas do Oriente Médio tinham chegado.

7

Piper abriu a porta traseira da SUV para uma mulher linda, na faixa dos 40 anos, com grandes óculos escuros de marca enfiados no alto da exuberante cabeleira negra. Ela vestia jaqueta Chanel roxa, minissaia preta de couro e saltos altos que pareciam mísseis intercontinentais.

Ela mal tinha colocado o carro em movimento quando a mulher pegou o celular e começou uma conversa intensa em árabe. Piper queria fazer centenas de perguntas, mas tinha sido instruída a não se dirigir a ninguém da realeza, o que era muito chato. A mulher não olhou nenhuma vez para ela. Não que demonstrasse hostilidade. Piper era simplesmente invisível.

Quando a caravana chegou ao Hotel Península, o maxilar de Piper estava doendo, devido ao esforço que precisou fazer para manter a boca fechada. Ela tinha ficado em sexto lugar na fila de SUVs, indício de que sua passageira não era a princesa principal. A mulher saiu sem falar com ela e, depois que entrou no hotel, um dos militares carrancudos do Reino ordenou que Piper esperasse.

Ela esperou. Meia hora se passou. Uma hora. O guarda latiu com ela como um cachorro, quando Piper, enfim, saiu do veículo para entrar e usar o banheiro do hotel.

— Eu mandei você esperar!

— Já volto. — Ela passou correndo pelo saguão, lembrando que a escravidão só tinha sido abolida no Reino em 1962.

Quando voltou, uma empregada estava sentada no banco de trás. Era uma garota nova, com rosto redondo e olhos profundos e escuros. Ao contrário das princesas, ela vestia um *abaya* cinza, o manto tradicional, e um lenço azul-marinho na cabeça. Piper se desculpou por fazê-la esperar, algo que pareceu assustar a garota.

— Não é um problema — ela respondeu.

Piper ficou feliz por ouvi-la falar seu idioma, e como não tinha recebido ordens para não se dirigir às empregadas, apresentou-se:

— Meu nome é Piper.

— O meu é Faiza — ela disse, tímida. — Sua Alteza, Princesa Kefaya, me mandou comprar estes sapatos. — Ela mostrou a página arrancada de uma revista de moda francesa. Ela queria um par de sandálias t-strap de couro com salto agulha. — Você vai me levar para comprá-los, por favor.

— Claro. Aonde nós vamos?

— Aonde tiver estes sapatos.

— Você sabe o nome da loja?

— Sua Alteza não me disse.

— Você pode ligar para ela e perguntar?

Faiza não poderia ter ficado mais horrorizada.

— Oh, não. Nós não agimos assim. Você vai me levar para encontrar estes sapatos, por favor.

Piper olhou para a página da revista e viu que tinha um logotipo YSL evidente. Ela pegou o celular e descobriu uma butique Saint Laurent no Hotel Waldorf, a alguns quarteirões dali.

— Você gosta do seu trabalho? — Piper perguntou à garota quando virou na rua Rush.

A pergunta pareceu deixá-la confusa.

— Trabalho é trabalho. — E então, como se tivesse dito a coisa errada, continuou, nervosa: — Sua Alteza, a Princesa Kefaya, nunca me bate, e eu só tenho que dividir minha cama com outra empregada, então meu trabalho é muito bom.

Mas ela não parecia achar aquilo tão bom e Piper entendeu o recado. Falar do emprego poderia criar problemas para Faiza. Ainda assim, Piper não deixou de perceber o anseio naqueles olhos pretos e intensos, enquanto observavam as jovens caminhando na rua com passos confiantes e suas bolsas modernas.

Piper planejava dar a volta no quarteirão enquanto Faiza comprava a sandália, mas a garota lhe implorou que entrasse com ela. A combinação da timidez natural da garota com a determinação de Piper em fazer seu trabalho a impossibilitou de recusar. Relutante, Piper entregou o SUV para um dos manobristas do Waldorf e entrou com Faiza.

A butique de luxo, com o piso de mármore branco, teto altíssimo e todos aqueles itens sofisticados, não parecia em nada com a loja popular onde Piper comprava seus sapatos. Aquele lugar cheirava a perfume e privilégios. Faiza entregou, mais uma vez, a página de revista para Piper.

— Sua Alteza precisa em todas as cores, por favor.

— Todas as cores?! — Enquanto Piper assimilava o que ela havia dito, uma funcionária jovem e arrumada com perfeição se aproximou. Era evidente que ela foi mais atraída pela roupa tradicional de Faiza do que pelo uniforme de motorista de Piper: blusa branca, calça preta e um *blazer* preto que tinha encontrado no dia anterior em um bazar de caridade. A avidez da funcionária sugeria que já tinha se espalhado a notícia de que a realeza mais rica do mundo se encontrava em Chicago.

Mesmo ansiosa para ajudar, a funcionária só conseguiu encontrar o sapato em duas das cinco cores em que era fabricado, o que deixou Faiza tão nervosa que suas mãos tremiam quando ela abriu o zíper da bolsa, de onde tirou um maço grosso de dólares – uma pilha suculenta de notas de cem, que devia ser uma merreca para aquela família que possuía mais de um trilhão de dólares.

Com a transação completa, Faiza guardou o restante do dinheiro na bolsa, dobrando o recibo com cuidado. Ela segurou a bolsa junto ao peito ao sair da butique, a testa franzida com rugas de preocupação que não deveriam aparecer em um rosto tão jovem.

Piper voltou a pesquisar no celular e, quarenta e cinco minutos depois, ajudou Faiza a comprar um par vermelho na Barneys. Mas isso também não foi suficiente.

— Você não entende. — Faiza apertou os dedos na alça da bolsa. — Eu não posso decepcionar Sua Alteza! Ela precisa ter todos os sapatos!

Piper buzinou para um motorista de táxi agressivo.

— Você não acha que cinco pares é um exagero?

Faiza não entendeu, mas tudo bem.

A reunião com Cooper estava marcada para dali a três horas, o que dava a ela tempo suficiente para levar Faiza até a *Nordstrom*, uma loja que fica no subúrbio, onde Piper tinha localizado os dois pares restante, comprá-los, levar a menina de volta ao Hotel Península e seguir para a Spiral. Piper forçou um sorriso.

— Vamos nessa.

Enquanto aceleravam na direção oeste da cidade, Faiza foi baixando a guarda e começando a se parecer mais com a garota de 19 anos que era. Piper lhe contou um pouco de seu trabalho com Cooper Graham e soube que Faiza era paquistanesa, uma muçulmana devota que tinha viajado para o Reino com 14 anos em busca de emprego e também para visitar as cidades sagradas do país, onde rezou pelos pais e pela irmã que tinha perdido. Só que Faiza acabou tendo que aguentar horas intermináveis de trabalho e, também, o que Piper considerava um tipo de cárcere, já que seu passaporte lhe foi tomado assim que começou no emprego e a moça nunca mais viu o documento.

Faiza conferia os recibos na bolsa o tempo todo. Alguns membros daquela família real tinham a má reputação de abusar de seus criados, e Piper não queria imaginar o que aconteceria se os recibos não condissessem com o dinheiro que Faiza tinha gastado.

A loja *Nordstrom* que dispunha dos sapatos estava localizada na região do Stars, em um subúrbio distante a oeste. O tempo estava passando e a funcionária demorou uma eternidade para concluir a venda. Mas se os deuses do trânsito fossem bondosos, Piper ainda conseguiria voltar a tempo para sua reunião.

Mas eles não foram. Um acidente na via Reagan parou o trânsito, e como Cooper tinha se recusado a lhe dar seu número de celular, Piper não podia sequer ligar para avisar que se atrasaria. Tudo que podia fazer era ficar nervosa.

O trânsito avançava lentamente e depois parava. Andava e parava. Não demorou para que os ombros de Piper estivessem tão tensos que os músculos dela queriam gritar. Ela respirou fundo algumas vezes. Não havia nada que pudesse fazer para o trânsito andar mais rápido. Então se concentrou na passageira.

— Se você pudesse fazer o que quisesse, Faiza, o que seria?

Alguns segundos se passaram antes que ela respondesse:

— Sonhos são uma bobagem para alguém como eu.

Piper percebeu que, sem querer, tinha feito uma pergunta cruel.

— Desculpe. Eu não queria me intrometer na sua vida.

Faiza, então, soltou o ar bem devagar e falou:

— Eu iria para o Canadá, para estudar enfermagem. Gostaria de ser uma enfermeira do tipo que cuida de bebês que nascem prematuros, do jeito que minha irmã nasceu. Mas esse tipo de sonho não é o meu destino. — Ela simplesmente declarava os fatos. Não estava se fazendo de vítima.

— Por que o Canadá?

— A irmã do meu pai mora lá. Ela é a única família que eu tenho, mas não a vejo desde que eu era criança.

— Vocês mantêm contato? Fala com ela no telefone?

— Eu não tenho telefone. Faz quase dois anos que não consigo falar com ela.

— Você gostaria de usar o meu? — Piper perguntou, impulsiva.

Ela ouviu Faiza inspirar fundo, surpresa.

— Você me deixaria fazer isso?

— Claro. — Piper já tinha tantas dívidas, o que seriam mais alguns dólares na conta do celular? — Você sabe o número dela?

— Ah, sim. Eu memorizei. Mas se alguém souber...

— Ninguém vai ficar sabendo por mim. — Ela passou o celular para trás e ensinou Faiza a usá-lo.

A tia deve ter respondido, porque Faiza começou uma conversa alegre e emocionada, no que Piper supôs ser a língua urdu. Enquanto a moça falava, o trânsito começou finalmente a andar. Elas estavam quase no hotel, quando Faiza lhe devolveu o telefone.

— Minha *khala* andava tão preocupada comigo. — A voz de Faiza estava embargada de emoção. — Ela sonha que eu possa ir viver com ela, mas não tenho dinheiro, não tenho como chegar lá.

O celular de Piper tocou. Ela não deveria aceitar ligações pessoais enquanto estava dirigindo, mas não podia ignorar aquela, então a colocou no viva voz.

— Interessante... — disse uma conhecida voz masculina. — Aqui estou eu, sentado no meu escritório, esperando por uma reunião que deveria ter começado dez minutos atrás, mas continuo sozinho.

— Estou presa no trânsito. — Antes que ele pudesse atacá-la, Piper assumiu a ofensiva. — Se você não tivesse se recusado a me dar seu número de celular, eu teria avisado que atrasaria.

— Ficar presa no trânsito não é desculpa. É sinal de mau planejamento.

— Vou escrever isso no meu livro de autoajuda.

— Eu gostava mais de quando você era Esmeralda e fingia que me amava.

— Meus remédios começaram a fazer efeito.

Ele bufou. Ela mordeu o lábio inferior e olhou para o relógio no painel do carro.

— Se eu tivesse o número do seu celular...

— Eu já lhe disse, se precisar falar comigo, ligue para o meu agente.

— Pensei que você estava sendo sarcástico.

— Eu nunca sou sarcástico.

— Isso não é exatamente verdade, mas... Eu chego aí em 35 minutos.

— Eu vou estar na academia. — A ligação ficou muda.

— Você estava falando com seu empregador, o jogador de futebol americano? — Faiza perguntou quando percebeu que a ligação tinha terminado. — Por que foi tão rude?

— Ele me irrita.

— Mas você vai ser punida!

Com certeza. Mas não do jeito que Faiza pensava.

— Aqui os patrões não podem fazer nada além de demitir você.

— Este é um país muito estranho, mas também muito maravilhoso. — Faiza irradiava bondade de um modo que Piper só podia admirar, mas o anseio na voz da garota fez seu coração ficar apertado.

Elas finalmente chegaram ao hotel. Faiza pôs a mão no ombro de Piper.

— Obrigada pelo que você fez por mim, minha amiga. Vou rezar por você todas as noites.

Aquilo pareceu um pouco de exagero, mas Piper não iria recusar as preces de ninguém.

✶

— Quando eu falei que estaria na academia, não foi um convite para você aparecer aqui! — Cooper precisou berrar por cima dos gritos do *black metal* norueguês que ribombava nos alto-falantes. Uma gota de suor voou de seu queixo enquanto ele despejava uma violenta combinação de esquerda-direita no saco de pancada. Piper conseguiu se segurar e não apontar que, além da postura dele estar errada, também era contraproducente atacar o saco com toda aquela força.

A Academia Pro Title era o buraco fedorento, sem janelas, que tinha se tornado o ponto de encontro dos atletas de elite de Chicago — um lugar espartano, com paredes de blocos de cimento, colchonetes pretos, aparelhos para agachamento enfileirados ao longo de uma parede que ostentava uma bandeira dos Estados Unidos e um cartaz amarelado com uma frase de *Clube da luta* que dizia: ESCUTEM, SEUS VERMES. VOCÊS NÃO SÃO ESPECIAIS. Aquele lugar cheirava a suor e borracha. Nada de lanchonetes que vendem sucos nem roupas moderninhas. A Pro Title era exigente, cara e exclusiva.

— Como você conseguiu entrar aqui? — Cooper rosnou como um rottweiler.

— Eu dei para o cara da recepção — ela retrucou por cima do som das guitarras distorcidas, agonizantes.

— Deixa de conversa — ele disse e desferiu um *uppercut* no saco de pancada.

Na verdade, tudo que ela precisou fazer foi explicar que trabalhava para Cooper. Estar vestindo o uniforme de motorista, em vez de roupa de fã, lhe deu credibilidade, e o sujeito deixou que ela entrasse.

— A história é minha, eu conto do jeito que quiser.

Ele desferiu outro *jab* violento.

— Vá embora.

Por ela, tudo bem. Piper não esperava que eles fizessem a reunião ali. Ela apareceu apenas para mostrar que levava o trabalho a sério. Mas ela não se moveu de imediato. Não conseguiu. Não quando os músculos cobertos pela camiseta suada de Cooper vibravam toda vez que ele socava. Ela precisava parar com aquilo o quanto antes! Porque se não parasse, talvez começasse a pensar em deixar o maldito cabelo crescer! Ela se virou na direção da porta.

— Espere aí! — outro latido de rottweiler. — Por que está vestida assim? Você parece um agente funerário.

Ela procurou se acalmar para lhe dizer para quem estava dirigindo.

— Mas é só durante o dia — ela gritou por cima da música. — Este é meu uniforme de motorista.

— É feio. — Outro soco mortífero no saco.

— Seu temperamento também.

Aquilo não pareceu afetá-lo.

— Você dá alguma importância à sua aparência?

— Não muita.

Ele parou de socar e a observou com o olhar crítico.

— Você usou o mesmo vestido todas as vezes em que esteve na boate.

— Diz o homem com as botas de caubói!

— Essa é minha marca registrada — ele retrucou. — Vá comprar roupas novas. Você está causando má impressão à boate.

Ela observou uma gotícula de suor escorrer pelo pescoço dele. Ele cheirava a suor, mas era do tipo bom, era cheiro de homem que sempre usa roupas limpas na academia. Até aquele momento, Piper nunca tinha percebido que existia um cheiro bom de suor. Ela soube ali, naquele momento, e desejou nunca ter percebido isso, porque pensar em qualquer coisa que tivesse a ver com o corpo dele era uma distração que ela não podia se dar ao luxo de ter.

— Roupas novas não cabem no meu orçamento.

Ele se voltou para o saco.

— Mande a conta para mim. Você precisa parecer que combina com o lugar.

Ele tinha certa razão, mas...

— Não vou comprar nada que seja desconfortável.

— Eu deduzo que, com isso, você está dizendo que não quer nada que pareça decente? Sem negociação — ele disse. — Tente ser feminina durante algum tempo. Depois nós conversamos.

✶

Cooper não conseguia se acostumar com aquilo. Nenhuma conversa com Piper era simples. Abandonando o saco de pancada, ele pegou um *kettlebell* maltratado e se agachou. Depois estendeu as pernas e levantou o peso à sua frente. Cooper sentiu o esforço no deltoide e nas coxas. Ele sempre gostou de treinos exigentes, mas nunca sentiu que precisava tanto deles como naquela fase da vida em que ficava preso na Spiral noite após noite.

Preso não seria a palavra ideal. Ele adorava a energia da boate, o desafio de ter que se superar mais uma vez. Mas não estava acostumado a passar tantas horas dentro de um lugar fechado.

Ele resistiu à necessidade de trocar o peso de mão enquanto olhava para a Sherlock Holmes de Chicago. Ela não era tão insensível assim à moda, pois tinha deixado aberto o botão de cima da blusa. Uma pena que não tivesse aberto o botão seguinte.

Ele começou a sentir espasmos no braço e uma gota de suor pingou de sua testa para o olho. Ele trocou de mão.

— Eu vou fazer compras com você! — ele gritou, mas a música que ribombava no alto-falante acima da cabeça dele parou de repente, e sua voz ecoou nas paredes de cimento. Um lançador do time White Sox, que estava deitado no colchonete ao lado, olhou para ele. Assim como Piper, que o encarou com aqueles olhões azuis que não perdiam nada. Ele tinha mesmo se oferecido para ir comprar roupas com uma mulher?

— Beleza — ela respondeu, com uma expressão de desdém que Cooper teve certeza de que não veria no rosto dela quando a deixasse nua. — Vamos aproveitar para fazer as unhas das mãos e dos pés! E que tal convidar nossas amiguinhas?

Piper o destruiu com o sarcasmo, mas ele armou um sorriso e a enfrentou com tranquilidade.

— Não confio no seu gosto.

— Mas confia no seu?

— Eu sei do que gosto.

— Tenho certeza de que sabe — ela disse. — Mas adesivo nos seios e calcinha fio dental não parecem adequados para se trabalhar.

Ela o estava destruindo, e fazia isso com alegria.

Cooper bufou, tentando mostrar indiferença.

— Vou estar ocupado até a semana que vem. Tente se comportar. Eu encontro você, espertinha, na BellaLana. Fica na rua Oak.

Isso, pelo menos, pareceu irritá-la.

— Eu não vou fazer compras na rua Oak! Você tem ideia de quanto as roupas custam naquelas lojas?

— Uns trocados.

Isso fez o sangue dela ferver, como ele esperava. Ele baixou o peso.

— Agora vá embora, para eu poder terminar meu treino. — E dar umas pancadas na cabeça, por deixar que ela o afetasse.

Ainda assim, a oferta dele não era totalmente irracional. A Sherlock tinha o hábito de ficar andando pela boate, e ele gostava de saber que havia mais um par de olhos cuidando de seus interesses – um par de olhos em que Cooper podia confiar. Muitas coisas negativas podiam ser ditas a respeito daquela detetive – falta de respeito pelo patrão era a primeira –, mas aquela mulher levava a ética do trabalho a sério.

Não que ele pretendesse dizer como ela estava se mostrando valiosa. Assim como não pretendia dizer o que iria fazer com ela quando a levasse para a cama.

✶

Na noite seguinte, Piper avistou Dell, um dos seguranças, perto do bar. Ele era loiro, com estilo de surfista, e tinha uma tatuagem de onça em um dos lados do pescoço. A carreira dele com os Bears tinha sido curta, mas era muito popular com as clientes – tão popular que parecia não perceber nada mais que acontecia na boate.

Piper não conseguiu suportar. Ela o afastou de um grupo de admiradoras com a desculpa de que queria entrevistá-lo para publicar o perfil dele no site da casa noturna. Em vez disso, contudo, ela apontou para um grupo que tinha encurralado Cooper do outro lado do salão.

— Aquelas mulheres bêbadas ao redor do Cooper estão sendo inconvenientes. Principalmente a ruiva. Ela está pendurada nele. Que tal ir até lá e distrair a baranga para que ele possa ter um pouco de espaço?

Dell olhou para ela como se fosse um inseto que precisava ser esmagado.

— Está querendo dizer como eu devo fazer meu trabalho?

— É, ela está ficando boa nisso — interveio Jonah, que havia se aproximado por trás. Os dois homens, absolutamente agressivos, formaram uma parede de músculos que isolou Piper do resto do salão.

— Escutem, rapazes, só estou sugerindo que vocês cuidem um pouco mais do Cooper.

Jonah soltou um ruído de desprezo.

— E eu sugiro que você cuide da porra da sua vida! O que você faz, afinal? Fica tuitando e postando fotos bonitinhas?

Os seguranças não eram responsabilidade dela, e Piper não devia ter dito nada, mas quando conseguia ficar calada?

— Obrigado por me lembrar disso. Eu tenho uma foto bonitinha de você fazendo bico em frente ao espelho.

É, ela sabia mesmo como se relacionar com os colegas.

✶

Nos dias seguintes, Piper levou as princesas menos importantes e suas empregadas às compras, integrando caravanas de cinco a seis carros, que incluíam pelo menos dois furgões para transportar as montanhas de compras de volta ao hotel — tudo pago em dinheiro. Mas em vez de ficar com inveja, Piper começou a sentir pena, principalmente das princesas adolescentes. Às vezes ela via em seus olhos a mesma expressão que tinha visto em Faiza, um anseio que não podia ser satisfeito com uma dúzia de idas à loja da Apple. O desejo de caminhar pelas ruas, sozinhas, com a mesma desenvoltura que as garotas americanas que elas observavam através dos vidros escuros dos SUVs.

✶

Quando chegou o temido dia de comprar roupas com Cooper, a irmã da Princesa K demorou uma eternidade na limpeza de pele, o que fez Piper chegar dez minutos atrasada ao BellaLana. Cooper estava encostado em uma vitrine de joias, conversando à vontade com as vendedoras. Se Piper tivesse propensão a sofrer convulsões, teria tido uma só de olhar para as araras de roupas caras.

A decoração em preto, branco e prata dava ao lugar um ar industrial, de *op art* e *fin de siècle*... e o resultado era, ao mesmo tempo, luxuoso e arrogante, como se desafiasse os clientes a não achar a loja chique. De todas as coisas que Piper não gostaria de estar usando naquele momento, o uniforme de motorista era o primeiro da lista, principalmente porque tinha suado nas axilas ao correr pelo estacionamento vestindo o blazer.

Cooper olhou para ela. Os lábios dele formaram um sorriso, mas seus olhos diziam que ele tinha notado que, mais uma vez, Piper o deixara esperando. As vendedoras olharam para ela com vários graus de incredulidade, incapazes de acreditar que alguém de aparência tão esquisita pudesse estar com o solteiro mais cobiçado de Chicago.

— Senhoritas, esta é a Piper — Cooper anunciou. — Ela desistiu da carreira de agente funerária, mas está relutante em se vestir de modo diferente.

Piper segurou uma risada.

— Você veio ao lugar certo! — disse uma ruiva superestilosa. — O trabalho de agente funerária deve ser muito deprimente.

— Não tanto quanto você deve estar imaginando — Piper replicou. — Foi assim que conheci Cooper. Enterrando as cinzas da carreira dele.

Cooper bufou. A vendedora ruiva percebeu que a situação era mais complexa do que parecia e levou Piper para um provador.

— Nada muito maluco — Cooper pediu à vendedora. — Ela já tem muita loucura na cabeça.

O primeiro vestido era verde e simples, mas não seria fácil usar aquela coisa justíssima, que mal lhe cobria a bunda. Por sorte, tinha depilado as pernas, mas ainda assim...

— Não faz meu estilo — ela disse.

— Não tem zíper? — Cooper perguntou do outro lado da porta do provador.

Tudo bem, Piper teve que rir do comentário.

A vendedora, Louise, pareceu confusa.

— Esse vestido é a última tendência da moda.

Piper franziu o rosto para seu reflexo. Uma imensidão se estendia entre a barra do vestido e seus pés nus.

— Acho que, então, preciso voltar algumas tendências. — Ou dar uma corrida até alguma loja H&M, que era onde Piper se sentia à vontade.

— Deixe-me ver — Cooper disse.

A vendedora abriu a porta do provador. Cooper estava sentado em um dos grandes divãs em preto e prata que ficava perto dos espelhos. Piper tentou puxar a barra mais para baixo.

— Eu pareço um pinheiro.

— Com pernas muito bonitas — Heath Champion disse da entrada da loja. Ele entrou e se esparramou no divã ao lado de Cooper. — Eu gostei.

— Eu não — Cooper disse, com os olhos fixos nas coxas dela. — Conservador demais.

Piper ficou boquiaberta.

— Em que universo isso é conservador?

Ele meneou a cabeça com falsa tristeza.

— Você tem que se lembrar que não é mais uma agente funerária.

Heath sorriu. Piper apontou para o agente esportivo.

— O que ele está fazendo aqui, Cooper? Não que não seja um prazer vê-lo, Sr. Champion, mas por que aqui?

— Cooper me falou para vir. O que eu podia fazer? Já ganhei milhões com ele.

— Preciso de outra opinião — Cooper disse. — Ele está mais acostumado a comprar roupas para mulheres do que eu.

Louise trouxe uma braçada de vestidos e voltou com Piper para o provador. Na meia hora seguinte, Piper experimentou um vestidinho vermelho com recortes na cintura, um azul-escuro que parecia faltar uma parte do tecido na frente de tão decotado e uma coisinha dourada que a fez parecer o troféu de uma liga escolar.

— Eu sou uma detetive — ela vociferou para os dois homens —, não uma líder de torcida.

— Eu gosto dessa garota — Heath disse e sorriu.

— O motivo não é nenhum mistério — Cooper retrucou.

Era um mistério para Piper, mas ela tinha um problema mais urgente.

— É evidente que isso não está dando certo — ela declarou quando Louise saiu para buscar mais vestidos que Piper não iria querer usar. — Eu vou morrer de frio usando qualquer um deles. Sem falar que não vou conseguir fazer meu trabalho se tiver que ficar preocupada o tempo todo em não deixar minha... minha *perereca* de fora!

Isso provocou uma gargalhada nos dois homens, o que foi um sinal claro de que Piper precisava assumir o controle da situação.

— Louise, nós duas precisamos conversar...

8

Depois de muita discussão, Piper terminou com um vestido de malha cor-de-amora, com mangas compridas e justas e barra que chegava quase aos joelhos. O decote era fechado na frente, mas pronunciado o bastante nas costas para que o vestido parecesse ser apropriado para o clube noturno. Cooper também insistiu que ela levasse um minivestido justíssimo azul-cobalto que só se salvava de ser classificado como vestido de periguete por ter uma sobreposição da saia, que era preta, translúcida e mais comprida. Piper sentiu vertigem só de olhar a nota fiscal.

— Eu poderia ter comprado quinze vestidos na H&M com o valor que um desses custou.

— Seu grande erro foi não fazer com que ele lhe comprasse mais uns dois — Heath disse quando eles saíram para a tarde ensolarada de outubro.

Um homem de meia-idade que saía de uma Starbucks viu Cooper e gritou:

— Ei, Cooper! Você é demais!

Cooper acenou para o homem.

— Piper vai precisar de sapatos — Champion observou.

— Ela vai ter que pedir reembolso, porque não aguento mais ouvir essa mulher reclamando. — Cooper agia como se ela não estivesse do lado dele. — Nunca vi uma mulher tão avessa a gastar dinheiro.

Ela suspirou.

— Ao contrário de vocês dois, meninos ricos, eu preciso voltar ao trabalho.

— Não se esqueça de onde é seu verdadeiro trabalho — Cooper a alertou. — Da próxima vez que se atrasar vou descontar do seu pagamento.

— Sim, *senhor* — Piper disse e foi sozinha para o estacionamento.

✶

Enquanto os dois a observavam ir embora, Heath meneou a cabeça.

— Ela não tem noção, né?

— Não. — Cooper se recusou a falar mais.

Eles passaram por uma loja de roupas masculinas, que exibia uma calça com estampa xadrez que Cooper não usaria nem morto. Folhas de árvores decoravam o toldo preto e branco de uma loja. Mais folhas, caídas na calçada, pareciam notas envelhecidas de cinquenta dólares.

— A gente começa a gostar dela sem perceber — Heath disse. — São aquelas pernas.

Era o maldito pacote completo. As curvas de Piper ficavam todas nos lugares certos, sem nenhum exagero; tudo forte e eficiente. Mas, principalmente, culpava os olhos dela. E a irreverência. E aquele senso maluco de decência que a conduzia.

— Ela me lembra Annabelle — Heath comentou. — Quando eu a conheci.

Cooper entendeu o que o amigo queria dizer. Annabelle possuía o mesmo tipo de energia. Mas havia uma grande diferença.

— Annabelle é um doce e Piper é uma víbora.

— É óbvio que você não conhece minha mulher muito bem. — Heath olhou para um conjunto de calcinha e sutiã na vitrine da Agent Provocateur.

— Só espero que as duas nunca se conheçam — Cooper disse.

— Acho que seria divertido.

Cooper estremeceu. Ele gostava de Annabelle, mas não do modo como ela gostava de se intrometer em seus relacionamentos.

— Não deixe que isso aconteça.

— Não posso lhe prometer nada, amigo. E, só para eu saber... Por que é que você me queria aqui, realmente?

Cooper demorou um pouco demais para responder.

— Eu já lhe disse, você tem mais experiência com roupas de mulher.

Heath não tinha alcançado o sucesso sendo estúpido, e Cooper esperou que o amigo o contestasse, mas Heath apenas deu seu sorriso de cobra.

— E ela nunca esteve na revista *People* — ele disse. — Isso está ficando cada vez mais interessante. — Heath deu um tapa no ombro de Cooper e voltou sua atenção para o sutiã e a calcinha na Agent Provocateur.

— Cara! — Dois adolescentes que deveriam estar na escola atravessaram a rua para cumprimentar Cooper com um *high-five*. Ele gostou da interrupção. Convidar Heath para participar da sessão de compras não tinha dado certo. Tinha certeza de que o agente ficaria entediado. Não que Heath fosse demonstrar – ele era esperto demais para isso —, mas ele teria ficado o tempo todo enviando mensagens pelo celular e isso bastaria. Ver a Sherlock de Chicago pelos olhos cínicos do agente teria restaurado a sanidade de Cooper. Ele teria se lembrado de todas as mulheres mais lindas, talentosas, e mais "estilo Cooper" que faziam parte do seu mundo. Mas não, Heath manteve o celular no bolso o tempo todo. Heath gostava de mulheres esquisitas. Annabelle, por exemplo. Os dois – a casamenteira e o agente esportivo – eram uma história de amor saída dos livros.

Cooper sabia exatamente como era a aparência, o cheiro e o toque das mulheres predadoras, e Piper não possuía nenhuma dessas características. Ela se recusava a flertar com ele. Tudo que queria era trabalho, e quando Cooper perdesse esse controle sobre ela, ele não seria mais importante do que os vestidos que tinha comprado.

Aquilo exigiria uma estratégia cuidadosa, algo em que, felizmente, ele era muito bom.

✶

Piper usou o vestido azul-cobalto naquela noite – sua quarta noite trabalhando na boate –, mas em vez de a roupa lhe ajudar a se misturar à clientela elegante, fez com que atraísse mais atenção do que ela queria. Dois rapazes lhe ofereceram bebidas, e PhairoZ, o DJ convidado da boate, deu em cima dela durante o intervalo.

PhairoZ, cujo nome verdadeiro era Jason Schmidt, parecia um jogador europeu de futebol, cheio de tatuagens. Cooper era um empresário esperto. Ele sabia que as clientes iam à Spiral para vê-lo, mas precisava garantir que elas voltassem, então contratava os melhores DJ para manter o interesse, bem como uma equipe com homens atraentes. Os clientes homens, por sua vez, iriam aonde houvesse mulheres.

— E aí, vamos trocar uma ideia depois que eu terminar? — PhairoZ apoiou a palma da mão na parede atrás dela.

— Obrigada, mas fala sério... — Ela o encarou com olhos sinceros e o que esperava ser uma expressão de timidez. — Você é muita areia para mim.

— Isso quer dizer que eu posso te envolver toda.

Piper resistiu à tendência natural que tinha para o deboche.

— Sou muito insegura — ela desconversou, depois deu um aperto amistoso no braço estendido dele, passou por baixo e se afastou.

Nessa noite ela foi se esconder no porão da Spiral, atrás de um aquecedor industrial de água – o mesmo lugar em que tinha passado as duas noites anteriores. Ela ouviu, no andar de cima, a equipe encerrando a noite – ou a madrugada, pois já passava de 3 horas da manhã. Bocejou. Piper tinha interrompido uma briga no banheiro das mulheres, seguido Dell, o segurança imprestável, e guiado algumas mulheres muito bêbadas para o táxi. Mas dentro de cinco horas Piper precisaria estar no Hotel Península, para levar uma das princesas mais velhas ao consultório do cirurgião plástico, e ela queria ir para cama.

O som de passos a despertou de seu torpor. Ela espiou por trás do aquecedor de água e viu uma figura usando botas de salto alto e carregando uma mochila escada abaixo. A mesma mochila que Taylor trazia para o trabalho todas as noites. Taylor olhou em volta e depois atravessou o porão em direção ao estoque de bebidas alcoólicas.

A fechadura tinha sido mudada e agora só havia duas chaves, uma de Cooper e outra de Tony, o gerente da casa, um cara decente que tinha conquistado a confiança de Piper. Foi a chave de Tony que, atendendo a uma solicitação de Piper, foi deixada, convenientemente, duas noites seguidas sobre a mesa dele.

A fechadura estalou. Piper posicionou a câmera, ajustou as configurações e começou a fotografar.

Duas noites depois, Taylor foi demitida. Ela e o namorado Keith, ex-barman da Spiral, estavam operando um negócio pequeno, mas lucrativo, vendendo as bebidas mais caras da Spiral no mercado negro. Piper estava trabalhando para Cooper há apenas seis dias, mas já tinha feito por merecer seu pagamento.

Por volta das 11 horas da noite, Deidre Joss entrou na boate com Noah. Cooper devia estar à espera dela, porque apareceu no mesmo instante e a levou até a área VIP. Mas Noah Parks viu Piper e não acompanhou a chefe.

Enquanto Deidre havia substituído a roupa de trabalho por um fantástico vestido preto bordado, Noah continuava com o terno conservador e a gravata careta.

— Estou muito surpreso de encontrá-la aqui — ele disse, observando o vestido cor-de-amora de Piper.

— Cooper me contratou para cuidar das mídias sociais dele.

Noah a encarou com uma expressão dura.

— Então, a esta altura, você já lhe contou para quem estava trabalhando.

— Eu prometi confidencialidade e estou cumprindo minha promessa — ela respondeu, tacitamente.

— Você está querendo dizer que não contou para ele?

— É exatamente o que estou dizendo. E, por favor, lembre Deidre disso da próxima vez em que ela precisar contratar um investigador.

Ele tomou um gole de sua bebida e observou Piper, concentrado.

— Impressionante — ele comentou, enfim.

Não muito tempo depois, Piper viu Jonah olhando para ela com uma careta de deboche. Imaginou que aquela careta ficaria mais desagradável se Jonah soubesse que ela pretendia fazer Dell ser demitido. Desde o início, alguma coisa na atitude de Dell fez Piper suspeitar dele. E as suspeitas foram confirmadas no início dessa noite; enquanto Dell estava controlando a entrada, ela o viu aceitar uma gorjeta em forma de um saquinho de pó branco, de um bêbado que queria entrar.

Piper subiu a escada até a área VIP. Noah tinha se juntado a Cooper e Deidre, mas Cooper só tinha olhos para a mulher. Ele não tinha contado muita coisa sobre a franquia de casas noturnas que pretendia abrir, mas Piper o conhecia o suficiente para desconfiar que ele devia estar ficando maluco com a recusa de Deidre em tomar uma decisão – não que ele demonstrasse isso. Se ele fosse como qualquer outro empresário, certamente estaria negociando com outros investidores, mas Deidre tinha uma reputação estelar, e Cooper, do jeito que era, só queria trabalhar com os melhores.

Ele riu e se aproximou de Deidre. Negócios à parte, Cooper gostava mesmo dela. Piper sentiu uma pontada de ciúme. Não porque ele gostasse de Deidre. Não, não era nada disso. Claro que não. Piper só estava com ciúmes porque Deidre tinha tudo: uma empresa mega-bem-sucedida, uma gorda conta bancária, cérebro, beleza, autoconfiança... e Cooper obviamente interessado nela.

Piper teve vontade de socar a própria cabeça. Estava com ciúme! Ela queria que Cooper também gostasse dela. Uma reação ridícula. Cooper era seu cliente e tudo que importava era que ele gostasse do modo como ela conduzia seu trabalho.

Graças ao pai, Piper tinha muitos anos de prática em esconder os sentimentos que a incomodavam, e assim enterrou o desgosto que sentia de si mesma com alguns brownies com calda de *bourbon* que pegou na cozinha.

Deidre e Noah, afinal, foram embora. Piper atravessou o salão até a pista de dança, onde a parede vibrante de LED iluminava a multidão de corpos que rodopiava ao som das batidas eletrônicas do DJ PhairoZ. Cooper não estava longe, rodeado pela turma de sempre.

Um sujeito enorme vestindo Gucci – Piper tinha visto o logotipo no cinto – tinha encurralado Cooper em um canto. Aquele não era um fã comum, o sujeito estava bêbado e agressivo. Ele era da altura do Cooper, mas tinha uns vinte quilos a mais e gesticulava os braços agressivamente. As luzes da boate deixavam seu rosto vermelho, azul e verde, fazendo-o parecer um Hulk. Piper olhou ao redor, procurando um dos seguranças. Como de costume, não havia nenhum à vista. Desejando ter calçado sapatilhas em vez de salto alto, ela abriu caminho em meio às pessoas que dançavam quando o valentão crispou o punho e se aproximou do chefe dela.

Cooper pôs a mão no peito do bêbado, que não gostou disso. Ele jogou o braço para trás, pronto para desferir o soco. Piper se jogou para frente e segurou o braço dele antes que chegasse em Cooper. Colocando todo seu peso no movimento, ela deu uma cotovelada no abdome do agressor, derrubando-o no chão.

Os clientes se afastaram. Cheirando a álcool, o cretino teve dificuldade para respirar e tentou levantar. A costura lateral do vestido novinho de Piper se abriu quando ela sentou em cima do agressor. Por um instante, viu a expressão de incredulidade no rosto de Cooper, antes que Jonah e Ernie aparecessem, bloqueando sua visão. Os dois olharam para Piper como se aquilo fosse culpa dela.

— Tirem esse cara daqui! — ela mandou. Pela expressão em seu rosto, Jonah queria matá-la, mas ele e Ernie levaram o sujeito.

Uma das garçonetes correu até Piper.

— Você está bem? — a moça perguntou.

— É claro que ela está bem — retrucou seu empregador com a voz exasperada. — Ela é o Homem de Ferro.

Quanta gratidão.

PhairoZ mudou a música para *acid techno*. Uma mão firme agarrou o braço de Piper e a retirou – de modo nada gentil – da pista de dança. Enquanto Cooper a conduzia em meio à multidão, ela percebeu que a saia do seu vestido tinha rasgado do lado, revelando sua calcinha branca e sem graça.

Praticamente arrastando-a, Cooper atravessou a cozinha, abriu a porta dos fundos e foi até o corredor. Só então soltou o braço dela. Piper o conhecia bem o bastante para saber o que ele estava prestes a dizer e não iria aceitar aquilo. Então começou a falar antes dele:

— Ao contrário dos seus seguranças, não vou ficar parada vendo meu patrão ser agredido.

O rosto dele ficou vermelho com o ataque ao seu ego.

— Eu não estava sendo agredido. Nunca mais tente me proteger.

— Alguém tem que fazer isso. — Ela era a profissional ali, então tentou continuar calma. — Seus seguranças têm que ficar mais perto de você. Aquele bêbado estava pronto para lhe dar um soco.

— Ele nunca teria me acertado.

— Talvez. Quem sabe?

— Eu a contratei para ficar de olho nos empregados, não em mim.

Eles estavam tão perto que Piper podia sentir o cheiro do sabão que lavou o suéter dele.

— Você sabe que esta é uma conversa que não estaríamos tendo se eu fosse um dos homens da sua equipe.

— Mas você não é. E não tente usar o argumento sexista contra mim!

— Quando o argumento é válido, use-o. — Era quase impossível se controlar com ele assim tão perto. — Se um dos seus seguranças tivesse tirado o sujeito dali... o que era muito improvável, já que eles estão sempre ocupados demais tentando ficar com as clientes... você não teria dado tanta importância à situação.

Ele apertou os olhos, pensativo, e Piper achou que o tivesse convencido, mas ele não iria desistir assim tão fácil. Então Cooper se aproximou ainda mais e ela pôde sentir o calor do corpo dele através do vestido rasgado.

— Eu não preciso ser salvo por ninguém.

Piper então deixou o profissionalismo de lado. Ela estava tão brava quanto ele.

— Verdade? E se forem dois contra um? O que você fará?

— Principalmente se forem dois contra um — ele disse, em um tom parecido com escárnio.

Eles estavam quase nariz com nariz. Ou cstariam, sc clc não fossc um palmo mais alto.

— E três contra um? — ela insistiu.

— Eu sei me cuidar.

Mas Piper se recusava a recuar.

— E se alguém tiver uma arma? O que você vai fazer? — Ela estufou o peito, o que, infelizmente, fez roçar a ponta dos seus seios nele.

Cooper pareceu ficar mais alto e pressioná-la ainda mais.

— Eu tenho uma pergunta melhor — ele vociferou. — O que você faria?

— Eu sou treinada! Você, não.

— O que você é — ele rosnou —, é um pé no saco! — E, sem aviso, ele a puxou para si, baixando a cabeça e tomando sua boca com a dele.

Ela ficou tão chocada que soltou uma exclamação, entreabrindo os lábios e dando-lhe um acesso que ele aproveitou no mesmo instante.

O beijo a invadiu. Dominou. Forte e exigente. A mão de Cooper alcançou a lateral rasgada do vestido e ele tocou a pele nua do quadril dela; seus dedos pareciam chamas. Cada célula do corpo de Piper ganhou vida e ficou completamente desperta. Como se um galo tivesse cantado do alto do galinheiro, com o sol a pino... ela se sentiu desperta *assim*.

Ela engoliu um gemido. Era tão gostoso senti-lo. Um sabor tão bom. Cooper a acariciou mais pelo rasgo do vestido, enquanto o joelho dele fazia pressão entre as pernas de Piper. Ela queria aquilo. Queria o bastante para se esquecer de tudo e se entregar. Ela queria...

— *Não!* — Ela empurrou o peito dele com decisão. — Afaste-se.

Estava furiosa com ele, e mais ainda consigo mesma.

— Se tentar fazer isso de novo, vai acabar no chão como seu amigo bêbado! — Ela deu meia-volta e correu escada acima.

✶

Cooper suava como se tivesse acabado de terminar um dia inteiro de treinos de velocidade. O que diabos tinha acontecido? Ele estava se transformando em mais um aproveitador, que pensava que o fato de ter jogado futebol lhe dava o direito de abusar das mulheres? Ele desabou contra a parede, sentindo-se enojado e tentando se recompor. Eram as mulheres que o beijavam, não o contrário. Elas ficavam na ponta dos pés, passavam seus braços perfumados ao redor do pescoço dele, abriam a boca e mergulhavam nele. Cooper achou que estava ficando louco. Aquela era a única explicação. As pessoas já tinham lhe dito que ele reagiria de modo estranho à aposentadoria, mas nunca imaginou algo assim. Ele tinha o dobro do tamanho dela, e não importava que ela pensasse ser She-Ra, a Princesa do Poder, Cooper podia esmagá-la.

Deus, como ela ficou furiosa. Deveria ter lhe dado uma joelhada no saco.

Mas não deu. Porque ela ficou furiosa, mas não teve medo dele. Se Piper tivesse se sentido ameaçada, ainda que um pouquinho, nesse instante ele estaria todo encolhido segurando as bolas. Ou talvez ele estivesse procurando uma desculpa para seu mal comportamento. Um modo de se sentir bem com o que tinha feito. Mas não era possível que se sentisse bem após ter atacado uma mulher indefesa.

Que não era indefesa. Nem perto disso. Mas ainda assim... *Merda.*

Ele gostava de tê-la por perto. Odiava tê-la por perto. Piper estava atrapalhando sua concentração. Mas também estava fazendo um ótimo trabalho. E Cooper teria que ser um verdadeiro canalha para demiti-la depois do que tinha acabado de acontecer, já que a culpa era dele.

Ele teria que encontrar outro modo de lidar com ela. Um modo que não o tirasse do jogo.

✶

O celular dela tocou quatro horas depois, convocando-a ao Hotel Península antes do que ela tinha se programado. No caminho, Piper buzinava para qualquer um que se aproximasse dela. Por que Cooper a tinha beijado daquele jeito? Com certeza foi porque ela estava ganhando a discussão. Ele não aguentava perder. Foi uma jogada de força. Muito mais frustrante foi a reação dela, que, é claro, ele notou. Agora ela teria que se esforçar em dobro para garantir que ele não ficasse em uma posição ainda mais forte do que já estava.

Um dos funcionários da família real a recebeu no Hotel Península com a notícia de que a Princesa Kefaya gostaria de falar com ela. Piper não conseguiu imaginar o porquê.

Um empregado mais velho a encontrou no saguão e a levou até os elevadores. Quando saíram, o empregado conduziu Piper através de um vestíbulo de mármore preto para dentro de uma suíte com grandes janelas no canto. Nenhuma das centenas de sacolas das excursões de compras estava à vista. Tinham lhe contado que as compras estavam guardadas em uma suíte à parte que, diziam, custava mais de mil dólares por noite à família real.

A Princesa Kefaya veio de um dos quartos. Embora ainda fosse cedo, ela estava vestida com elegância, usando uma magnífica túnica fúcsia que chegava até ao meio das coxas, cobrindo parte de suas calças cinza. Elegantes pulseiras de ouro envolviam seus punhos, e brincos de diamantes que valiam um resgate real brilhavam em meio a seus longos cabelos pretos.

Faiza entrou na sala atrás da princesa. Piper só a tinha visto de relance desde aquele primeiro dia, mas pensava nela com frequência. Faiza ficou parada junto à porta, com os olhos voltados para o chão. Como seria viver todos os dias sem a esperança de um futuro melhor?

— Você é a motorista que trabalha para o jogador de futebol americano? — a princesa perguntou.

— Sou.

— Meu irmão, Sua Alteza, Príncipe Aamuzhir, está na cidade. Ele gosta de futebol americano. Você trará seu empregador para encontrar meu irmão esta noite. Sua Alteza está hospedado no oitavo andar.

— Não posso fazer isso.

A princesa, que não estava acostumada a ouvir "não", arqueou as sobrancelhas como se fossem as costas de um gato assustado.

— Faiza! Você combinará, pessoalmente, com esta motorista o que precisa ser feito.

Faiza concordou, a cabeça ainda curvada. Ela acompanhou Piper da suíte até o elevador. Assim que as portas se fecharam, Piper jogou as mãos para cima.

— Faiza, eu não posso obrigar o Cooper a fazer nada, muito menos isso!

— Mas a princesa ordenou — Faiza disse, inocente.

— A princesa vai ficar decepcionada.

— Você não consegue persuadir o patrão? — Faiza franziu a testa.

— Estamos nos Estados Unidos — Piper disse, com o máximo de delicadeza que conseguiu. — Eu sei que é difícil compreender, mas nós não ligamos para o que princesas estrangeiras querem.

Piper assistiu à expressão no rosto de Faiza mudar de desespero para medo para resignação. Piper não aguentou.

— Não é culpa sua. Vamos voltar e eu explico para ela.

Faiza a encarou com o olhar triste.

— Não se preocupe. A culpa é minha, sim. Se eu não tivesse contado para minha amiga Habiba que você trabalha para o famoso jogador de futebol americano, isso não teria acontecido. Habiba não é má. Ela só gosta muito de falar.

— Mas é você quem vai ser punida... — Piper sabia disso e a injustiça a enfureceu. Ela ficou ainda mais revoltada quando as portas do elevador se abriram e a iluminação clara do saguão revelou o que ela não tinha percebido antes. O véu púrpura-escuro de Faiza não conseguia esconder um hematoma em seu rosto.

Piper sentiu a raiva fervendo dentro dela. Uma dupla de seguranças mal-encarados aguardava junto ao elevador. Ela puxou Faiza pelo braço.

— Não estou me sentindo bem. Me ajude a chegar ao banheiro.

Faiza olhou para ela com preocupação, mas estava acostumada a servir os outros e conduziu Piper pelos seguranças desinteressados até o banheiro das mulheres do outro lado do saguão. Não havia ninguém lá dentro.

— Quem bateu em você? — Piper quis saber. — Foi a princesa que fez isso?

Faiza tocou o próprio rosto.

— Não, foi Aya. — O nojo com que ela pronunciou o nome revelava tudo. — Aya é a encarregada das criadas de Sua Alteza. Ela gosta que as tarefas sejam feitas com rapidez e eu fui lenta demais.

— E a princesa permite que ela bata nas criadas?

— Ela não percebe.

— Mas deveria perceber! — As duas estavam a sós, mas Piper baixou a voz assim mesmo. — Sua tia no Canadá... Ela deixaria você ficar com ela, se conseguisse chegar até lá?

— Ah, sim. Ela me disse isso. Sempre que eu venho para os Estados Unidos sonho em ir ficar com ela, mas é impossível. Eu não tenho como chegar lá e, mesmo que tivesse... se eu for pega... — Os olhos escuros dela estavam vazios como os de uma velha encarando a própria morte. Faiza sacudiu a cabeça diante da futilidade daquela ideia. — Eu devo encontrar minha felicidade no fato de que minha *khala* me tem no coração.

— Isso não basta. — A família real iria embora na noite seguinte. Piper hesitou. — E se houvesse um modo de... levar você para o Canadá?

Aquilo era loucura. Piper não tinha ideia de como faria para tirar Faiza de seus empregadores e levá-la para o outro lado da fronteira.

O rosto da garota parecia um *playground* de emoções, com esperança e desespero ocupando as extremidades de uma gangorra. O desespero logo venceu.

— Eu faria qualquer coisa, mas não existe possibilidade, minha boa amiga. Sua bondade significa muito para mim.

Bondade não bastava. Durante todo o caminho para casa, Piper pensou em ajudar Faiza a fugir. Não seria fácil tirá-la do país, mas talvez fosse possível. Tudo que ela precisava era de um pouco de ajuda.

9

— Você quer que eu faça *o quê?* — Cooper Graham tirou um pirulito de cereja da boca.

Ela o tinha encurralado em sua horta na cobertura, onde Cooper cuidava dos pepinos antes que a primeira geada chegasse. Embora já fosse outubro, a horta, com suas paredes altas de tijolos, seus múltiplos níveis e sua área de estar, formava um belo oásis. Canteiros elevados de vegetais continham culturas de clima frio, como alho-poró e espinafre; nabo e brócolis. Grandes vasos esmaltados e jardineiras de pedra exibiam composições de alecrim e zínia, salsa e dália, capim-limão e malmequer. Piper não gostou de descobrir que ele próprio tinha feito aquela horta. Isso desfazia um pouco da imagem que tinha criado a respeito dele.

— Você é um viciado em adrenalina — ela comentou, amassando folhas de menta com os dedos. — Isto aqui combina tanto com você.

— Você está mesmo tomando remédio. Pílulas de maluquice! — Ele recolocou o pirulito na boca e voltou para os pepinos.

— Um comentário extremamente ofensivo — ela disse e fungou. — Mas vou deixar passar.

— Faça isso.

Ao rodear um vaso de pimenteira para se aproximar, reparou em uma mesa escondida atrás da treliça que delimitava a área do horto. Esferas em cima dessa mesa chamaram a atenção dela. Piper se deu tempo para refletir enquanto ia até lá para investigar.

— O que é isto? — Ela segurava uma das esferas, um torrão de terra compactada perfeitamente redondo. Havia cerca de meia-dúzia sobre a mesa.

— Bomba de sementes. Ao contrário de você, não tenho ética nenhuma.

— Isso significa...?

— Sou um guerrilheiro verde. Um pouco de barro, musgo e um punhado de sementes formatados como uma bola. Só precisa disso.

Ela estava começando a entender.

— Você é um semeador urbano. Você joga estas bombas em terrenos baldios.

— Já está passando do tempo, agora. As melhores épocas são a primavera e o começo do outono. Com um pouco de sorte e chuva na hora certa, um retalho árido de terra começa a brotar. — Ele esticou a mão até um canteiro para arrancar folhas amareladas do tomateiro. — Coreópsis, equináceas, margarida-amarela. Talvez um pouco de grama. É divertido de observar.

— Há quanto tempo você faz isso?

— Dois, três anos. Não sei bem.

— Pensei que você estivesse lavando dinheiro de drogas.

Ele sorriu pela primeira vez desde que ela tinha chegado.

— Você não pensou isso.

— Bem, na verdade não, mas... — Por mais interessante que fosse esse lado dele, ela não tinha perdido de vista seu objetivo. — Talvez eu deva começar do começo.

— Ou talvez não. Você entende, eu imagino, que estragou seu disfarce no clube, ontem à noite, com seus golpes de *jiu-jitsu*? Ninguém vai mais acreditar que você é minha especialista em mídias sociais.

Ela já tinha imaginado isso, claro. Sinos de igreja repicaram à distância, e ela continuou:

— O nome dela é Faiza e ela só tem 19 anos. Está trabalhando para a família real desde os 14. Ela é meiga e inteligente, e só quer algo que, para nós, é tão comum que nem damos atenção: uma chance de ser livre.

Ele fez uma careta para um feijoeiro estragado.

— Ela sonha em estudar enfermagem para cuidar de bebês prematuros — Piper continuou. — Mas, no momento, ela é pouco mais que uma escrava. — Cooper arrancou o feijoeiro e o jogou de lado, depois mastigou o que restava do pirulito. Piper se aproximou dele. — Por favor, Cooper. É domingo. A boate está fechada. Tudo que você precisa fazer é ir até o Hotel

Península esta noite e bater um papo de macho com o príncipe. Pense nisso como uma oportunidade única para observar de perto uma cultura diferente.

Ele jogou o palito do pirulito em uma caixa de compostagem.

— Estou feliz com a minha cultura. Só não estou feliz com meus empregados ladrões...

Um pedacinho do açúcar cristalizado e vermelho do pirulito ficou no canto da boca dele, o que provocou em Piper a lembrança daquele beijo ridículo. Instintivamente, ela lambeu os lábios.

— Seus empregados são, na grande maioria, honestos. E se todo mundo pensasse como você, não haveria esperança de paz e compreensão internacional.

— Obrigado, Miss Universo.

— Só estou dizendo que você precisa abrir sua mente.

Ele apontou um dedo sujo de terra para ela.

— Pelo menos eu penso. E duvido muito que passar a noite revivendo meus anos de glória com um barão árabe do petróleo vai fazer alguma coisa pelas relações internacionais. Quanto ao resto do seu plano... — Ele estremeceu. — Eu já fiz coisas na vida das quais não me orgulho, mas o que você está pedindo é assustador.

— É heroico! É uma chance para você se redimir dos pecados do seu passado. — *Como aquele beijo*, ela pensou, mas ele não tinha tocado nesse assunto e não seria ela quem iria tocar. Embora ele parecesse estar pensando nisso. Por que desconfiava disso, não sabia dizer. Talvez fosse um instinto. Ou outra coisa... O olhar calculista dele. Um ar de malandragem... O que Cooper estaria planejando?

Ele abaixou a cabeça e passou o polegar pela sobrancelha.

— Se eu fosse fazer isso... e não vou fazer... eu gostaria de receber algo em troca. O que você está disposta a oferecer?

— O que você quer?

— Uma pergunta interessante...

Ele começou a despi-la com o olhar, tirando mentalmente cada peça horrível daquele uniforme ridículo de motorista e demorando-se no processo. Talvez ela não entendesse de tudo, mas tinha entendido aquilo e revirou os olhos.

— Pare de brincar comigo — Piper disse. — Você pode ter a estrela de cinema que quiser, e só está tentando me intimidar. Como na noite passada. Bem, sabe de uma coisa? Não está funcionando.

— Tem certeza? — As palavras escorregaram dos lábios dele, suaves e sedutoras.

— É praticamente impossível me intimidar.

— É mesmo? — Ele coçou o queixo, deixando uma mancha de terra. — Eu já mencionei o péssimo amante que era quando comecei?

Ela tinha que admitir uma coisa a respeito de Cooper Graham: ele era imprevisível. Por alguma razão que só ele conhecia, tinha decidido entrar em um terreno perigoso. Piper precisava recuar, mas não conseguiu, não depois do modo como tinha reagido ao beijo dele, na noite anterior. Isso significava que ela precisava entrar no jogo.

— Eu não acredito nisso — ela disse.

— Ouvi muitas reclamações, então precisei melhorar. Como se fosse um emprego.

— Precisou praticar mais, certo?

— Isso mesmo. Quando eu penso nos erros que cometia...

— Constrangedores, posso imaginar.

— Mas mantive o olho na bola.

— Só uma? Engraçado. Oh, bem, espero que sua deformidade não o tenha deixado acanhado. Mas tenho certeza de que você ainda podia...

— Peguei o jeito da coisa quando tinha cerca de...

— Trinta e seis anos?

— Dezoito. Fui rápido para aprender. Todas aquelas mulheres mais velhas dispostas a receber um garotão como eu em seus braços carinhosos...

— Abençoadas sejam as caridosas. Mas... — Ela abriu um sorriso maroto. — Por mais que tudo isso seja interessante, você não tem nenhum interesse em mim. Nós dois sabemos que você é demais para mim.

Primeiro ele pareceu gostar de perceber que Piper entendia aquilo como fato incontestável, mas depois sua expressão se anuviou.

— Espere um pouco. Semana passada você me disse que era uma devoradora de homens.

— Há limites. Você é de uma espécie totalmente diferente da dos Policiais Gostosões do mundo. Muito acima de mim.

Ele pareceu ficar irritado.

— Por que você diz algo assim de si mesma? Onde está seu orgulho?

— Ancorado firmemente no mundo real. Seu lugar é na cama das superestrelas. Olhe para mim. Tenho 33 anos. Sou, no máximo, uma mulher considerada mediana e...

— Defina mediana.

— Tenho pés feios. E estou pelo menos cinco quilos acima do peso.

— Para um cadáver.

— E... Eu não ligo a mínima para roupas ou para minha aparência.

— Isso é verdade. Quanto ao resto... você já ouviu falar de apagões? Tudo que eu preciso fazer é apagar a luz.

Cooper disse isso com uma maldade tão exagerada, tão caricata, que Piper teria gargalhado se tanta coisa não estivesse em jogo. Então ela avançou sobre ele.

— Vamos falar com seriedade. A vida de uma mulher está em jogo. Preciso que você faça isso. E sua alma... supondo que você tenha uma... precisa que você faça isso.

Ele tinha se acostumado às táticas dela, e aquele ataque não teve efeito.

— Tente de novo, Sherlock. Você nem chegou perto do gol.

Os argumentos de Piper acabaram e ela se apoiou, desanimada, na parede de tijolo do terraço.

— Você tem uma ideia melhor?

— Claro que tenho: cuide da sua própria vida.

Ela inspirou fundo, depois meneou a cabeça.

— Não consigo.

✶

Cooper jogou um dos tomatinhos amarelos na boca. O fruto não combinou com o gosto do pirulito de cereja que ainda estava em sua boca, mas ele precisava de tempo. Piper estava certa. Ele só estava brincando com ela. Tentando tirar a seriedade daquele beijo equivocado.

Cooper a observou. Ela parecia tão decepcionada com ele, como se o tivesse surpreendido torturando um gatinho. O que ela queria fazer era absurdo e destinado ao fracasso, mas, ainda assim, ele se sentia pequenino, uma emoção que não experimentava desde quando o técnico da faculdade chamou sua atenção – merecidamente – por farrear demais.

— Tudo que estou pedindo é uma hora — ela disse. — Duas, no máximo.

Ele nunca deixava que ninguém o colocasse na defensiva, no entanto era isso que ela tinha feito. Piper se via como um tipo de cavaleira heroica e esperava que Cooper se unisse a ela naquela missão. Ela trabalhava para ele, raios. Ele era o armador do time; Piper não tinha o direito de armar as jogadas.

— Você está pedindo muito mais que isso.

Ela não iria desistir.

— A vida de uma jovem não vale um pouco do seu tempo?

Ele enfrentou a tentativa de chantagem emocional com lógica:

— A vida dela não está em perigo.

Ela olhou, por cima do muro, para um bordo cujas folhas tinham ficado vermelhas. Pela primeira vez, ele não sabia dizer se Piper estava sendo sincera ou tentando manipulá-lo.

— Nascer neste país nos dá oportunidades que a maioria das pessoas no resto do mundo não tem — ela disse. — O lugar em que se nasce é uma espécie de sorteio, não é?

Ele nasceu em uma família muito pobre, mas... *Merda*. Ela ia acabar conseguindo convencê-lo a participar daquilo. Ou talvez não fosse ela, mas o desafio que aquilo representava.

✶

O príncipe exalava alguma porcaria de colônia que devia ter custado uns dois poços de petróleo, mas que deixou Cooper enjoado. O cara tinha o cabelo pintado de preto e um bigode fino com o formato de asas de gaivota. Os óculos dele eram de um tom azul estranho no alto, mas claros embaixo. Ele vestia roupas ocidentais – um terno feito sob medida para seu corpinho e sapatos Oxford cinza que talvez servissem nos pés de Cooper quando este tinha 10 anos de idade. Mas Cooper não tinha nada contra homens pequenos. Foi o ego enorme do Príncipe Aamuzhir que o incomodou.

— Você precisa navegar comigo antes de eu vender meu iate. É um dos maiores do mundo, mas a piscina fica na popa e eu só nado ao sol. — O príncipe falava um inglês impecável, com sotaque britânico. — Com uma segunda piscina na proa, posso nadar sem me preocupar com a direção em que estou navegando. — Uma risada. — Tenho certeza de que você compreende por que isso é importante o bastante para me fazer comprar um barco novo. A maioria das pessoas não compreende.

Cooper estava de mau humor. Ele tinha conhecido um número mais do que suficiente de babacas iguais ao príncipe – homens ricos que alimentavam sua vaidade desfrutando da companhia de atletas, ao mesmo tempo que em que os esnobavam. Ainda assim, ele concordou, afável.

— Eu? Sou apenas um jogador de futebol cansado. Mas você... É um homem do mundo, um sujeito esperto de verdade. Eu vi isso de imediato.

A Sherlock de saias tinha pesquisado. "*Alguns dos príncipes do Reino são caras ótimos*", ela tinha lhe dito. "*Instruídos. Empresários e ministros de estado. Um piloto de caça. O Príncipe Aamuzhir, contudo, não está entre os decentes. Ele passa a maior parte do tempo longe do Reino, se divertindo com prostitutas caríssimas.*"

O príncipe soltou uma baforada de fumaça de cigarro que Cooper fez o possível para não inalar.

— Convide alguns dos seus amigos para navegar comigo — ele ordenou. — Dean Robillard. Kevin Tucker. Ainda não tive o prazer de conhecê-los.

Melhor não. Robillard e Tucker pendurariam aquele babaca pomposo sobre o guarda-corpo do seu próprio iate "de uma piscina só" e o jogariam na água.

— Vou ligar para eles — Cooper disse. — Ver se podem escapar algum dia. — Ele tomou um gole de seu copo de cristal pesado, que continha um *scotch* muito velho. Imaginou que nem o Hotel Península tivesse um copo daqueles em sua coleção de cristais de luxo. Cooper tinha ficado naquela mesma suíte algumas vezes, mas nunca viu aquela fonte de ouro no canto, nem os cinzeiros cravejados de pedras preciosas ou as almofadas de seda bordada.

O príncipe estava sentado na espreguiçadeira ao lado do piano de cauda. Quando cruzou as pernas, ele revelou a sola imaculada do sapato que, aparentemente, usava pela primeira vez.

— Diga-me, velho jogador... — O príncipe soltou mais uma baforada de poluição. — Como você acha que teria jogado contra Joe Montana ou John Elway? — Ele fez a pergunta como se nunca antes alguém tivesse perguntado aquilo, como se jornalistas novatos em todo país já não tivessem feito a mesma pergunta tantas vezes que Cooper perdeu as contas.

Mas o ex-*quarterback* fingiu refletir, tomou outro gole de *scotch* e deu a resposta de sempre:

— Esses jogadores foram meus ídolos. Eu gostaria de ter tido essa oportunidade. Tudo que eu sei é, não importava contra quem eu jogava, sempre dava meu melhor.

O príncipe recruzou as pernas.

— Eu observei que muitos *quarterbacks* são impacientes. Eles não leem adequadamente a defesa.

Cooper concordou, como se o príncipe fosse um dos grandes analistas de futebol, em vez de um babaca narcisista que não entendia de merda nenhuma.

— Vejo que está usando seu anel do Super Bowl. — O príncipe apontou a mão de Cooper.

Os anéis do Super Bowl não eram conhecidos por sua sutileza. Os do Stars eram uma coisa enorme, de mau gosto, com diamantes suficientes para adornar um baile da alta-sociedade. Cooper olhou para seu dedo.

— Lindo, não é mesmo?

— Magnífico.

Cooper podia ver que o sujeito estava quase salivando.

— Vou lhe dizer uma coisa, Sua Alteza... Eu nunca deixo ninguém colocar meu anel. Dei um duro danado para conquistá-lo, mas você... ah, diabos... — Ele tirou o anel do dedo. — Você é um homem que compreende o jogo de um modo que a maioria das pessoas não consegue. Veja qual é a sensação de usar um destes.

Cooper não se deu ao trabalho de levantar da cadeira, apenas estendendo o anel para o príncipe, que foi obrigado a sair da espreguiçadeira para pôr suas mãos ávidas na joia.

O príncipe enfiou a peça em seu dedo mais grosso. No mesmo instante, o anel caiu para o lado. O príncipe o ajeitou no lugar e o manteve ali como se não pretendesse nunca mais se separar dele.

— Uma peça esplêndida. — Ele se demorou admirando-o, e até caminhou até a mesa com tampo de vidro, onde a iluminação era melhor. Finalmente, ele disse: — Algumas belas mulheres vão chegar logo. Você deve ficar e desfrutar delas comigo.

Essa era a oportunidade que Cooper estava esperando e ao mesmo tempo temendo.

— Não posso recusar um convite desses. — Ele se levantou e tirou o celular do bolso. — Eu tenho um evento promocional, mas me deixe ver se consigo me livrar. — Ele foi até as portas que se abriam para o terraço da suíte e telefonou para Piper, que o esperava no carro dele na rua ao lado.

— Roy, é o Cooper — ele disse quando ela atendeu. — Apareceu uma coisa e vou precisar faltar no evento da Union League esta noite. Você pode cuidar disso para mim?

— Você ainda está com ele? — ela perguntou.

Ele olhou para o príncipe, que mexia no anel.

— Sim. Eu sei que assinei um contrato, mas não posso ir.

— Eu não me esqueci de que você é minha primeira responsabilidade... — Ela pareceu preocupada. — Eu sabia que isso seria arriscado. Se você precisa que o tire daí, é só dizer que eu vou.

— Não, diabos! — Essa era a última coisa que ele queria: Piper Dove aparecendo com suas pulseiras mágicas e laço dourado. — Você não me disse que teria toda essa imprensa.

— Você é a melhor pessoa.

— Tudo bem. Eu vou. — Ele desligou e enfiou o celular no bolso. — Droga! Não consegui pular fora. Preciso ir embora. — Ele baixou a cabeça, pesaroso, como se tivesse perdido a oportunidade de sua vida. — Não encontro com frequência alguém que saiba viver bem como você. — Ele meneou mais a cabeça. Mostrou mais pesar. Então vinha a parte complicada. Ele foi pedir o anel de volta.

— Tem uma coisa que eu queria lhe falar, mas... Oh, deixa para lá... — Cooper estendeu a mão.

O anel continuou onde estava.

— Por favor. Diga-me o que é — o príncipe pediu.

— É constrangedor... — Humilhante era a palavra correta. — Mas você e eu... somos homens do mundo, certo? Conhecemos as coisas boas da vida. Nós dois... sabemos o que queremos.

— É claro. — O príncipe acariciou o anel com o polegar.

— Uma das motoristas das princesas é uma amiga e... sabe como eu gosto de mulheres... novinhas. Quer dizer, que homem não gosta? Você tem uma empregada... Faiza é o nome. A motorista a mostrou para mim.

— Ahhh... — O príncipe sorriu para ele. — Você gostou dessa empregada?

— Ela é do jeito que eu gosto. Bem novinha. Parece ter 13 anos. — Cooper se obrigou a falar o resto. — Meu tipo favorito de mulher.

— Ah, sim.

Ele sentiu a pele arrepiar.

— Eu estava pensando... você acha que poderia convencer a princesa a deixar a garota vir... trabalhar para mim? De um modo permanente? — ele disse a palavra *trabalhar* com uma entonação especial, e deu alguns momentos ao príncipe para que ele mesmo completasse o sentido degenerado daquilo. — Diabos. Eu nem deveria ter pedido. — De novo, ele estendeu a mão para pegar o anel. — Fico feliz que tenha gostado do meu anel. Vou cair fora e deixar que você aproveite o resto da sua noite.

— Espere. — O príncipe se afastou alguns passos. — Talvez isso seja possível... Mas, é claro, eu teria que compensar a princesa.

— Ora, é claro. É só me dizer quanto que eu faço um cheque. Quanto você acha que a garota vale? Alguns milhares de dólares?

— Dinheiro entre amigos? Não, não. Mas, talvez, um símbolo da nossa amizade?

Piper acreditava que Cooper conseguiria, simplesmente, convencer o príncipe a lhe entregar a garota, mas Cooper sabia como o mundo funcionava.

— Por um símbolo você quer dizer...?

O príncipe acariciava o anel com o polegar.

— Algo que você acredite que essa garota vale.

— Você sabe negociar, mas... tem os documentos dela? Passaporte? Não quero perder esse anel para, depois, ela fugir de mim.

— Mas é claro. Basta um telefonema. — O príncipe lhe deu um sorriso nojento e pegou o telefone. Cooper fingiu olhar pela janela durante a conversa curta em árabe. Ele e o príncipe tinham chegado a um acordo.

Cooper mal podia esperar para ir embora, mas ele não iria entregar o anel sem a garota, e sabia como ganhar tempo. Ele terminou o drinque e, relembrando uma história do príncipe sobre um jogo sexual especialmente repulsivo, emendou uma história sua a respeito de um jogo contra os Giants em sua última temporada. Em seguida, os dois pegaram o elevador em direção ao saguão.

Um dos capangas reais estava parado junto à recepção examinando uma pilha de passaportes que parecia ter recuperado do cofre do hotel. Como os Estados Unidos e o Canadá têm uma fronteira pouco policiada, Cooper tinha tentado convencer Piper de que um passaporte não seria necessário, mas ela foi teimosa como de costume.

— Sem passaporte vai ser quase impossível que ela consiga *status* de imigrante legal — ela argumentou. — Faiza não vai poder ir à escola e não terá acesso à saúde pública. Eles roubaram a identidade dela, Cooper. O passaporte representa o pouco do que restou para ela. Prometa que você vai ao menos tentar.

Ele não tinha prometido nada, mas o pouco tempo que passou com o príncipe serviu para convencê-lo. O capanga entregou o passaporte para o príncipe. Uma figura feminina pequena e coberta aguardava ao lado, segurando uma pequena mochila. Ela mantinha a cabeça baixa, de modo que Cooper não podia ver o rosto dela. Faiza não tinha como saber o que iria acontecer e devia estar aterrorizada.

O príncipe nem olhou para a garota – era apenas uma mulher –, mas entregou o passaporte para Cooper. Este folheou o documento com o polegar, conferindo o nome e a foto. Ele se aproximou de Faiza e, com o polegar no queixo dela, levantou seu rosto, como se estivesse comprando uma escrava.

Era ela, sem dúvida. Sobrancelhas escuras, rosto redondo, lábios trêmulos e olhos castanhos arregalados de medo – algo a respeito do que ele não podia fazer nada naquele momento.

Ele guardou o passaporte no bolso e se virou para o príncipe.

— Aproveite o anel, Sua Alteza. Sabe o troféu Lombardi no meio? Pura platina.

Mas o troféu Lombardi que havia no anel verdadeiro – que estava trancado no cofre do seu quarto –, era cravejado de diamantes genuínos, não das imitações de zircônia que colocavam nas reproduções. Ele tinha mandado fazer meia-dúzia de réplicas para doar a vários leilões de caridade. Todos os compradores sabiam que se tratavam de cópias, mas ainda assim eram itens populares.

— Vamos — ele disse para Faiza, esperando que ela cooperasse para que não tivesse de tocá-la e assustá-la ainda mais.

— Aproveite a garota — o príncipe disse quando eles passaram.

Cooper imaginou quantos guardas o atacariam se socasse a boca daquele filho da puta, mas ele era muito disciplinado para ceder a esse tipo de tentação. Sem olhar para trás, ele tirou a garota do saguão. Uma reprodução do anel do Super Bowl. Isso era tudo que a vida daquela garota valia para seus empregadores.

Eles passaram pela porta da frente do hotel. Somente quando ele virou a esquina com ela, aproximando-se de onde Piper os esperava, no carro dele, Cooper falou com ela:

— Bem-vinda à América, Srta. Jamali.

✶

Observar o reencontro das duas fez toda a provação valer a pena. Piper ficou feliz como ele nunca tinha visto, e Faiza começou a chorar. Piper foi para o banco de trás com a garota e ele assumiu o volante. Enquanto Cooper dirigia, Piper segurou as mãos de Faiza e explicou o que tinha acontecido. Faiza mal conseguia falar, mas o modo alegre como abraçou Piper disse muito.

Piper tinha escolhido o apartamento de Berni Berkovitz como o lugar mais seguro para guardar Faiza durante a noite. Berni, do assado maravilhoso e da mousse de chocolate divina, vestia uma combinação estranha de meia-calça vermelha e cardigã masculino esfarrapado. Ela abanou os braços, cumprimentando-as.

— Isto é tão emocionante! Tão empolgante!

O apartamento dela era abarrotado, quente e cheirava à naftalina, mas Cooper concordou com Piper que seria mais seguro abrigar Faiza ali do que na Spiral.

— Não sei o que os muçulmanos comem — Berni disse, fazendo-os entrar. — Mas eu fiz bolo de chocolate. Isso é aceito pela sua religião?

— Ah, sim — Faiza respondeu. — Mas eu não acho que conseguiria comer. Tanta coisa tem acontecido.

Cooper precisava falar com Piper em particular e interveio.

— Sra. Berkovitz, por que não mostra para Faiza onde ela pode colocar as coisas dela enquanto Piper e eu discutimos o que fazer? Eu acredito que ela vai querer ligar para a tia.

— Tem mais algum problema? — A ansiedade de Faiza voltou. — Eu não quero lhes causar problemas depois de tudo que fizeram por mim.

— Está tudo bem. — Ele procurou tranquilizá-la com um sorriso, mas o príncipe podia perceber, a qualquer momento, que tinha sido enganado, e Piper precisava garantir que Faiza estivesse viajando quando isso acontecesse. — Srta. Jamali... — Ele enfiou a mão no bolso do paletó e puxou o passaporte dela. — Acredito que isto seja seu.

Faiza foi até ele lentamente, com os olhos colados no passaporte. Ela parou à frente de Cooper, sem pegar o documento, apenas tocando a capa verde com a ponta dos dedos.

— Pode pegar — ele disse com delicadeza.

E ela pegou, segurando-o como se não pudesse acreditar que aquilo de fato lhe pertencesse. Faiza levantou a cabeça e, levando uma mão ao coração, fez uma reverência diante dele.

— *Shukran jazeelan* — ela disse com a voz embargada. — Muito obrigada.

Diabos. Se ele não tomasse cuidado, logo estaria soluçando, também. Mas Piper não. Ele podia jurar que nem mesmo um galão de spray de pimenta faria aquela mulher chorar.

Nem bem Faiza acompanhou Berni até o quarto e Piper se jogou nos braços dele. Se não fosse pelos reflexos rápidos de Cooper, ela poderia tê-lo derrubado de novo. Não que ela o tivesse derrubado da primeira vez, mas era impossível convencê-la do contrário.

— Você é a melhor pessoa! — ela exclamou. — O melhor homem do mundo!

Ela enlaçou o pescoço dele com os braços, aninhou a cabeça debaixo de seu queixo e Cooper se esqueceu da sua preocupação de ser derrubado. Apesar da disparidade de tamanhos, o corpo dela encaixava com perfeição no dele. Seus seios se achataram contra o peito dele, o quadril dela se apoiou nas suas coxas. Automaticamente, Cooper levou as mãos até a base das costas dela. Ela o apertou com força e, como resultado, ele ficou duro, como um garoto adolescente dando seu primeiro amasso.

Ela o encarou, os grandes olhos azuis enternecidos de gratidão, e sem perceber o efeito físico que provocava nele. Ele precisou de cada fibra de autodisciplina para não agarrar aquele traseiro, mas depois da noite anterior, Cooper sabia que levaria um soco no estômago se fizesse isso. Ou coisa pior.

Como tinha acontecido aquela mudança de poder? Ela o abraçava como se fosse seu melhor amigo. Como se aquele beijo no corredor não tivesse acontecido. Como se tivesse se esquecido por completo daquilo!

Cooper procurou se concentrar, pegou-a pelos braços e a afastou para uma distância segura, rezando enquanto isso para que ela não olhasse para baixo e visse o que tinha feito com ele. Ele queria que ela mostrasse, pelo menos, um pouco de mágoa por ser afastada, mas ela só demonstrava felicidade.

— Eu sabia que você conseguiria! Oh, Cooper, você mudou a vida dela para sempre!

Ele a encarou com firmeza.

— Pare de saltitar e me conte seu plano para tirá-la do país.

O azedume dele não a perturbou.

— Eu vou dar alguns dias para ela se acalmar e fazer planos com a tia. Então...

— Não é uma boa ideia. — Ele aumentou a distância entre os dois, o que o deixou perto de um arranjo de flores empoeirado, e contou para Piper sobre o príncipe e o anel, para que ela entendesse como seu plano original era furado. — O príncipe tem um ego enorme, que é acompanhado por um pequeno exército. Pode demorar anos para que ele descubra que foi enganado, mas pode ser que já tenha descoberto. O melhor a fazer é tirá-la da cidade amanhã, no primeiro voo. Melhor ainda, tire-a por Milwaukee. Não é muito mais longe que o aeroporto O'Hare e é melhor não correr riscos desnecessários.

— Não vou colocá-la em um avião.

— Pode apostar que vai. Eu pago.

Ela rejeitou a ideia.

— Não existem voos diretos e ela já está bem traumatizada. Thunder Bay fica bem do outro lado da fronteira, ao norte de Minnesota. Vou levá-la de carro.

— Porque você faria isso?! — ele exclamou.

Piper o encarou como se ele fosse o verme mais rasteiro do planeta. E lá estava de novo a sensação de que ele não era homem o suficiente para enfrentar um desafio que só existia na cabeça dela.

— Por que é a coisa certa a fazer — ela disse.

Ele bufou e praguejou, sentindo-se cada vez mais um maldito idiota. Até que conseguiu se controlar.

— Tudo bem! — ele disse, como se fosse um adolescente emburrado. — Faça como quiser!

Mas enquanto saía pisando duro, ele já sabia o que precisava fazer.

10

Ela não estava conseguindo dar a partida no carro! De todas as manhãs em que aquilo poderia acontecer, tinha que ser justo nesse dia? Faiza estava no banco do passageiro, agarrando seu precioso passaporte e olhando, nervosa, para os carros que passavam pelo prédio de apartamentos onde Piper morava antes. Se não fosse por Cooper e seu anel falsificado do Super Bowl, era quase certo que os empregadores de Faiza nem notariam sua fuga. Mas Piper não podia culpar Cooper pelo que ele tinha feito. Ela imaginou que o fato de ele ser uma celebridade bastaria para que o príncipe lhe entregasse Faiza como um presente, mas Cooper entendia os ricos narcisistas melhor do que ela. Um erro de cálculo da parte dela.

Enquanto Faiza mordia o lábio, Piper examinava o motor de seu Sonata, mas somente quando inspecionou a caixa de fusíveis que ela encontrou o problema. Alguns fusíveis estavam faltando. Quem diabos teria...

Um carro parou ao lado dela com a janela aberta.

— Entrem.

Era Cooper, sentado ao volante de um sedã Audi prateado, parecendo ser o rei da cidade.

— Foi você quem fez isso! — ela exclamou. — Onde estão meus fusíveis?

— Eu devolvo quando for a hora — ele disse, entredentes.

Cooper saiu do carro e abriu a porta do passageiro do Sonata.

— Bom dia, Srta. Jamali. Vou levar vocês duas para o Canadá.

— Não! — Piper exclamou. Passar horas no carro com ele exigiria muito esforço da sua parte. Ela não queria que ele fosse decente. Piper desejava que ele continuasse a ser o atleta egoísta, arrogante e cheio de privilégios que ela tinha inventado em sua cabeça quando começou a segui-lo.

Faiza, contudo, ficou feliz de vê-lo e mudou de carro alegremente, deixando Piper sem opção que não segui-la. Ele ignorou os protestos de Faiza quanto a se sentar no banco da frente e colocou Piper atrás.

— Eu não só sou perfeitamente capaz de dirigir sozinha até Minnesota — ela disse, afivelando o cinto — como posso garantir que sou melhor motorista que você.

— O que a faz pensar isso? — ele perguntou enquanto colocava o carro em movimento.

— Eu estava seguindo você, lembra? Você freia em cima da hora, dirige perto do veículo da frente quando está contrariado e, em geral, é agressivo demais. Eu, por outro lado, sou treinada em direção defensiva, direção ofensiva com contato e sei como evitar ser encurralada.

— Impressionante, mas eu nunca sou multado. E, por acaso, sei que você não pode dizer o mesmo.

— Só porque não existe nenhum policial de trânsito em todo o Estado de Illinois que se atreva a multar o grande Cooper Graham. Mas vamos ver o que a Polícia Rodoviária de Wisconsin pensa de você quando entrarmos no território dos Packers.

— Lá também — ele disse, cheio de presunção. — Quando se é um grande atleta, como o digníssimo aqui, dá para se livrar de praticamente qualquer coisa.

— A vida é tão injusta — ela murmurou. — E onde está o seu Tesla?

— Na garagem. Ele precisa ter a bateria recarregada a cada quinhentos quilômetros, então viagens extensas têm que ser bem planejadas.

— E de quem é este carro?

— É meu.

Ela teve que fazer força para destravar o maxilar:

— Quantos você tem?

— Só dois. Sem contar a minha caminhonete.

— Para que você precisa de uma caminhonete?

— Para transportar coisas. Todo homem precisa de uma caminhonete.

Ela suspirou e começou a tirar os fiapos do suéter.

Enquanto eles se aproximavam da fronteira de Wisconsin, Faiza lhes contou da conversa com a tia, na noite anterior. Cooper usou todo o charme que não se preocupava em demonstrar para Piper em sua conversa com a garota. Faiza manteve-se reservada, sem olhar diretamente para ele, mas era óbvio que ela o adorava. Só quando Cooper falou de política é que ela se inflamou.

— A palavra *Islã* significa "paz, pureza, submissão e obediência" — ela disse. — O que terrorismo tem a ver com isso?

Eles conversaram sobre Oriente Médio, comida e música. Perto de Madison, pediram comida no *drive-thru* de um Burger King. Faiza ficou encantada com a ideia de comprar comida através de uma janela. Cooper recusou o dinheiro de Piper e também a oferta dela para dirigir.

— Se você derrubar ketchup nos meus bancos, vou te largar no acostamento — ele avisou.

Faiza levou a ameaça a sério e prometeu que tomaria muito cuidado.

— Você não, Faiza — ele disse. — Só ela.

— Você não gosta da Piper? — Faiza parecia preocupada de verdade.

— É complicado — ele disse. —Piper está maluca de paixão por mim. Eu tenho que manter certa distância.

Piper bufou.

— Oh, não! — Faiza exclamou. — Piper não é maluca. Ela é muito inteligente.

Cooper, então, tentou explicar para ela a gíria americana. Quando eles passaram pela cidade de Wisconsin Dells, Cooper já tinha ensinado Faiza a não levar ao pé da letra palavras como *maluca* ou *fantástico*, bem como o significado de expressões como *de boa*, *dar um tempo* e *beleza?*

As risadas de Faiza alegraram o coração de Piper, de modo que ela mesma ficou chocada com o quanto soou rabugenta quando disse:

— Saber gíria americana não vai ajudar muito no Canadá.

— Eles têm TV americana no Canadá — Cooper lembrou.

Piper sentiu vergonha de si mesma. Só porque estava se sentindo deixada de lado não devia ser grosseria.

Como a maioria dos homens, Cooper detestava ter que parar, e Piper o acusou de cronometrar o quanto as duas demoraram, quando ela e Faiza foram ao banheiro de um posto de gasolina.

— Olhar para o relógio não quer dizer que eu esteja cronometrando vocês — ele disse, como se estivesse ofendido.

Piper olhou torto para ele.

— Quanto tempo nós demoramos?

— Seis minutos e trinta e dois segundos — ele respondeu.

Mesmo que às vezes ela o considerasse irritante, Cooper ainda sabia fazê-la rir.

— Apertem os cintos, garotas — ele disse. — Este foguete vai decolar.

Eles chegaram a Duluth no meio da tarde, e Cooper, afinal, deixou Piper assumir a direção – mas só porque ela estava atrás do volante quando ele voltou do banheiro na parada seguinte.

— Cinco minutos, cinquenta e dois segundos — ela disse. — Você está nos atrasando.

No assento de trás, Faiza riu.

— Quatro minutos no máximo — ele retrucou. — Você está mentindo. — Mas ele sentou no banco do passageiro sem protestar.

A beleza selvagem da Costa Norte de Minnesota, com suas falésias rochosas, praias de seixos e vistas do Lago Superior de tirar o fôlego, era um segredo que a maioria dos Estados Unidos não conhecia, mas Duke tinha levado Piper para acampar ali, quando ela era criança, em diversas ocasiões, e ela adorava a região. As placas pelas quais eles passaram, anunciando perca frita, pescada defumada e panqueca de arroz selvagem fez Piper sentir uma saudade louca do velho pai machista, com todos os seus defeitos e todo seu amor. Cooper ficou mais emocionado com os anúncios de tortas caseiras.

— Pare ali! — ele ordenou ao ver uma placa que anunciava a cidade com o nome ameaçador de Castelo do Perigo. Ela dirigiu até um restaurante rústico à margem da rodovia. Pouco tempo depois, Cooper reapareceu com três fatias de torta. — Maçã caramelizada com pecã — ele anunciou.

Foi muito difícil para Piper comer a torta enquanto dirigia por uma estrada de mão dupla cheia de curvas, de modo que ela não pode fazer nada além de inspirar o delicioso aroma de canela, enquanto Cooper soltava gemidos exagerados e fazia uma narrativa quase pornográfica com a crosta crocante e o recheio suculento.

— O que você acha, Faiza? — ele perguntou. — A melhor torta que você já comeu?

— Deliciosa — ela respondeu, mas quanto mais eles se aproximavam da fronteira canadense, mais nervosa ela ficava, de modo que só comeu alguns pedaços.

Grand Marais era a última cidade importante antes do posto de fronteira em Grand Portage, e quando eles ainda estavam a alguns quilômetros de distância, Piper perguntou se Faiza poderia tirar o lenço da cabeça até eles passarem para o Canadá.

— Nós somos um povo estranho — ela disse. — Mesmo com todos os documentos em ordem, isso pode ajudar a sermos admitidos.

Faiza mordeu o lábio e olhou para Cooper no banco da frente.

— Não posso fazer isso, Piper.

— Não se preocupe — Cooper a tranquilizou. — Pare o carro, Sherlock, que eu vou lhe mostrar como é que se faz.

— Tem ideia de como você é abominável?

— O que você chama de abominável outras pessoas veem como charme e beleza.

Ela sorriu, encostou o carro e deixou Cooper assumir a direção.

O guarda da fronteira reconheceu imediatamente o Sr. Grande Atleta. Depois de conseguir alguns autógrafos e conversar um pouco sobre futebol americano, o policial fez sinal para eles passarem.

A tia de Faiza morava em uma modesta casa branca no alto de uma colina, que oferecia uma vista distante do porto de Thunder Bay. Ela estava à espera e saiu correndo ao encontro deles antes mesmo que o carro parasse.

Faiza se jogou nos braços da tia e as duas mulheres choraram. Outros amigos e parentes saíram da casa e muitos se reuniram ao redor de Piper para lhe agradecer pelo que tinha feito. As mulheres a beijaram e os homens abraçaram Cooper. Ofereceram-lhes comida e bebida. A profusão de agradecimentos deixou Piper constrangida. Depois de uma despedida lacrimosa de Faiza e de promessas de orações de todos os presentes, Piper chegou antes de Cooper ao banco do motorista e eles seguiram o caminho de volta.

O dia tinha sido longo e estava começando a escurecer. Piper não tinha pensado onde eles passariam a noite, mas Cooper lhe informou que tinha reservado acomodações em um hotel em Two Harbors, uma cidade na Costa Norte que ficava a cerca de três horas dali. Ela estava esgotada pelos eventos dos últimos dois dias e preferia ficar em algum lugar mais próximo, mas ele recusou.

— Ouvi falar desse lugar e quero conhecer.

— Quanto custa?

— Mais do que você pode pagar. Mas pode me compensar com horas extras.

Cooper estava bancando o difícil de pirraça, mas então ele se redimiu:

— Eu admito que não estava muito entusiasmado em me envolver nisso, mas fico feliz que você tenha me convencido. Você fez uma boa ação.

— Você também — Piper disse.

Um silêncio desconfortável se instalou no carro. Ela ficou feliz quando ele ligou o rádio.

Cooper assumiu a direção quando eles pararam para abastecer. Por volta de dez da noite, ele saiu da rodovia de duas mãos e pegou a estrada para a cidade de Two Harbors. Não havia grandes redes de hotéis na

Costa Norte, mas, ainda assim, Piper foi pega de surpresa quando eles entraram numa trilha de cascalho que margeava as docas de minério de ferro da cidade.

À noite, as docas imensas tinham um aspecto assustador, com seus altos esqueletos de aço que formavam uma visão distópica de arranha-céus em ruínas, naquilo que um dia devia ter sido uma grande cidade. Um navio carregado de minério das minas próximas estava atracado em uma das docas, e o brilho dos holofotes gigantescos tornava a cena ainda mais fantasmagórica.

À frente deles, no alto de uma falésia, o facho de luz de um farol para orientar navios varreu o porto. Cooper seguiu pela trilha de cascalho até o portão do edifício de tijolos vermelhos. Com suas janelas estreitas e os detalhes em branco, o lugar pareceria uma escola antiga, não fosse pela torre quadrada do farol que se elevava de um dos cantos.

— Nós vamos passar a noite aqui?

— Alguns amigos falaram desse lugar. É o farol mais antigo em atividade contínua no Lago Superior. A Sociedade Histórica o transformou em uma pousada, algum tempo atrás.

— Desde que tenha dois quartos, tudo bem para mim — ela disse, já segurando na maçaneta.

— Espere aí! — Ele apertou a trava das portas, prendendo-a no carro e parecendo irritado sem nenhum motivo. — Você não está imaginando, de verdade, que eu vou tentar te levar para a cama?

A reação dele a pegou de surpresa. Piper reagiu com um suspiro exasperado.

— Eu não imaginaria isso, mas teve aquele beijo terrível na outra noite. E como parece que eu sou um ímã que atrai os homens mais improváveis, como vou saber?

— Você *não* é um ímã de homens.

— Sério? Então como você explica aquele beijo?

— Aquilo foi para salvar sua vida infeliz. — Ele apontou um dedo longo e firme para ela. — Vamos deixar uma coisa bem clara, Sherlock. Não tenho nenhum interesse sexual em você. Zero. Nadinha. O único motivo para eu te beijar foi para não fazer o que eu realmente queria, que era te *estrangular*. Agora essa conversa acabou.

Ele destravou as portas e saltou para fora do carro.

Qual é o problema dele? Era óbvio que Piper precisava dormir, porque ficou um pouquinho incomodada com a negação de Cooper de sua capacidade de seduzir, um golpe que não a teria incomodado se tivesse vindo de qualquer outra pessoa. Mais do que um pouquinho, ela ficou incomodada o bastante para querer provocá-lo, mas uma mulher de meia-idade que se apresentou como Marilyn apareceu à porta.

— Sr. Smith? Bem-vindo.

Sr. Smith? Era o melhor que ele podia inventar?

Cooper abriu o porta-malas, de onde retirou uma bolsa de academia. Piper pegou sua mochila e o seguiu até uma cozinha antiquada, que tinha um capacho para limpar os pés, uma pia de porcelana e um antigo fogão a gás. Cortinas brancas de renda cobriam as metades inferiores das janelas estreitas. Um moedor de café estava preso em um dos peitoris. Abaixo dele, uma bandeira americana dobrada em um triângulo descansava sobre um baú de madeira.

A cozinha recendia a delícias recém-assadas, provavelmente devido às duas fatias de bolo de chocolate que os aguardavam em pratos de porcelana. Por um vão de porta, Piper viu o início de uma escadaria; por outro, uma sala de jantar do início do século vinte com mobília completa, com radiador a vapor, tapete floral, mesa de carvalho e um aparador com figuras de porcelana. Aqueles eram os aposentos do antigo zelador do farol.

Cooper a apresentou como Ingrid, sua massagista.

— Piper Dove — ela corrigiu. — Na verdade sou a madrinha dele nos Alcoólicos Anônimos.

— Ora, que Deus a abençoe — Marilyn disse com um sorriso animado. — Não há nenhuma vergonha alguma em admitir que precisa de ajuda, Sr. Smith.

Piper pôs a mão no braço de Cooper.

— É o que venho repetindo para ele.

O mau humor que tinha provocado o pequeno surto dele no carro parecia ter desaparecido, porque Cooper não a desmentiu. Ela, por outro lado, continuava ofendida pela rejeição dele. Esse era um novo lado de si mesma do qual ela não estava gostando.

Marilyn os conduziu por um corredor nos fundos e eles subiram três degraus até um patamar, depois mais três degraus – outro patamar – e chegaram a um vestíbulo quadrado com cinco portas; três para os quartos, uma para o banheiro e outra para a torre do farol.

— Vocês são os únicos hóspedes desta noite, então não vão ter que dividir o banheiro.

O "Sr. Smith" levantou uma das sobrancelhas. Não tinha lhe ocorrido que talvez tivesse que compartilhar o banheiro com a ralé. Piper, por outro lado, teria gostado da companhia de outros hóspedes.

Os quartos eram acolhedores, camas com cabeceiras de madeira, belas colchas de retalhos, luminárias com globos de vidro antigo e mais cortinas de renda. Nas paredes haviam fotografias em preto e branco de barcos de minério do passado.

A anfitriã, que aproveitou para lhes contar uma breve história do farol, mostrou que havia lanternas em cada quarto, para que os hóspedes pudessem explorar a torre.

— Existe um fantasma no farol, mas a maioria dos hóspedes não consegue vê-lo. — Ela saiu para o vestíbulo. — Por gentileza, tranquem a porta da frente depois que eu sair.

Ela ia embora? Piper não sabia bem por que isso a incomodava. Bem, ela *sabia*, mas... Mesmo com a cidade a apenas alguns quarteirões de distância, o farol provocava uma sensação de isolamento, como uma ilha deserta. Sem nenhum adulto para cuidar deles.

— Eu volto de manhã — Marilyn disse. — O café é servido às 8h30. — Ela desceu os degraus e, momentos depois, eles ouviram a porta da frente ser fechada.

Mamãe! Você não sabe que não deveria deixar as crianças sozinhas?

Cooper colocou a bolsa no chão, uma ação simples que consumiu todo o oxigênio do quarto. Devido à reação irracional de Piper ao que ele tinha dito no carro, ela precisava sair dali imediatamente.

— Você parece nervosa — ele disse quando Piper se virou para a porta.

— Não estou, não. — Ela se virou para ele. — Estou com fome.

Ele semicerrou os olhos.

— Não espere que eu faça algo a respeito. Já disse: não estou interessado.

— Com fome de bolo! Estou querendo comer aquele bolo de chocolate que ela deixou para nós. Jesus! Qual é o seu problema? — Ela fez uma careta de desdém, ao mesmo tempo em que resistia ao impulso de tirar o suéter, arrancar o sutiã e ver o quão desinteressado ele continuaria.

Ela desceu os degraus e pegou seu pedaço de bolo na cozinha. Enquanto comia, Piper foi da sala de jantar para a de estar. O lugar parecia pertencer à bisavó fofinha de alguém. A poltrona *bergère* e o sofá azul adamascado possuíam mantas brancas no encosto. Um velho estereoscópio e um vaso de violetas africanas jaziam no alto de uma estante de livros com portas de vidro. Havia até mesmo um vaso de gravatinha pendurado na janela. Piper imaginou o zelador do farol e sua esposa sentados ali, à noite, em uma época anterior às distrações eletrônicas. Eles estariam lendo, talvez costurando e conversando sobre o clima no dia seguinte. Depois subiriam a escada até o quarto...

Piper pegou o diário de atividades na mesa de centro e o folheou. O diário convidava os hóspedes a assumir os deveres do zelador do farol durante sua estadia: levantar e baixar a bandeira pela manhã e à noite, registrar os nomes dos navios que entravam no porto e verificar a luz do farol duas vezes por dia.

A fatia de bolo de Cooper continuava sobre o balcão da cozinha. Ela deixou o prato vazio na pia e subiu para o quarto, onde se trocou, vestindo uma calça xadrez e camiseta do Chicago Bears. Mas ela não estava com sono. Já que estava ali, por que não entrar no espírito da coisa? Pegou a lanterna em cima da escrivaninha, enfiou os pés nos chinelos e saiu para brincar de zeladora do farol.

Estava gelado e escuro na torre. Nem mesmo um fiapo de luz da grande lâmpada acima do farol penetrava na escuridão do interior da torre. Piper acendeu a lanterna, o que projetou sombras sinistras nas paredes de reboco. Uma escadaria estreita, com degraus pintados de marrom-escuro, levava ao andar do refletor, lá em cima. Uma janelinha no patamar da escada dava para o porto, mas a neblina tinha aumentado desde que eles chegaram e Piper só conseguiu ver uma silhueta escura das docas de minério de ferro.

Ela começou a subir a escadaria. O frio penetrava por suas roupas. Piper curvou os dedos dos pés para segurar bem os chinelos para que eles não fizessem barulho nos degraus de madeira. As sombras misteriosas, a escuridão, o isolamento... era tudo deliciosamente sinistro. Ela sentia como se tivesse entrado em uma das histórias de mistério que devorava quando garota. *Piper Dove e o Segredo dos Assassinatos do Farol.*

Ela chegou a outro pequeno patamar e na parede deste havia uma escotilha redonda. Ali também não chegava nenhuma luz do refletor acima. Piper desligou a lanterna para olhar pela escotilha na direção do porto, mas a neblina estava muito espessa para que ela pudesse enxergar qualquer coisa.

Então, ouviu um barulho lá embaixo. O ruído de uma porta se abrindo e o som furtivo de passos no primeiro degrau.

O assassino do farol tinha seguido Piper até a torre. Ela sabia a identidade dele e ele sabia que ela tinha conhecimento de sua identidade. Ele não deixaria que ela fosse embora com vida.

Não havia ninguém para ajudá-la. Piper só podia contar consigo mesma. Sozinha naquele farol deserto com um vilão enlouquecido que já tinha matado... e pretendia matar de novo. A vida não podia ser melhor do que aquilo!

Ela ficou imóvel em um canto, em silêncio absoluto, a lanterna ao seu lado. Ele se movia com a fluidez furtiva de uma pantera. Mas é claro que sim.

Os passos foram se aproximando, cada vez mais. Mais perto... Ele chegou ao patamar. Ela pulou. E gritou:

— *Aiaaaaaauu!*

Ele ganiu, deixou cair a lanterna e trombou de costas na parede.

Cooper estava com as duas mãos no peito. Sério. Quando ela ligou a lanterna, percebeu que talvez tivesse exagerado um pouquinho.

— Ahn... Ei, e aí? — ela perguntou.

— Que *porra* você acha que está fazendo?!?! — ele gritou.

— Só... me divertindo um pouco com você. Pode ser que eu tenha me entusiasmado demais.

Um rugido baixo ecoou na garganta dele. Cooper investiu contra ela e a pegou pelos ombros, chacoalhando-a. Em seguida, ele a beijou. De novo.

Piper sentiu a raiva dele na força de seus lábios, na tensão reprimida no corpo. Ele a puxou para si, fazendo-a parecer pequena e indefesa, embora não fosse uma coisa nem outra.

"Eu não tenho nenhum interesse sexual em você. Zero. Nadinha." Era o que ela veria.

Piper deixou cair sua lanterna e colou o corpo no dele. Cooper já estava duro.

Ele não era o único que adorava um desafio e, em vez de recuar, ela enlaçou o pescoço dele com os braços. *Cooper Graham, você é um mentiroso.* Ela inclinou a cabeça e abriu os lábios. Ele pensava que era durão. Senhor e mestre de todas as mulheres. Bem, não desta aqui. Ela tirou os chinelos e pisou no sapato dele para ficar mais alta e intensificar o beijo. Para garantir que ele entendesse o que ela queria provar.

E ele entendeu. Seus lábios ficaram macios e se abriram. As línguas se encontraram. Piper enfiou os dedos no cabelo dele. As mãos enormes de Cooper seguraram o traseiro dela. Ela enlaçou a outra perna na dele, enquanto o calor daquelas palmas imensas passava pelo tecido fino do pijama para a pele dela. *Como está seu interesse por mim agora?*

Muito intenso, pelo que parecia. As línguas deles duelaram e...

Piper estava derretendo por dentro. Derretendo e pegando fogo ao mesmo tempo. Ela sentiu os joelhos amolecerem, o que a obrigou a arquear as costas. Alarmes de alerta tocaram dentro dela. Ecoaram, badalaram e piscaram.

Ela queimava de dentro para fora. As mãos grandes e atléticas de Cooper a levantaram do chão e a apoiaram na parede como se Piper não pesasse nada. O beijo tinha se transformado em algo selvagem, com vida própria. Ele enfiou as mãos por baixo da camiseta dela. Os dedos dela agarravam os músculos duros das costas dele.

Ele se afastou, de repente, pegando-a pelos ombros e fazendo com que descesse a escada na frente dele. Os dois emergiram na luz do corredor. Piper se virou para ele, abrindo a boca para falar.

— Cale a boca! — ele disse antes que ela pudesse pronunciar qualquer palavra. — Não estou gostando disso mais do que você.

Foi a melhor coisa que ele poderia ter dito. Não havia mais Piper e Cooper. Eles eram apenas dois corpos necessitando de prazer. Sem identidade. Era sexo em sua forma mais primitiva.

Eles entraram no quarto de Cooper. Ele correu para sua bolsa e remexeu dentro dela. Piper poderia jurar que as mãos dele estavam tremendo, mas ela tirou a camiseta dos Bears e isso bloqueou sua visão. Ela ficou ali, com os seios nus, vestindo apenas a calça do pijama, enquanto ele tirava as roupas e, nossa, que visão gloriosa ele era. Músculos poderosos e tendões tesos, pele bronzeada e cicatrizes claras. Piper quis morder cada uma delas, mas precisava se sentir anônima e assim apagou a luz do quarto, cobrindo-os na escuridão.

Ela ouviu o som das outras peças de roupa dele caindo no chão, e a próxima coisa que percebeu foi que estava deitada na cama, ainda vestindo a calça do pijama, com o corpo dele sobre o seu. As pernas dele aprisionaram as dela enquanto Cooper só conseguia se dedicar aos seios.

Piper estremeceu contra os dedos e a língua faminta dele. Então empurrou o peito musculoso com força suficiente para desequilibrá-lo e conseguir sair debaixo dele para que pudesse montá-lo. Aquela barriga de tanquinho dele lhe dava força mais do que suficiente para levantar o tronco, aproximar a boca dos seios dela e continuar com sua feitiçaria. Ela jogou a cabeça para trás e o cavalgou. Ele gemeu e a deitou de costas de novo, puxando as calças do pijama com suas mãos imensas.

Mais uma vez, ele se apossou dos lábios dela, e Piper arqueou o corpo para poder sentir o dele. Na escuridão total, Cooper não conseguia enxergar, mas podia sentir, e adorou.

Doeu um pouquinho quando ele começou a explorar sua intimidade com os dedos, mas só por um instante, e depois não doeu mais nada... Piper começou a se mover de encontro à mão dele, a mente desligada, enlouquecida... Apenas um corpo – nadando, surtando, sem fôlego... desmoronando.

Cooper parou por um instante. Depois a atacou de novo, torturando-a. Ela ainda não o tinha tocado. Não do modo que queria.

Piper odiou a escuridão. Precisava enxergar. Ele se virou e pegou alguma coisa. A camisinha.

Piper precisava tocá-lo. Pele e músculo. Ela fechou a mão ao redor dele.

Cooper soltou uma exclamação rouca. E acabou.

Antes mesmo de começar.

11

Cooper pulou da cama. Ele não podia acreditar no que tinha acontecido. Um pesadelo. Pior que um pesadelo! Humilhação total. Um apocalipse sexual.

Ele saiu do quarto e atravessou o vestíbulo. Da última vez que isso tinha acontecido, ele tinha 16 anos. E, de todas as mulheres, aquilo tinha que acontecer com... Piper Dove!

Cooper se fechou no banheiro. O banheiro *compartilhado*. Graças a Deus não estava sendo compartilhado naquela noite, porque ele precisava ficar sozinho.

A sirene de nevoeiro ecoou seu lamento triste. Ele acendeu a luz, mas não conseguiu se olhar no espelho. Ficar naquele lugar tinha sido uma péssima ideia.

O banheiro era antiquado como todo o resto da pousada, com um radiador debaixo da janela e uma banheira com pés de garra rodeada por uma cortina de chuveiro branca. Ele ligou a água e, de algum modo, conseguiu caber lá dentro. A cabeça da ducha mal chegava à altura do peito dele, e a cortina ficava grudando em sua pele, fazendo-o sentir como se estivesse sendo atacado por uma lula gigante.

— Você está espalhando água por todo lado — reclamou uma voz mal-humorada do outro lado da cortina.

— Saia daqui!

— Eu tenho que fazer xixi. Não olhe.

— Como se eu quisesse.

Quando ela deu descarga no vaso sanitário, água pelando caiu do chuveiro no peito dele. Cooper pulou para trás e bateu na parede da banheira. A cortina molhada enrolou seus tentáculos nele com maior avidez. Ele ouviu Piper bufar.

É isso que acontece quando você abandona sua tática de jogo. Você apanha. E era isso o que tinha acontecido. Ele tinha sido batido em seu próprio jogo. Por ela.

O chuveiro voltou à temperatura normal, mas então Piper abriu a torneira da pia e outro jato de água escaldante o atingiu. Mais uma vez, ele pulou para trás.

Ejaculação precoce. Cooper estremeceu só de pensar naquelas palavras. Ele era um atleta de resistência. Um maratonista. Nadador de longas distâncias. Estamina era questão de orgulho para ele. Piper tinha bagunçado sua vida toda, atrapalhado tudo. Mas ele nunca imaginou que ela bagunçaria *isso*.

Ele fechou o registro da água quente, deixando que o jato gelado obrigasse seu cérebro a trabalhar de novo. Se ele começasse a pensar como um fracassado, iria se transformar em um, e ninguém derrotava Cooper Graham. Ele tinha que encontrar um motivo lógico para aquilo ter acontecido, algo que lhe permitisse manter a dignidade. Talvez ele pudesse dizer para ela que tinha algum problema de saúde. Uma gripe que estava se instalando. Uma velha contusão que de vez em quando o incomodava. Ou ele podia ser um cachorro e culpá-la. Dizer que ela era – o quê? – sexy demais? Aquela não era hora de ser honesto.

Cooper pegou uma toalha. Uma coisa era certa. Ele teria que enfrentá-la. Talvez pudesse usar luto como desculpa. Sim, isso poderia funcionar. Cooper diria que tinha acabado de receber a notícia de que seu avô faleceu. Não era possível que Piper soubesse que aquele filho da puta nojento tinha morrido vinte anos antes. Era a desculpa perfeita.

Cooper não a encontrou no quarto dele e a porta do quarto dela estava fechada. Ele vestiu o jeans e bateu. Como Piper não respondeu, ele tentou abrir, mas estava trancada.

Ele estava transtornado de tristeza. Era isso mesmo que tinha acontecido. A perda de seu avô querido.

— Abra!

— Não se preocupe — ela respondeu do outro lado. — Pode acontecer com qualquer um.

Ela era bondosa na vitória. Oh, tão bondosa. Se as mulheres pudessem mandar no mundo, os homens se tornariam obsoletos.

— Não estou preocupado — ele se ouviu dizer. — Acontece o tempo todo.

De onde diabos tinha saído aquilo?

— Sério? — ela perguntou. — Com você?

— Droga, sim! — Ele se ateve a essa história. Seu avô não teve chance.

Ela abriu a porta, os olhos chispando.

— E você se orgulha disso?

— Não penso muito nisso, seja como for.

As pernas dela estavam nuas, mas Piper tinha recolocado sua odiosa camiseta do Bears.

— Você é um bundão. Sabe disso, não é?

Ele se encostou no batente da porta e atendeu à pouca expectativa dela.

— Você tem que se lembrar, Sherlock, que quando se trata de mim, a vida é basicamente um banquete de mulheres. Eu posso fazer o que quiser, quando eu quiser.

Os lábios dela continuavam inchados dos beijos, e os olhos cor de mirtilo cintilaram de raiva com a afronta.

— Você é de verdade ou é algum personagem de história em quadrinhos que eu inventei nos meus pesadelos?

Sem querer, ele tinha encontrado a defesa perfeita e seguiu com ela:

— A maioria das mulheres não liga, e quando alguma liga... — Ele deu de ombros.

Ela pôs as mãos no quadril, furiosa.

— Há mais sereias no mar? É assim que funciona?

Ele bocejou e espreguiçou.

— Sim. Eu deveria ter vergonha de mim mesmo.

— Mas não tem?

— Elas só precisam dizer não — ele soltou.

— Mas nunca dizem.

— Quem entende as mulheres?

Só que Piper era inteligente demais, e o ultraje que ela sentia começou a se transformar em algo parecido com divertimento. Ele não gostou nadinha disso e resolveu improvisar.

— Refresque a minha memória, Sherlock. Por acaso eu não ouvi quando você disse "não"?

Ela apertou o maxilar.

— Você não me ouviu porque eu não disse. Já lhe falei que eu gosto de usar os homens.

— Você também me disse que tinha parado de fazer isso.

— Mas eu não disse por quanto tempo. — Pouco antes de fechar a porta na cara dele, Piper disparou o último torpedo: — Boa noite, Ligeirinho.

✶

Ela acordou com o som de uma corda batendo no mastro de metal do lado de fora de sua janela. Durante a noite, uma profunda decepção se instalou dentro de Piper, que fez o possível para afastar o sentimento. O fracasso de Cooper podia ter sido humilhante para ele, mas foi uma bênção para ela. As coisas tinham ido muito longe – longe demais – mesmo sem chegar ao fim.

O que ela estava pensando? Esse era o problema. Não estava. Alguma coisa em Cooper Graham fazia com que ela desligasse o cérebro. Uma coisa era evidente: apesar das provocações e da atração inegável que ela exercia sobre ele, Piper não faria aquilo de novo, não importava o quão bom tinha sido. Quase fantástico. A tensão do corpo dele sob as mãos dela. Aquelas mãos enormes e habilidosas que sabiam aonde ir. Ela estremeceu.

Eles mal se falaram durante o café da manhã, que tinha bolinhos de morango e um delicioso omelete de queijo e presunto que Piper só conseguiu beliscar. Ela receava pelas horas que ficaria trancada no carro com ele e, quando partiram em direção a Two Harbors, Piper se sentia tão tensa quanto uma corda de violino.

Em vez de se censurar pelo que tinha acontecido, ela deveria estar feliz por ter feito o grande Cooper Graham perder o controle. Mas não se sentia feliz. Ela só esperava que ele não mencionasse a noite anterior, porque se o fizesse, ela teria que usar suas tiradas sarcásticas, e Piper não sabia de quantas ainda dispunha.

Eles mal tinham passado pelas docas de minério, contudo, quando ele soltou uma risada diabólica.

— Admita, Sherlock, você é fácil. Tudo que eu precisei fazer foi tirar a camisa para você se entregar.

E então eles começaram a competição de tiradas sarcásticas, de novo.

— É verdade — ela concordou. — O peitoral dos homens sempre foi a minha fraqueza. É sério, Cooper, se você ficar mais musculoso, logo vai estar coçando o sovaco e engolindo bananas.

— Deixe que eu me preocupo com isso enquanto você descobre como me ajudar com meu probleminha.

— Ótima ideia. Cale a boca pelos próximos 600 quilômetros para eu pensar no assunto.

Outra risada, o que não a incomodava, desde que eles não conversassem.

✶

Ele deveria tê-la jogado na cama e trepado com ela até que lhe implorasse para terminar. Mas ele estava arrasado demais para pensar direito e começou a duelar com Piper. Vencer estava em seu sangue, Cooper detestava se sentir um perdedor. Detestava ainda mais saber que ela o via dessa forma. Ele não podia parar no acostamento e jogá-la no banco de trás como queria, mas o silêncio no carro começava a afetá-lo. De algum modo, ele precisava provar para Piper que continuava sendo o líder daquele time.

— Eu estive pensando na nossa conversa de ontem à noite — ele começou —, e pode ser que você tenha razão.

— Eu geralmente tenho.

Ela tinha afrouxado o cinto de segurança para conseguir se sentar em cima da perna. Se estivesse usando shorts, em vez de calça jeans, Cooper poderia ver o lado de dentro da coxa dela. Uma coxa que, agora ele sabia, era firme, suave e linda. Ele continuou:

— E se eu estiver perdendo alguma coisa por não passar mais tempo na cama com as minhas amigas?

— É tão triste. — Ela fez uma careta. — Todas essas mulheres traumatizadas, pensando que seu problema é culpa delas. Eu deveria abrir um consultório sentimental.

Ele se recusou a rir.

— Isso mesmo. Quanto mais eu penso nisso, mais eu acho que você tem razão. Talvez eu tenha um problema sexual.

— Felizmente existem muitos livros sobre o assunto.

— Caramba, não sou muito de ler livros. São palavras demais.

— Interessante. Eu vi vários livros no seu apartamento.

— O pessoal da limpeza deve ter levado e esquecido lá. — Ele continuava com as brincadeiras, do mesmo modo que a relação deles tinha começado. — Já que foi você quem notou meu problema, é justo que me ajude a superá-lo. Só como parceira sexual, se é que me entende. Isso não tem nada a ver com nosso relacionamento profissional.

Piper olhou para ele, cheia de falso arrependimento.

— Não me leve a mal — ela disse —, mas eu meio que perdi o interesse.

Era improvável que uma mulher que tinha reagido do modo como ela reagiu na noite anterior não estivesse mais interessada, mas ele apenas concordou.

— Eu compreendo.

✶

Eles ficaram em silêncio durante algum tempo. Para aliviar a tensão, Piper telefonou para Jada, para saber como estava progredindo com a brincadeira de atirar contra os colegas de classe. Muito bem, pelo que parecia. Jada tinha eliminado mais cinco de sua turma. Um pouco mais tarde, eles pararam para pegar comida e Piper assumiu o volante. Quando chegaram à fronteira de Illinois, o esforço que Piper fazia para parecer tranquila estava fazendo seus ombros praticamente gritarem de dor. Ela se esforçou para encontrar algo a respeito de que os dois pudessem conversar no último trecho daquela viagem interminável.

— Acontece que eu sei que você é um molengão. E não sexualmente falando. Se bem que...

Ele engasgou com o refrigerante e ela sorriu para si mesma.

— Essas visitas que você faz ao Hospital Lurie...

— Não tenho ideia do que você está falando.

Claro que ele sabia do que ela falava. Embora conseguisse entrar e sair do Hospital Infantil Lurie sem chamar atenção da imprensa, Piper tinha descoberto o fato interessante de que ele passava muito tempo visitando crianças doentes.

— Não consigo imaginá-lo cercado de crianças. — Outra mentira. Pelo que Piper tinha visto, ele ficava tão à vontade em meio às crianças quanto com mulheres lindas. — Fala a verdade. É por causa das enfermeiras, não é?

— Agora você está me deixando envergonhado.

— Mas tem um mistério que eu ainda não consegui desvendar. Nem mesmo com minhas incríveis habilidades investigatórias.

— Que surpresa.

— Quando eu estava te seguindo, vi que, às vezes, você ia até ruas perigosas e se encontrava com umas figuras miseráveis. Por quê?

Ele terminou o refrigerante.

— Batendo papo, só isso.

— Não acredito em você. Pode me contar. Sou como um padre.

— Você não tem nada de padre. Você é...

— Pare de enrolar.

Ele se remexeu no assento, sentindo-se pouco à vontade.

— Não sei. É só que... não vou fazer nada a respeito, então não adianta falar disso.

Alguma coisa, porém, dizia a Piper que ele queria conversar, e ela aceitava qualquer assunto que não voltasse para o que aconteceu na noite passada. Ela esperou. Ele olhou pela janela do passageiro.

— Eu tive uma ideia... mas requer muito tempo e esforço, sem garantia de resultado. — Ele se virou para ela. — Todos aqueles terrenos vazios na cidade são um desperdício. Nada além de mato e lixo.

Ela começava a entender.

— Você gostaria de fazer algo além de jogar suas bombas de sementes.

Ele deu de ombros.

— Tem gente demais sem emprego e sem perspectiva na vida. Todos aqueles terrenos vazios poderiam se tornar uma oportunidade para alguém.

— Mas não para você.

— Claro que não. Tudo que me interessa agora é meu negócio. — Ele pegou o celular e ligou para o Tony.

Piper ouviu os dois conversando sobre o novo segurança que Tony tinha contratado para o lugar de Dell, demitido quatro dias atrás. Ela se perguntou se Cooper já tinha se dado conta de que o trabalho dela tinha terminado.

Depois de seis noites na boate, Piper tinha feito tudo que podia. A equipe de empregados estava limpa e ela e Tony tinham implantado novos procedimentos para manter a operação o mais honesta possível. O salário que ela recebia de Cooper, mais o pagamento de seu bico de motorista, deveriam mantê-la durante algum tempo. O *quanto* dependia da gorjeta que o dono da limusine receberia por ela e do tempo que conseguiria estender seu emprego na Spiral. O trabalho estava concluído.

Piper refletiu que devia pensar mais como um tubarão e menos como uma escoteira. O salário que Cooper lhe pagava era seu sustento e ela precisava mantê-lo. Só que não havia mais nada que pudesse fazer por ele.

Se pelo menos o pai não tivesse lhe ensinado a ser uma pessoa íntegra – além de atirar, pescar e se sentir mal por ser uma mulher. Por mais que precisasse ordenhar Cooper por mais algum tempo, ela não seria capaz de fazê-lo. Quando ele terminou a conversa com Tony, ela segurou o volante com mais firmeza.

— Já fiz tudo o que podia por você.

Ele pôs o celular no porta-copo vazio e deu um olhar malicioso para ela.

— Nem tudo...

— Estou falando do trabalho — ela se apressou em dizer. — Eu fiz o que você me contratou para fazer. Seu maior problema agora é sua recusa insensata em manter um segurança perto de si.

— Não preciso de babá.

— O interessante é que todos os outros atletas famosos que vão à boate estão acompanhados de todo tipo de segurança, mas você se acha intocável.

— Eu sei cuidar de mim mesmo. — Ele não poderia ter soado mais beligerante. — Você está mesmo querendo me dizer que está pensando em se demitir?

— Não estou me demitindo. A Spiral está limpa. Tudo que resta para você fazer é contratar uma segurança mulher. Não é prudente deixar seus homens tocarem as clientes, não importa o quão bêbadas estejam. Você pode acabar levando um belo processo por assédio sexual.

— Bem pensado. Você está contratada.

Ela deveria estar esperando por isso, e, por um momento, chegou a considerar a proposta. Mas não conseguiria trabalhar a noite toda, quatro vezes por semana, e continuar tocando sua agência – não a longo prazo. Não demoraria muito para ela ser uma segurança de boate e não uma detetive. E Piper não tinha chegado até ali para jogar seu sonho no lixo.

— Não, obrigada. Eu sou uma investigadora. Você vai ter que encontrar outra pessoa.

— É por causa da noite de ontem, não é? Você está se demitindo porque...

— Por que eu transei com o patrão? — A outra razão pela qual ela não podia continuar.

Cooper a fuzilou com os olhos.

— Isso é totalmente antiético da sua parte. Tão antiético quanto se fosse eu a demiti-la.

— Pode me denunciar ao Conselho Regional dos Investigadores.

— Pare de bancar a espertinha. Você sabe muito bem do que estou falando.

Piper se esforçou para falar como profissional.

— Cooper, eu quero terminar isso de modo positivo. Espero que você concorde que fiz um bom trabalho, e eu gostaria que você me recomendasse para seus amigos.

— Sim, eu vou fazer isso. Tudo bem. — Ele baixou o para-sol e pegou o celular.

✶

Cooper tentou se convencer de que daquele modo era melhor. Piper tinha terminado o serviço – que fez muito bem – e ele estava mesmo esperando o momento em que ela não trabalhasse mais para ele para que pudessem ter um relacionamento de verdade. Mas com a aproximação desse momento, ele se sentiu inseguro quanto ao que ela iria querer.

Ele fingiu consultar a ESPN no telefone. Passar algumas semanas nu com ela tinha se tornado mais importante do que deveria. Talvez isso tivesse a ver com sua aposentadoria, com a necessidade que ele sentia de se certificar que a pessoa que costumava ser não tinha mudado.

Piper era novidade para ele. Nem sentimental, nem previsível. Uma mulher que não o levava a sério, que não ligava para quantos jogos ele tinha ganhado, nem para sua riqueza ou fama. Uma mulher que não o achava irresistível!

Isso o atormentava. Comparada a outras mulheres, ela era um *cara*, pelo amor de Deus. Um cara empacotado em um corpinho incrivelmente sexy, atraente e forte. O que contradizia quase tudo do que ele tentava se convencer a respeito dela.

E essa era a razão pela qual ele não podia deixar Piper Dove sair de sua vida. Porque Cooper a queria e ela se recusava a querê-lo também. Piper não o bajulava nem flertava com Cooper, e com certeza não tinha se apaixonado por ele. E ele precisava que isso acontecesse. Não tinha pretensão de que ela o amasse de verdade. Não. Ele detestaria isso. Só queria que Piper *desejasse* dormir com ele.

— Quero uma entrevista de saída — ele disse quando pararam atrás do carro dela em Chicago. — Amanhã à noite na boate. — Ele lhe entregou os fusíveis que tinha tirado do Sonata sem se oferecer para recolocá-los. Ela devia saber fazer isso. Claro que sim. Piper era a ponta de lança de uma nova civilização, uma que tornava obsoletas as tradicionais habilidades masculinas de um ex-atleta.

Cooper a deixou com a cabeça enfiada no cofre do motor do carro, acelerou o Audi e foi para casa. O portão da garagem abriu silenciosamente e ele estacionou ao lado do Tesla. Depois pegou a bolsa e saiu pela porta lateral. As luzes atrás da garagem deviam ter queimado, porque o caminho estava escuro. Ele ouviu um ruído e, sem outro aviso, um homem pulou dos arbustos e levantou o que parecia ser uma chave de roda, que desceu na direção da cabeça de Cooper, que se desviou e saltou. Ele sentiu o surto da adrenalina. Com um salto para frente, ele enfiou o ombro no peito do homem e agarrou seu braço.

O cara gemeu, mas não caiu. Ele tentou levantar a chave de novo, mas Cooper segurava seu braço e o torceu. O homem deu um chute no joelho ruim de Cooper, tirando seu equilíbrio. Cooper levou um soco potente, que o teria derrubado se os seus reflexos não fossem tão aguçados. O sujeito era grande. Imenso. Cooper ignorou a dor lancinante no joelho e foi para cima do agressor.

A luta foi breve, mas violenta, e o bandido, afinal, se cansou. Ele se soltou de Cooper, gritou algo, saiu correndo e fugiu. Cooper foi atrás dele, mas seu joelho fraquejou e, quando recuperou o equilíbrio, o sujeito já tinha sumido.

Com o queixo latejando, o joelho doendo demais e os nós dos dedos sangrando, ele parou. Mas em vez de chamar a polícia... em vez de entrar para pôr gelo no rosto... ele voltou mancando para a garagem e entrou no carro.

✶

— Meu Deus! O que aconteceu com você? — Piper segurava a porta aberta, com os olhos arregalados de apreensão. Ela estava vestindo, de novo, uma maldita camiseta do Bears. Quantas ela podia ter?

Cooper passou por ela e entrou no apartamento.

— Você é a detetive. Diga-me!

Em vez de confrontá-lo, ela bateu a porta e foi atrás dele, a boca apertada de preocupação.

— Quem fez isso com você?

Ela parecia sedenta de vingança. Como se pretendesse ir pessoalmente atrás do responsável. O que, ele percebeu, ela faria.

Ele foi até a geladeira, acalmando-se diante da demonstração de ferocidade dela.

— Um vagabundo me atacou quando eu estava saindo da garagem. — Ele pegou um pano de prato e um pouco de gelo.

Piper nem pensou em bancar a enfermeira, ao contrário da vez em que ela mesma o jogou no chão, na viela atrás da boate. Em vez disso, pegou um bloco de notas.

— Comece do início e conte exatamente o que aconteceu.

— Eu fui atacado, foi o que aconteceu. — Ele encostou o pano com gelo no rosto.

— Descreva a aparência do suspeito.

— Ele era grande. É só o que eu sei. Estava escuro.

— O que ele estava vestindo?

— Um terno da Brooks Brothers! Como eu vou saber? Eu já disse, estava escuro.

— E quanto a câmeras de segurança? Luzes de emergência?

Ele meneou a cabeça, então desejou não ter feito isso.

— As lâmpadas estavam queimadas.

— Que conveniente.

Ela o fez recomeçar do início e repassar detalhe por detalhe. Não havia muito para contar e Cooper se arrependeu de ter ido até a casa dela. Ele não sabia muito bem por que tinha ido lá.

Piper olhou por cima do bloco de notas.

— Você disse que ele gritou algo enquanto corria. O que foi?

— Não me lembro.

— Pense.

Cooper passou os dedos pelo cabelo.

— Diabos, não sei. Algum tipo de ameaça. "Eu pego você." Algo assim.

— "Eu pego você." Foi o que ele disse?

— Foi. Eu acho que foi isso. — Ele mudou o gelo de lugar.

— Isso não é coisa de um assaltante comum. E por que ele não tinha uma arma? É tão fácil comprar armas quanto doces nesta cidade, e são mais convenientes do que uma chave de roda.

— Você viu muitas séries de TV.

— Se estivesse atrás da sua carteira — Piper insistiu —, ele teria uma arma. Parece que ele estava atrás de você, pessoalmente. Mas por quê?

Ele olhou para a camiseta dela.

— Vai ver é um torcedor do Bears.

— Não tem graça! — Ela agitou a caneta na direção dele. — Você precisa ir a um Pronto-Socorro.

— Queixo esfolado. Algumas costelas doloridas. Eu posso cuidar disso. E antes que você diga qualquer coisa, não vou dar queixa na polícia.

Cooper ficou surpreso que ela não o contestasse. Talvez Piper compreendesse que, se ele fizesse um boletim de ocorrência, a história viraria uma notícia nacional. A imprensa iria atrás dele e, sem câmeras de segurança, a polícia não poderia fazer nada. Ele só conseguiria chamar um tipo de atenção que não queria.

Piper colocou a caneta atrás da orelha.

— Alguma coisa não cheira bem nisso tudo. Eu não quero que você volte para casa. Vai dormir aqui esta noite.

Ele a encarou, incrédulo. Ela só podia estar brincando. Cooper jogou o gelo na pia.

— O inferno vai ter que esfriar antes que eu me esconda atrás das saias de uma mulher. Ou, no seu caso, atrás de uma camiseta feia.

— Ele saiu do prédio antes que ela pudesse gritar algo sobre machismo e outras bobagens.

Cooper chegou em casa sem problemas. O queixo doía muito, e ele precisava se limpar, mas, antes disso, atravessou a cozinha e saiu para o jardim. Como sempre, o aroma gostoso de terra e plantas crescendo fizeram sua mágica. Ele adorava aquele lugar.

A luz de um par de faróis na rua de trás do edifício brilhou na parede. Os mesmos faróis que o seguiram até em casa. Resignado, ele tirou o celular e apertou o botão de discagem rápida.

— Vá dormir, Sherlock. Eu não vou a lugar algum.

12

Piper acordou Dell na manhã seguinte. O segurança recém-demitido da Spiral a encarou através da porta aberta do apartamento dele. Barba loira por fazer cobrindo o maxilar, remela nos olhos e só de cueca.

— Que merda você quer?

Ela já tinha visto o que queria, embora não o que esperava. Dell parecia ter tido uma noite complicada, mas não estava com hematomas nem cortes. Ele não apresentava nenhum sinal dos ferimentos que Cooper teria infligido em seu agressor desconhecido na noite anterior. Dell não era o responsável pelo ataque.

— Estou verificando seu endereço — ela disse. — Tony quer ter certeza de que você vai receber o cheque de demissão.

— Fala pro Tony ir se foder.

— Eu falo.

Quando ela se virou para ir embora, Dell saiu para o corredor, sua beligerância substituída pelo tom meloso que ele usava com as clientes de cabelos esvoaçantes.

— Ei, quer fazer alguma coisa?

— Na verdade não, mas obrigada por pensar em mim.

Um suspeito eliminado. Agora ela precisava encontrar Keith e Taylor. Quanto à possibilidade de o Príncipe Aamuzhir ter descoberto que era o proprietário de um anel falso do Super Bowl e querer se vingar... isso seria muito mais complicado.

A caminho do Lincoln Park, ela pensou no e-mail que tinha recebido naquela manhã do dono dos carros que atenderam a família real, a respeito de sua gorjeta. Ele lhe informou que ela só tinha recebido metade do que foi dado aos motoristas homens. Piper trabalhou mais do que a maioria deles, mas, no mundo daquela realeza, o gênero era mais importante que tudo. Ela deveria estar esperando isso, mas ainda assim a injustiça a deixou lívida.

A mulher que atendeu a porta da casa luxuosa de Heath Champion em Lincoln Park era vários centímetros mais baixa que Piper, tinha cabelo ruivo cacheado e um sorriso amistoso. Nada nela, com seu jeito de garota comum bem cuidada, correspondia à noção preconcebida que Piper tinha da aparência da esposa de um agente esportivo mega-bem-sucedido.

— Você é a Piper — ela disse. — Já sei tudo a seu respeito. Meu nome é Annabelle.

— E assim as guerreiras se encontram — disse uma voz masculina de dentro da casa.

Annabelle riu e deu um passo para o lado para que Piper entrasse, pegando a jaqueta preta de aviador da visitante.

O saguão luxuoso da casa, com piso de mármore, lustre modernista de bronze e escadaria em S seria intimidante, não fossem o cachorrinho de pelúcia roxo, as canetinhas coloridas espalhadas, uma estrutura irreconhecível feita de lego e uma série de tênis jogados pelos cantos.

— Obrigada por me receber tão cedo — Piper disse.

Heath apareceu, saindo de uma porta, acompanhado de uma criança de cabelo cacheado que vestia pijama azul de flanela e um *tutu* cor-de-rosa.

— O que aconteceu? Você pareceu tão misteriosa ao telefone.

Piper deu um olhar de desculpas para Annabelle e empurrou com o pé um boneco de *Star Wars* preto e dourado.

— Não seria melhor conversarmos em particular?

Heath pegou seu celular que estava nas mãos da criança.

— A Annabelle vai me fazer contar tudo logo depois que você for embora.

— É verdade — Annabelle confirmou com um sorriso convencido.

Heath sorriu.

— Minha mulher construiu a empresa dela com sua capacidade de guardar o segredo dos outros. Ela é uma casamenteira. A empresa se chama *Perfeito para Você*. Talvez tenha ouvido falar.

— É claro. — Piper tinha pesquisado Heath depois que se conheceram e descobriu uma história muito interessante sobre o modo como ele conheceu Annabelle Granger Champion.

Eles se sentaram em volta da mesa laqueada da cozinha, que ficava diante de janelas compridas com vista para um jardim de outono. Enquanto a criança, cujo nome era Lila, consumia uma tigela de framboesas, Piper contou a Heath e Annabelle sobre o ataque que Cooper tinha sofrido na noite anterior. Os dois ficaram compreensivelmente preocupados.

— Tem certeza de que ele está bem? — Annabelle perguntou.

— Ele se recusou a ir ao pronto-socorro, mas acho que sim. — Ela devolveu uma framboesa fujona para a menina, que lhe deu um sorriso melecado de frutas. — Ele pensa que foi uma tentativa de assalto, mas eu não acredito nisso, e acho que vocês vão cooperar mais do que ele, me dizendo quem são os inimigos do Cooper.

— Ele não tem muitos inimigos — Heath disse. — Uns dois jogadores podem ter alguma mágoa, mas isso faz parte do jogo. Tem um jornalista esportivo que odeia o Cooper porque ele o chamou de idiota publicamente. É um completo imbecil, mas não creio que esperaria tanto tempo para se vingar.

— E quanto a mulheres?

Heath olhou para Annabelle, que assumiu a conversa.

— Você está falando do elenco hollywoodiano dele? Os rompimentos foram dolorosos para algumas delas, mas ele nunca foi um safado, e não acredito que alguma delas fosse querer se vingar.

— Bem... ele se relacionou com algumas malucas — Heath acrescentou.

— Alguma recente? — Piper perguntou. *Além de mim?*

— Você teria que perguntar para ele — Heath respondeu.

— Cooper é meu novo projeto social — Annabelle declarou com um sorriso.

— Mas ele não sabe disso — Heath emendou, para o caso de Piper não ter entendido. — E quanto ao problema que ele estava tendo na boate com o barman que foi despedido?

— Estou investigando.

Uma miniversão de Heath entrou na cozinha e encarou Piper com curiosidade.

— Quem é você?

— Esta é a Piper — Heath disse. — Ela é uma detetive. E, Piper, este é o Trev. Ele tem 5 anos.

— Cinco e meio — o garoto disse. — Você tem um distintivo?

Dava para dizer muita coisa sobre o menino pelo brilho em seus olhos, que eram do mesmo tom de verde que os do pai.

— Não tenho distintivo — Piper respondeu. — Mas possuo alguns superpoderes muito úteis.

Ele a encarou com um misto de expectativa e ceticismo.

— Voar?

— Claro.

— Visão de raio x?

— Eu não poderia fazer meu trabalho sem isso.

O garoto resolveu apelar:

— Telecinesia? — Uma palavra bem difícil para uma criança tão pequena. Piper olhou para o pai, que deu de ombros.

— Trev puxou a inteligência da mãe.

— Telecinesia é complicada — Piper disse. — Ainda estou aprendendo.

— Foi o que eu pensei — ele disse, com ar de sabedoria. — E quanto a invisibilidade?

— Você percebeu que eu estava aqui no café da manhã?

— Não.

— Viu só?

Heath riu.

— Vamos lá, querido. Pegue sua mochila. Está na hora de ir para a escola.

Quando Piper começou a se levantar, Annabelle a deteve.

— Não quer me fazer companhia enquanto termino meu café?

— E lá vamos nós... — Heath murmurou.

Annabelle olhou feio para ele.

— Você tem alguma coisa para dizer?

— Nadinha. — Ele deu um beijo rápido na esposa, outro no alto da cabeça da filha e agarrou o menino.

Depois que o marido e o filho se foram, Annabelle se demorou avaliando Piper, depois abriu um grande sorriso.

— Então... conte-me tudo sobre você...

✶

Piper saiu da casa dos Champion com a sensação de que tinha conquistado uma amiga nova, mas como Annabelle Champion vivia em meio à elite da cidade e Piper morava em cima de uma lixeira, essa era uma sensação questionável.

Ela não queria aparecer no apartamento de Cooper antes que ele tomasse sua segunda xícara de café, então decidiu ir até Lincoln Square. Berni telefonou para ela na noite anterior, para saber como estava indo a investigação sobre o paradeiro de Howard. Ouvir que Piper tinha feito uma busca nos principais mecanismos de busca da internet não a satisfez. Berni queria mais.

— Eu também andei pesquisando, Piper. Existem esses... como se chamam... bancos de dados em que se pode registrar pessoas desaparecidas. Quero que você faça isso.

— Esses bancos de dados são para pessoas que não estão legalmente mortas — ela disse o mais gentilmente que conseguiu.

— Um detalhe técnico.

Não era um detalhe técnico se Piper tinha visto o caixão de Howard baixando ao túmulo no Cemitério de Westlawn.

— Eu nunca vi o corpo — Berni disse. — Lembre-se disso.

— Sim, senhora.

Piper desviou de um Mazda azul para pegar uma das vagas de estacionamento na avenida Lincoln. A manhã estava nublada e fria, sugerindo chuva, mas algumas figuras intrépidas estavam sentadas nos bancos. Uma motocicleta passou e ela sentou em um dos assentos desocupados.

Piper enfiou as mãos nos bolsos da jaqueta. Nos paralelepípedos perto de seus pés, alguém tinha feito um desenho caprichado de um pelicano. Ela apreciou a possibilidade de parar por um momento. Entre trabalhar à noite na Spiral, dirigir durante o dia e planejar a fuga de Faiza, ela mal tinha conseguido parar para respirar.

Mas acabou ficando com frio e começou a voltar para o carro, aproveitando para ver as vitrines no caminho. O celular emitiu uma notificação. Era uma mensagem de Eric Vargas.

Te vejo à noite?

Enquanto pensava na resposta, ela viu um homem idoso atravessar a avenida Lincoln na direção da Leland. Barrigudo, calças muito altas na cintura, tênis bem brancos e um triângulo amarelo de espuma em cima da cabeça.

Ela começou a correr. Um ônibus passou na frente dela. Piper driblou o veículo, evitou um caminhão da UPS e um ciclista, mas quando chegou à Leland, o homem tinha sumido. Ela vasculhou a área, entrando em becos e ruas laterais, mas não encontrou o homem com o chapéu do Green Bay Packers.

Piper lembrou que não tinha conseguido ver bem o rosto do homem. Mas Howard tinha um barrigão idêntico e o mesmo gosto por tênis brancos e também usava a calça muito alta. A altura também parecia corresponder.

O tema de *Buffy* interrompeu seus pensamentos. Era Jennifer.

— Berni quer que eu use meus contatos na imprensa para fazer o público procurar Howard. E ela convenceu Amber a ajudar espalhando cartazes de pessoa desaparecida. Todo mundo vai pensar que ela está louca.

Piper observava os edifícios de tijolinhos ao redor da praça.

— Talvez não tão louca quanto você está pensando.

Ela combinou de encontrar Jennifer e Amber no Café Big Shoulders na sexta-feira. Todas teriam preferido um dos bares da vizinhança, mas Amber iria cantar mais tarde naquela noite.

A caminho de Lakeview, Piper planejou sua estratégia para lidar com Cooper.

— Abra a porta — ela pediu, quando ele enfim atendeu o interfone.

— Você trouxe comida?

— Não, mas faço um omelete ótimo.

— Você sabe cozinhar?

— Claro que eu sei cozinhar. — Não era necessário dizer também que ela odiava fazer isso, mas Duke queria que ela também cozinhasse e cuidasse da casa, além de se comportar como um filho, não uma filha. Ninguém entendia mais do que ela sobre crescer recebendo orientações confusas.

— Tudo bem, você pode subir. Mas não pode fazer mais perguntas do que eu possa responder. Entendeu?

— Perfeitamente. Sem perguntas. — Ele sabia que ela não estava sendo sincera, então Piper não se sentiu mal em mentir.

Quando saiu do elevador e entrou no apartamento, encontrou-o jogado no sofá segurando uma bolsa de gelo no ombro. Ele não tinha se barbeado e seu cabelo cor de torrada com mel estava uma bagunça deliciosa. Apesar do hematoma no queixo, ele estava tão... *tudo.* Toda aquela masculinidade latente e maltratada podia acordar qualquer mulher. Até as mortas. Homens durões como ele nasceram para vencer nos esportes e gerar filhos guerreiros.

Filhos? Ela devia estar precisando dormir mais. Por mais que gostasse de crianças, ela não as queria para si e não tinha o hábito de pensar nelas.

Cooper se levantou do sofá. Ele estava sem camisa, vestindo calça cinza de moletom com a mesma elegância que outros homens vestiam Hugo Boss. A calça estava baixa nos quadris, revelando um abdome reto e musculoso, além de uma linha fina de pelos escuros que apontavam bem para...

Para a *destruição* dela.

Piper ficou furiosa consigo mesma. Aquilo tinha que parar. Ela iria ligar para o Eric e tirar aquela... urgência do seu corpo, mesmo que tivesse que seduzir o Policial Gostosão no banco de trás da viatura.

— Eu ia perguntar como você está — ela conseguiu dizer —, mas algumas coisas são evidentes.

— Já passei por coisa pior.

— Você não deveria enfaixar o peito?

Agora mesmo. Esconda todos esses músculos, para que eu não possa vê-los.

— Não se faz mais isso — ele disse. — Dificulta a respiração.

E qual seria a desculpa dela, que mal conseguia encher os pulmões?

Bem quando Piper começou a rezar para que ele colocasse mais roupas, Cooper pegou um casaco com zíper azul-marinho e enfiou os braços nas mangas, mas não fechou o zíper.

— Você disse alguma coisa a respeito de um omelete? — ele disse. — Vamos ver o que eu tenho para colher.

Com o casaco aberto revelando uma das obras-primas da Mãe Natureza, ele saiu para a horta no telhado. Em vez de aproveitar a ausência dele para recuperar o equilíbrio, Piper o seguiu.

Cooper começou a puxar algo que, a princípio, ela pensou ser uma cebola, mas depois percebeu se tratar de alho-poró. Ele parecia muito mais à vontade ali do que trabalhando em meio à multidão da Spiral. Totalmente relaxado. Ela percebeu como ele ficava bem mexendo na terra com aquelas mãos grandes e competentes.

— Não combina — ela comentou. — Alguém como você ser dono de uma casa noturna.

— Não sei por que você diz isso.

— Porque o Fazendeiro Cooper nasceu para semear os campos.

— Rancheiro Cooper para você. Eu sou de Oklahoma, lembra? E nunca me senti tão bem quanto no dia em que saí daquele lugar.

Apesar do clima gelado, ele estava descalço e não abotoou o casaco, mas o frio parecia não incomodá-lo. Ela olhou para o recanto acolhedor não muito distante da porta dupla de vidro: uma mesa redonda, com tampo de pedra; uma espreguiçadeira estofada e larga o bastante para dois.

— Sua biografia não fala muita coisa da sua infância — ela observou. — Só que você cresceu em um rancho e perdeu a mãe quando era novo. — Do mesmo modo que ela. — É como se você não existisse antes de começar a jogar por Oklahoma.

Ele tinha feito compostagem na maioria dos tomateiros, mas ainda havia alguns, e ele colheu alguns tomatinhos, colocando um na boca.

— Nós éramos arrendatários. Meu pai e eu. Vinte e cinco hectares, nem todos aproveitáveis. Um pouco de gado e porco. Milho para ração. Ele era um veterano do Vietnã quando ninguém ainda entendia o que era Síndrome de Estresse Pós-Traumático. Às vezes ele estava bem, às vezes, não.

Ela percebeu o que viria a seguir: alcoolismo, agressões físicas. Piper desejou não ter tocado no assunto. Mas foi surpreendida.

— Meu pai era um cara sensível, e essa foi a principal razão de ter sofrido tanto com a guerra. Muitas vezes ele não conseguia funcionar, mal conseguia sair da cama, então eu tinha que assumir. — Ele tirou a cobertura de um vaso de ervas que estava protegendo do frio. — Eu tinha 7 anos na primeira vez em que dirigi a caminhonete. Lembro de me sentar sobre uma pilha de sacos de ração e amarrar uns blocos nos pés para conseguir alcançar os pedais. — Ele riu, mas ela não achou aquilo tão engraçado. — Teve alguns invernos em que eu mais faltei do que apareci na escola.

— Isso não é certo.

Ele deu de ombros e reuniu sua colheita.

— Os animais precisavam de comida e água, e meu pai nem sempre conseguia sair de casa.

— Vida dura para um garoto.

— Eu não conhecia outra.

Cooper entrou no apartamento e ela o seguiu. Ele deixou os vegetais perto da pia e se virou para a torneira. As calças dele tinham descido tanto que Piper ficou feliz por ele estar de costas.

— A primeira cidade grande que eu visitei foi Norman — ele continuou. — Eu tinha 16 anos e achei que estava no paraíso. Depois que meu pai morreu, nunca mais olhei para trás.

Ela pendurou a jaqueta de aviador nas costas de um banco junto ao balcão.

— Deve existir alguma coisa na vida do interior de que você sente falta, ou não teria criado esta horta incrível.

— Eu gosto de cultivar coisas. Sempre gostei. — Ele jogou algumas folhas de espinafre em um escorredor de aço inoxidável. — Quando comecei na Estadual do Oklahoma, eu fazia agronomia, mas então descobri que teria que ir às aulas. "Aluno atleta" é uma contradição. — Ele abriu a água sobre o espinafre e sacudiu o escorredor. — Adoro o ritmo da vida na cidade e, por mais que eu goste de animais, não gosto de criá-los. Principalmente porcos. — Ele lavou um punhado de ervas e as colocou sobre uma toalha de papel. — Não sei dizer quantas vezes aqueles malditos conseguiram escapar do chiqueiro para estraçalhar minha horta. Porco é o único animal que eu odeio.

— Porquinhos são tão fofos! — ela exclamou, lembrando-se de Oinky.

— É verdade, você dorme com um.

— Eu não durmo com...

Ele olhou para ela por sobre o ombro.

— Queria ver se você ainda acharia que porcos são fofos, garota da cidade, se com 6 anos de idade esses suínos de cem quilos a atacassem toda vez que entrasse no chiqueiro. Um vacilo e você virava almoço. Eles comem de tudo.

— Bem, nós também os comemos, então...

— Não estou dizendo que não exista aí algum tipo de justiça divina, mas garotos não deveriam ficar perto de porcos. — Ele pegou uma faca de chef. — Eu ainda tenho pesadelos com eles.

— Deixe-me ver se entendi. Você, Cooper Graham, cinco vezes na seleção do campeonato, duas vezes melhor jogador da NFL, tem medo de porcos?

— Sim. — A lâmina bateu na tábua de corte.

Ela riu, depois lembrou que não estava ali para se divertir.

— Eu fui ver Dell esta manhã. Ele não tem nenhum machucado.

— Você voltou com isso?

— Você sabia que seu amigão Keith e a namorada Taylor se mudaram sem deixar um endereço para encaminhar a correspondência?

Ele apontou a ponta da faca na direção dela.

— Pela última vez, foi um assalto, não um ataque premeditado.

— Eu sei que você gosta de pensar assim. Você poderia me ajudar a resolver esse mistério, daí eu não ficaria obcecada com essa história, que tal?

Ele passou o dorso da mão pela barba por fazer.

— Keith é um cabeção, mas nós dois já nos acertamos.

— Isso foi antes de Taylor ser demitida, não é? — Ela encontrou os ovos.

— Armar uma emboscada não faz o estilo dele.

— Você tem mais fé no seu velho amigo do que eu. — Ela procurava queijo e encontrou um pedaço de *cheddar* importado.

— Enquanto está tentando resolver isso... — Ele olhou para ela por cima do balcão. Piper desejou que ele puxasse as calças para cima e fechasse o casaco. E ficasse careca. Só que ainda assim ele continuaria lindo. — Você não está se esquecendo de alguns dos vilões mais óbvios no seu enredo imaginário? — Ele levou os alhos-porós para a tábua de cortar. — Começando com aquele cliente misterioso que a contratou para me seguir?

— Se eu tivesse alguma dúvida com relação ao meu cliente anterior, você não acha que eu já teria feito algo? — Ela encontrou uma frigideira e o ralador de queijo. — Eu lhe garanto que meu cliente misterioso não é uma ameaça.

— Exatamente. Ninguém é. Foi um crime aleatório. Algum vagabundo se escondendo no beco à espera de uma vítima fácil.

Ela não iria conseguir tirar mais nada dele, então decidiu recuar.

— Como estão indo as coisas com a Deidre?

— Mais devagar do que eu gostaria, mas ela vai embarcar.

— Você parece ter certeza disso.

— Ela seria louca de não entrar nessa. O conceito que eu criei é ótimo e tenho contatos excelentes para fazer com que aconteça.

O ângulo decidido do maxilar dele não passou despercebido para ela. Na cabeça de Cooper, depois que ele decidia algo, estava praticamente feito.

Depois disso os dois trabalharam sem falar muita coisa além de "Não é só você que precisa da pia" e "Onde está o molho *sriracha*?". Ela refogou os vegetais em um pouco de azeite de oliva, despejou os ovos batidos e colocou por cima as ervas que ele tinha cortado, acompanhadas de um punhado generoso de queijo *cheddar* ralado. Ele pegou pratos brancos no armário e tirou o pão que tinha colocado na torradeira.

Quando tudo ficou pronto, a atmosfera doméstica daquela cena começou a incomodá-la. Piper queria não gostar tanto dele, mas como não gostar? Cooper era o homem que ela gostaria de ser se tivesse nascido no sexo masculino. Deixando de lado o dinheiro e a fama, ele era inteligente, sabia o que era trabalho duro e, exceto por ser teimoso e ditatorial, era um cara decente.

— Vamos comer lá fora — ela sugeriu, enquanto ele servia café para os dois. — Mas só se você fechar o casaco primeiro. — Ela precisava de um bom motivo, em vez do real. — Esses hematomas não vão ajudar com o meu apetite.

— Sua compaixão frente ao sofrimento humano aquece meu coração.

— Sou altruísta, é verdade.

Ele sorriu, enrugando o canto dos olhos.

Mesmo em uma manhã fria de outubro, o recanto que ele havia criado naquela horta era acolhedor. A treliça coberta pela trepadeira compunha um quebra-vento natural e as almofadas roxas de lona da espreguiçadeira eram grossas e confortáveis. Fazia tempo que Piper não comia nada tão saboroso como o omelete macio que ela tinha feito com os ingredientes colhidos por ele. Ela se sentia quase... feliz.

★

Cooper a observou sentada à sua frente, à mesa. Piper não era de brincadeira na hora de comer, e, embora levasse porções pequenas à boca, conseguiu consumir o omelete em velocidade recorde. Quando ela se lembrava de comer, ia com tudo, do mesmo modo que fazia tudo. Como uma mulher tão durona, determinada e corajosa podia ser tão intrinsecamente feminina?

O dia estava muito úmido e nublado para que comer ao ar livre fosse confortável, mas ele estava tão incomodado com a cama, convidativa, acima de onde estavam, dentro do apartamento, que não se importou em levar a refeição para o terraço. Era um bom lugar para esfriar a cabeça. Só que tudo que ele tinha conseguido era ficar mais quente.

Piper largou o garfo no prato. As mãos dela eram muito delicadas, Cooper notou, e fez um lembrete mental de nunca dizer isso para ela.

Mais cedo, ele a surpreendeu olhando fixamente para seu peito. A princípio ele supôs que ela estava examinando os machucados, mas então se lembrou da atração dela por essa parte de seu corpo e decidiu que algo mais interessante estava passando pela cabeça dela. Mas deixar o casaco aberto de propósito tinha sido uma de suas jogadas mais infames. De qualquer modo, qualquer jogada que lhe desse alguma vantagem era válida.

— Annabelle Champion parece não acreditar que você tem alguma ex-namorada maluca à espreita — ela comentou.

— E por que você foi falar com Annabelle?

— Para satisfazer minha curiosidade.

— Bem, pare com isso. Você se demitiu, lembra? E não vou recontratá-la.

— Em quem mais você confia para investigar o que aconteceu? Por outro lado, ela disse que existiram umas mulheres doidinhas.

— Recentemente apareceu uma doida chamada Esmeralda Crocker.

— Inofensiva.

— Será? — Ele se recostou na cadeira e a observou. O rosto dela era tão cheio de vida. Por trás daqueles olhos brilhantes tinha um mundo todo acontecendo. E aquela boca larga... Ele queria fazer tanta coisa com aquela boca. E queria que aquela boca fizesse tanta coisa nele.

Piper demorou muito tempo para desviar o olhar. Ele sorriu para si mesmo. Ela não era tão indiferente como gostava de parecer.

Piper esticou a mão para aquela bolsa-carteiro esfarrapada que carregava para todo lugar e pegou um caderno.

— Você é uma figura pública há muitos anos. Deve ter recebido sua dose de mensagens de ódio.

— Um departamento no Stars analisa minha correspondência. Se eles tivessem recebido algo que julgassem sério, teriam me informado.

— Com quem eu posso falar no Stars?

— Você não pode falar com ninguém. E guarde esse caderno. Foi um assalto a esmo e você só está querendo arrumar um trabalho.

— Um trabalho que precisa ser feito.

— É mesmo? Então por que não mencionou o suspeito mais óbvio? Meu amigo, o Príncipe da Escuridão.

Ela remexeu na capa do caderno.

— Vou chegar lá.

— Bem devagar — ele disse. — E eu sei o porquê.

— Porque eu me sinto responsável — ela concordou.

— Você não é responsável por isso, mas gosto que se sinta culpada. — Ele gostou do modo como ela assumiu a responsabilidade, sem fingir a ignorância atrás da qual tanta gente se esconde. Piper era sincera. Exceto quando decidia não ser.

Ela enrolou o guardanapo.

— Como é que eu ia saber que você iria dar um anel falso do Super Bowl para o Príncipe Aamuzhir? E ele está em Londres, agora. Sim, eu verifiquei. Não que isso signifique alguma coisa. E, sim, mais uma vez, estou preocupada. Uma coisa é lidar com um ex-empregado insatisfeito ou com um torcedor do Broncos que ainda não se conforma com aquele passe impossível que você acertou no jogo contra eles em 2014. Uma coisa totalmente diferente é lidar com um dignitário estrangeiro. E eu uso a palavra "dignitário" de forma bem leviana. Ele pode muito bem ter contratado aquele capanga.

— Escute, Piper. Eu sei que você tem boas intenções, mas a verdade é que, no momento, você é uma detetive sem trabalho e está tentando arranjar um.

Assim que fez essa afirmação, ele quis retirar o que disse. Os olhos dela perderam o brilho e aquela boca larga murchou nos cantos, ainda que só por um instante. Piper sempre se mostrou imune, até mesmo parecia se divertir com os insultos que Cooper lançava contra ela – insultos ao modo como se vestia, à sua atitude firme –, mas ele tinha ofendido sua integridade, e foi difícil vê-la ficar magoada.

— Bem, preciso ir — ela disse e se levantou da cadeira, a cabeça erguida.

— Espere um pouco. — Ele se levantou e bloqueou o caminho dela. — Eu não quis dizer isso.

— Eu acho que você disse exatamente o que queria dizer — ela retrucou em voz baixa.

— Não quis, não. — Ele a segurou pelos ombros. Ela não rejeitou o toque dele. Piper levantou a cabeça e o olhou de baixo para cima, desafiando-o a insultá-la de novo.

Os ombros dela estavam encaixados nas mãos dele. A personalidade dela era tão grande que às vezes ele se esquecia de como ela era pequena comparada a ele.

— Piper, você ama o que faz, e tudo que estou dizendo é... isso pode estar atrapalhando seu raciocínio.

Ela pareceu refletir a respeito. Até que, enfim, sacudiu a cabeça.

— Não. Mas aceito as desculpas.

Ele não tinha se desculpado, na verdade.

— E é você que está com o raciocínio atrapalhado. Você quer acreditar que o assalto foi aleatório, então fechou a cabeça para qualquer outra possibilidade.

Os motivos dela eram verdadeiros, ainda que estivesse enganada.

— Eu bem que gostaria de ter você na minha linha ofensiva quando jogava. Ninguém conseguiria encostar em mim.

Piper sorriu, franca e genuína. Ela não era de ficar melindrada.

Ele não sabia dizer quando seus olhos se encontraram, só que continuava com as mãos nos ombros dela, e que suas dores pareceram sumir. Piper levantou o braço e seus dedos tocaram o queixo machucado dele em uma carícia que Cooper mal conseguiu sentir. A brisa jogou alguns fios do cabelo escuro no rosto dela. Cooper não estava acostumado a olhar para alguém assim. Encarando-a tão intensamente. Não vendo nada a não ser os olhos grandes e a boca macia, convidativa. Beijá-la pareceu a coisa mais natural do mundo.

Ela poderia tê-lo impedido virando a cabeça para o lado, mas não. Ela abriu os lábios e deslizou as mãos por baixo do casaco dele, para tocar as costas nuas.

O beijo foi ficando mais intenso e os corpos se encontraram. Ele sentiu seu sangue esquentar e sacudir seu corpo. Tudo que ele queria era estar dentro dela. Satisfazê-la de um modo que ninguém nunca tinha conseguido. Ele queria que ela gemesse. Implorasse. Que o quisesse tanto quanto ele a queria.

Piper tirou o casaco dele e Cooper tirou a camiseta dela, que usava um sutiã preto por baixo. Ele a puxou na direção da espreguiçadeira.

As almofadas roxas eram macias, mas ele deitou sobre o lado machucado e fez uma careta.

Ela se afastou como se o tivesse queimado.

— Nós não podemos. Você está...

Ele a calou com a boca e rolou para seu lado bom, levando-a consigo. Cooper segurou o traseiro dela que ainda estava coberto pela calça jeans.

Ele tinha que tirá-la. Tirar tudo. Ele ouviu um zumbido dentro de sua cabeça quando enfiou o dedo por baixo da alça do sutiã. Os lábios dele encontraram o ombro dela. O zumbido ficou mais alto. Impelindo-o. Cada vez mais alto. Mais exigente.

Ela se afastou dele de forma tão abrupta que Cooper quase caiu da espreguiçadeira. E, então, Piper esticou o braço para pegar algo.

O zumbido... não estava vindo de dentro de seu cérebro faminto por sexo, mas de cima deles.

Um *drone* prateado, em forma de X, flutuava perto deles. Cooper soltou um palavrão. O *drone* fez um círculo acima do jardim. E mais um. E então explodiu.

Cacos de fibra de vidro, plástico e metal se espalharam por todo lado.

Piper estava de pé no meio do jardim, vestindo apenas jeans e sutiã preto, o braço estendido. E aquela mão, que momentos antes o acariciava, empunhava uma pistola semiautomática.

Um tiro. Foi tudo de que ela precisou para derrubar o *drone*. Um tiro perfeito.

Ele se encostou na parede de tijolo do terraço. Nada como uma mulher com uma arma para estragar o clima.

13

A rua ao lado do terraço estava tranquila, tinha apenas uma pessoa andando com um cachorro e uma mulher correndo.

— Fique aqui — Piper ordenou enquanto vestia a camiseta e corria na direção da porta de vidro.

— Até parece!

Eles passaram a hora seguinte vasculhando a vizinhança. Teria sido mais eficiente se os dois tivessem se separado, mas Piper quis mantê-lo à vista. Ninguém na rua tinha visto alguém operando um *drone*, mas todos queriam conversar com Cooper sobre sua carreira.

No elevador, voltando para o apartamento, ele finalmente fez a pergunta que o estava incomodando.

— Você está sempre armada?

— Não na boate, se é o que está pensando.

Era o que ele queria saber. A imagem de Piper se transformando em uma SWAT para protegê-lo de qualquer coisa que ela definisse como uma ameaça era algo que ele não conseguia conceber.

— Chega de armas — ele disse, depois que ela saiu para o terraço para recolher os pedaços do *drone*.

— Você cresceu em um rancho — ela protestou.

— E eu sei atirar. Mas isso não significa que eu quero ficar perto de armas na cidade.

Ela olhou para ele e sorriu.

— Admita: foi um tiro e tanto.

Um tiro que o próprio Cooper não acreditava que conseguiria acertar.

— Respeitável.

Ela riu e pegou sua jaqueta no banco da cozinha.

— Boa notícia: decidi aceitar o emprego de segurança que você me ofereceu.

Ele deveria estar esperando por isso.

— Esqueça. A oferta expirou.

— Por quê?

— Agora você quer o emprego porque decidiu que eu preciso de um guarda-costas na minha própria casa noturna!

— Bobagem. Você sabe cuidar de si mesmo.

Ela disse isso com uma sinceridade absoluta, mas que não significou nada. Cooper estava com um dilema. Ele a queria, precisava dela, mas sob suas condições. Então, apontou o dedo para a testa dela.

— Se eu a contratar, será como segurança... para cuidar das mulheres.

— É claro.

— Não preciso de guarda-costas. *De jeito nenhum.*

— Entendido. Completamente entendido.

— Tudo bem, então. O emprego é seu.

— Ótimo.

Quando Piper voltou para a cozinha, tudo que Cooper conseguiu pensar foi "*merda, agora eu tenho uma guarda-costas*".

Ela pegou a jaqueta e se transformou na Mulher de Aço.

— Não vai mais haver contato físico entre nós. Não enquanto eu trabalhar para você. De acordo?

Ela não era a única que conseguia mentir com a cara mais lavada deste mundo. Ele apoiou o ombro na porta da geladeira e falou, arrastando o sotaque do interior:

— Ora, querida... Você acha mesmo que consegue manter essas mãozinhas longe de mim?

Em seguida, ele a conduziu para fora.

✶

Piper mexeu na asa quebrada do *drone*. Ela tinha conseguido reconstruí-lo o suficiente para identificar o fabricante e o modelo, mas uma busca na internet e alguns telefonemas revelaram que a empresa tinha vendido milhares daquele aparelho. A parte mais assustadora foi saber que aquele modelo fazia transmissão de vídeo ao vivo. A pessoa que o enviou tinha visto a sessão de pegação entre ela e Cooper.

Piper olhou, pensativa, através da janela do escritório para o estacionamento. O que quase aconteceu entre eles, nessa manhã, era pior, de certa forma, do que tinha acontecido no farol, porque ela deveria estar preparada. Ela já sabia o efeito que Cooper exercia nela, mas ainda assim bancou a tonta de novo. Não mais. O corpo dele era proibido. Ela reforçou a mensagem dando um tapa forte no próprio rosto.

Faiza telefonou, interrompendo a autoflagelação de Piper. A garota estava inebriada com a liberdade recém-conquistada e contou histórias que fizeram Piper sorrir. Elas mal acabaram de conversar quando o telefone de Piper a notificou de uma nova mensagem de Eric.

> Recebeu minha mensagem? Jantar hoje?

Eric seria seu salvador sexual, e ela começou a pensar aonde os dois iriam para consumar o ato. Piper não gostou de pensar que a sempre atenta Jada pudesse ver um homem entrando em seu apartamento. Mas Eric morava com um amigo, e Piper já tinha passado da idade de fazer sexo no quarto enquanto um garotão jogava *Call of Duty* na sala.

Ela voltou ao trabalho. Uma busca de rotina para ver se algo de novo tinha surgido sobre a Spiral revelou uma publicação recente em um fórum local sobre vida noturna. A mensagem era de alguém que usava o nome *Homeboy7777*.

> **Vida noturna**
>
> Spiral é o melhor lugar de Chicago para se conseguir todo tipo de droga sem levar tiro nem facada.
>
> Homeboy7777
>
> Responder

Piper apostaria sua reputação no fato de que ninguém estava conseguindo nada na Spiral, depois que Dell foi demitido. Ela se registrou como Pegante69 e publicou uma resposta devidamente obscena, denunciando Homeboy7777 como um fanfarrão e afirmando que a Spiral era "uma porra de lugar onde não se conseguia droga nenhuma, e só era bom para pegar as gatas mais gostosas de Chicago".

★

Às 5 horas da tarde de sexta-feira, Piper encontrou Jennifer e Amber no Big Shoulders. Esse era um dos lugares favoritos das três amigas, com café bom, baristas amistosos e a poesia *Chicago*, de Carl Sandburg, escrita na parede.

Açougueira do mundo,

Ferramenteira, empilhadora de farinha...

Piper não via suas amigas há duas semanas, e esperou ansiosa o dia todo pelo encontro, mas Jennifer estava carrancuda, o que não era do seu feitio.

— O Babacão me chamou na sala dele para perguntar o que eu achava de fazer uma plástica.

Amber Kwan bateu a palma da mão na mesa com força suficiente para chacoalhar sua xícara de chá da casa.

— Seu rosto é perfeito! — ela exclamou. — Pergunte o que ele acha de um processo por discriminação sexual!

Ouvir a cantora de ópera, sempre tão contida, falar com tanta veemência fez Piper rir, e até Jennifer sorriu, mas só por um instante.

— Mas eu estou em uma sinuca de bico — ela continuou. — Eu não quero ir embora de Chicago, mas que outra estação local vai contratar uma meteorologista de 42 anos?

Os dias do início de outubro estavam ficando mais curtos, e uma lâmpada da rua acendeu em frente à janela do café.

— Talvez você devesse lembrar o Babacão de quantas mulheres com mais de 40 assistem ao noticiário — Piper sugeriu. — Como ele acha que elas irão reagir se souberem do tipo de discriminação que você está enfrentando?

— É, isso daria certo, claro — Jennifer debochou. — Ele mudaria a história contra mim e me substituiria por uma meteorologista mais nova, bonita e com um salário menor. Depois disso eu tenho certeza de que os donos das emissoras da cidade iriam correr para contratar uma conhecida alcagueta.

Ela tinha certa razão. Amber distraiu Jennifer com as últimas fofocas da ópera. Sem Berni a fuzilando com seus olhares ameaçadores, Amber era engraçada e tranquila. Piper decidiu conversar com Berni a respeito disso, quisesse Amber ou não. E então ela soltou a bomba: disse o que tinha visto na Lincoln Square.

Amber e Jennifer a encheram de perguntas, mas Piper não pôde responder nenhuma, porque dois dias antes ela tinha deixado um idoso com sobrepeso, usando um chapéu de queijo, fugir dela.

Buffy interrompeu a conversa. Era Cooper. Ela se desculpou e atendeu o telefone.

— E aí, chefe? — *Chefe*, não amante.

— Logan Stray.

— O astro adolescente?

— Ele não é mais adolescente e vem à boate hoje à noite para comemorar seus 21 aninhos. Você vai estar de guarda.

— Não sou guarda-costas, lembra?

— Esta noite vai ser. Não pode acontecer nada na minha casa com aquele panaquinha de 90 milhões de dólares.

— Ele não tem os próprios seguranças?

— Guarda-costas de celebridades não conseguem dizer "não" para o garoto que paga o salário deles. Eu quero por perto alguém que se reporte a mim. A casa não precisa de má publicidade.

— Mas já está tendo — Piper o informou da publicação que tinha descoberto naquela tarde. Ele não ficou feliz.

— Cuide disso. Não quero dar nenhuma desculpa a Deidre para que ela desista do negócio.

— Eu entendo. A publicação deve ter vindo de alguém que foi barrado na porta, mas vou ficar de olho.

— Faça isso — ele pediu.

Um liquidificador foi ligado a poucos metros dela. Piper enfiou o dedo na orelha para poder ouvir o resto do que ele estava falando.

— Use o vestido azul essa noite e tente parecer sexy. Para Logan e a equipe, você vai ser uma *hostess* especial.

— Isso faz parecer que eu sou uma prostituta.

— Assim que ele te vir, vai saber que não é.

Ela não conseguiu decidir se isso era um elogio ou não.

✶

Logan Stray e sua comitiva chegaram pouco depois da meia-noite. O astro pop era um pouco mais baixo do que Piper, mas parecia ainda menor perto de seus guarda-costas imensos. O gorro preto de lã que ele usava deixava escapar uma franja de cabelo loiro, que combinava com uns fios que cresciam debaixo do lábio inferior. Os óculos de sol com armação escura eram desnecessários na área VIP, onde a iluminação era fraca, e Piper segurou o riso quando ele trombou com uma mesa. Ele podia ser descolado, mas com certeza não era inteligente.

As três mulheres que acompanhavam a comitiva dele vestiam uns pedaços de tecido de Lycra que faziam o minivestido azul-cobalto de Piper parecer recatado. O grupo se acomodou em uma área reservada imensa com vista para a pista de dança. Piper se apresentou para o guarda-costas mais próximo como a coordenadora VIP da boate, porque isso soava melhor do que "*hostess* especial". Ela cumprimentou Logan, que a mediu rapidamente com o olhar.

Não demorou para o grupo pedir garrafas de champanhe Armand de Brignac, dois litros de gin Grey Goose, um pouco de tequila Gran Patrón Platinum e muito Red Bull. Cooper demorou, mas apareceu para cumprimentar o astro pop. Logan se levantou e deu alguns tapas nas costas do proprietário. Só tinham se passado alguns dias desde que Cooper sofreu o ataque, e Piper notou a expressão de dor quase imperceptível no rosto do patrão. Mas quando ela se aproximou para intervir, ele olhou feio, ordenando que recuasse.

Piper começou a ficar irritada com todas as desculpas que Cooper inventava para mantê-la afastada dele. Era a terceira noite dela como a única segurança mulher e suas tentativas de fazer com que os outros seguranças fossem mais ativos só serviram para aumentar a hostilidade deles. Os outros já não gostavam dela antes e o sentimento piorou depois que souberam que Cooper a tinha contratado, desde o início, como vigia. Mas Piper não conseguia afastar seus temores quanto à segurança dele. Ela se sentiria mais tranquila se tivesse conseguido localizar o novo endereço de Keith e sua namorada.

A notícia de que Logan Stray estava na boate tinha se espalhado e a lotação chegou ao máximo. Cooper ficou com o grupo por algum tempo, bebendo água com gás e detestando cada minuto, embora agisse com a mesma simpatia de sempre, então Piper talvez estivesse imaginando aquilo. Mas se transformar em empresário noturno não parecia ser o que Cooper deveria estar fazendo com sua vida.

Piper o deteve quando ele pediu licença para se afastar do grupo.

— Você está com dor — ela sussurrou. — Leve esse seu corpo ridículo para casa e enterre a cabeça em um daqueles livros que você finge não ler.

Ele retrucou com uma fala melosa, calculada para derreter corações:

— Parece que você fica pensando no meu corpo durante muito tempo. É uma pena, pois eu ainda não decidi se vou deixar você vê-lo de novo.

Ela engoliu em seco.

— Tudo bem. Estou começando um relacionamento com... — Por uma fração de segundo, ela esqueceu o nome dele. — Com Eric, nosso amigo policial. Estamos pensando em assumir um compromisso.

Cooper pareceu ficar tenso, ou talvez não, porque sua voz continuou tranquila como sempre.

— Ele é um malandro.

— Eu sei. Nós combinamos tão bem.

Cooper faz uma careta de deboche e se afastou.

Não demorou muito e Jonah apareceu. Se ele tivesse cabelo, estaria todo eriçado.

— Ouvi dizer que você voltou a incomodar meus rapazes. Está dizendo como eles devem fazer o trabalho deles.

Ela fez a melhor imitação que conseguiu de uma profissional razoável.

— A casa está lotada hoje, e você sabe que o Cooper se machucou há poucos dias. — Cooper tinha explicado seus machucados como decorrentes de um treino de luta. — Tenho certeza de que ele ficaria feliz se você não deixasse que o público o apertasse.

Ele se aproximou tanto que Piper pôde ver os pelos do nariz dele.

— Eu sou o chefe dos seguranças, o que inclui você. Agora que tal guardar suas bolas no meio das pernas e parar de encher o saco?

— E que tal você deixar de ser babaca?

Isso o enfureceu.

— Desde que apareceu, você está tentando roubar o meu trabalho. Não é segredo que foi você que fez o Dell ser demitido.

Ela recuou e, do alto de seus saltos ridículos, precisou esticar o pescoço para encará-lo.

— Dell era um ladrão safado, mas você devia saber disso.

Jonah projetou o maxilar para frente.

— Você está com tudo agora, mas depois que o patrão parar de te comer, nem vai lembrar o seu nome.

Piper sentiu a raiva explodir dentro dela como uma bola de fogo e enfiou o indicador no meio do peito dele.

— Me encontre no beco depois que a casa fechar, seu lixo. Então nós vamos ver quem tem as bolas maiores.

Isso conseguiu, enfim, abalar a fanfarronice dele.

— Tá falando sério? Você quer brigar comigo?

Na verdade, não. Mas só porque ele era grande, não queria dizer que era rápido, e talvez ela tivesse sorte. Provavelmente não, mas quem sabe? Piper fez um bico para ele.

— Por que não?

— Não vou lutar com uma garota — ele inflou o peito.

— Tá com medo de engravidar de mim?

Jonah recuou um passo, como se Piper fosse contagiosa.

— Você é maluca, sabia?

Ela fez uma careta enquanto Jonah se afastava. Era possível que ele tivesse razão.

Às três garotas que estavam no reservado com Logan Stray se juntaram mais duas, todas jovens e lindas. Como Logan pareceu ter ignorado Piper antes, ela ficou surpresa quando o ídolo pop fez um gesto para que ela se aproximasse e sentasse ao lado dele. Como os saltos a estavam matando, Piper não se opôs.

— Qual é a sua idade? — ele perguntou depois que ela sentou. Ele estava arrastando as palavras, o que não era de surpreender, considerando a quantidade de álcool que era consumida naquela mesa.

— Cronologicamente, 33 anos.

— Como assim?

Ela tirou os sapatos com os pés, debaixo da mesa, e reparou na espinha que crescia ao lado da barbicha de Logan.

— Eu nem sempre me comporto de acordo com a minha idade.

— Paga de novinha ou de mais velha? — ele perguntou como se estivesse mesmo interessado.

— Depende da situação.

— Agora?

— Hum... 42 anos.

— Na real? — Ele sorriu. — Da hora. Eu curto uma coroa. — O hálito dele guardava o odor doce demais do Red Bull, que se misturava com o Grey Goose, e Logan pareceu estar enfrentando problemas para se concentrar. — Todo mundo acha que a minha vida é uma festa que não acaba, mas não é assim. Eu tenho que cuidar dos negócios e de muita gente.

Por um instante, ele pareceu ser um garoto solitário de 15 anos, e Piper sentiu um pouco de pena dele. Ela teve a sorte de comemorar seu aniversário de 21 em um bar de Boystown com um grupo caloroso de amigos – gente que gostava dela apenas pela amizade. Talvez Logan soubesse que, sem sua fama e seu dinheiro, nenhuma daquelas pessoas estaria ali.

— Eu quero dançar — ele disse, virando a bebida que estava no copo.

Celebridades costumavam descer da área VIP para a pista de dança, mas nessa noite a casa vibrava uma energia estranha da qual Piper não estava gostando. Era gente demais, fazendo mais barulho que o normal; clientes trombando uns nos outros, garçons derrubando bandejas e quebrando copos. Uma briga já tinha começado e, embora Ernie e Bryan tivessem agido com tanta rapidez que quase ninguém percebeu, ela não queria que começasse outra.

— Vamos ficar aqui conversando — ela disse. — Tem muita gente lá embaixo hoje.

— Assim que é divertido. — Ele agarrou o braço dela. — Vamos.

As garotas no reservado não gostaram de vê-lo saindo com Piper, em vez de com uma delas, mas ela precisava ficar perto de Logan. Além do mais, Jennifer iria adorar ouvir essa história.

Os clientes da Spiral eram mais velhos do que os fãs de costume de Logan, mas ainda assim ele era uma celebridade e as pessoas começaram a se aproximar. Os guarda-costas dele abriram caminho em meio à multidão. O DJ colocou "Not Witch U Now", seu último sucesso.

Até que Piper dançava bem, mas Logan era um dançarino excelente, sóbrio ou bêbado, e ela não tentou competir, apenas se deixou levar pelo ritmo. Ele deu um sorriso bêbado para ela. Mais gente entrou na pista, tentando se aproximar. Logan foi até um canto, pegou o copo que um dos membros da sua comitiva lhe estendia e virou a bebida.

A música ficou mais alta. Três magrelas de cabelo escorrido se colocaram entre Piper e Logan. Quando elas começaram a se esfregar nele, Piper imaginou um trio de lindos tubarões devorando um peixinho. Uma passou os braços ao redor do pescoço dele, a outra, em volta da cintura. Mesmo bêbado, Logan começou a ficar nervoso. Os seguranças dele, junto com Jonah e Bryan, se aproximaram, mas alguma coisa na atitude daquelas mulheres sugeria que haveria confusão se os homens as tocassem. Piper se colocou à frente da mulher que estava mais perto, mas ela era só uma, e as fêmeas de tubarão, três...

Felizmente, Cooper Graham estava lá.

— Garotas... — Ele tocou no ombro das outras duas, ao mesmo tempo que fez sinal para que Piper se aproximasse de Logan. — Eu fiquei sozinho, aqui.

As mulheres se aproximaram do prêmio maior. Mas Logan perdeu o equilíbrio. Piper não sabia se alguém o empurrou ou se ele só estava bêbado demais para ficar de pé, ele cambaleou e então caiu na pista de dança. Os óculos escuros do rapaz voaram e terminaram esmagados sob os pés dos clientes que dançavam.

Dois guarda-costas bêbados do cantor se aproximaram, afobados, empurrando todo mundo que estava na frente e derrubando dois clientes. Um deles caiu em cima de Logan, mas isso não impediu que os dois trogloditas tentassem abrir caminho em meio a um grupo de mulheres. Piper se virou para eles.

— *Parem agora mesmo!*

Como por milagre, eles obedeceram. Cooper ajudou os clientes caídos a se levantarem, deu tapinhas nas costas deles e os convidou para um drinque na área VIP. As três fêmeas de tubarão abriram caminho em meio à multidão, tentando se aproximar novamente de seu peixinho pop. Cooper se colocou à frente delas, pronto para usar seu charme, ainda que estivesse sofrendo com todo aquele empurra-empurra. Os guarda-costas de Logan voltaram a abrir caminho na multidão enquanto Piper colocava o astro de pé.

— Mande seu pessoal recuar — ela gritou na orelha dele — que eu vou realizar seus sonhos mais loucos.

Logan virou os olhos bêbados para ela.

— Na real?

— Uma viagem sem volta para o paraíso.

Logan fez o que ela pediu e Piper o agarrou pelo braço, tirando-o da pista de dança e levando-o para a cozinha.

Uma imensa bandeja de brownies descansava sobre o balcão. Ela mal tinha comido o dia todo, então pegou alguns, que estavam quentes e pingando calda de Bourbon.

— Festinha particular — ela disse para Logan.

Usando uma combinação de força e jeito, ela conseguiu levá-lo escada acima, até seu apartamento.

— O que é isso? — ele murmurou com a voz arrastada.

— O Jardim do Éden — ela disse, seca.

Ele deu um sorriso torto. Sem os óculos escuros, os olhos dele eram pequenos, castanhos e desinteressantes.

— O que você tem para beber? — ele perguntou, enquanto tentava se apoiar no balcão que ficava entre a sala de estar e a cozinha.

Tudo que ela tinha era suco em caixa e cerveja. Piper tirou os sapatos e mostrou os dois brownies com calda de Bourbon.

— Tenho coisa melhor.

— Brownies de maconha! — Ele teria pegado os dois se Piper não tivesse reservado um para si na ponta do balcão.

Uma batida soou na porta do apartamento. Ela atravessou a sala descalça.

— Quem é?

— A polícia. Se não abrir eu vou derrubar a porta.

— Muito engraçado. — Ela abriu a porta e deu um sorriso cansado para Eric.

— Acabei de encerrar meu turno — ele disse, entrando. — Eu vi que sua luz estava acesa.

Algo que ele só poderia ter visto se tivesse passado de carro pelo beco de trás.

Ele afundou no sofá, como se pretendesse ficar ali por algum tempo. Tudo que Logan viu, por outro lado, foi um policial uniformizado, e começou a enfiar os dois brownies na boca, o mais rápido que podia. Apoiando as costas na ponta do balcão, ele levantou as mãos manchadas de chocolate e falou para Eric com a boca cheia:

— Só bauni, pulissol. Ão em ada mais. — O que Piper interpretou como "Só brownies, policial. Não tem nada demais".

Eric olhou para ela, que deu de ombros. A porta foi aberta e Cooper entrou sem bater. Ele observou a cena... o Policial Gostosão parecendo à vontade no sofá dela, Piper descalça em seu vestido de grife e um ídolo juvenil de 90 milhões de dólares com chocolate no rosto.

Uma expressão vagamente divertida passou pelo rosto dele.

— E eu lhe pago para fazer isso, certo?

— Paga pouco — ela respondeu.

— Cooper! Que ótimo te ver, cara. — Eric levantou de um pulo e deu um tapa nas costas de Cooper que deve ter doído.

Cooper devolveu o tapa com um pouco mais de força que o necessário.

— Você também.

Graças àqueles tapas, nenhum deles reparou que Logan saiu para o corredor. Não até ouvirem um ruído surdo, seguido pela voz de uma garota adolescente.

— *Você está morto!*

E lá iam eles outra vez...

14

Eric sacou a arma enquanto Cooper corria para o corredor. Piper os seguiu e espiou por sobre o ombro do patrão para ver Logan caído no chão, de olhos fechados, sem se mexer. Jada estava parada à porta do seu apartamento, o cabelo desgrenhado, uma perna do pijama xadrez levantada até o meio da panturrilha, com uma arma de brinquedo laranja e azul ao lado do corpo.

— Eu o matei — ela gemeu.

Passos soaram no hall, lá embaixo, e Tony gritou do pé da escada:

— Cooper! Você pode descer? Alguém chamou a imigração. Eles reuniram a equipe na cozinha para verificar os *green cards*.

— Que ótimo! — Cooper disse, jogando as mãos para cima. — Isso é ótimo! Você pode lidar com o garoto cantor enquanto eu cuido da Imigração? — Ele olhou de Eric para Piper, depois voltou-se para Eric. — Você não quer vir comigo? Posso precisar de uma testemunha de caráter.

— Ótima ideia — Piper disse. Com um policial uniformizado ao lado, ninguém mexeria com Cooper. Ela ficou mais do que feliz por Tony sempre verificar se os estrangeiros tinham visto de trabalho, o *green card*, antes de contratá-los, mas isso a fez imaginar quem poderia ter chamado o Serviço de Imigração e Naturalização.

Eric guardou a arma, abaixou-se para pegar o projétil da arma de brinquedo e olhou para Jada.

— É melhor eu levar isto para a balística.

Jada arregalou os olhos de pavor. Ele sorriu e jogou o projétil para ela. Piper sorriu. Talvez ela fosse para cama com ele.

Enquanto Cooper e Eric desapareciam escada abaixo, Logan começou a se mexer e olhou para Piper.

— Quer dar uma volta no meu avião?

— Desculpe, aviador, eu tenho que trabalhar.

— Tudo bem. — Ele deitou a cabeça no chão e fechou os olhos.

— Ah... meu... Deus — Jada guinchou. — Esse é o Logan Stray!

— Se pelo menos você tivesse percebido isso antes de atirar — Piper disse. — Estamos no meio da noite!

— Alguma coisa me acordou, e os Assassinos da Pius são muito criativos. — Ela se ajoelhou no chão ao lado de Logan. — Nossa! Eu não posso acreditar que é mesmo o Logan Stray. Eu amava esse garoto.

A mãe dela apareceu à porta. O cabelo brilhante, revolto pelo sono, caído nos ombros. O decote do pijama revelava uma coluna de pele cor-de-caramelo. Karah, com seu corpo de mulher e o rosto lavado, era mais atraente que uma dúzia daquelas batedoras de cabelo supermaquiadas. Piper ficou feliz que Cooper tivesse voltado para a boate.

— Jada, o que você está fazendo aqui? — Karah exclamou.

Piper não viu necessidade de denunciar a garota.

— Desculpe por isso — ela disse para Karah. — Nós estávamos fazendo barulho demais e a acordamos.

Com cuidado, Jada escondeu a arma atrás da perna, para que a mãe não pudesse vê-la. Piper olhou para Logan.

— Já que vocês duas estão acordadas, podem me ajudar a levantá-lo?

— Eu ajudo! — Jada exclamou.

Elas levaram Logan de volta ao apartamento e o deitaram no sofá de Piper. Depois ela pegou um balde, no armário embaixo da pia, e o colocou ao lado dele, por via das dúvidas.

Jada rodeava o astro pop.

— Ah, meu Deus, se ele, tipo, tá doente, alguém deveria cuidar dele. Posso? Por favor, Piper! Eu durmo na poltrona. Posso, mãe? Por favor?

— Claro que não.

Piper se lembrou do quanto Jada queria ser aceita na nova escola e pensou no crédito que isso lhe daria junto a suas colegas.

— Por mim não tem problema, Karah — ela disse. — Eu cuido dela. E esta vai ser a oportunidade de uma vida para Jada aprender, em primeira mão, sobre os perigos da fama.

Karah hesitou, depois cedeu, talvez por ter chegado à mesma conclusão que Piper.

— Se houver qualquer problema, mande-a de volta para casa.

Problema? Por que haveria algum problema?, Piper pensou, mas não disse nada.

Ela não podia deixar Jada dormir no mesmo aposento que Logan, mesmo que ele estivesse em coma alcóolico, então mandou a garota para o quarto. A boate estava fechando, de modo que ela não precisava voltar. Depois que ela lavou o rosto e trocou o vestido por um moletom, ajeitou-se na poltrona da sala.

Piper sentiu que nem tinha fechado os olhos quando um raio de luz do dia, seguido de uma batida na porta, a acordou. Ela abriu os olhos com dificuldade. Do outro lado da sala, Logan Stray estava deitado de bruços, uma mão e um pé pendurados na borda do sofá. Jada continuava dormindo no quarto.

Seu pescoço estava duro e estalou quando ela se levantou da poltrona. Xingando quem quer que estivesse batendo na porta, ela foi cambaleando até a entrada.

Duas mulheres de olhos brilhantes, com sorrisos animados no rosto, entraram. Uma segurava uma bandeja de papelão com copos de café e a outra trazia uma caixa de rosquinhas. Piper se agarrou na maçaneta para não cair.

— Vocês vão morrer — ela ameaçou.

— E bom dia para você!

— Como conseguiram entrar? — Piper rosnou.

— Equipe de limpeza. — Jennifer colocou a caixa de rosquinhas sobre o balcão e Amber fez o mesmo com o café.

— Vão embora.

— Não posso — Jennifer disse. — O Babacão me convidou para sair. Amber bufou de raiva.

— Ela está pensando em aceitar, e você sabe que o Babacão vai sugerir que a nossa amiga tem que transar com ele para manter o emprego.

— É provável. — Jennifer abriu a tampa da caixa e pegou uma rosquinha recheada.

— Que horas são? — Piper bocejou.

— Oito horas — Amber disse. — E você sempre está acordada a essa hora.

— Não quando fiquei acordada a noite toda!

Nesse momento, Logan rolou, e todo o corpo dele foi parar no chão. Ainda assim, ele não acordou.

— É o Logan Stray! — Jennifer exclamou. E, então, depois de uma longa pausa: — Ele está vivo?

Piper se deixou cair na poltrona.

— Sei lá.

— Se você o matou, nós te ajudamos a esconder o corpo.

— Eu sei quem é Logan Stray! — Amber exclamou como se tivesse encontrado a resposta para o sentido da vida.

Alguém bateu na porta.

— Será que todo mundo pode me deixar em paz?! — Piper gritou.

Mas Jennifer abriu a porta e Berni entrou. O cabelo curto dela parecia um gêiser cor de laranja, e uma calça de moletom rosa aparecia por baixo de outro dos velhos cardigãs de Howard.

— Eu sabia! Vocês todas vieram até aqui para falar mal de mim pelas costas! — Ela viu Logan caído no chão. — Esse daí não é um pouco novo para você, Piper?

Piper enterrou o rosto nas mãos.

— Alguém pode me matar, por favor?

Berni cercou Amber.

— Você está por trás dessa reunião secreta. Você acha que sou velha demais para saber o que vi com meus próprios olhos. A próxima coisa que vai tentar fazer é me mandar para um asilo.

Piper se levantou e foi pegar um café.

— Acalme-se Berni — Jennifer interveio. — E pare de ser tão má com a Amber.

— Eu?! Por que você não diz a ela para parar de me tratar com tanto ódio?

Talvez tenha sido o café, ou o açúcar das rosquinhas, mas Amber, parecendo a personagem da ópera Tosca prestes a se jogar das ameias, empertigou-se e avançou.

— Eu nunca a tratei com ódio, mas desde o dia em que nos conhecemos a senhora age como se eu não existisse, ou então...

— Você me chama de *Sra. Berkovitz*!

— ...ou então é simplesmente grosseira. Eu fui criada para respeitar os mais velhos, mas...

— Estão vendo! — Berni apontou um dedo acusador para todas elas. — Vocês viram o que ela disse? Viram do que ela me chamou?

Ver a doce Amber com raiva era algo para se admirar.

— Qualquer que seja sua idade, isso não é desculpa para preconceito racial!

Berni bufou.

— Que preconceito racial? Pare de querer mudar o assunto. E como você pode falar de respeito depois do modo como me trata?

Jennifer parecia aturdida, mas Piper começava a entender a situação.

— Eu sempre a tratei com o mais absoluto respeito! — Amber exclamou.

— Como se eu estivesse com um pé na cova. Você chama isso de respeito? Pulando na minha frente para abrir as portas... Correndo para pegar meu jornal no inverno, porque pensa que estou velha demais, frágil demais para pegar meu próprio jornal... Você acha que eu não percebo o que você está fazendo, mas ainda tenho olhos. Piper não faz nada disso. Nem a Jennifer. Isso é respeito?

Amber fechou a boca antes de falar a próxima frase. Jennifer riu. Alguém tinha que bancar a adulta ali, e Piper percebeu que era ela.

— Amber — ela disse, obrigando-se a ter paciência. — Berni não a detesta porque você é coreana...

— O que os coreanos têm a ver com isso? — Berni resmungou.

— Ela te odeia porque você foi criada para respeitar os mais velhos — Piper disse. — E é isso que ela *é*.

— Isso foi desnecessário — Berni fungou. — E eu não a *odeio*.

Piper deu um sorriso enjoativo de tão doce para Berni.

— Berni é *velha* demais para mudar de atitude e *desarticulada* demais para explicar o que a tem incomodado. Então, de agora em diante, não faça mais nenhuma gentileza para ela. Na verdade, trate-a como lixo. Quem sabe assim ela irá gostar de você do mesmo modo que gosta de mim e da Jennifer.

— Eu não sei por que você está falando isso — Berni resmungou. — Amber é uma moça inteligente. Ela sabe de tudo isso.

— Eu não sabia! — Amber exclamou. — Como eu poderia saber?

A boca de Berni formou algo parecido com um bico.

— Eu não gosto de me sentir velha.

— Que bom — Piper disse —, porque você está agindo como se tivesse 5 anos.

A educação coreana de Amber surgiu mais uma vez.

— Piper, você não deveria falar assim... — Ela se interrompeu e inspirou fundo. — Berni, de hoje em diante, você mesma deve pegar seu jornal.

Cooper entrou. O olhar dele foi do grupo de mulheres para o corpo no chão.

— Ele está vivo?

— Não faço ideia — Piper disse, e emendou: — Você nunca dorme?

— Você verificou o pulso dele?

— Eu não ligo tanto assim para ele. — Piper olhou ao redor. Em sua minúscula sala de estar havia quatro adultos que apareceram sem serem convidados, além da adolescente no quarto e do ídolo da música em coma no chão. — Caiam todos fora daqui!

— Ranzinza — Cooper observou.

Berni foi correndo para o lado dele.

— Cooper! Sr. Graham! Eu tinha esperança de encontrá-lo. No meu carro estou com meio quilo de algo divino feito em casa. Eu iria deixar com a Piper, mas agora posso entregar para você pessoalmente.

Logan escolheu esse momento para rolar o corpo, levantar a cabeça, observar o grupo reunido ali e golfar. Jennifer era quem estava mais perto, mas ela demorou demais com o balde.

Longos minutos se passaram antes que Cooper olhasse para Piper.

— É... — ele disse lentamente. — Eu deveria lhe dar um aumento.

Berni levou as duas mãos ao rosto, encantada.

— Oh, Piper! Eu adoro a sua vida.

✶

Naquela tarde, Piper encontrou uma amiga de Taylor e assim ficou sabendo que a moça tinha ido embora de Chicago para trabalhar em um cassino. A amiga não sabia do paradeiro de Keith, apenas que Taylor tinha terminado com ele porque o sujeito era "um fracassado". Piper pretendia checar a história, mas parecia verdadeira, então Taylor foi parar lá embaixo na sua lista de suspeitos.

À noite, ela jogou para fora da boate duas participantes de uma despedida de solteira, porque estavam cheirando cocaína em um cartão de crédito no banheiro das mulheres. Mais mentiras sobre a casa apareceram na internet, mas ela não precisava que Cooper lhe lembrasse que a reputação da Spiral tinha que ser imaculada. Jonah se aproximou dela depois que Piper colocou as duas mulheres para fora.

— Onde você estava na noite passada?

Com tudo que tinha acontecido, Piper se esqueceu do desafio imprudente, chamando Jonah para brigar no beco.

— Eu estava um pouquinho ocupada bancando a babá do nosso astro da música.

Ele deu um sorriso irônico.

— Tudo bem. Não vou contar pra ninguém que você amarelou.

— Incrível. Eu viajei no tempo de volta ao recreio do quinto ano da escola.

Ele a encarou sem entender a referência. Piper pensou em explicar, mas era perda de tempo e ela resolveu ser magnânima.

— Eu reconheço. Você é maior e mais forte.

— É claro que sou.

A careta de convencimento dele foi maior do que ela podia aguentar.

— Mas eu sou mais inteligente e mais rápida.

— Uma ova que é!

— Então eu acho que nós vamos ter que descobrir, não é? — Piper odiava essa sua característica. Por que ela apenas não foi embora? Não. Ela não. Ela era incapaz de dar a cara a tapa. — Não vou rasgar outro vestido, então me dê alguns minutos para trocar de roupa depois que a casa fechar.

— Leve o tempo que quiser.

Ele não acreditava que ela fosse aparecer, mas estava enganado. Ela estaria lá, e saber disso a deprimia. Não porque ela tivesse medo de enfrentá-lo. Isso poderia acabar bem ou mal. Mas porque ela ainda sofria essa compulsão de provar que era a mais durona. Mesmo para um cretino como Jonah. *Obrigada, Duke!*

Pôr a culpa de suas inseguranças no pai que a amava, embora ele a tivesse proibido de demonstrar suas fraquezas, enquanto a sufocava com sua superproteção, fez com que Piper se sentisse pior. Quando é que ela iria amadurecer o bastante para não encarar tudo na vida como um teste para provar seu próprio valor? Infelizmente, não seria nesse dia, porque ela tinha se colocado em uma sinuca de bico – de novo – e era emocionalmente incapaz de conseguir sair dela.

Depois que o clube fechou, ela trocou de roupa, vestindo uma calça jeans, tênis e uma camiseta do Bears e, com raiva de si mesma, voltou para o térreo. Ela conferiu o beco, para ter certeza de que o carro de Cooper não estava mais lá, e saiu.

Jonah a esperava, parado perto da lixeira, fumando um charuto com Ernie e Bryan, seus melhores amigos dentre os seguranças. Ela acenou para eles.

— Ei, Jonah. Estou vendo que trouxe reforço.

Ele não esperava que ela aparecesse, e o charuto se moveu quando ele torceu o canto da boca. Os amigos bufaram.

— Não estou surpresa por você não querer me enfrentar sozinho. — Ela se comportava exatamente como quando tinha 11 anos e brigou com Dugan Finke porque o menino levantou a camiseta dela. Dugan tinha o dobro do tamanho de Piper e lhe deu uma surra, mas nunca mais tocou na camiseta dela.

Jonah vivia um dilema. Como ela era mulher, ele não podia bater nela do jeito que queria. Tudo que pôde fazer foi jogar o charuto longe e fazer cara de mau.

Piper acreditava em luta limpa e ficou com pena dele. Ela se aproximou e, com um sorriso nos lábios, lançou a palma das mãos contra o peito dele, ao mesmo tempo que trançava suas pernas e, assim, o derrubava.

Xingando, ele se levantou no mesmo instante, furioso, pronto para atacar. Ela se preparou, mas antes que ele se aproximasse, os amigos pularam na frente e o seguraram pelos braços.

— Não faça isso, Jonah!

— Você não pode bater nela!

Jonah se debateu para se soltar.

— Me soltem! Eu vou arrancar a cabeça dela.

— Você pode tentar! — Piper retrucou.

Ele gritou mais palavrões e, como não conseguia pôr as mãos nela, não era honrado da parte de Piper continuar a provocá-lo. Então ela também começou a mandar que os rapazes o soltassem. Eles estavam tão compenetrados gritando uns com os outros que nem viram o Tesla de Cooper entrar no beco.

Quando Jonah conseguiu se soltar, Cooper se colocou entre eles.

— *Que porra está acontecendo aqui?!*

Mas ele não esperou pela resposta, apenas moveu a mão com força, atingindo Jonah no queixo, o que lançou o segurança contra a lixeira.

— Está demitido, seu filho da puta! Nunca mais quero ver sua cara gorda por aqui!

— Foi ela quem começou! — Jonah exclamou, massageando o queixo.

A adrenalina que estava mantendo Piper pilhada começou a se esvair, deixando-a cansada e desanimada.

— Eu meio que comecei, mesmo — ela admitiu.

Cooper se virou e a encarou. Quando falou, afinal, cada palavra saiu como um míssil.

— Você *meio* que começou?

— Eu bati nele primeiro.

— Ela bateu mesmo, chefe — Ernie e Bryan confirmaram.

— Eu não consigo me controlar — Piper disse, como se isso não fosse evidente. — E gostaria que não despedisse o Jonah.

Cooper arqueou as sobrancelhas.

— Isso é sério? — Jonah perguntou, evidentemente confuso.

— Pelo menos não por minha causa — ela disse.

— Talvez eu devesse demitir você, então? — Cooper estava furioso. — Porque é evidente que não posso deixá-la sem supervisão.

— Se eu puder respeitosamente discordar, chefe... — Ernie disse. — Ela está facilitando muito o nosso trabalho.

Para surpresa dela, Jonah falou, embora ainda estivesse massageando o queixo.

— A despedida de solteira desta noite... Algumas mulheres estavam causando problemas e Piper deu conta do recado.

Cooper parecia prestes a explodir.

— Sumam da minha frente todos vocês!

Ela estava mais do que disposta a obedecer.

— Exceto *você*. — Ele apontou o dedo para a cabeça dela. — Fique bem onde está.

Ele a fez esperar até os três homens saírem, apressados, e então agarrou seu braço e começou a arrastá-la na direção do carro. Piper tentou firmar o pé no lugar.

— Acho que seria melhor eu voltar para o meu apartamento.

— Você vai para o *meu* apartamento. — Ele colocou a mão no alto da cabeça dela, como se fosse um policial, e a fez sentar no banco do passageiro do Tesla. — Não quero que Jada e Karah te ouçam gritar.

Isso não pareceu nada bom.

Ele saiu em disparada pelo beco, os pneus cuspindo pedras. Mesmo quando estava calmo, Cooper era um motorista agressivo, e como não estava calmo naquele momento, parecia o capeta dirigindo. Enquanto inspirava o aroma da jaqueta de camurça marrom dele, Piper começou a listar mentalmente todos os modos como ela decepcionou Cooper e a si mesma. Ela foi imatura, não profissional e impulsiva – qualidades perigosas em um detetive. E tudo porque não conseguia ser uma mulher adulta, deixando para trás as inseguranças de sua infância. Cooper tinha todo direito de estar furioso com ela.

A área em torno da garagem dele estava livre de predadores, exceto por ele. Como ela não saiu do carro rápido o bastante – e por que teria pressa? –, ele a puxou. Assim que os pés dela se firmaram no chão de concreto, ele a pressionou contra o carro e passou as mãos por todo o corpo dela, tocando tudo que queria tocar, com a expressão dura como aço.

— Não está armada?

— Eu queria dar uma lição nele, não matá-lo.

Cooper passou as mãos pelo lado de dentro das coxas dela, depois pela bunda e pela cintura. Quando ficou satisfeito, arrastou-a para fora da garagem.

— Vamos.

— Olha, Cooper... eu entendo que você esteja furioso e não o culpo...

— Ah, não. Não estou furioso. Estou muito além disso. — Ele agarrou o braço dela de novo, sem machucá-la, mas prendendo-a de um modo que ela teria dificuldade para se soltar.

Eles não demoraram a emergir no apartamento, mas depois que Cooper a colocou ali, parecia não saber o que fazer com ela. Era o momento perfeito para Piper tentar chegar à cozinha.

— Está com fome? Eu posso fazer um omelete.

— Não estou com fome — ele disse, pensativo. — Estou tentando decidir se quero fazer isso da forma fácil ou difícil.

— Eu voto em fácil. — Ela levantou a mão.

— Você não vota. — Ele jogou a jaqueta de camurça nas costas do sofá. — Deixe-me ver se entendi... Você começou a briga, certo?

— Tecnicamente.

— Tecnicamente? — ele repetiu.

— Nós nunca nos entendemos, mas...

— E você decidiu que o melhor modo de resolver esse desentendimento era enfrentar um ex-zagueiro do Clemson no beco? Eu entendi bem?

— Se você ceder um centímetro para um valentão...

— Isso só é verdade quando se tem *12 anos*! — Antes que Piper pudesse concordar, ele se aproximou dela. — Se você estava tendo problemas com Jonah, deveria ter me procurado.

De repente, ela ficou tão irritada quanto ele.

— Eu cuido dos meus próprios problemas!

— Droga nenhuma! Não mais. Eu vou demiti-la ou... ou... — Ele parecia ter dificuldade de pensar em algo pior, embora ser demitida estivesse no alto da lista de coisas ruins para ela. — Ou... lhe dar uma surra.

— Você não está falando sério.

Ele realmente pareceu refletir a respeito.

— Estou — ele disse, pensativo. — Acho que estou falando sério, sim. — Ele esticou um dos braços compridos para frente, enlaçou-a pela cintura, depois ergueu-a do chão e a levou até o sofá. Logo ela estava de bruços sobre as coxas dele.

Piper arregalou os olhos. A mão dele desceu, com força, sobre a parte mais carnuda do traseiro dela. Todo o sangue de Piper correu para a cabeça.

— *Ai!* Ah, meu Deus! Você só pode estar *brincando*!

Outro tapa.

— Parece que eu estou brincando? — *Tapa.*

— Parece que você *perdeu o juízo!*

— Nunca me senti mais lúcido. — *Tapa. Tapa.*

— Isso é errado de tantas formas. Nem sei por onde começar. *Ai!* Sim, eu sei! Vou chamar meu advogado.

— Você não tem advogado. — Outro tapa. — Além disso, você não leu? Sexo violento está na moda atualmente.

— Só entre adultos que consentem com a prática. *Pare!* Por acaso parece que estou consentindo?

— Se não estivesse, eu já estaria no chão a esta altura.

Verdade. Ela não era indefesa.

— Eu não quero machucar você — Piper disse depois de outro tapa.

— Você está preocupada consigo mesma.

Outra palmada. Então ele parou e a palma se curvou sobre o ponto que ardia, massageando-a.

— Cooper Graham! Você está se aproveitando de mim!

— Não estou, não. — A mão dele deslizou por entre as pernas dela, sentindo-a por cima do jeans, e a voz dele saiu com uma rouquidão que a deixou fraca de desejo. Primeiro ela se comportou como se estivesse no Fundamental, e agora se deixava seduzir por um comportamento de homem das cavernas. Ela não tinha mais salvação. E, apesar de todos os sermões que deu para si mesma, resolveu não se importar mais.

— Então me enganei — ela disse, a voz tão rascante quanto a dele.

Ele pôs a mão por baixo da camiseta do Bears e deslizou o polegar pelas saliências da coluna dela, parando no sutiã.

— Você está com roupas demais...

Piper não sabia dizer se ele a ajudou ou se ela mesma tinha se levantado, mas segundos depois estava montada no colo de Cooper, com os joelhos afundados no sofá, um de cada lado do quadril dele.

Cooper agarrou a cintura dela. Piper colocou as mãos atrás do pescoço dele e observou aquele rosto esculpido em granito.

— Nós vamos mesmo fazer isso?

— Parece que sim. — Ele franziu a testa. Para ela parecia o mesmo.

— E quanto aos seus escrúpulos? Eu continuo trabalhando para você.

Ele se inclinou para frente e mordiscou o lábio inferior dela.

— Você não trabalha, você me *atrapalha*...

Ela roçou a covinha do queixo dele com os lábios.

— Atrapalho o quê?

— Minha paz de espírito.

Isso era algo que ela conseguia entender.

Cooper passou os lábios nos dela.

— E quanto aos *seus* escrúpulos? — ele murmurou.

— Estão de licença temporária — ela respondeu.

Ele encontrou o canto da boca de Piper.

— Eu nunca bati em mulher em toda minha vida. Nunca nem pensei nisso. Droga, como foi bom.

Ela resistiu ao impulso de massagear o traseiro, que ardia.

— Não doeu nadinha.

Ele se afastou e Piper encarou de frente aqueles olhos castanho-dourados.

— Eu continuo furioso com você — ele disse.

— Entendido. — Ela sustentou o olhar dele. — Se serve de consolo, eu estou ainda mais furiosa comigo mesma.

Aquilo pareceu deixá-lo satisfeito, porque ele foi para frente e encostou os lábios no pescoço dela.

— Promete que não vai mais lutar com os meus seguranças?

Ela inclinou a cabeça para o lado, para lhe dar mais acesso ao pescoço.

— Prometo. — *A não ser que eles não estejam cuidando de você.*

Ele tirou Piper do colo.

— Tudo bem. Vamos acabar logo com isso.

Piper estava perdida. Sem esperança nem juízo. Ela pegou a bainha do suéter dele e puxou para cima, despindo-o.

Não demorou muito para que os dois estivessem nus e de volta ao sofá. Nem mesmo uma curta interrupção para ele colocar o preservativo diminuiu o desejo dela. Piper queria aquilo. Ela queria sexo total e sem reservas com aquele homem. E talvez, só talvez, ela quisesse fazê-lo perder o controle do mesmo modo que aconteceu da outra vez.

Mas ele não iria entrar no jogo dela.

— Mantenha essas mãos longe, moça — ele disse quando ela tentou tocá-lo.

— Você também! — ela respondeu. — Não. Espere. Você pode colocar as mãos onde quiser.

E ele colocou. Piper montou em Cooper, e a posição a abriu para a abrasão íntima dos dedos dele. Os olhos castanhos-dourados estavam mais escuros, queimando de desejo, mas seus olhares não permaneceram travados um no outro. Essa era uma intimidade que nenhum dos dois queria.

Ela baixou a boca até a dele, dando um beijo profundo, que começou a parecer que a expunha demais. A mão dele agarrou o cabelo dela e a manteve onde estava. Bocas, dentes e língua se fundiram e lutaram. Ela baixou a mão para segurá-lo, mas ele não deixou. Cooper a deitou sobre as almofadas do sofá e separou as coxas dela, admirando tudo que ela mostrava, para então tomar o que Piper oferecia com prazer.

A pressão dos dedos dele nas coxas dela, o toque doce de sua boca, a provocação, o tormento... e então a entrega. A entrega cruel, total... até que ele se moveu.

Dessa vez não houve como confundir aquela estocada dura... deliciosamente dolorida. Ela arranhou as costas dele, escorregadias de suor. O peso delicioso do corpo de Cooper a pressionou, entrou nela. E foi cada vez mais fundo, abrindo aquela brecha apertada e poderosa.

Uma confusão maluca irrompeu por trás das pálpebras de Piper. Redemoinhos coloridos orbitando um vórtice que girou cada vez mais rápido, até explodir em uma supernova perfeita.

Ele continuou o movimento com força total. A cabeça dela batia no braço do sofá. Ela gritou de prazer. Os quadris dele foram mais e mais fundo. E parou.

Finalmente... o uivo silencioso, o pescoço arqueado, músculos em convulsão... o longo tremor do corpo dele. E então, o silêncio.

Eles se acalmaram. Quando conseguiu respirar, ela se moveu à procura de uma posição mais confortável, e isso fez os dois irem parar no chão.

Eles ficaram ali por alguns momentos, deitados de lado, enfiados entre o sofá e a mesa de centro que parecia um disco voador. Com o dedo, ele circundou o seio que havia negligenciado enquanto se ocupava de outras partes.

— Você parece uma virgem.

— Já fazia algum tempo. — Ela descansou a cabeça no braço dele, rendendo-se ao inevitável. — Isso não pode interferir no trabalho.

— Claro que não — ele disse, com mais veemência que ela.

— Porque se for interferir...

— Não vai. Nós somos inteligentes demais para isso. E nós dois sabíamos que isso tinha que acontecer. Agora nós vamos até o fim.

— Amantes quando estamos nus — ela disse —, colegas de trabalho quando estamos vestidos.

— Eu não teria dito melhor. — Ele se levantou sobre o cotovelo. — Já mencionei o quanto eu gosto de você? Quando não estou com vontade de matá-la.

— Eu também gosto de você. — Piper sorriu. — Na maior parte do tempo, e isso é raro. Tenho muitas críticas ao seu sexo.

Ele brincou com o mamilo dela.

— Pelo jeito que você gritou, acho que meu sexo se portou muito bem.

— Bem melhor que da última vez — ela provocou.

— Você não vai me deixar esquecer disso, vai?

— Não sou tão magnânima. — Ela puxou o cabelo dele com força. — É melhor você não tentar de novo com essa coisa de me bater, porque não vai se safar outra vez.

— Vou guardar a lembrança com carinho.

Ela deslizou os dedos pela silhueta dura do braço dele.

— Você precisa saber que, normalmente, não sou tão egoísta. Eu acredito em dar e receber.

— Você vai ter que provar. — Ele cheirou o pescoço dela. — Vamos até o chuveiro para eu ver que você não é só de conversa.

— Mas já?

— Sou um atleta de alta performance. Tenho poderes muito maiores que os homens mortais.

Piper não podia discordar. Ele a ajudou a levantar do chão e os dois subiram pela escada, mas antes de chegarem ao alto, ela tinha que garantir que estavam combinados:

— Nós concordamos, certo? Nada de joguinhos. Vamos fazer isso até nos cansarmos um do outro, ou até que outra estrela de cinema linda e maravilhosa decida que precisa desfilar por aí com um ex-*quarterback*.

Ele sorriu e apertou o traseiro dela.

— Negócio fechado. E nada de ficar transando com seu namorado policial.

— Não até eu terminar com você.

Só o box do chuveiro era quatro vezes o tamanho do banheiro dela. As paredes de mármore, as múltiplas duchas móveis... Aquilo podia se transformar em um parque de diversões sexuais para um casal criativo como eles.

— Com toda certeza você não é egoísta — Cooper murmurou algum tempo depois, recostando-se na parede para recuperar o fôlego.

Não sou egoísta, só idiota, talvez, ela pensou, mas colocou a ideia de lado. Piper, afinal, sabia o que estava fazendo. Ela tinha estabelecido os limites e sido honesta a respeito de suas necessidades. O mais importante era que ela sabia de suas limitações a respeito de manter um relacionamento com uma celebridade milionária. Uma estrela do sexo, um homem tão distante do mundo que ela conhecia que parecia vir de um planeta diferente. Piper não era linda nem sofisticada, não se importava com roupas ou maquiagem, e não saberia como ficar jogando o cabelo mesmo que este fosse meio metro mais comprido. Era só o inusitado que o atraía nela. E o inusitado é, por definição, temporário.

Ela dava duas semanas antes que o relacionamento desmoronasse. Seria ótimo ter duas semanas de sexo avassalador. Mas enquanto Piper se enrolava na toalha de banho gigante, uma sombra envolveu parte de seu coração, uma premonição de que, quando o sexo acabasse, ela teria perdido um amigo. Um dos melhores amigos que já teve.

15

Na manhã de segunda-feira, Piper recebeu uma ligação do dono de um mercadinho de bairro que tinha visto o folheto dela. Ele queria que Piper investigasse o que acreditava ser uma queixa fraudulenta de um de seus ex-empregados, um sujeito chamado Wylie Hill. Então ela foi para a zona sul da cidade falar com o homem.

Pilsen era praticamente um bairro mexicano em Chicago, rico em arte e tradição dos imigrantes. Dois homens, encostados em um mural da Virgem de Guadalupe, observavam um casal de *hipsters* passando. Uma velha de pantufas subiu os degraus de seu apartamento no subsolo para varrer a calçada.

Wylie acabou aparecendo e sentou-se para fumar na varanda da casa geminada onde tinha alugado um quarto. Piper estava feliz por ter um novo cliente, mas ficar de tocaia era a parte menos favorita do trabalho. Primeiro, porque eram entediantes, e segundo, porque lhe davam muito tempo para pensar, principalmente nesse dia.

Ela e Cooper passaram a maior parte do dia anterior na cama, e em nenhum momento ela foi atormentada pelo vazio que costumava sentir quando estava com um homem – a desconexão assustadora que a fazia inventar desculpas para ir embora. Com Cooper houve quase tanta conversa quanto sexo. Ela contou para ele algumas das investigações mais interessantes feitas por Duke. Cooper, por sua vez, falou da vida no rancho e de cultivo urbano. Eles compartilhavam de opiniões surpreendentemente parecidas sobre religião e política. Ele tinha até extraído algumas histórias sobre a criação esquizofrênica de Piper – histórias que, depois, ela se arrependeu de ter contado. Conversa demais. Havia muitos lugares dentro dela que Piper não queria que ele alcançasse. Daquele momento em diante, ela iria embora do apartamento dele assim que Cooper vestisse uma roupa.

Ou Wylie Hill tinha mesmo machucado as costas descarregando caixas ou era o homem mais preguiçoso que existia, porque ele não fazia muita coisa que não ficar sentado na varanda. No fim da tarde seguinte, quando Piper não conseguia mais aguentar o tédio, ela deu uma ida rápida ao seu escritório e trabalhou um pouco em seu site. Quando estava se preparando para fechar tudo e voltar para a tocaia, Cooper reapareceu, trazendo uma inundação de testosterona consigo. Ele olhou ao redor, admirando os pôsteres de capas de revistas de detetive.

— Você tem mesmo um escritório.

— Um pouco mais humilde que o seu, mas vai ter que servir até minha suíte luxuosa no Hancock ser inaugurada. — Ela virou para baixo o bloco de notas em que estava escrevendo. — O que o traz aqui?

— Curiosidade em saber como os mortais vivem. — Ele andou até a escrivaninha dela e virou o bloco que Piper estava tentando esconder. — O que é isso?

Ela pretendia guardar o que tinha descoberto para si até conseguir mais informações, mas já não podia fazer isso.

— Eu encontrei, finalmente, seu antigo barman. Ele está trabalhando em um bar em Bridgeport.

— Você não planejava me contar isso?

— Depois que eu falasse com ele. É para isso que você me paga, lembra?

— Certo. — Ele rodeou a escrivaninha até chegar ao peitoril da janela, onde encostou o dedo na terra da orquídea, um presente de Amber. — Quando você vai falar com ele?

— Esta noite. Ele entra às 9 horas. Falo com você pela manhã.

— Não precisa. Eu vou com você. E está regando demais essa orquídea.

— Obrigada pela informação. E você só vai complicar as coisas. Agora vá embora. Eu preciso continuar uma vigilância para um cliente novo. — *E só de respirar o mesmo ar que você, meu cérebro está ficando embotado.*

— Ótimo. Eu vou junto. Vai ser interessante ver como é o lado mais sórdido da sua vida.

—Ficar de tocaia é entediante demais para você.

— Eu aguento.

No começo ele aguentou. Mas, depois de algumas horas, ele começou a ficar agitado e a procurar algo no banco traseiro.

— Tem algo para comer, aqui?

— Acabou.

— O que é isto? — Ele pegou a Comadre rosa dela.

— Concha para sorvete.

— É bem estranha. — Ele começou a tirá-la do saco plástico.

— Deixe isso aí. — Ela não tinha usado a Comadre recentemente, mas ainda assim...

Ele entendeu o que era aquilo, então olhou da Comadre, ainda no saco plástico, para Piper.

— Eu sempre imaginei como as mulheres...

— Agora você sabe. Guarde isso.

Ela tinha estacionado na esquina da rua transversal à da casa decrépita em que Hill morava. Enquanto uma loja de roupa vintage ao lado despejava música texana neles, Cooper abriu o porta-luvas e ficou mexendo nas coisas. Quando se cansou disso, ele cutucou uma peça solta no painel do carro. Ela queria que ele ficasse quieto, para que tentasse se esquecer de que ele estava ali. Como se isso fosse possível.

— Como você sabe que seu sujeito está aí dentro? — ele perguntou.

Ela apontou para o andar de cima.

— Ele já passou algumas vezes por aquela janela.

— Talvez ele não vá mais sair hoje.

— Pode ser.

— E se ele machucou mesmo as costas no emprego? — Cooper perguntou.

— Então merece o dinheiro da indenização.

Um carro rebaixado passou por eles. Cooper pôs o braço no encosto do banco dela e seus dedos tocaram o ombro de Piper.

— Não é sempre que você precisa ser o *viking* mais bravo do navio, sabia?

Ela nunca deveria ter lhe contado do método de educação infantil do Duke. Precisava esclarecer algumas coisas.

— Não sou uma romântica, se é disso que está falando. Eu não sonho com um maridinho e uma casa cheia de mini-Pipers. Eu já tive minha cota de domesticidade tomando conta do meu pai enquanto crescia. — *Junto com a impossibilidade de reclamar, chorar ou admitir inseguranças.*

— É compreensível que seu pai fosse superprotetor, considerando o que aconteceu com sua mãe, mas foi muito errado da parte dele deixar tudo para sua madrasta.

Piper deu de ombros, como se aquilo não fosse importante.

— Como era sua mãe?

— Aventureira. Divertida. Não muito doméstica. Basicamente, o oposto do meu pai. Um pouco parecida com você, só que meiga.

Piper sorriu. A porta da frente da casa foi aberta e dali emergiu um sujeito de aspecto nervoso, com rosto descarnado e cabelo à altura dos ombros. Piper ficou séria.

— É ele.

Wylie sentou na varanda iluminada e acendeu um cigarro. Cooper o observou fumar por algum tempo, depois consultou a hora no celular.

— Isso aqui é a mesma coisa que observar tinta secar, e ainda não são nem 7 horas.

— Você não precisava ter vindo comigo.

— Eu esperava uma perseguição em alta velocidade.

Ela também. Wylie levantou e se alongou. Piper pegou a câmera, ajustou o foco e tirou algumas fotos.

— Isso não prova muita coisa — ele disse.

— O cliente gosta de ver que a gente está trabalhando.

Wylie estava terminando o terceiro cigarro quando pegou o celular e o levou até a orelha, como se tivesse recebido uma ligação. Ele disse algumas palavras, jogou a bituca na sarjeta e saiu para a rua, andando um pouco rápido demais para um sujeito com as costas machucadas. Ele sentou ao volante de um velho Corolla cinza e saiu com o carro. Piper colocou a câmera para fora da janela e tirou mais uma foto enquanto ele se afastava.

— Agora nós vamos ter uma perseguição em alta velocidade? — Cooper perguntou.

— Talvez na próxima.

✶

Piper era boa motorista, alerta e ágil ao volante. Cooper tinha percebido isso durante a viagem para o Canadá. Ela manteve boa distância do Corolla enquanto este seguiu para o norte por alguns quarteirões, virou na Racine e depois na Dezoito. Então Wylie parou o carro em uma rua parcialmente fechada para obras. Cooper conseguiu ver uma loja de bebidas e um lugar que vendia tacos, mas não muito mais que isso. Piper estacionou em um local de carga e descarga, colocou a câmera de lado e pegou o celular.

— Fique aqui — ela disse ao abrir a porta do carro. — Estou falando sério, Cooper. Você chama muita atenção.

Ele odiava quando ela tinha razão. A noite estava agradável e havia gente suficiente na rua para garantir que ele seria reconhecido. Ainda assim, era um bairro perigoso, e ele não gostou de vê-la sair sozinha.

Observou o relógio enquanto Piper desaparecia atrás dos tapumes da construção. Ele já estava com ela há algumas horas, e ainda não tinha lhe contado o que aconteceu mais cedo. Ele precisava contar logo, em vez de ficar adiando, mas conseguia imaginar a reação dela.

Tamborilou os dedos nos joelhos e olhou para a esquina que ela tinha dobrado. Cooper sabia que ela era competente, que sabia tomar conta de si mesma, e provavelmente estava com aquela pistola Glock no bolso da jaqueta. Mas ele se sentiu um covarde, sentado ali enquanto Piper estava lá fora, sozinha.

Mais minutos se passaram até ele não aguentar mais. Ele vasculhou a parte de trás do carro de novo, em busca de um boné ou qualquer coisa que pudesse usar para esconder sua identidade, mas só encontrou um par de óculos de sol roxos. *Dane-se.* Ele saiu do carro.

Nesse momento, ela surgiu na esquina. Ele correu para o carro, mas não conseguiu entrar antes que ela o visse.

— Cãibra na perna — ele alegou quando ela entrou.

Ela revirou os olhos para ele e deu a partida.

— Parece que o problema nas costas do Wylie já melhorou. — Ela entregou o celular para ele.

Cooper foi passando as fotos e viu uma loja de penhor ao lado do lugar de tacos. Wylie estava saindo da loja carregando uma televisão de cerca de trinta polegadas. Mesmo com a iluminação fraca da noite, Piper tinha capturado tudo. O modo como ele equilibrou o peso nos braços, como apoiou o aparelho no para-choque enquanto abria o porta-malas. E, o mais revelador, o modo como ele ajeitou a TV lá dentro sem qualquer esforço.

— O penhorista saiu para segurar a porta para ele — ela disse. — Eu ouvi a conversa dos dois. Wylie tinha dito que queria uma TV nova, e o dono da loja ligou para ele dizendo que o prazo de resgate dessa tinha expirado.

— Caso resolvido.

— Sim. — Ela não pareceu estar muito feliz com isso. — Eu esperava que durasse pelo menos mais alguns dias.

— É o preço que você paga por ser boa no que faz. — Ele colocou o celular dela no console. — Teria sido muito mais interessante se você tivesse que atirar nele.

— É, o trabalho nem sempre é divertido.

Quando chegaram à casa de Wylie, Piper tirou mais algumas fotografias dele descarregando o aparelho de TV. Estava quase na hora de Keith começar seu turno no bar, mas Cooper a fez parar em um Taco Bell, restaurante mexicano, onde ele comeu dois burritos de sete camadas, e ela, meia *gordita* de carne. Mesmo com as janelas abertas, o carro cheirava a *chili*, cominho e desejo.

Piper o avisou desde o início. Disse que, para ela, os homens só serviam para o sexo, mas Cooper não conseguia imaginá-la como uma devoradora de homens, enquanto o encarava com aqueles olhos azuis de mirtilo. Seus próprios escrúpulos sobre transar com uma empregada tinham desaparecido, convenientemente. Piper não era qualquer empregada. Metade do tempo, Cooper sentia que *ele* trabalhava para ela.

Piper limpou um pingo de molho do queixo dele.

— Essa era a ideia que Duke tinha de um jantar elegante. Taco Bell e um refrigerante gigante do 7-Eleven. Você teria gostado dele.

Cooper não tinha tanta certeza disso. Proteger demais uma filha de natureza aventureira, enquanto a humilhava, tinha sido uma falha épica da parte de Duke Dove. Cooper recolocou a embalagem vazia de comida no saco de papel.

— Mas não do gosto dele por times de futebol.

Ela lhe deu um olhar malvado.

— O Bears é o time dos homens; os monstros de Midway. Bem diferente dos seus garotinhos mimados do subúrbio.

— Apesar do nosso número de vitórias.

— As opiniões de Duke não eram apoiadas em fatos.

— Como as suas. Eu juro que se a vir de novo com aquela camiseta do Bears, vou rasgá-la até virar pano de chão.

As palavras pairaram no ar entre eles. Cooper não aguentou nem mais um instante e se debruçou sobre ela, que foi na direção dele. Mas só por um segundo, e então se afastou.

— Não me obrigue a te algemar.

Ela era tão metida. E também teimosa, determinada, divertida e sexy.

Piper tentou convencê-lo a ir para casa, mas Cooper não aceitou e ela acabou cedendo.

— O bar fica na periferia de Bridgeport — ela disse enquanto se dirigiam ao sul pela Halstead. — Ao lado do Bubbly Creek, o riacho borbulhante.

— Riacho borbulhante?

— Não me diga que você mora em Chicago há tanto tempo e nunca tinha ouvido falar nele.

— Eu estive ocupado.

— É o trecho sul do rio Chicago, mas ninguém o chama assim. Cem anos atrás, todos os matadouros da região jogavam o lixo no rio. Eu fiz uma monografia a respeito para o curso de biologia, na faculdade. — Ela fez uma pausa e olhou para ele. — Monografias são as coisas que nós, que realmente frequentamos os cursos, temos que fazer.

— Eu não sabia disso — ele falou com seu melhor sotaque de caubói. — Estava ocupando demais passeando pela cidade com o Corvette vermelho que a universidade comprou para mim.

Ela lhe deu um olhar mortífero, que foi tão fofo que Cooper teria lhe beijado o nariz, se ela fosse outro tipo de mulher.

— Então, riacho borbulhante? — ele disse.

— Os matadouros jogavam as carcaças na água, e também vísceras, sangue, pelos... todas as coisas putrefatas que você puder pensar, e depois jogavam os produtos químicos que sobravam. Após algum tempo, o riacho começou a borbulhar devido à decomposição. Foi assim que ganhou o nome. Às vezes o lodo ficava tão grosso que as pessoas conseguiam andar sobre ele. O governo gastou milhões para limpá-lo, mas ainda pode borbulhar num dia quente.

— A Mãe Natureza leva muito tempo para se acalmar depois que fica furiosa.

— As mulheres são assim. — Ela parou o carro em um estacionamento decrépito ao lado de um prédio baixo com estrutura de alumínio. Um letreiro com o nome Old Style estava pendurado sobre a porta.

— Keith não cresceu na vida — ela disse.

Ele precisava contar logo o que tinha acontecido.

— Antes de entrarmos, é bom você saber... Eu estava cuidando da papelada da boate hoje e, quando saí, vi que tinham cortado meus pneus.

— O *quê?* — Cooper sabia que ela ficaria maluca, e Piper provou que ele estava certo. — Por que você não me contou logo?

Porque ele detestava admitir que ela estava certa quanto àqueles incidentes não serem aleatórios. Pior que isso, ele detestava saber que alguém estava tentando atingi-lo.

— Pode ter sido algo aleatório — ele disse.

— Não comece com isso.

Ela, então, o metralhou com perguntas, como Cooper sabia que faria. Quando aconteceu? Será que alguém viu? Ele tinha visto alguém passando pelo beco?

Ele contou tudo que sabia, que era exatamente nada. Tony e a equipe de limpeza estavam dentro da boate. Ninguém viu nada. Ele não tinha chamado a polícia.

Ela apertou a mandíbula, do modo que costumava fazer.

— Vamos ver o que seu amigo Keith tem a dizer sobre isso.

Um cartaz ao lado da porta de entrada informava: LUGAR PROTEGIDO POR ARMAS CARREGADAS. Ele desconfiou que o cartaz não pretendia ser irônico.

O lugar cheirava à cerveja choca e fumaça de cigarro que pairava ali desde os anos 1980. Um balcão comprido, mesas quadradas, um linóleo amarelado no chão e obras de arte penduradas na parede compunham a decoração, e os Bee Gees cantando "How Deep Is Your Love" no *jukebox* davam o clima da atmosfera questionável.

Nenhum dos vários clientes locais desanimados levantou a cabeça quando eles entraram. Keith estava atrás do balcão, de costas para a porta. Piper sentou em um lugar na outra ponta. Keith se virou e viu os dois. O pano que estava usando parou de repente em sua mão. Piper provou sua familiaridade com bares do tipo espelunca:

— Duas PBRs — ela pediu.

Cooper não tomava uma cerveja daquelas desde os 14 anos, mas aquele não era o tipo de lugar onde se pede uma IPA artesanal.

Keith, definitivamente, precisava de um corte de cabelo. Ele levou as canecas de chope, aproximando-se com os ombros curvados, como fazia quando queria parecer ameaçador. Como fez quando Cooper o demitiu.

— Vocês vieram para rir do cadáver? — Keith colocou as canecas à frente deles com tanta força que a espuma pulou por sobre a borda.

— Você é o culpado de tudo isso, colega. — Cooper ainda não tinha superado a traição do amigo.

— Eu vou comprar este lugar assim que juntar uma grana — Keith disse, beligerante. — Transformar essa pocilga em algo de valor.

— Boa sorte.

Keith passou o pano no balcão.

— Houve um tempo em que você me ajudaria — ele disse.

— Esse tempo ficou para trás.

Keith nunca foi bom em esconder o que sentia, e logo os cantos de sua boca se curvaram. Ele olhou para Piper.

— O que você está fazendo com ela?

— Sou a nova namorada — ela retrucou. — Ele evoluiu muito.

Considerando as mulheres talentosas do passado dele, isso não era exatamente verdade. Mas em certo sentido era. Keith deu um olhar de pouco caso para ela e se voltou para Cooper.

— Você sabe do que eu sinto falta?

— Do quê?

— De quando a gente se reunia só para falar merda. É disso que eu sinto falta.

Cooper deu de ombros.

— Se adianta falar — Keith disse —, a ideia foi da Taylor. Vaca idiota. Ela me largou assim que eu consegui esse emprego.

Cooper deu um gole no chope.

— Você só precisava dizer não para ela.

Keith soltou uma risada amarga.

— É você quem tem caráter, lembra? Eu sou o que sempre faz merda.

Piper colocou sua caneca no balcão.

— Então, Keith, embora você esteja aí, todo arrependido... Semana passada alguém atacou seu ex-amigo, aqui. Sabe alguma coisa a respeito?

— Ela tá falando sério? — ele perguntou para Cooper, parecendo sinceramente chocado.

Cooper concordou.

— E você acha que fui eu? — Keith levantou o ombro esquerdo.

Cooper refletiu um instante.

— Na verdade, não.

— Mas eu sou mais desconfiada — Piper disse. — Eu soube que você tentou socar o Cooper quando ele te mandou embora. Então, isso não parece uma possibilidade tão distante.

O rosto de Keith ficou vermelho de raiva.

— Já fiz muita merda na vida, mas nunca faria isso.

Piper continuou questionando-o sobre onde esteve naquela noite. Trabalhando no bar, ao que parecia. Onde esteve nessa tarde? Dormindo, sem qualquer álibi. Mas Cooper parou de prestar atenção nas respostas. Apesar de tudo que Keith tinha feito, ele não estava por trás das agressões.

Enquanto Piper continuava o interrogatório, Cooper deu um gole no chope e pensou em inimigos ocultos. Ele detestava aquilo. Ele queria seus inimigos onde pudesse vê-los, no campo do adversário.

✶

Cooper não gostava de futebol que não fosse o americano, mas Deidre Joss o convidou para ir ao Toyota Park assistir ao Chicago Fire contra D.C. United, e ele não podia recusar o convite dela. Ele gostava de tudo a respeito de Deidre, de sua personalidade a sua reputação. Só não gostava do quanto estava demorando para embarcar no projeto dele.

Ele observou Piper, do outro lado do camarote executivo do estádio. Ela estava ao mesmo tempo fofa e sexy em um suéter laranja folgado e calça jeans justas. O previsível cabelo escuro desgrenhado não funcionaria em outra mulher, mas combinava perfeitamente com ela. Piper era a mulher menos carente com quem tinha se envolvido, e o relacionamento deles estava funcionando melhor do que esperava.

Ele a convidou para acompanhá-lo assim que voltaram da acareação com Keith, na noite anterior. Ela começou recusando, como era de se esperar; afinal, os dois não estavam namorando e aquilo parecia um encontro. Mas logo mudou de ideia e aceitou. Ele sabia o porquê. Piper queria ficar de olho nele, o que era enlouquecedor e ao mesmo tempo desnecessário. Cooper quase retirou o convite, mas não o fez. Ele respeitava a perseverança, ainda que mal direcionada.

Quando ele foi buscá-la para irem ao jogo, ela soltou a bomba: uma enxurrada de reclamações sobre a Spiral tinha surgido na internet. As reclamações iam de grosseria dos funcionários a copos sujos e música ruim. Nada disso era verdade. Os comentários pareciam ter sido plantados e ela já tinha começado o processo para tentar removê-los, mas avisou que isso demoraria algum tempo.

Cooper ficou furioso e não se acalmou nem mesmo quando Piper o lembrou de que tinha anos de experiência lidando com problemas desse tipo. Mas ela não entendia. Não podia entender. Ele tinha uma nova vida, e fracasso não era uma opção.

Deidre se afastou do grupo com que estava conversando e o encarou. Cooper só esperava que ela não soubesse dos comentários negativos. Forçando um sorriso, ele se aproximou dela.

✶

Piper observava o campo de futebol pelas janelas panorâmicas do camarote de Deidre Joss, mas a ação no campo estava em segundo plano, abaixo do quebra-cabeças que seu cérebro não conseguia montar. Ela não entendia. O assalto, o *drone* e os pneus cortados eram atos físicos. Mas a sabotagem na internet e a falsa denúncia para o Serviço de Imigração pareciam atos muito bem planejados. Como tudo isso se encaixava?

Atrás dela, Deidre riu de algo que Cooper disse. Os dois pareciam combinar muito bem. Deidre era alta e tinha a pose de uma bailarina. E Cooper, ereto e confiante. Uma dupla de pessoas lindas de sucesso, totalmente à vontade com os luxos que o trabalho duro tinha lhes proporcionado.

Era óbvio que Deidre estava encantada com Cooper, mas ela não estava forçando a situação.

— Está gostando do jogo? — Noah Parks perguntou ao se aproximar dela.

Piper viu que ele cuidou de Deidre a tarde toda. Ele não a sufocava, mas se Deidre precisava de um drinque, ele aparecia. Se ela parecia se cansar de uma conversa, ele intervinha e a tirava de lá. Piper precisava de um Noah em sua vida.

— Não é como assistir ao Bears. Mas, sim, estou gostando — ela respondeu. No campo, o goleiro do Fire fez uma defesa difícil. — Este lugar é muito bom.

— Deidre também tem um camarote no Soldier Field e outro no Midwest Sports Complex.

Onde o Stars jogava.

— Camarotes nunca são demais para uma garota.

Noah riu.

— Ela usa os camarotes para entreter os parceiros de negócios. — Ele olhou para o campo lá embaixo. — É interessante que você tenha se tornado parte do círculo íntimo de Cooper, considerando o modo como se conheceram.

Ele estava tentando obter alguma informação, mas ela não lhe daria nenhuma.

— Ele está entediado e eu sou uma novidade.

O Fire marcou o primeiro gol e ela pediu licença para pegar um cachorro-quente no bufê. Todos no camarote queriam falar com Cooper, e ele só conseguiu chegar perto dela no segundo tempo.

— Eu acabei de descobrir que Deidre Joss é a pessoa que contratou você para me seguir.

Piper se endireitou.

— Por que você acha isso?

— Porque ela me disse.

— *Sério?* — ela exclamou, alto demais, e algumas pessoas no camarote se voltaram para olhar, mas Piper estava furiosa. Depois de fazê-la jurar segredo e quase destruir a carreira dela com isso, Deidre Joss simplesmente soltou a informação para o Sr. Olhos Dourados?

Por isso, foi bom quando o celular dela começou a vibrar e a distraiu. Ela o tirou do bolso da calça e olhou para a tela. Por que Tony estava ligando?

— Cooper desligou o telefone dele de novo — Tony explicou quando Piper atendeu. — Ele está com você?

— Está. Quer falar com ele?

— Não. Só diga que apareceu um problemão e que ele precisava vir pra cá agora mesmo.

✶

A cozinha estava infestada de baratas. Cooper nunca tinha visto tantas. Centenas delas fugiram da luz que ele acendeu. Elas se espalhavam pelo chão, pelos balcões e até pelo fogão. Pálido, Tony ficou parado no corredor, antes da porta dos fundos.

— A empresa de dedetização está a caminho. Nós vamos ter que fechar por uma semana, pelo menos.

A Mulher Maravilha deu uma olhada naquele pandemônio de insetos e também saiu para o corredor.

— Vou cair fora. — Ela se voltou para Cooper. — Se um desses bichos aparecer no meu apartamento, você é um homem morto.

✶

Cooper irrompeu no apartamento dela algumas horas depois. Ela estava sentada no sofá, curvada sobre o notebook. A dedetização estava em andamento lá embaixo, mas Tony estava certo. Eles ficariam fechados por uma semana. Exatamente sete dias, o que era tempo demais.

— Espero que você tenha sacudido as roupas antes de entrar aqui — ela disse.

— Você é uma ótima guarda-costas — Cooper resmungou, atravessando a sala.

— Não sou sua guarda-costas, lembra? E estou fazendo o que deveria fazer.

— Se esconder de insetos?

Ela estremeceu.

— Não me orgulho disso.

Lá estava de novo: a recusa de se defender de qualquer coisa que ela entendesse ser uma fraqueza pessoal.

— Eu estava pesquisando — ela disse, enquanto ele andava de um lado para outro. — Dá para comprar baratas pela internet. Centenas. Sabia que as cabeças cortadas desses bichinhos podem sobreviver, se refrigeradas? Só por algumas horas, mas ainda assim...

— Eu não sabia. E não queria ter ficado sabendo.

— Vou começar a procurar os fornecedores amanhã, mas descobrir quem fez o pedido vai ser muito complicado. Até a Amazon americana vende.

Mas ele não estava pensando na Amazon, nem ela.

— Com Keith descartado — ela continuou —, nós dois sabemos quem é o próximo suspeito mais provável.

Cooper não perguntou o que ela queria dizer com isso. Ele sabia.

Piper fechou o notebook, refletiu por um instante e então esfregou os olhos.

— Ele está em Miami.

16

South Beach é uma festa interminável sob as palmeiras, *rock* latino, edifícios *art déco* multicoloridos e mulheres de cabelos longos e belos corpos desfilando pela Ocean Drive, com brincos de argola do tamanho de pulseiras e fios dentais aparecendo por baixo de shorts brancos apertados. Ela e Cooper chegaram na tarde seguinte ao Hotel Setai, um lugar na avenida Collins que atendia os muito ricos, onde Cooper reservou uma suíte cuja diária poderia comprar um conjunto de pneus e um notebook novo para Piper.

Três dias antes, o Príncipe Aamuzhir tinha saído de Londres para Miami, onde se encontrava seu iate de 150 metros. Piper queria falar com ele sozinha, mas Cooper vetou essa ideia com veemência, lembrando-a de que ela não conseguiria chegar a Aamuzhir sem ele. Piper tentou dissuadi-lo, mas ele não era homem de se esconder de seus inimigos, e ela não teve como convencê-lo.

Cooper não teve dificuldade em conseguir um convite para o iate, e exatamente um mês depois que pegou Piper o espionando na boate, ele estava de volta à sua velha cidade. Todo mundo, dos carregadores no aeroporto aos vendedores de empanadas nos *food trucks*, saudou-o como um herói que retornava à pátria. Piper fez o possível para passar despercebida, mas ficou desiludida consigo mesma, porque uma parte dela queria contar para o mundo que era amante dele.

Cooper foi treinar na academia do hotel e Piper ficou admirando a vista do mar através da imensa parede de janelas no quarto, enquanto trocava a roupa usada no avião por uma das que tinha comprado às pressas antes da viagem. Eles iriam jantar com alguns dos antigos colegas de time de Cooper, um compromisso do qual ela tentou escapar.

— Só vou fingir que sou sua namorada quando estivermos no iate, amanhã — ela o lembrou. — Hoje à noite você vai estar com seus antigos companheiros de time, não precisa de uma namorada de mentirinha.

Por algum motivo, isso o irritou.

— Você é um pouco mais que "de mentirinha". Nós estamos transando.

— Um pequeno detalhe.

— Você vai comigo — ele retrucou.

Piper estava saindo do banheiro luxuoso da suíte quando Cooper voltava da academia. A culpa que a perseguia voltou a incomodá-la. Se ela não o tivesse convencido a ajudar Faiza a fugir, ele não estaria nessa situação.

Cooper parou assim que entrou no quarto e a encarou.

— Onde diabos você arrumou isso?

Piper olhou para o minivestido que estava usando, um modelo evasê em rosa-choque.

— O que tem de errado com ele? — As alças nas costas não estavam soltas e as pulseiras prateadas estavam no lugar certo, em torno dos pulsos. Piper tinha passado maquiagem e trocado os tênis da viagem por sandálias de salto. Ela tinha até mesmo usado o resto de um creme fixador velho no cabelo. E daí que ela comprou o vestido na H&M, em vez de naquelas butiques ridiculamente caras que ele conhecia?

— Não tem nada de errado com ele — Cooper disse, dando uma volta ao redor dela. — Mas o mundo vai acabar. Você está feminina!

Ele estava muito tranquilo para um homem disposto a colocar a vida em risco ao se encontrar com um príncipe poderoso que poderia estar nutrindo um grande ressentimento, mas toda vez que ela tentava se desculpar por colocá-lo naquela situação, Cooper ficava mais irritado, então ela decidiu entrar no jogo:

— Mais do que qualquer um, *você* deveria saber que sou muito feminina.

— Não quando está vestida. Pelo menos não a maior parte do tempo.

— Eu sei me arrumar — ela disse após refletir sobre o comentário dele —, assim como sei cozinhar. Só que prefiro não fazer nenhuma dessas coisas.

— Graças a Duke Dove.

— O que você quer dizer com isso?

— Só por curiosidade, alguma vez ele disse que você é bonita?

— Por que ele faria isso? — Ela não gostou do modo como Cooper a estudava, como se visse algo que ela não estava vendo. — Eu tenho que, pelo menos, tentar parecer ser uma das suas possíveis namoradas. É difícil, eu sei, mas...

— Não é tão difícil.

A conversa estava deixando Piper agitada.

— Estas são roupas de trabalho e vou pedir reembolso de tudo, então elas serão suas quando o trabalho terminar. A não ser as sandálias e as pulseiras, que ganhei de um ex-namorado que não me conhecia muito bem.

— Isso é óbvio. — Ele fungou, como se tivesse sentido um cheiro detestável. — Você está usando perfume?

— Amostra de revista.

— Deixe a amostra entre as páginas. Seu cheiro é ótimo sem isso.

E o dele também, mesmo depois do treino. Suor masculino em um corpo limpo. Ela quis arrancar aquela camiseta suada do corpo dele e arrastá-lo para o quarto.

Ele pareceu pensativo.

— Se esse vestido é meu, isso significa que eu posso rasgá-lo a hora que eu quiser, certo?

— Acho que sim, mas eu gostaria que você esperasse até o trabalho terminar.

— Isso vai ser difícil — ele disse.

Ela baixou os olhos.

— Eu sei...

Ele sorriu, mas a culpa que ela carregava abafou a sensação boa. Ela deveria ter encontrado um modo de ajudar Faiza sem ter que envolvê-lo.

— Pare com isso, Piper. — A irritação dele voltou. — Você não me obrigou a fazer nada que eu não estivesse disposto a fazer.

— Eu sei disso — ela concordou, com veemência demais.

Cooper arqueou a sobrancelha para ela, lendo sua mente de um modo que ninguém mais conseguia fazer. Piper mostrou o celular dele.

— Um dos assistentes do príncipe ligou enquanto você estava na academia. Queria combinar a hora que a lancha viria nos pegar para levar até o iate, amanhã.

Ele tirou a camiseta.

— De jeito nenhum. Não vou deixar que aquele babaca controle quando nós vamos chegar ou sair do barco dele.

— Isso mesmo. Eu já contratei nossa própria lancha.

— É claro que sim. — Ele a levantou, de modo que as pontas das sandálias dela ficaram sobre os tênis dele. O beijo longo e profundo destruiu a maior parte da maquiagem de Piper, e o vestido rosa-choque logo formou uma pilha no chão. Cooper queria levá-la para o chuveiro, mas ela o arrastou para o quarto.

Eles fizeram amor – não, amor não. E, embora ela não fosse avessa a usar a palavra "F" no momento certo, também não foi isso que eles fizeram. De fato, eles... fizeram sexo – muito sexo – em uma cama com uma vista tão panorâmica do oceano que transformava o quarto em um ninho sobre o mar. Ela queria continuar nua pelo resto da noite. Ele também, ao que parecia, porque Piper teve que chutá-lo para fora da cama.

Se os colegas dele ficaram surpresos por ver Cooper com uma mulher que nunca tinha aparecido no canal das celebridades, não demonstraram. Ele a apresentou como uma detetive que conheceu quando a contratou para investigar a conduta de funcionários.

O grupo era divertido. Piper ficava à vontade com homens como aqueles, e as mulheres, que estavam curiosas a seu respeito, se esforçaram para incluí-la na conversa. Como eram quase todas mães, a conversa girou em torno dos filhos, mas Piper gostou de ver as fotos fofas nos celulares. Ao mesmo tempo, ela se sentiu mais do que grata por não ter fotos para mostrar. Quando o instinto maternal foi distribuído, ela estava bebendo no bar.

Cooper a tocava com frequência, colocando o braço em seus ombros, tocando sua orelha, e ela estava gostando demais disso. O que a fez pensar... quando o caso deles terminasse, manter a amizade entre os dois seria algo muito impossível? Talvez eles pudessem se encontrar em um restaurante mexicano ou em um jogo dos Blackhawks. Piper sabia que sentiria falta do melhor sexo que já tinha feito, mas e se a amizade fizesse ainda mais falta?

Era deprimente demais pensar nisso.

✶

A lancha que ela alugou os pegou na tarde do dia seguinte e os levou até o iate do príncipe. Com quatro conveses, um heliporto e um casco preto que parecia o capacete do Darth Vader, aquela era uma fortaleza transoceânica. Quanto mais eles se aproximavam, mais nervosa Piper ficava. Cooper, contudo, estava concentrado e determinado.

— Eu não perderia isso por nada desse mundo — ele disse.

Um comissário de bordo, que se apresentou como Malik, recebeu-os com café aromatizado com cardamomo e tâmaras.

— Deixe-me levá-los ao seu quarto. Vocês podem vestir seus trajes de banho lá, se quiserem. Sua Alteza chegará em breve.

A caminho do quarto no segundo convés, Malik apontou a direção da piscina, do cinema e da academia, onde, ele lhes garantiu, os convidados encontrariam conjuntos completos de roupas e tênis de treino. Quando passaram pelo salão principal, ele mostrou a escadaria que levava à suíte particular do príncipe, no convés mais alto, e também mencionou as saunas, o salão de cabeleireiro e a sala de massagem.

O quarto deles tinha janelas panorâmicas para o mar e era dourado o suficiente para parecer uma catedral.

— Nem você é rico o bastante para comprar um destes barquinhos — Piper disse, sem disfarçar a satisfação. E então: — Ou é?

— É difícil dizer. — Ele olhou ao redor, parecendo não gostar do que via. — Isto deve ser divertido por alguns dias, mas eu gosto de sentir terra debaixo dos meus pés.

— E sujeira saindo da boca.

A brincadeira no quarto do hotel tinha incluído um festival delicioso de obscenidades eróticas. Cooper passou o dorso da mão sobre o seio dela.

Depois que vestiu o maiô, ela amarrou um lenço com estampa de zebra – que pegou em sua bolsa de disfarces – ao redor da cintura. O olhar dele foi de tudo que ela não tinha coberto até a bolsa amarela da qual Piper não desgrudava.

— O que você tem aí? — ele perguntou, desconfiado.

— A última edição da *Vogue* e um curvex. O que você acha?

— Eu *acho* — ele respondeu, com o olhar tenso — que é melhor você manter a calma.

— Preocupe-se consigo mesmo.

— Se fosse tão simples — ele murmurou.

Eles desceram para o convés da piscina. Meia-dúzia de dosséis em forma de velas protegiam do sol as espreguiçadeiras acolchoadas e os sofás brancos. Sobre as mesas havia pratos de frutas tropicais, queijos, pães sírios, nozes torradas e molhos exóticos. O bar, por sua vez, exibia todas as variedades de bebidas proibidas no Reino. Malik apareceu para perguntar o que eles gostariam de beber. Cooper pediu uma cerveja, mas Piper escolheu chá gelado.

Cooper estava revoltante em sua bermuda verde-escuro, que transformava seus olhos em dobrões de piratas. Enquanto se dirigia à piscina, ele tirou a camiseta, revelando o peito que ela adorava, não só pelos músculos impressionantes, mas também por causa dos pelos – em quantidade suficiente apenas para que ele parecesse um homem de verdade, não um modelo besuntado de revista.

Ela o observou com admiração quando Cooper deu um mergulho gracioso do trampolim. O maiô preto dela era, tecnicamente, uma peça só, mas com dois recortes diagonais – um deles era um grande V de lado, debaixo do top tomara-que-caia, e o outro sobre a parte de baixo. Piper achou que o modelo não era confiável o bastante para arriscar um mergulho. Ela teria preferido algo mais funcional, mas não conseguiu imaginar uma das namoradas de Cooper se preocupando com praticidade, e ela estava se passando por uma. Uma das namoradas de Cooper.

Piper sentiu um mal-estar na boca do estômago. Ser uma namorada implicava um relacionamento com algum tipo de potencial. Mas não era isso que eles tinham. Ela era a parceira sexual dele, sua investigadora, sua guarda-costas, quisesse ele reconhecer isso ou não. Uma namorada de mentirinha.

Cooper se içou para o convés da piscina e gotículas de água escorreram por todos aqueles músculos rígidos. Ela quis lambê-lo, mas, em vez disso, colocou os óculos de sol no alto da cabeça e fez um bico.

— Seu mergulho foi, no máximo, nota 6,3.

— Quero ver você fazer melhor.

Era assim entre eles. Desafios e competição. Nenhum dos dois disposto a ceder um centímetro.

Um helicóptero troou acima deles. Logo um Airbus todo preto pousou no heliporto na proa. O príncipe se juntou a eles meia hora depois, acompanhado de três jovens – jovens demais – lindas que usavam os mais minúsculos biquínis fio-dental. As meninas-moças se retiraram para os sofás do outro lado da piscina, sem falar com o príncipe nem uma com a outra.

Piper já tinha visto fotografias do príncipe, mas o cabelo pintado de preto e o bigode esquisito o tornavam ainda menos atraente ao vivo. Um brasão dourado espalhafatoso decorava o bolso de sua camisa branca. A bermuda azul-marinho revelava perninhas de frango. A cinco metros de distância era possível sentir a pungência excessiva do perfume que ele usava.

O príncipe cumprimentou Cooper com entusiasmo, o que podia significar que ele ainda não tinha descoberto que o anel era falso ou que era um bom ator. Cooper lhe deu um tapa nas costas um pouco forte demais, mas compensou com um sorriso rústico e um sotaque arrastado do Oklahoma.

— É bom demais ver você de novo, Alteza. Seu barquinho é bem legal.

O príncipe olhou para ele através de seus óculos esquisitos – escuros na metade superior, mas claros na inferior.

— Como você pode ver, já não é novo.

— Para mim ainda está muito bom.

— Você não conseguiu trazer seus amigos? — perguntou o príncipe.

— Não deu. O Robillard acabou de ganhar mais um bebê e o Tucker foi fazer alguma bobagem com a mulher. — O tom de deboche sugeria que Cooper sentia repulsa por qualquer homem que punha a necessidade de uma mulher à frente da sua própria.

— Imperdoável. — E então o príncipe riu. — Diga-me, meu amigo, você gostou daquele presentinho que eu lhe dei? Ela foi doce como você esperava?

Cooper precisou de um momento para entender do que ele estava falando, e então projetou o maxilar de um modo ameaçador. Piper entrou em ação antes que ele explodisse.

— Sua Alteza — ela começou. — É uma honra tão grande conhecê-lo. — Ela levantou uma ponta do lenço zebrado, fazendo uma reverência estropiada que, com toda certeza, teria divertido Cooper se ele não estivesse tão nervoso.

O príncipe se dirigiu a Piper com um grau de arrogância que deixava claro que ele lhe fazia um grande favor só de falar com ela.

— Madame. Espero que esteja confortável no meu barco.

— Ah, sim. Ele é super-mega-demais.

O príncipe voltou a atenção para Cooper, esquecendo que ela existia.

— Amigo, sente-se comigo. Nossa última visita foi muito curta. Você lembra do jogo contra os Titans, aquele em que se atrapalhou no 34? Eu estava assistindo à gravação e ficou claro, para mim, qual foi seu erro.

Piper teve vontade de arrancar a cabeça do príncipe, mas como seu amante já tinha conseguido se controlar, ela foi se juntar às moçoilas.

Elas eram só pernas e peitos, graciosas e perfeitas, mesmo sem a maquiagem pesada, a correntinha ao redor da barriga e a manicure tão complicada que deixava as mãos das garotas tão inúteis quanto os pés das mulheres aristocratas na China antiga. Elas não pareciam interessadas em conversar uma com a outra, mas responderam às tentativas de Piper de puxar assunto.

Duas eram de Miami e a terceira era porto-riquenha. Uma tinha acabado de se formar no Ensino Médio, outra fazia supletivo e a terceira tinha desistido da faculdade no primeiro ano. Elas não se conheciam até três dias antes, quando um dos assistentes do príncipe as viu na praia e as convidou para serem "convidadas" de Sua Alteza durante aquela semana, prometendo mil dólares para cada uma pelo tempo investido. As três lançaram olhares de cobiça para Cooper. Piper podia sentir que elas estavam curiosas para saber como alguém que não era perfeita nem graciosa tinha conseguido atrair aquele homem.

— Nós dois gostamos de esportes — Piper disse, como se isso explicasse tudo.

— Eu gosto de esportes — a garota chamada Cierra disse, melancólica.

— Eu achei que seria legal ficar com um príncipe de verdade — disse a bela porto-riquenha. — Mas é um porre.

— Ele não consegue ficar duro sem pornô — sussurrou a recém-formada no Ensino Médio, a única morena das três.

Piper não queria ouvir os detalhes da horrenda vida sexual do príncipe, e decidiu pescar informações.

— O Cooper parece gostar dele — ela mentiu. — Ele até deu o anel do Super Bowl para o príncipe.

— A gente sabe. — A recém-formada revirou os olhos. — Ele só fala disso.

— Mesmo? — Piper perguntou. Isso significava que ele ainda não tinha descoberto que era falso? Piper fingiu ajustar os óculos de sol. — Ele não está usando. Deve ser muito pesado.

A garota deu de ombros.

— Ele tem mãos pequenas — Cierra disse.

— Tem *tudo* pequeno — disse a outra loira.

Elas riram, com a sabedoria mundana das cortesãs mais experientes.

— Noite passada, ele colocou o anel no meu dedão do pé — Cierra anunciou.

— Aposto que ficou melhor em você do que no dedinho fino dele — disse a morena.

— Ele me contou que vai mandar ajustar o anel — Cierra bocejou. — Como se eu ligasse.

Piper fingiu ajustar as alças do maiô. Então, o príncipe não sabia que o anel era falso. Mas o joalheiro perceberia assim que o visse e, com certeza, passaria essa informação para Sua Alteza.

As garotas ficaram em silêncio de novo e Piper tentou organizar os pensamentos. Se o príncipe acreditava que o anel era genuíno, ele não podia ser a pessoa que estava ameaçando Cooper. Mas o anel falso continuava sendo uma bomba-relógio. Cooper deveria ter subornado o cara de outro modo, mas não. Cooper se imaginava invencível.

Piper levantou da espreguiçadeira. Enrolando o sarongue improvisado ao redor da cintura, ela se aproximou dos homens e ficou feliz de interromper a palestra do príncipe sobre como os *quarterbacks* telegrafam a jogada ao olhar fixamente para o recebedor do passe, um erro que Cooper, sem dúvida, deve ter corrigido antes ainda de terminar o Ensino Médio.

Cooper estava com sua cara de paisagem, fazendo o maior esforço para mantê-la. Ela tocou no ombro dele.

— Vou aproveitar a academia. Te vejo mais tarde.

Ele olhou desconfiado para Piper, mas com o almoço sendo servido à sua frente, ele não podia pedir licença para acompanhá-la.

Assim que sumiu de vista, ela passou reto pela academia e subiu a escada. No alto, deu de encontro com um tripulante uniformizado. Ela sorriu, como mais uma convidada querendo conhecer o barco.

— Eu não acredito que você tem a oportunidade de trabalhar aqui. Tudo é tão lindo.

— Sim, madame.

— Existe mesmo uma boate aqui dentro? É tão incrível. Eu gostaria de ver.

— No terceiro convés. Vou lhe mostrar o elevador.

— Ah, não. Eu consigo encontrar. Quero ver o salão primeiro. Quem sabe quando vou ter outra chance de visitar um iate como este?

— Como quiser. — Ele fez um gesto na direção da popa.

No salão principal, outro tripulante passava o aspirador de pó no maior tapete persa que Piper já tinha visto, acabando com qualquer chance de Piper se esgueirar pela escada principal até os aposentos particulares do príncipe, no convés mais alto. O homem desligou o aspirador e a cumprimentou com a cabeça, educado. Piper balbuciou algo sobre como o barco era fantástico, especulou quanto devia ter custado e, enfim, foi até o elevador. Não havia botão para o convés mais alto, então ela apertou o terceiro.

A porta se abriu em uma sala triangular com uma pista de dança pequena, uma bola de discoteca e vistas do oceano. Uma porta de um dos lados do bar a levou até um corredor comprido, onde ela descobriu uma porta de serviço que dava acesso aos aposentos da tripulação.

Assim que pôs o pé no primeiro degrau, Piper ouviu alguém pisar na escada, lá embaixo. Ela se apressou a subir, movendo-se o mais silenciosamente que conseguiu, e chegou a um corredor de serviço, por sorte vazio, no quarto convés.

Uma porta, no final, dava acesso a uma cozinha pequena, que ela atravessou, chegando a uma sala de jantar. Depois desta, Piper avistou uma sala dominada por uma TV de tela gigante. Ela ouviu vozes no corredor e entrou na porta mais próxima, descobrindo, enfim, o quarto do príncipe.

A decoração era tão excessiva que chegava a ser cômica, mas o espelho no teto sobre a cama acabou com a graça dela. As vozes estavam cada vez mais próximas, falando uma língua que ela não entendia. Piper se lançou para o que ela esperava ser um armário. Este era pouco mais que um nicho pouco profundo com prateleiras de sapatos. Ela se apertou entre as prateleiras e a porta. A escuridão era densa e claustrofóbica, com cheiro de almíscar, couro e algo doce demais.

As vozes chegaram ao quarto. As bordas das prateleiras machucavam a coluna dela. Se aquelas pessoas abrissem a porta do armário de sapatos veriam Piper de imediato e, se isso acontecesse, ela podia muito bem terminar morta no oceano.

Cooper ficaria muito mais que furioso.

✶

Cooper dispensou com um gesto o charuto que Aamuzhir lhe ofereceu. Onde diabos estava Piper? Não na academia, com toda certeza. Os treinos dela consistiam de algumas flexões desanimadas e poucas voltas no quarteirão.

Aquela viagem tinha sido uma perda de tempo colossal! Aamuzhir até mesmo se gabou do ótimo negócio que tinha feito, trocando uma criada insignificante pelo anel do campeonato. Apesar de qualquer outra coisa obscena que o príncipe pudesse ter feito, não era ele quem estava atrás de Cooper.

O príncipe pegou um charuto de uma caixa cravejada de pedras preciosas sobre a mesa e o apontou diretamente para as três mulheres junto à piscina, como se fossem objetos inanimados.

— Fique à vontade para se divertir com elas, meu amigo. Elas não são tão novas como você gosta, mas são muito flexíveis.

Cooper teve que se acalmar. Aquelas garotas mal pareciam ter 18 anos. Por mais satisfatório que fosse dar uma surra naquele degenerado, contudo, Cooper precisava tirá-lo da sua vida para sempre, ou Piper nunca iria parar de atormentá-lo por causa daquele anel.

— Receio que meus dias de cachorrão acabaram — ele disse. — Em breve serei um homem casado.

— Vocês, americanos — Aamuzhir disse, achando muita graça. — Tão provincianos.

— Você fala como meu amigo Pete. Nada faz aquele sujeito sossegar. Aliás, ele acha que ninguém deveria sossegar.

— Essa não é uma opção para a maioria de nós — o príncipe disse, por trás de uma coluna fina de fumaça do charuto.

Cooper sentiu pena das esposas de Aamuzhir.

— É mesmo.... O Pete é uma figura. Acho que dá para dizer que, tecnicamente, ele é um mercenário.

— Mercenário? — A palavra atraiu a atenção do príncipe.

— Ele lutou na África, no Oriente Médio... Quem sabe onde mais? Ele tem um talento nato para explosivos. Quanto maior o alvo, melhor. — Cooper se aproximou do príncipe. — Sabia que uma vez ele explodiu um barco deste tamanho, bem no Golfo de Áden? — Cooper forçou uma risada. — Esse é o tipo de cara que é um bom amigo para se ter a seu lado. Se um dia alguém tentar me ferrar, o Pete acaba com o cara antes que eu me dê conta. Ele é maluco, mas quem não adora esse tipo de lealdade?

Enquanto Aamuzhir prestava atenção, Cooper continuou exaltando as habilidades destrutivas de Pete, seu amigo imaginário, bem como sua lealdade pessoal. Aamuzhir não era dado a sutilezas, então Cooper foi bem explícito, querendo garantir que Sua Alteza lembrasse dessa conversa se um dia descobrisse que Cooper tinha lhe entregado um anel falso. Quando Cooper sentiu que o recado estava dado, afastou a cadeira para se levantar.

— Agora, se me dá licença, vou ver se minha noiva não se perdeu.

O príncipe não gostou de perder a atenção de Cooper, mas este sentiu que tinha terminado sua missão e não ligou. Ele acenou para as mulheres nas espreguiçadeiras que o observavam. E então Piper apareceu, com o rosto vermelho e a respiração mais rápida que o normal. Ele não gostou disso.

— Aí está você, querida! — Ele pegou o celular e enviou uma mensagem rápida para o dono da lancha. — Eu sei que você está se divertindo, mas nós precisamos voltar.

— Precisamos? — O modo como ela falou, choramingando, deixou claro para ele que Piper também estava pronta para cair fora daquele barco de imbecis.

— Nós temos uma reunião com o assessor do nosso casamento, lembra? — ele disse.

A não ser por um leve brilho nos olhos, Piper não mostrou surpresa.

— Por mim eu me casava amanhã mesmo, em Vegas — ela replicou. — Mas você quer pombos cor-de-rosa e floristas.

Cooper não conseguiu conter o sorriso. Ele tinha tido contato suficiente com Aamuzhir para toda uma vida, e então a arrastou para a piscina, onde pretendia ficar até a lancha chegar.

✶

Eles não conseguiram conversar em particular na lancha, e assim que chegaram ao hotel, Piper tentou escapar.

— Eu preciso fazer exercício. Vou caminhar na praia. Vejo você mais tarde! — Ela se afastou dele, o vestido esvoaçando ao redor das pernas.

Ele a segurou pelo braço antes que ela conseguisse chegar à calçada.

— Caminhar parece uma boa ideia. Eu vou com você.

— Não precisa! — ela disse, animada. — Por que não liga para algum dos seus amigos?

— Por que eu não deixo de ligar para eles?

— Ótimo. Eu não estava mesmo com vontade de andar.

— Excelente. Porque você não vai a lugar algum. — Ele a conduziu até o hotel, mas no caminho até os elevadores, Cooper mudou de direção. Ele sabia que, quando chegassem perto da cama, Piper o faria esquecer que eles precisavam conversar, então ele procurou um lugar para sentar.

✶

O pátio de inspiração asiática do Hotel Setai era um oásis luxuoso, recendendo a capim-limão, com sofás baixos que pareciam flutuar na água rasa do espelho d'água central. A não ser pelas palmeiras podadas e pela laranja solitária no centro de cada mesa de canto, o espaço era uma composição de todos os tons de cinza, do carvão à pérola. Os únicos sons vinham do murmúrio de vozes distantes e do fluxo calmante de água corrente. Mas nem mesmo toda a paz daquele ambiente conseguia convencer Piper de que a conversa transcorreria bem.

Cooper se sentou ao lado dela no sofá.

— Considerando como essa viagem foi inútil, não entendo o que você está tentando evitar, então ponha para fora. O que é que você não quer me contar?

— Não foi tão inútil assim — ela respondeu com cuidado. — Nós eliminamos mais um suspeito. Como o príncipe continua se exibindo com seu anel, ele não tem motivo para atacar você.

— Ainda assim, você desapareceu no iate.

— Eu queria dar uma olhada.

— Dar uma olhada em quê?

Ela tinha feito o que precisava fazer, mas ele não entenderia assim, e isso estava fazendo Piper ficar apreensiva.

— No quarto de Aamuzhir — ela respondeu. — O lugar me deu arrepios.

— Você esteve no quarto dele? — Cooper ficou tenso. — Onde qualquer um poderia ter surpreendido você?

Ela deu de ombros. Quando conseguiu, enfim, sair daquela sapateira claustrofóbica, Piper estava com marcas das prateleiras nas costas. Felizmente ela encontrou o que estava procurando antes que os membros da tripulação voltassem.

— Ele tem coisas repulsivas naquele quarto.

— Pare de enrolar.

Ela enfiou a mão dentro da bolsa para pegar o lenço com estampa de zebra que tinha usado como sarongue. Cooper observou enquanto ela desdobrava o lenço com muito cuidado. Dentro dele estava o anel falso.

Ele se endireitou no sofá.

— O que você está fazendo com isso?

O pátio já não estava mais tranquilo, mas ela procurou se lembrar que tinha feito o que era melhor para Cooper.

— Uma das namoradas do príncipe me disse que ele iria mandar ajustar o anel para caber no dedo. Qualquer joalheiro perceberia, no instante em que visse a peça, que não é a original, e contaria para o príncipe. Então eu o peguei. Aamuzhir pode ser um canalha, mas ele é um canalha com recursos ilimitados. Você não podia ficar com essa ameaça sobre a sua cabeça pelo resto da vida.

Cooper a encarava como se Piper tivesse vindo de outro planeta.

— Você roubou o anel?!

— Eu tive que roubar!

Ele pareceu mais horrorizado do que bravo.

— Você entende que se ele não desconfiar de você, vai culpar uma daquelas garotas ou alguém da tripulação? Você tem alguma ideia do que o príncipe poderia fazer com essas pessoas?

— Ele não vai fazer nada.

— Você não pode afirmar isso.

— Eu meio que posso. — Ela se obrigou a encará-lo. — Eu... deixei um substituto.

— Não estou entendendo.

— O verdadeiro — ela disse de uma vez só.

Ele inclinou a cabeça para o lado.

— Não tem como. O verdadeiro está no cofre do meu quarto.

Ela não disse nada. Só ficou esperando que ele entendesse.

— Piper... — A voz dele veio como um tsunami lento, crescendo na direção da praia.

— Eu precisava acabar com isso. Ele tinha que ser neutralizado.

— Então você...

Ela inspirou fundo.

— Eu roubei o falso e coloquei o verdadeiro no lugar.

O tsunami arrebentou na praia.

— Você arrombou meu cofre!!! — ele exclamou.

— Tecnicamente, não. — Duke tinha apresentado a filha ao mundo das trancas e fechaduras. O modo como engrenagens, armelas e palhetas funcionavam. Ela comemorou o aniversário de 15 anos arrombando o cofre do pai, mas para abrir o de Cooper só foi necessário um pouco de tentativa e erro. A combinação dele se revelou como sendo a sequência dos números que ele usou nas camisas dos times do colégio, da faculdade e profissional. Ela abriu e fechou o cofre enquanto ele fazia café.

— Sua combinação é muito fácil — ela argumentou.

— Você entrou no meu cofre e roubou meu anel do Super Bowl. — A incredulidade marcava cada palavra dele. — Então levou para o iate daquele vagabundo, se infiltrou no quarto dele e trocou a réplica pelo verdadeiro?

— Você nunca usa esse anel — ela disse, ficando cada vez mais insegura quanto ao que tinha feito. — Eu vou consertar isso, Cooper. Não sei como, mas vou. Isso precisava parar, para o seu próprio bem.

— Eu já tinha cuidado de tudo! — Ele se levantou de um salto, deu um passo adiante e depois se voltou para ela. — Enquanto você estava roubando objetos, eu neutralizei o filho da puta. E isso *sem* ter que *entregar* meu anel!

— Como assim, neutralizou?

Ele contou para Piper, cuspindo as palavras. Falou do seu amigo imaginário, o mercenário, e da ameaça implícita que fez ao príncipe. E foi ficando cada vez mais furioso a cada palavra que pronunciava.

— Você ultrapassou tanto os limites que parece estar em outro universo.

— Cooper, eu...

Ele se inclinou e falou na cara dela:

— Você não faz ideia do que eu passei para conquistar aquele anel. Os treinos, dois por dia. As cirurgias. Assisti às gravações de jogos às quatro da manhã, antes de todo mundo. Cheguei antes dos treinadores. Eu estudei a porra da *termodinâmica*!

— Eu não...

— Eu conquistei aquele anel com sangue, cérebro e mais dor do que você pode imaginar! — A ferocidade que ele demonstrava tinha construído a lenda que Cooper Graham era, mas Piper nunca imaginou que ele a demonstraria contra ela. — Eu joguei debaixo de um sol de 40 °C e num frio tão grande que minhas mãos ficaram dormentes. Você sabe o que eu fiz para me acostumar a jogar nesse tipo de frio? Eu mergulhava as mãos em água congelante e as deixava lá... para me acostumar com a sensação. E eu sorria enquanto fazia isso, sabe por quê? Porque eu queria vencer. Porque eu queria que a minha vida tivesse algum sentido!

Ela se levantou, com o coração na boca.

— Eu...

Ele saiu batendo os pés, deixando-a sozinha no meio de um pátio tranquilo que cheirava a laranjas e capim-limão.

17

As bebidas naquele bar esportivo eram baratas, os turistas, escassos, e os frequentadores locais não pareciam interessados na mulher sentada no canto, que assistia com expressão vidrada ao jogo de futebol disputado em algum lugar do mundo. Eram duas da madrugada. Uns poucos homens tinham se aproximado dela, mas Piper os encarou com olhos tão frios que eles logo a deixaram em paz.

Ela tinha atingido um ponto abaixo de zero, e estava fazendo o que todo detetive fracassado faz quando põe tudo a perder: ficando bêbada.

Nunca deveria ter pegado o anel dele. E não teria, se fosse inteligente o bastante para bolar outro plano. Mas ela não foi inteligente o bastante – nem tão esperta quanto ele tinha sido. Que grande detetive ela estava se revelando. E agora estava sentada ali, afogando sua estupidez em álcool.

Piper terminou o terceiro drinque e pediu o quarto. Estava engolindo *old-fashioneds,* mas sem cereja nem laranja; apenas *whiskey bourbon* com muito *bitter.*

O pai dela nunca teria feito algo tão estúpido. Mas Duke Dove era um profissional, enquanto Piper continuava sendo uma amadora.

A bebida dela chegou. Piper pensou que talvez estivesse ficando com visão dupla, mas bebeu assim mesmo. Os cubos de gelo tilintaram contra o vidro do copo e a cadeira ao lado dela foi arrastada pelo piso de madeira. Ela nem olhou para o lado.

— Caia fora.

Uma mão familiar – familiar e sem anel – colocou uma garrafa de *Sam Adams* na mesa. Outro erro que ela cometeu: perguntar ao porteiro do hotel pelo bar mais próximo e barato. Ela nunca imaginou que Cooper a seguiria.

Piper observou o jogo de futebol.

— Eu não sei jogar em equipe... — ela admitiu, afinal, com a voz um pouco arrastada.

— Eu percebi — as palavras soaram carregadas de hostilidade.

O copo em que bebia tinha uma marca de batom que não era dela. Piper bebeu pelo outro lado.

— Não sei como fazer isso.

— É você contra o mundo, certo?

— É assim que tem sido. — Ela enfiou o dedo indicador na bebida e mexeu nos cubos de gelo. — Hoje eu cheguei ao fundo.

— Bem fundo.

— Não estou querendo perdão, se é o que você está pensando. Eu fiz algo idiota porque não tive uma ideia melhor. Vou imaginar como lhe compensar por isso.

Ele passou a unha do polegar pelo meio do rótulo da garrafa de cerveja, rasgando-o em dois.

— Como disse, você não sabe jogar em equipe.

Ela não aguentava mais e começou a se levantar, para fugir para o banheiro das mulheres. Quando cambaleou, ele a segurou pelo braço e a fez voltar a se sentar.

— Não seja bonzinho comigo — Piper disse, brava. — Eu ferrei tudo e sei disso.

— Sim, você ferrou. — Ele ergueu o queixo do modo que fazia quando estava furioso. — Essa é a parte mais complicada de ser um líder: entender que você nem sempre sabe o que é melhor para o time.

— Neste momento, tudo que eu sei é que tenho um cliente, ou *tinha* um cliente, que está sendo ameaçado, e eu não faço ideia de quem o está ameaçando.

Aquele não era o melhor modo de salvar seu emprego – um emprego que ela não merecia salvar –, e ele não lhe deu nenhuma garantia a respeito. Cooper apenas afastou a cadeira.

— Você vai voltar para o hotel.

✶

Ele precisava se livrar dela. Cooper sabia bem o que era improvisar um lance e ver a jogada dar errado, mas Piper tinha ignorado todo o maldito livro de táticas, e isso significava que ela estava fora do time.

Os pneus do 747 tocaram a pista do aeroporto O'Hare, em Chicago, mas ela tinha dormido o voo todo. Piper era impulsiva, mas não idiota, e devia saber o que estava para acontecer. Devia saber que ele não poderia mantê-la. Ele não tinha lugar para uma doida impulsiva de olhos azuis que fazia as coisas de qualquer jeito, quando e onde quisesse.

Ainda assim, apesar do fato de que ele não podia confiar nas decisões dela, Cooper também confiava mais nela do que em qualquer outra pessoa que já tinha conhecido. Nenhuma pessoa com quem ele trabalhou demonstrou mais preocupação com seu bem-estar. É claro que seus colegas de time e técnicos demonstraram preocupação com ele, mas todos tinham seus motivos. Piper, por outro lado, o protegia – ao seu modo tresloucado – mesmo que ele não estivesse lhe pagando nem um centavo. Porque ela era assim: leal até o fim. E pronto.

O avião chegou ao portão de desembarque e ela começou a se mexer. Ser amante dela tornava aquilo mais complicado do que deveria. Ele sabia, desde o início, que aquele caso era um erro, mas tinha ido em frente mesmo assim. Agora ele precisava terminar o relacionamento e demiti-la.

Ele tinha tomado decisões difíceis antes, mas nenhuma tão difícil quanto aquela.

✶

O QUE ESTÁ INCOMODANDO COOPER GRAHAM?

Baratas! Milhares delas estão infestando a Spiral, casa noturna da ex-estrela do Chicago Stars. "Elas estão em toda parte", declarou um funcionário que pediu para não ser identificado. "Nunca vi nada igual!"

A boate ficará fechada enquanto os dedetizadores tentam erradicar a praga, mas a grande questão é: o público vai retornar? Talvez a Spiral deva ser rebatizada como Espiral da Morte.

A notícia se espalhou pela internet. Piper estava sentada diante da escrivaninha, em seu escritório, e enterrou a cabeça, ainda latejante, nas mãos. Ela se lembrava vagamente de desabar no sofá do quarto do hotel, na noite anterior, mas recordava muito bem da tensão entre eles no aeroporto. Os dois mal tinham se falado.

Ela preferia que Cooper tivesse lhe demitido no avião, para que pudesse superar logo aquilo, mas não. Como eles eram amantes, ele precisava agir com mais cuidado e provavelmente lhe diria que podia continuar no apartamento por enquanto. Ela tinha quase certeza de que ele ia lhe oferecer uma rescisão generosa. Pensar em toda a magnanimidade dele lhe deu vontade de chorar.

Piper se deu um tapa na bochecha – uma péssima ideia, levando em conta sua ressaca cruel. Até que Cooper a demitisse, ela tinha um trabalho, e continuaria a fazê-lo até o fim. Piper lhe devia isso e muito mais.

A difamação na internet, o assalto, os pneus cortados e o drone. As coisas não se encaixavam. E quem tinha chamado o Serviço de Imigração? Isso era relevante? E quanto às baratas... Tony tinha dito aos empregados da Spiral que precisariam fechar por alguns dias para reparos no sistema de ar-condicionado, de modo que o vazamento sobre a infestação não podia ter vindo da equipe. Cooper tinha colocado Karah e Jada em um hotel enquanto a fumigação acontecia. Elas sabiam da verdade, mas também sabiam que deveriam manter a boca fechada. Alguém da dedetizadora poderia ter mencionado algo, mas Piper achava mais provável que a mesma pessoa que tinha levado as baratas também tinha espalhado a notícia.

Ela estava em um beco sem saída e não sabia o que fazer a seguir, a não ser tomar as providências para que a boate tivesse um sistema de vídeo de segurança melhor. Ela telefonou para Tony para falar a respeito. Se fosse na semana anterior, teria ligado para Cooper, mas não estava na semana anterior.

O resto do sábado e o domingo passaram sem notícias de Cooper. Piper não podia voltar ao apartamento até a fumigação terminar, então dormiu no sofá do escritório, não só por que não queria incomodar Jennifer nem Amber, mas também porque estava deprimida demais para ficar perto de gente.

Os folhetos que ela distribuiu renderam, na manhã de segunda-feira, o telefonema de uma esposa desconfiada, e no dia seguinte Piper teve a missão desagradável de confirmar as suspeitas da mulher. Duke estava certo. Quando uma mulher decide contratar um detetive é porque já sabe a verdade.

Ajudar os outros deveria ser, pelo menos, uma cura parcial para depressão, então ela tentou arrumar alguém cujas iniciais não eram C. G.

para ajudar. Ela pensou nos problemas de Jennifer com o Babacão e vasculhou os cantos escuros da internet por algumas horas, mas não conseguiu encontrar nada de interessante.

A quarta-feira chegou e o proprietário de um serviço de limpeza de dutos de ventilação telefonou. Ele tinha ouvido que Piper era boa para desmascarar empregados safados que afirmavam ter se machucado no emprego, mas que eram apenas mentirosos. O sujeito pareceu ser um cretino, mas Piper foi até Rogers Park para encontrá-lo mesmo assim. No caminho de volta, Tony ligou para lhe informar que a boate reabriria naquela noite e que precisava que ela trabalhasse.

— Você verificou isso com o Cooper? — ela perguntou.

— Verifiquei o quê?

— Se eu devo voltar.

— Por que você não deveria voltar?

— Deixe para lá. Depois eu falo com ele.

✶

Naquela noite, Piper foi falar com Cooper no escritório dele na Spiral. Ela não viu razão para vestir suas roupas noturnas de trabalho, estava vestindo calça jeans com um suéter cinza-chumbo folgado – aquela era a coisa mais próxima de uma armadura que ela possuía.

Cooper estava sentado diante da escrivaninha com os calcanhares apoiados no tampo e jogava uma bola de *softball* na parede e a apanhava. Todas as luzes estavam apagadas, a não ser a luminária da mesa, que deixava metade de seu rosto na sombra. Ele levantou os olhos quando ela entrou, depois voltou sua atenção para a bola. Piper reuniu coragem e falou:

— Pare de ser tão covarde e acabe logo com isso. Você sabe que tem que me demitir e eu gostaria que o fizesse logo, para que eu possa parar de pensar nisso.

Ele jogou a bola da mão direita para a esquerda.

Piper curvou os dedos ao redor dos punhos do suéter.

— Eu sei que é pedir muito, mas eu gostaria de ficar no apartamento por mais algum tempo. Eu prometo que você nunca vai me ver.

Ele voltou a jogar a bola.

— Eu prometo que entrego meus arquivos para quem você contratar para o meu lugar — ela continuou. — E é melhor você contratar alguém, Cooper, porque isso ainda não acabou. — Ela continuaria no caso mesmo depois que ele a demitisse, pois lhe devia respostas. E um anel do Super Bowl.

Cooper deixou os pés cair no chão, mas o que quer que ele tivesse para dizer se perdeu, porque Jada irrompeu no escritório, sem sua arma de brinquedo.

— Mamãe sofreu um acidente! — ela exclamou. — Ela está no hospital!

— Onde ela está?! — Cooper se levantou. — O que aconteceu?

— Eu não sei. — Jada começou a soluçar. — Uma enfermeira me ligou do Pronto-Socorro. E se ela morrer?

— Vamos! — Cooper disse, pegando a jaqueta.

✶

Eles tiveram que ir no Sonata da Piper, porque Cooper havia emprestado seu Audi naquela noite... Para Karah.

Eles a encontraram com soro na veia e ligada a um monitor. O cabelo moreno e cacheado formava uma coroa torta presa pela bandagem que envolvia sua cabeça. Mais curativos protegiam seu braço esquerdo. Dois policiais estavam ao lado da cama.

Jada correu até a mãe. Karah fez uma careta de dor quando puxou a filha para perto do peito.

— Está tudo bem, querida. Tudo bem. — Por cima da cabeça de Jada, Karah viu Cooper e seu rosto desmoronou. — Destruí o seu carro, Cooper. Depois de tudo que você fez por mim.

— Não se preocupe com o carro. Só quero que você fique bem.

Karah enfiou a mão no cabelo de Jada.

— Eu não deveria ter pegado o carro. Pensei que estava sendo tão cuidadosa.

— Carros podem ser substituídos — Cooper disse. — Você, não.

Os policiais estavam se esforçando para manter o profissionalismo com Cooper Graham tão perto. O mais alto deles se virou para Cooper.

— Ela disse que você lhe deu permissão para pegar o carro?

Cooper concordou.

— O dela não estava pegando e, como eu iria ficar na minha boate a noite toda, não precisava do meu.

— Minha professora convidou alguns alunos para uma reunião na casa dela, em Wadsworth — Karah disse —, e eu queria muito ir. Deveria ter ficado em casa. — Ela olhou de novo para Cooper. — Me desculpe.

— Chega de desculpas. É para isso que eu tenho seguro.

— Conte-nos de novo o que você lembra — pediu o outro policial.

— A estrada estava escura e não havia muito tráfego. — Karah olhou para Cooper. — Eu não estava correndo. Juro.

— Já vi como você dirige. — Cooper forçou um sorriso. — Acredito em você.

— Eu vi faróis atrás de mim, mas não prestei muita atenção. Aconteceu tão depressa... Os faróis se aproximaram e eu diminuí para o sujeito passar. Ele saiu para o lado e... deve ter desligado as luzes, porque tudo ficou escuro. O carro dele virou e acertou a lateral do Audi. Acertou feio. Eu... eu perdi o controle. Derrapei para o lado e acertei algo. O que eu acertei?

— Um poste — disse o policial mais alto.

Karah levou a mão ao rosto.

— A pessoa que bateu no carro nem parou para ver se eu estava bem.

Piper e Cooper trocaram um olhar e ela se aproximou da cama.

— Você disse "ele". Conseguiu ver o motorista?

— Não. Não tenho certeza se era um homem. É uma estrada do subúrbio, sem iluminação. Estava escuro demais para eu ver qualquer coisa.

Piper olhou para Cooper, que lhe deu um olhar mandando que ficasse de boca fechada. A polícia precisava saber dos ataques que ele vinha sofrendo, mas Piper estava mais esperta do que há alguns dias e sabia que precisava falar com ele antes.

A polícia continuou a interrogar Karah, mas além de uma vaga noção de que o outro carro era grande – talvez até uma caminhonete –, ela não soube dizer mais nada.

Ela não teria alta do hospital até o dia seguinte, e Piper lhe disse que faria companhia à Jada nessa noite.

Cooper precisava voltar à boate para a reabertura, e Piper o seguiu até o corredor. O som das campainhas e dos monitores, o cheiro de antisséptico e remédios, trouxeram a lembrança daquelas semanas terríveis antes da morte de Duke.

— Eu quero você na boate amanhã à noite — Cooper disse.

Piper afastou as lembranças.

— Eu... ainda tenho um trabalho?

— Você é a única segurança mulher que eu tenho — ele respondeu, amargo.

Não foi o que ela perguntou, e ele sabia. Ela desviou de um carrinho de comida.

— Estou seguindo seu conselho de aprender a jogar em equipe — ela disse com mais firmeza.

— Fico feliz em saber. — Ele foi na direção do elevador.

— Vou lhe dar uma chance de me explicar por que não devo contar para a polícia sobre os ataques que você vem sofrendo antes de ir adiante e apresentar uma denúncia.

Cooper apertou o botão do elevador.

— Isso parece mais um ultimato do que jogo em equipe.

— Ainda estou aprendendo.

Ele soltou um longo suspiro.

— Eu já tive muita má publicidade com essa infestação de baratas. Não quero que isso também apareça nos jornais.

— Entendo. Mas o Audi tem vidros escuros e a estrada não tinha muita luminosidade. Nós dois sabemos que o que aconteceu esta noite era direcionado a você.

Ele apertou o maxilar.

— Eu deveria estar esperando algo assim. Mas emprestei o carro para ela. Se tivesse pensado por um minuto... — As portas do elevador se abriram. — Deixe a polícia fora disso. É uma ordem.

As portas se fecharam entre eles.

✶

Piper levou Jada para a escola na manhã seguinte, depois ligou para Eric. Ele ainda não tinha entendido o fato de que ela não queria namorá-lo, e concordou em levá-la ao pátio para onde o Audi tinha sido rebocado. Enquanto fotografava as manchas de tinta preta que o veículo misterioso tinha deixado no Audi, ela entendeu que o acidente de Karah foi o que impediu Cooper de demiti-la. Daquele modo, ela não sabia se ele queria que ela trabalhasse apenas como segurança. Não que isso fizesse alguma diferença. Nada faria com que Piper desistisse.

Eric apoiou o cotovelo no teto intacto do Audi, o sol da manhã brilhando nas lentes de seus óculos escuros.

— Tem um restaurante italiano novo na Clark. Que tal?

Ele era um cara legal e ela precisava ser honesta.

— Não posso namorar você, Eric.

— Ei...

— Eu sou uma idiota, está bem? Em vez de me envolver com um homem forte e lindo como você, eu me envolvi com um... um... — *um homem forte e lindo como Cooper Graham...* — com outra pessoa. Acabou, mas eu preciso de um tempo. Como eu disse, sou uma idiota.

— Cooper Graham, eu sabia! — ele exclamou.

Ela engoliu em seco.

— Você acha mesmo que ele se interessaria por mim?

— Por que não?

Aquela não parecia ser a melhor hora para conversarem sobre os homens atraídos por ela, só porque Piper era "um dos caras".

— Eu vou arrumar alguém para você — ela disse.

Mas aquele foi outro golpe no ego dele.

— Não preciso que ninguém me arrume encontros.

— Nem mesmo com Jennifer MacLeish? A meteorologista favorita de Chicago?

— Você a conhece?

— Sim. — Piper teria que persuadir Jennifer, mas quem sabe os dois não se acertavam? — Mas ainda assim nós podemos nos ajudar de vez em quando, não concorda?

— Como assim?

Piper esperou ter interpretado corretamente as ambições dele.

— Eu sou uma cidadã comum — ela prosseguiu. — Posso ir a lugares em que um policial não pode, e isso pode ser útil para você algum dia.

— Talvez. — Ele estava escutando.

— E eu gostaria de poder ligar para você, de vez em quando. Esse acidente, por exemplo... estou preocupada com Cooper.

Eric não era só beleza. Ele também tinha um cérebro.

— Você acha que quem fez isso estava atrás do Cooper?

— Não descarto nenhuma possibilidade. — *Não mesmo.*

— Interessante. — Ele pendurou o polegar no cinto. — E sobre esse encontro com a Jennifer MacLeish...

✶

O ex-funcionário da empresa de limpeza de dutos de ventilação que ela deveria investigar morava com a namorada e o bebê na casa dos pais dela. Piper seguiu a família até o restaurante Brown's Chicken, mas depois que eles entraram, ela começou a se preocupar com Cooper. Ele devia estar na academia naquele momento, cumprindo sua agenda. Uma agenda que qualquer pessoa com meio neurônio já teria entendido. Ela foi vencida pela própria ansiedade e voltou correndo para o carro.

O Tesla estava no estacionamento da academia. Piper tirou do porta-malas um carrinho de bebê que alguém tinha abandonado na rua e começou a empurrá-lo, com a roda bamba e tudo, pela calçada. Quando Cooper finalmente saiu, ela observou o reflexo dele na vitrine da loja de instrumentos musicais. O carrinho tinha dado certo; ele nem olhou para ela.

Piper o seguiu até a casa de Heath, sem se importar que ele a visse. Depois que ele entrou em segurança, ela voltou para sua tocaia na Zona Sul e encontrou a família em um parque decrépito da vizinhança.

Ela se sentou em um banco e os observou. Apenas a mãe pegava o bebê, mas isso poderia provar, apenas, que o alvo de Piper era um pai distante. Ainda assim, os instintos dela diziam que o machucado do sujeito era real. Pouco depois, quando a criança caiu, ele a ajudou se levantar do chão, levando em seguida a mãos às costas.

O proprietário da empresa de limpeza era mesmo o cretino que ela suspeitava e não ficou feliz com o relatório dela nem com a única foto que Piper conseguiu tirar. Seria fácil, para ela, ter esticado o serviço, jogando com a desconfiança do cliente, mas, em vez disso, como a grande mulher de negócios que não era, Piper o convenceu de que estaria desperdiçando dinheiro.

✶

Algumas horas mais tarde, Piper foi buscar Karah no hospital e a levou para casa, onde fez jantar para as três. Alguns band-aids substituíam o curativo na cabeça do dia anterior, e o braço tinha sido torcido, não quebrado. A coisa podia ter sido muito mais feia.

Enquanto elas comiam, Jada contou de um trabalho que estava fazendo sobre tráfico sexual de crianças. Karah não ficou contente de saber que o currículo da filha na escola paroquial incluía o lado mais sujo da vida nas ruas, mas Jada continuou:

— Você sabia que existem garotas mais novas que eu, aqui mesmo nos Estados Unidos, que são...

Karah estendeu a mão para tirar uma mecha de cabelo do rosto da filha.

— Vamos falar disso quando não estivermos comendo.

— Mas, mãe... — Os olhos âmbar de Jada brilharam, demonstrando sua contrariedade. — Algumas dessas garotas são estupradas várias vezes, todos os dias, por caras velhos. Mas quando a polícia aparece, acusam essas meninas de prostituição. Meninas da minha idade!

Piper tinha lido algo a respeito de tráfico sexual de meninas e achou o assunto tão revoltante que o escondeu no fundo do cérebro. Mas testemunhar o inconformismo de uma garota de 15 anos fez com que sentisse vergonha de sua própria apatia. Jada parou de comer.

— Elas são vítimas de um abuso sexual horrível e não é certo que sejam presas. Nós vamos escrever cartas para o Congresso.

— Vocês fazem muito bem — Piper disse.

— Também vou escrever uma carta — Karah disse, apertando a mão da filha.

Depois do jantar, Piper se vestiu para o trabalho. Ela receava voltar para a Spiral; receava qualquer coisa que a colocasse perto de Cooper e mais perto de ser demitida de verdade. O que ela merecia...

A casa estava lotada. Cooper e Tony tinham feito de tudo para superar a má publicidade gerada pela invasão das baratas. Planejaram promoções com os drinques mais caros e haviam programado muitas celebridades para aparecer a semana toda: jogadores de futebol, atores e uma linda cantora *country*.

Jonah cumprimentou Piper com um grunhido e um tapa nas costas, sua versão simiesca de uma oferta de paz. Ela deu uma cotovelada na barriga dele, mas ficou feliz por não bater forte, porque pelo menos um dos seguranças ficou perto de Cooper a noite toda, algo de que o patrão não gostou.

Deidre Joss apareceu de novo, dessa vez sozinha. Ela e Cooper sumiram. Quando, meia hora depois, ele ainda não tinha voltado, Piper começou a se preocupar.

Ela verificou primeiro o beco. Novas câmeras de segurança tinham sido instaladas, conforme sua recomendação, e o Tesla estava lá, intocado. Cooper devia estar no escritório. Mas e se Deidre estivesse com ele? Piper não podia imaginar nada pior do que surpreender os dois fazendo fosse lá o que e, assim, bateu na porta. Quando esta foi aberta, Cooper parecia irritado.

— Você precisa de alguma coisa?

— Inspeção de rotina. Queria ver se não havia ninguém que não deveria estar aqui.

— É a Piper? — Deidre perguntou de dentro do escritório.

Cooper abriu mais a porta. Atrás dele, Piper viu Deidre parada junto ao sofá, o cabelo uma cascata perfeita, a postura de bailarina, os sapatos de salto alto na terceira posição. Até o vestido rosa drapeado parecia de bailarina.

Deidre era o tipo de mulher vencedora que mais atraía Cooper, e não era difícil imaginar os dois casados. Em meio a reuniões de conselho, Deidre teria três filhos lindos com ele, e nos fins de semana prepararia refeições *gourmet*. Piper se perguntou se algum dia Cooper lembraria do caso com ela e imaginaria como podia ter sido tão louco.

— Eu queria uma chance de falar com você — Deidre disse. — Entre.

Relutante, Piper fez o que a outra disse.

— De acordo com Noah, eu lhe devo um pedido de desculpas. Ele me garantiu que eu dificultei sua vida ao não permitir que você contasse para o Cooper que eu tinha te contratado.

— Não tem problema. — Piper forçou um sorriso.

— O único problema foi minha ameaça em processá-la — Cooper disse.

— Ah, não! Você não fez isso! — Deidre pareceu horrorizada. — Sinto muito, Piper. Eu não sabia disso.

Ela era tão terrivelmente boazinha, inteligente e bem-sucedida. Piper a odiava. Deidre voltou sua atenção para Cooper.

— Eu tenho que acordar cedo, então preciso voltar para casa. A conversa foi boa. — Ela estendeu o braço para apertar a mão dele, quando o que queria mesmo fazer era lhe dar um beijo demorado e molhado. Ou talvez Piper estivesse projetando seus desejos. Uma coisa ela sabia: Cooper gostava mesmo de Deidre. E por que não gostaria?

— Acompanhe Deidre até o carro, sim, Piper? — Ele apertou a mão de Deidre. — Desculpe-me, mas eu tenho que voltar para o salão.

— Essa é uma das coisas que eu mais admiro em você. — Deidre sorriu.

Junto com o abdome, o sorriso e essa boca incrível, Piper pensou. *Boca que eu provei e você não.*

A decepção de Piper consigo mesma atingiu um novo patamar.

Ela acompanhou Deidre até o estacionamento do outro lado da rua, onde ela tinha deixado seu BMW.

— Você não precisava me escoltar até o carro — Deidre disse.

— É bom sair e tomar um pouco de ar fresco.

— Sabia que Noah se tornou um grande fã seu?

— Sério?

Deidre sorriu.

— Você é a primeira mulher por quem ele mostra algum interesse desde o divórcio.

Piper soltou um murmúrio indefinido.

— De garota para garota — Deidre disse — Ele é confiável. Ambicioso. Não sei o que eu teria feito sem ele depois da morte do Sam. Concordo que Noah pode ser um pouco intenso, mas talvez você deveria deixar que ele te levasse para jantar. Quem sabe vocês não se entendem?

— Eu realmente não tenho tempo para namorar.

— Por causa do Cooper? — Deidre inclinou a cabeça para o lado. — Ouvi boatos de que vocês dois têm algo além de um relacionamento profissional.

Piper não esperava por isso.

— É fascinante o que as pessoas dizem.

— É verdade?

— Você não é muito fã de sutilezas, né?

— Não desde que perdi meu marido. Foi um modo desgraçado de aprender como a vida pode ser curta. — Ela trocou a bolsa de mão e esperou, observando Piper com uma expressão franca e paciente. — E então?

Piper recomeçou a andar na direção do BMW.

— Acho que a esta altura você já sabe que nunca faço comentários sobre meus clientes.

— E eu respeito isso. — O alarme do carro foi desarmado. Deidre abriu a porta do motorista e se voltou para Piper. — Mas se isso for verdade... Eu gosto muito dele e vou ter que botar você para correr. — Ela não disse isso de modo inamistoso; foi mais uma informação franca. — E se não for verdade, diga para ele que sou fabulosa e não preciso de muita manutenção.

Piper riu. De surpresa ou divertimento, ela não soube dizer. Mas sabia que Deidre Joss era uma força da natureza.

Deidre saiu com o carro do estacionamento. Piper atravessou a rua de volta à boate, evitando por pouco um Lexus cujo motorista achava que tinha preferência na passagem. Ela achou ótimo ter uma válvula de escape para sua frustração e mostrou o dedo do meio para o cara.

✶

A noite seguinte era sexta-feira e a boate estava ainda mais movimentada. Ela ajudou Ernie a colocar para fora alguns homens que estavam se comportando mal e mandou os garçons interromperem um casal que dançava com entusiasmo demais. Depois, impediu uma briga que se dirigia ao beco. Ela estava se revelando uma segurança excelente, se não fosse uma investigadora tão boa.

Quando finalmente voltou ao apartamento, era uma morta-viva. Ela tirou o vestido, colocou a camisa do Bears e escovou os dentes. Assim que saiu do banheiro, Piper ouviu a porta da entrada ser aberta. Ela olhou para a sala de estar.

Cooper tinha manchas de batom na manga do suéter e no pescoço. Ele parecia cansado, desalinhado e irritado.

— Estou cansado demais para dirigir até em casa.

Ele esteve em todos os lugares nessa noite e Piper sabia como ele devia estar cansado, mas endureceu o coração.

— Você não pode ficar aqui.

— Claro que posso. É o meu apartamento.

Ele começou a esvaziar os bolsos no balcão entre a cozinha e a sala de estar, e ela ficou momentaneamente distraída com o que apareceu: o celular dele, um chaveiro e um absorvente íntimo com algo escrito, decerto um número de telefone.

Alguém tinha derramado bebida nele, que cheirava a álcool.

— Cooper, estou falando sério. Nós... terminamos. — Ela vacilou, mas aquilo precisava ser dito. O relacionamento deles era um desastre. — Amantes precisam ter a mesma estatura e nós não temos.

Ele observou a roupa de dormir dela.

— Você costuma lavar essa camiseta?

— Com frequência. E eu tenho mais de uma.

— É claro que tem. — Ele tirou o suéter pela cabeça e encheu a sala com o cheiro de uma dúzia de diferentes perfumes. Ela viu outra marca de batom no pescoço dele. Como era difícil ser Cooper Graham...

Ele já a teria demitido se não fosse pelo acidente de Karah. E era provável que ainda o fizesse.

— Você está me ouvindo?

— Eu vou tomar um banho e depois vou para a cama. — Ele se encaminhou para o banheiro. — Faça o possível para não me atacar.

18

Piper se ajeitou na cama, apagou a luz e prendeu o lençol à sua volta. A vida dela era uma zona. Ela estava transando com o patrão, ou talvez ex-patrão, que também podia ser ou não seu ex-amante. Por que ele estava ali e por que ela estava deixando que ele decidisse aquilo? Piper estava se sentindo péssima demais com a vida para ter uma resposta boa para qualquer uma dessas perguntas. Ela não tinha nenhuma segurança financeira e era praticamente uma sem-teto. E, no único caso importante que tinha, estava se revelando uma investigadora de merda.

O chuveiro foi desligado, a porta rangeu ao ser aberta e ela sentiu o colchão afundar. Piper foi para o mais longe possível dele, mas Cooper não tentou tocá-la, o que a deixou ao mesmo tempo ofendida e aliviada.

Piper despertou no meio de um sonho erótico ardente e o encontrou em cima dela, que estava molhada e correspondendo, o corpo vibrando. O peso dele estava largado sobre o dela, como se Cooper continuasse meio adormecido; ambos pareciam mais animais do que humanos. Os dois acordaram, mas não se falaram, apenas se separaram e, afinal, voltaram a dormir depois do acontecido.

✶

Na manhã seguinte, Cooper acordou sozinho e de ressaca. Ele cobriu os olhos com o braço. Pela primeira vez desde que abriu sua casa noturna, tinha ficado bêbado. Isso começou poucas horas antes de fechar, quando tomou uns drinques, depois mais alguns, e continuou assim, até perceber que não tinha condições de dirigir até em casa. Ele nunca foi de beber muito, preferia maconha na juventude e, ao ficar mais velho, se contentava com cerveja. Mas na noite anterior, enquanto observava Piper se movimentando pela boate, as coisas saíram de seu controle.

Ela estava em toda parte ao mesmo tempo – de olho nos clientes, nos garçons e nele. Ela tinha se entendido com os outros seguranças e um deles estava sempre por perto. Era mais fácil para ele não ter que se preocupar com a própria segurança, mas por princípio não gostava da ideia. Só porque não era mais um atleta profissional, não significava que não pudesse mais cuidar de si mesmo. Ele rosnou para Jonah, mandando que tirasse seus homens de perto, mas o filho da mãe tinha mais medo de Piper do que dele, e nada mudou.

Cooper teve vontade de enxotá-la de seu apartamento. Ele precisava do lugar para noites como aquela. Precisava recuperar sua vida, do modo que era antes de Piper aparecer.

Alguma coisa revirou em seu estômago, algo que ele não queria contemplar. Algo que todos os dias chegava mais perto da superfície. E sem nenhum motivo aparente. Ele tinha tudo que queria. Dinheiro. Reputação. Cooper se sentia fisicamente melhor do que em anos. Quanto à Spiral... a boate estava lotando desde que foi reaberta, três noites atrás. E, o melhor de tudo, Deidre o convidou para ir à fazenda dela na segunda-feira. O modo informal como ela fez o convite sugeria que a espera estava para acabar. Tudo estava saindo como ele planejara.

Mas mesmo assim... ele não estava feliz. Por causa de Piper.

Ela tinha um sonho – do mesmo modo que ele. Um objetivo definido que a tirava da cama todas as manhãs e a conduzia através do dia. Uma paixão. Então por que ele sentia como se sua vida tivesse se transformado em um reflexo nebuloso da vida dela?

Piper apareceu à porta vestindo jeans e com uma careta feroz. O cabelo estava úmido, então devia ter tomado banho, embora ele não tivesse ouvido o barulho do chuveiro. Ela estava parada, olhando para ele.

— Não posso continuar com isso, Cooper.

Ele se ajeitou nas almofadas, sentando-se.

— Você poderia me deixar acordar primeiro?

— Eu não me deito com homens que não me respeitam.

Isso o enfureceu.

— Quem disse que eu não te respeito?

— Como pode me respeitar, depois da besteira que eu fiz?

— Você fez mesmo. — Ele pulou da cama, ainda nu, e foi para o banheiro, onde se jogou debaixo do chuveiro de novo. Detestava ficar encurralado, e era isso que ela estava fazendo.

Cooper não tinha conseguido demiti-la porque confiava nela – claro que ele não lhe confiaria seu anel, mas sim sua vida. Sem que ele percebesse, Piper se tornou algo que fazia tudo valer a pena. Talvez isso explicasse o motivo de ele estar tão infeliz.

As roupas limpas dele estavam no escritório, então Cooper saiu enrolado em uma toalha. Ela, é claro, esperava por ele.

— Sinto muito — ela disse.

— Deve sentir mesmo. Às vezes eu acho que você vive para me constranger.

— Não estou me desculpando por isso. Mas por tentar uma conversa franca antes de você ter tomado seu café. — Ela lhe estendeu uma caneca fumegante.

Quando ele pegou a caneca, percebeu que ela estava olhando fixamente para algo. Para ele. Seu peito, de novo. Piper adorava o peito dele. E Cooper estava apenas de toalha. Ele tomou um grande gole de café e deixou que ela o observasse. Ela arrastou os olhos para o rosto dele.

— Eu não entendo por que você ainda não me demitiu, e não gosto de pensar que você só me manteve porque estou transando com você.

Foi como se ela tivesse lhe dado um tapa.

— Que merda! Que tipo de lixo você acha que eu sou?

— Eu não acho que você seja um lixo.

— Então por que disse algo assim?

— Porque eu não consigo pensar em nenhum outro motivo.

— Que tal este: você é a melhor segurança que eu tenho.

Mesmo enquanto falava, Cooper soube que aquela tinha sido a coisa errada de se dizer. Piper o encarou com a expressão mais triste que ele já tinha visto, depois se virou e saiu.

Ele a deteve quando ela pegava a bolsa para ir embora.

— Você é, Piper. Mas não foi por isso que eu não a demiti. — Café quente respingou no dorso da mão dele e Cooper o lambeu. — Eu ia te demitir — ele disse, colocando a xícara sobre o balcão. — Você cometeu um grande erro e eu fiquei furioso. Mas a verdade é que... você é o azarão que está disposto a trabalhar duas vezes mais que qualquer um. E esse sempre foi o tipo de jogador que eu gostava de ter no meu time.

Até aquele momento, Cooper não tinha sido capaz de articular aquela ideia nem para si mesmo, mas depois que disse em voz alta, começou a se sentir melhor.

Ela pareceu um pouco feliz, e ele gostou daquilo. Mas depois pareceu preocupada, e ele não gostou.

— Agradeço o elogio. Mas a dura verdade é que não estou mais perto de resolver o caso do que quando você me contratou. E eu não sei mais o que fazer.

— Você vai descobrir.

— Por que diz isso?

— Porque é o que você faz.

✶

A confiança de Cooper fez surgir um nó do tamanho de uma bola de futebol na garganta dela. Piper sentiu aquilo durante todo o fim de semana. Não podia decepcioná-lo. Não podia. E então se perguntou se a determinação de corresponder à expectativa de Cooper era diferente da batalha sem fim para corresponder à expectativa do pai. Não, era diferente. O medo irracional que Duke sentia com relação à segurança dela não tinha permitido que ele desse à filha a oportunidade que ela desejava – a oportunidade para a qual ele a criou. Ao contrário de seu pai, Cooper tinha lhe dado a chance que Duke havia negado, e ela não podia decepcioná-lo.

Na manhã de segunda-feira, Piper estava no principal prédio de escritórios do quartel-general do Stars, no condado de DuPage. O símbolo do time, composto de três estrelas douradas e entrelaçadas sobre um círculo azul-celeste, marcava a parede de vidro do escritório de Relações Públicas – parede que se debruçava sobre o saguão principal do edifício, onde nichos iluminados, protegidos por vidro à prova de balas, exibiam os principais troféus do time. Era nesse saguão, também, que os visitantes se registravam, no impressionante balcão de recepção, feito em granito cor-de-marfim, em forma de uma lua crescente.

Com a temporada de futebol americano à toda, o escritório de Relações Públicas fervilhava de atividade – telefones tocando, telas de computador brilhando, pessoas correndo de um lado para outro. Cooper tinha providenciado para que permitisse a Piper pesquisar a correspondência acumulada em nome dele, e uma jovem assessora de imprensa com delineador de gatinho e um jeito franco a levou até a única mesa disponível no local, explicando-lhe o procedimento.

— Nós cuidamos da maior parte da correspondência dos fãs de Cooper. Enviamos fotografias autografadas, respostas a perguntas frequentes e também um pacote especial para as crianças que escrevem para ele. Resolvemos com o agente dele os pedidos de comparecimento a eventos. Embora esteja aposentado, ele ainda recebe muita correspondência.

— Ele recebe cartas hostis?

— Não muitas. Ele recebeu um pouco na primeira temporada conosco, depois de uns dois jogos ruins. “Volte para Miami”. Esse tipo de coisa. Os torcedores não sabiam que ele estava jogando com um dedo quebrado.

— E quanto às mulheres?

— Fotos de nudez, biquínis. Já vimos de tudo. E eu quero dizer *tudo* mesmo. — Ela fez um gesto para a mesa. — Vá em frente. Demore o quanto quiser e avise se precisar de algo.

— Obrigada.

Piper se acomodou atrás da pilha de papel, que continha correspondência convencional e impressões de e-mail. A maioria era de pedidos de fotografias e autógrafos. Algumas mensagens eram muito gentis. Garotos que o idolatravam. Fãs que acompanhavam sua carreira desde o início. Uma era de um homem que tinha perdido o filho em um acidente de carro e se consolava ao lembrar que o filho idolatrava Cooper. Piper selecionou essa como uma que, ela acreditava, Cooper deveria responder pessoalmente. Havia também várias mensagens de pais cujos filhos se destacavam nos esportes e pediam conselhos.

E havia as mulheres. Cartas, acompanhadas de fotos, listando as qualidades devido às quais a remetente deveria ser a nova namorada de Cooper: disposição atlética, carreira de modelo, diploma de faculdade em gerenciamento esportivo, habilidade superespecial em felação.

Enquanto Piper analisava tudo isso, notou uma mudança sutil na atmosfera da sala. Ela ergueu os olhos.

Na entrada estava Phoebe Somerville Calebow, proprietária do Chicago Stars, mulher do antigo técnico principal e atual presidente do Stars, Dan Calebow. Ela tem quatro filhos e é a mulher mais poderosa da NFL, se não do universo.

Piper se levantou de um salto quando a proprietária do Stars se aproximou da mesa em que ela estava trabalhando.

— Sra.... ahn... Sra. Calebow.

Phoebe Somerville Calebow a observou.

— Então, você é a detetive do Cooper.

O fato de que Phoebe Calebow sabia da sua existência era tão admiravelmente espantoso que Piper não conseguiu dizer nada, apenas confirmou com a cabeça, trêmula.

— Meus *quarterbacks* têm a tendência a se envolverem com mulheres incomuns — ela disse.

Esses envolvimentos foram muito bem divulgados pela imprensa e, como todo mundo em Chicago, Piper conhecia as histórias. Cal Bonner tinha casado com uma física de renome mundial. Kevin Tucker casou com uma escritora premiada de livros infantis. Uma artista excêntrica tornou-se o par improvável de Dean Robillard. E isso não acontecia apenas com os *quarterbacks*. O legendário recebedor do time, Bobby Tom Denton, casou com a ex-diretora de uma escola interna inglesa.

A Sra. Calebow gesticulou para que Piper voltasse a se sentar, então se empoleirou na ponta da mesa. A meia-idade não tinha diminuído sua beleza loira e curvilínea, e os óculos de tartaruga não conseguiam diluir sua aura de sexualidade madura.

— Então, quais são suas intenções para com o meu garoto?

Piper não estava acostumada a se sentir intimidada com ninguém, mas estar na presença de Phoebe Calebow era estar na presença da grandeza. Ela engoliu em seco.

— Eu acho que não tenho intenções.

A Sra. Calebow arqueou uma sobrancelha bem-desenhada e muito cética.

— Nós estamos... Essa parte acabou — Piper disse. — Nosso relacionamento é apenas profissional agora. Eu tenho um trabalho a fazer. E... como você ficou sabendo de mim?

— Eu fico de olho nos meus homens — a Sra. Calebow disse, com um sorriso irônico. — Você lê?

— Se eu leio?

— Livros.

— É claro. Suspense. Mistério. Procedimentos policiais. Pelo menos eu lia até o mês passado, quando não trabalhava até tão tarde — ela tagarelou. — Eu também gosto de biografias e autobiografias. Mas só de mulheres. Eu sei que isso é sexista, mas são histórias que ecoam em mim. Oh, e livros de culinária. Detesto cozinhar, mas gosto de ler a respeito. E tecnologia. — Ela se obrigou a ficar quieta.

— Interessante. — A Sra. Calebow descruzou as pernas de cima da mesa, pernas que ainda teriam lugar entre as dançarinas das Rockettes. — Foi um prazer conhecê-la, Srta. Dove.

E assim ela saiu do escritório, deixando Piper tentando entender o que tinha acabado de acontecer.

✶

Piper ficou na sede do Stars até o meio da tarde, depois de vasculhar todos os registros de Relações Públicas do Cooper. A caminho do carro, ela experimentou aquele familiar sentimento de frustração. Nada do que ela tinha lido levantou algum sinal de alerta. Enquanto ela entrava em uma via de mão dupla chamada "Rua Stars", Piper mais uma vez tentou pensar no que estava ignorando e mais uma vez não encontrou nada.

Em vez de ir para leste na direção de Chicago, ela pegou a Via Reagan para oeste. Ela não via Cooper desde que dormiram juntos, duas noites antes, mas ligou para ele na manhã do dia anterior para garantir que ele não planejava se misturar a nenhuma multidão nem sair sozinho para uma caminhada.

— Eu vou até a casa de Heath e Annabelle para assistir ao jogo do Stars — ele disse.

Piper lhe perguntou, então, por que ele não ia assistir aos jogos no estádio. Ele comentou que seria injusto com o novo *quarterback* do Stars se as câmeras dos canais de TV ficassem acompanhando as reações de Cooper a cada jogada.

— Deidre convidou nós dois para uma festa na casa de fazenda dela, segunda-feira à noite — ele anunciou.

— Você deve ter ficado feliz com isso.

— O que vai me deixar feliz é conseguir um compromisso financeiro da parte dela.

— Você vai adiante com isso, então? — ela disse. — Vai construir seu império?

— É claro que sim. Por que você pergunta?

Porque comandar uma rede de casas noturnas não parecia ser a coisa certa para Cooper, mas ela se conteve. Piper também não mencionou que ele poderia conseguir, com facilidade, um compromisso pessoal de Deidre. Mas Cooper provavelmente já sabia disso.

— Eu gosto de Deidre — ela disse, cuidadosa. — Embora ela tenha me demitido.

— Eu também gosto dela. Muito.

E por que ele não gostaria?

Piper saiu na Farnsworth e seguiu rumo ao norte. Ela não queria ir para a festa na casa de Deidre, mas também não queria ficar sem ver Cooper por dois dias, então concordou em encontrá-lo lá.

St. Charles é uma bela cidade junto ao rio Fox, a cerca de 60 km a oeste do centro de Chicago. A fazenda da família Joss ficava a noroeste, com a entrada marcada por pilares de pedra e uma cerca branca. Folhas secas, caídas das árvores que margeavam o caminho, flutuavam por cima do capô do carro enquanto ela se dirigia à grande casa branca de dois andares. Ela estacionou entre o Tesla de Cooper e um Lexus vermelho. Aquela parecia ser uma fazenda em funcionamento, com estábulo, celeiro e *paddock*. Os campos estavam limpos, esperando a plantação do ano seguinte.

A única familiaridade de Piper com festas em casas de campo vinha da leitura de romances ingleses, mas aquela casa era toda americana, com seu alpendre grande e arranjos multicoloridos de abóboras, feixes de milho, crisântemos e vasos de couve ornamental nos degraus. Uma dupla de cadeiras de balanço de madeira, com almofadas laranja e marrons, descansavam dos lados da porta verde-escuro, onde estava pendurada uma guirlanda natural de flores, vagens e cabaças. Tudo parecia ter saído de uma capa de revista.

Um caseiro de meia-idade, usando calça jeans e camiseta branca, resgatou-a de uma sensação desconhecida de cobiça.

— Estão todos fora, cavalgando — o caseiro disse, enquanto levava Piper até o quarto dela. — Mas devem voltar logo. Fique à vontade para andar por aí.

Como Piper tinha passado a maior parte do dia sentada, ficou feliz por ir espiar o celeiro e as outras dependências. O caseiro lhe disse que a fazenda cultivava milho, soja e um pouco de trigo, mas também tinha uma grande horta, onde umas poucas abóboras continuavam nas vinhas, acompanhadas de um pouco de repolho. Brócolis e acelga, um vegetal que ela não teria reconhecido se Cooper o tivesse mostrado em seu jardim. No estábulo, três baias vazias, com leitos de palha recém-arrumados, esperavam o regresso de seus ocupantes.

Ela os viu antes que fosse vista por eles. Deidre cavalgava uma égua ruana entre Noah e Cooper, que montava um cavalo cinza com manchas. Com sua postura ereta, o cabelo preto amarrado à nuca, chapéu e calça de montaria, Deidre parecia pronta para uma exibição de adestramento. Quanto a Cooper... Piper nunca o tinha visto mais à vontade. Seu corpo se movia em perfeita sincronia com o cavalo, e mais uma vez ela ponderou como alguém cujo lugar era claramente o campo ficava tão bem na cidade grande.

Enquanto Piper continuava parada junto à entrada, o cavalariço, que estava num canto ouvindo Lil Wayne, levantou-se para trabalhar. Cooper desmontou com a mesma elegância com que driblava os defensores adversários. Piper admirou como o brim ficava apertado nas coxas dele, e depois se obrigou a não olhar.

Depois que Deidre desmontou, Cooper passou o braço pelos ombros dela. Ele parecia um homem apaixonado. Cabelo desgrenhado, risada fácil. Uma bomba de tristeza explodiu no coração de Piper.

Quando Cooper, enfim, a viu, ele tirou o braço dos ombros de Deidre – não por se sentir culpado, mas para entregar as rédeas para o cavalariço.

— Você deveria ter chegado mais cedo, Piper. A cavalgada foi ótima.

— Você nasceu para isso, Cooper. — O elogio de Deidre foi sincero, sem nenhum sinal de flerte. — Dá para dizer que você passou muito tempo no lombo de um cavalo quando era criança.

— Eu nunca aprendi a cavalgar com elegância — ele disse —, mas fazia o que era necessário.

— Eu acho que você cavalga com *muita* elegância. — Deidre lhe deu um grande sorriso.

Piper teve vontade de vomitar. Pela primeira vez, ela reparou em Noah. A camisa jeans impecável e a jaqueta de camurça sugeriam que ele ficava muito mais à vontade atrás de uma escrivaninha.

Logo ficou evidente que Deidre tinha planejado uma festa bem pequena – apenas eles quatro. Piper não precisava ser detetive para deduzir que Deidre estava bancando a casamenteira. Talvez ela apenas gostasse de unir as pessoas, ou talvez tivesse a esperança de que Piper e Noah se acertassem e assim ela teria o caminho até o Cooper liberado. Mas um relacionamento entre Piper e Noah Parks nunca aconteceria. Ele era inteligente e seu rosto quadrado tinha seus atrativos, mas ele não parecia possuir nem um pingo de humor.

Cooper gesticulou para o campo atrás do jardim.

— Como ficou seu trigo com toda a chuva desse verão, Deidre?

— Sinto vergonha de dizer que não sei. Nós temos um arrendatário que é quem cultiva a terra. Quando meu marido era vivo, ele sabia de tudo que acontecia aqui, mas eu só cavalgo e relaxo.

— Sam adorava a fazenda — Noah disse. — Estava na família dele há três gerações.

Enquanto eles deixavam o estábulo para trás, Deidre contou que ela e o falecido marido tinham derrubado a antiga sede da fazenda para construir a nova. Ela falava de Sam de forma natural. Deidre Joss era uma mulher que guardava suas emoções dentro de si.

Noah se manteve ao lado de Piper e ela fez algumas especulações não muito sutis.

— Deve ter sido difícil para Deidre perder o marido ainda tão nova. Acidente com moto de neve, não é?

— Ele estava indo rápido demais.

— Como ele era?

— Sam? Tranquilo, divertido de se conviver. Um pouco irresponsável. Todo mundo gostava dele. Era difícil não gostar. Os dois só ficaram casados por cinco anos.

— Foi um bom casamento?

Ela esperava que Noah a cortasse, mas não.

— Eles eram malucos um pelo outro, mas era Deidre quem tinha que se esforçar mais.

Eles chegaram à casa e Deidre anunciou que os coquetéis seriam servidos no pátio, dentro de uma hora.

— Cooper, vou lhe mostrar seu quarto.

Que não ficaria perto do de Piper.

Ela lavou o rosto e passou um pouco de maquiagem, mas não trocou a calça folgada e o moletom que usou na sede do Stars. Quando foi pegar a bolsa para ver as mensagens no telefone, lembrou que a tinha deixado no carro e desceu para pegá-la.

Uma brisa leve agitava os galhos da árvore perto da casa. Um aroma de outono se espargia pelo ar; um aroma que ela adorava. Estava quase escuro e os holofotes montados no canto do celeiro brilhavam no Sonata dela, no Tesla de Cooper e no Lexus. Enquanto caminhava até os carros, Piper reparou na placa do Lexus: ARARAT.

Acima dela, uma coruja grasnou e voou na direção de um arvoredo atrás do celeiro. Uma lembrança difusa provocou Piper, mas não se materializou. Ela pegou a bolsa e enviou uma mensagem para Jennifer, querendo saber se a amiga tinha retornado o telefonema de Eric. Então ela foi até o pátio nos fundos da casa.

Os três estavam sentados ao redor de uma fogueira, que ardia dentro de uma cova de pedra. O pátio tinha uma cozinha externa com churrasqueira, pia e um balcão revestido de ladrilhos. Tochas iluminavam o jardim e projetavam uma luz tênue sobre a piscina, que estava coberta por causa do outono. Noah interrogava Cooper:

— ...e você recebeu muita má publicidade. Perdoe-me por ser tão sincero, mas isso é sinal de má administração.

— É sinal de má sorte — Cooper retrucou.

— Eu sei que me opus a isso desde o início — Noah disse. — Eu não gostava da ideia de confiar um investimento tão grande aos caprichos de atletas profissionais que já têm mais dinheiro do que podem gastar. Exceto você, é claro.

— Se esse fosse o plano, você estaria certo, Noah. Mas está se esquecendo de um detalhe: os atletas se aposentam cedo. É certo que alguns deles se satisfazem gastando o dinheiro que acumularam, mas não são esses que eu quero. Eu procuro os que são inteligentes, ambiciosos e buscam um novo desafio, mas não querem bancar o investimento sozinhos. São muitos.

Deidre permaneceu em silêncio, assimilando as perguntas de Noah e as respostas de Cooper.

— É um investimento arriscado demais para nós — Noah ponderou. — Nós não conhecemos essa indústria e não compreendemos esse mercado.

— Você compreendia o mercado chinês de sistemas de purificação de água quando fez esse investimento? — Cooper se voltou para Deidre. — Assumir alguns riscos bem calculados torna o negócio mais interessante, não?

Deidre falou pela primeira vez:

— Eu gosto da ideia de diversificar, investindo na chamada indústria do entretenimento. Mas Noah levantou alguns pontos válidos. O fato de que ele não costuma errar é o que me faz hesitar.

— Desta vez ele está errado — Cooper retrucou. — E, Deidre, por mais que eu aprecie a sua hospitalidade... e por mais que eu gostaria de trabalhar com você, está na hora de se decidir. Vou lhe dar mais alguns dias. Depois vou ter que seguir em frente.

Cooper não queria seguir em frente. Piper sabia que Deidre era a única sócia que ele queria.

Longe de ficar agitada, Deidre sorriu.

— Acho que não vamos precisar de tanto tempo.

— Piper! — Noah se levantou. — Vou pegar algo para você beber. Um coquetel? Vinho?

— Vou tomar uma cerveja. — Ela andou até adentrar a luz de uma tocha. — A mesma que o Cooper está bebendo.

— Vocês parecem ter o mesmo gosto em muitas coisas. Não é de admirar que gostem de trabalhar juntos. — Noah foi até o bar do pátio. — Essa é outra pergunta que eu tenho. Você parece ser a confidente do Cooper...

Seria imaginação dela ou Noah carregou a palavra *confidente* com todo tipo de significados ocultos? Ele pegou uma caneca gelada de uma geladeira embutida.

— Nós sabemos que ele foi um grande *quarterback*, mas ele é um grande homem de negócios?

Deidre mostrou seu primeiro sinal de impaciência.

— Como você espera que ela responda isso?

— Do modo franco que lhe é costumeiro — Noah disse. — Piper conhece Cooper melhor do que qualquer um de nós, e eu aprendi a respeitar a opinião dela. Então, diga-nos, Piper. Você vê Cooper como um empresário de sucesso?

— Cooper será bem-sucedido em qualquer coisa que decidir fazer — Piper respondeu, cuidadosa.

Noah foi na direção dela, segurando a caneca de cerveja gelada.

— Mas administrar casas noturnas é o que ele deveria fazer? Conte-nos o que você pensa sobre o assunto.

Não. De jeito nenhum. Cooper levantou a sobrancelha para ela, novamente lendo seus pensamentos.

— Eu não posso palpitar a respeito dos sonhos e das esperanças do Cooper, mas posso dizer que vocês não conseguiriam escolher ninguém mais honesto ou trabalhador com quem fazer negócios.

A caseira interrompeu a conversa, parecendo agitada. O motivo daquilo logo ficou evidente quando uma dupla de policiais uniformizados apareceu atrás dela, no pátio.

— Deidre, estes homens são do departamento de polícia de St. Charles.

Piper se levantou. Deidre só pareceu curiosa.

— Posso ajudá-los?

Eles a ignoraram, concentrando-se em Cooper.

— Sr. Graham, preciso que nos acompanhe. Temos uma ordem de prisão contra o senhor.

Noah se adiantou.

— Isso é ridículo. Qual é a acusação?

— Abuso sexual — o policial respondeu, olhando sombriamente para Cooper.

19

A ordem vinha da cidade de Chicago. Uma mulher acusou Cooper de abusá-la sexualmente na boate, na noite de quarta-feira.

Deidre olhava para ele com algo parecido com repulsa.

— Não seja idiota — Piper disse, agressiva. — Ele não abusou de ninguém. Isso é uma armação!

Cooper se voltou para Piper com a expressão ininteligível.

Os policiais o levaram algemado, o que teria desolado Piper se ela não estivesse tão furiosa. Ela estava com o advogado dele no telefone antes mesmo de o carro de polícia sair do jardim.

A mão de Deidre tremia quando ela se serviu de uma bebida.

— Eu... eu não consigo imaginá-lo fazendo nada disso.

— Atletas profissionais acreditam estar acima da lei. — Noah parecia quase feliz. — Quanto mais eu conheço o mundo de Cooper Graham, menos eu gosto.

Foi aí que Piper se lembrou.

ARARAT.

✶

Como Cooper foi preso no subúrbio, em vez de em Chicago, demoraria horas para seu advogado pagar fiança e soltá-lo, mas Piper não estaria na delegacia de polícia esperando por ele. Na verdade, ela tinha colocado um capuz preto sobre a cabeça e estava invadindo a casa de Noah Parks em Chicago.

Até foi fácil arrombar a fechadura, mas a casa recém-reformada no bairro de Streeterville possuía um sistema de alarme, e sua sirene aguda só lhe daria uns poucos minutos de busca antes que a polícia aparecesse.

O interior cheirava à tinta fresca. Luzes no corredor e na sala de estar providenciavam iluminação suficiente para ela ver aonde estava indo.

ARARAT.

Ela tinha visto essa placa de carro na quinta-feira à noite, quando Deidre visitou a Spiral e Piper a acompanhou até o carro. Quando Piper voltava para a boate, um Lexus vermelho passou por ela de modo tão imprudente que Piper lhe mostrou o dedo. A placa personalizada daquele Lexus era ARARAT. A montanha onde a arca de Noé tinha ido parar.

Noah... Ou Noé...

Noah Parks tinha seguido Deidre até a boate naquela noite. Talvez ele estivesse preocupado com a segurança da patroa, mas Deidre era mais do que capaz de cuidar de si mesma. O mais provável era que ele não quisesse perdê-la de vista. E depois de observá-lo mais cedo e ver como ele mal conseguia esconder que não gostava de Cooper, Piper acreditou entender o porquê.

Os minutos passavam rápido demais. O notebook dele não estava no escritório, nos fundos da casa. Ela correu escada acima e deu uma olhada nos quartos. Noah era obcecado demais pelo trabalho para não ter um computador em casa, mas onde estava? E o que havia nele?

Piper tinha furtado o celular do bolso de Noah logo depois que a polícia saiu e se escondeu com o aparelho no lavabo do térreo. Assim como muita gente ocupada que está sempre no celular, ele não se dava ao trabalho de usar senha no aparelho, e ela logo encontrou e decorou uma informação interessante. Mas Piper precisava de mais informações e não podia continuar por muito tempo no lavabo da casa de Deidre. Deixando o celular no pátio, onde Noah poderia acreditar tê-lo derrubado, ela pediu desculpas por não passar a noite na fazenda, como estava programado, e correu de volta para a cidade. E lá estava ela, fazendo sua primeira invasão de domicílio.

Piper voltou correndo para o andar de baixo, enquanto os gritos do sistema de alarme fritavam seus nervos. O tempo dela tinha acabado. Uma última olhada. Ela passou pela sala de estar e pelo escritório. Nada. Piper precisava sair antes que a polícia chegasse. Naquele instante. Ela passou de novo pela cozinha. E lá estava. No balcão de granito. Ela o pegou, saiu correndo pelos fundos, atravessou o beco e chegou ao carro.

Assim que chegou ao seu escritório e parou de tremer, Piper fez um bule de café forte para se manter alerta. Então se acomodou atrás da mesa de trabalho e começou a clonar o disco rígido do notebook.

Uma hora mais tarde, ela tinha terminado.

✶

O celular dela tocou. Ela levantou a cabeça da mesa e o procurou sobre o tampo. Eram 8 horas da manhã. Ela tinha adormecido há menos de uma hora.

— Alô — ela murmurou.

— É bom ver o quanto você se importa comigo. — O tom de voz amuado, que não era típico de Cooper, ajudou a tranquilizá-la.

— Certo, bem, eu tinha muito o que fazer. E liguei para o seu advogado, não foi? — Ela pegou a caneca, deu um gole no café frio e estremeceu.

— Você não vai me perguntar? — disse Cooper.

Ela esfregou os olhos.

— Perguntar o quê?

— Eu fui acusado de um crime sexual! — ele exclamou. — Eu saí da cadeia sob fiança!

— Ah, isso.

— Você acha que isso é algum tipo de piada?

— Nem comece! — A raiva que ela mal estava conseguindo conter chegou à superfície. — Milhares de mulheres são estupradas e não prestam queixa porque têm medo de serem chamadas de mentirosas. E agora alguém inventa isso. É demais, Cooper! Juro que vou pegar quem acusou você.

Houve uma pausa tão longa que Piper pensou que ele tivesse desligado. Mas então ela o ouviu pigarreando. A voz dele pareceu estranha. Embargada.

— Obrigado.

— Não por isso.

— O que você está fazendo? — Ele não perguntou de um jeito casual, como quando alguém pergunta *E aí, o que está rolando?* Foi mais como *Eu quero um relatório completo agora.*

— Eu tenho que fazer algumas coisas. Mais tarde eu ligo para você. — Ela encerrou a ligação, desligando o celular. Que tal isso como trabalho em equipe?

Enquanto tentava desfazer o mau jeito no pescoço, Piper voltou sua atenção para o computador, onde os sites de notícia já relatavam a prisão de Cooper. A injustiça a despertou por completo.

Na lixeira do notebook do Noah, Piper encontrou um e-mail da Fazenda de Insetos Bendah. *Agradecemos seu pedido...* Ainda que isso fosse interessante, empalidecia em comparação ao resto que Piper descobriu. Quando vasculhou o celular dele, encontrou um número de telefone para o qual ele ligava à noite, às vezes de madrugada. O número aparecia com tanta frequência que ela ignorou todos os princípios éticos em que acreditava e invadiu a casa dele para roubar o computador que acreditava estar ali e que lhe daria mais informações sobre a vida secreta de Noah Parks.

Algumas horas de investigação cibernética tinham dado a Piper o que ela queria: uma ligação entre o número de telefone e um nome, Rochelle Mauvais, nascida Ellen Venglley. Não havia fotografias no celular, mas elas abundavam no computador que Piper tinha roubado. Uma loira jovem e bonita. Poucas fotos mostravam a jovem com Noah, mas a maioria era de Rochelle/Ellen sozinha... e nua. Então, ao amanhecer, ela encontrou o grande prêmio. Uma transferência misteriosa de dez mil dólares feita dois dias antes.

Os vestígios do surto de adrenalina ainda não tinham sumido. Desde que assumiu a agência de detetives, nada foi tão satisfatório quanto o trabalho que ela tinha acabado de fazer naquele computador. Mas aquela sensação de sucesso não conseguiu apagar o fato de que Noah não era o único criminoso nesse caso.

Ela olhou para os pôsteres da revista *True Detective*, emoldurados na parede do outro lado do escritório. Piper nunca tinha se imaginado como uma criminosa, mas foi nisso que ela se transformou. Ela deu as costas aos seus próprios princípios e ignorou a lei, como se esta valesse apenas para outras pessoas. Quando aquilo acabasse, ela precisaria analisar com cuidado em quem estava se transformando.

— Não estou pedindo para você me dar o nome dela — Piper falou para Eric, enquanto conversava com ele pelo telefone, alguns minutos mais tarde. — Só estou pedindo para você ver se o nome que eu lhe dei é o mesmo da mulher que acusou o Cooper. Um simples sim ou não.

Eric ligou para ela dez minutos depois.

— Como você conseguiu essa informação?

Em vez de responder a pergunta, ela lhe deu o endereço de Ellen/Rochelle e pediu que a encontrasse lá em meia hora.

A conversa com Ellen foi curta e grossa. A jovem tinha começado a trabalhar como acompanhante para pagar seu financiamento estudantil, mas logo descobriu que esse era um modo mais lucrativo de ganhar a vida do que com os empregos que conseguiria com seu diploma de Comunicação.

Noah foi um de seus primeiros clientes. Embora Piper não tivesse prova de que os dez mil dólares transferidos da conta de Noah foram para Ellen, ela agiu como se tivesse, e Ellen desmoronou, admitindo que tinha mentido a respeito de Cooper.

Isso é por todas as mulheres que contaram a verdade sem que ninguém acreditasse nelas, pensou Piper, enquanto Eric levava a prostituta de Noah para a delegacia.

✶

Deidre tinha voltado da fazenda para a cidade. Piper ligou no escritório dela e marcou uma reunião às 3 horas da tarde. Isso lhe dava apenas tempo para tomar banho e vestir uma roupa limpa. Enquanto saía da agência, ela imaginou a legião de repórteres acampados em frente ao apartamento de Cooper e desejou poder se colocar entre ele e todos aqueles urubus.

Sua vontade de protegê-lo era tão feroz que a assustava. Piper tentou planejar sua reunião iminente com Deidre, mas estava tão confusa devido à falta de sono que virou automaticamente na Lincoln Square. E lá, sentado junto à fonte, estava um senhor de idade, usando um capacete viking com chifres.

Um capacete de torcedor do *Minnesota Vikings*.

Ela não podia lidar com isso naquele momento, mas em vez de passar reto, Piper parou debaixo de uma placa de PROIBIDO ESTACIONAR, saltou do carro e foi na direção do homem. Ele não a viu até Piper estar a uns dez metros de distância, então deu um pulo e começou a correr, mas ela o alcançou.

— Polícia! — ela gritou.

É deprimente como é difícil se comportar direito depois que se ultrapassa certos limites.

Assim que ela o deteve, viu que o homem não era Howard Berkovitz. O rosto dele era mais magro e o cabelo mais grisalho. Mas os dois tinham a mesma altura, a mesma constituição e idade semelhante. Além de serem muito parecidos.

— Eu não fiz nada de errado — ele disse, com o sotaque familiar de alguém que nasceu e viveu em Chicago.

— Eu sei que não. — Ela suavizou a expressão, para não parecer perigosa. — E eu não sou uma policial.

— Então por que estava me perseguindo? Eu já te vi antes. Você estava me seguindo algumas semanas atrás.

— É uma longa história. Sou inofensiva. Eu juro. Você pode me fazer um grande favor e me deixar lhe pagar um café para que eu possa me explicar?

— Não gosto de falar com ninguém.

— Sou eu quem vai falar. Por favor. Eu quase não dormi esta noite e tive dias horríveis. Eu ficaria grata.

Ele apertou os olhos, franzindo aquelas sobrancelhas grisalhas e espessas.

— Tudo bem, mas sem nenhuma gracinha.

— Prometo.

Dali a pouco os dois estavam acomodados em uma das mesas de um café na Avenida Western, que tinha paredes roxas e chão de tábua corrida. Ela não perguntou nada, nem o nome dele, e com certeza não quis saber por que ele andava pela Lincoln Square usando chapéus de torcedor. Ela apenas lhe contou sobre Berni.

— E essa mulher pensou que eu era o marido morto dela? — ele disse quando Piper terminou. — Ela parece maluquinha, para mim.

— Berni é excêntrica, mas não é louca. Ela só sente falta do marido.

Ele esfregou o queixo, inclinando o chapéu de viking o bastante para que os chifres ficassem tortos.

— Acho que consigo entender. Eu perdi minha esposa ano passado.

— Sinto muito por isso.

— Eu devia ter lhe dado mais valor.

Piper manteve a expressão neutra. O tempo estava passando. Ela precisava terminar logo com aquilo, se desejava tomar um banho antes de ir até o escritório de Deidre. Ela resolveu enfrentar o elefante de frente.

— Você deve ser gostar muito de futebol.

— Beisebol, na verdade. Sou fanático pelo Sox. Você pode tirar o garoto da Zona Sul, mas não consegue tirar a Zona Sul do garoto.

— Entendo. — Ela não entendeu, e sinalizou para o capacete dele.

— Ah, sim. Você está falando disto? — Ele tirou o capacete de viking com chifres e o colocou sobre a mesa. — Eu uso coisas assim para evitar que as pessoas me incomodem. Desde que Ellie morreu, não quero conversar com ninguém.

Piper começou a entender a situação.

— O capacete do Vikings, o chapéu de queijo... eles afastam as pessoas — ela concluiu.

Ele assentiu com a cabeça, satisfeito.

— Porque elas acham que eu sou louco.

— Do mesmo modo que você pensa que Berni é louca?

Ele refletiu a respeito.

— Sou um homem justo. Esse é um bom argumento.

— Você estaria disposto a falar com Berni? Nós três poderíamos nos encontrar aqui.

— Eu não gosto de conversar com ninguém — ele repetiu, para o caso de Piper não ter entendido das outras duas vezes em que ele falou a mesma coisa.

— Tudo bem. Berni adora falar. E tudo que você tem a fazer é mexer a cabeça. Eu acho que ela precisa ver você, assim quem sabe ela para de pensar que o Howard está por aí.

— É difícil parar de pensar em quem se foi — ele disse, baixando os olhos para a caneca de café.

— Eu imagino que sim.

— Mas isso parece interessante. A maioria das coisas está um tédio, atualmente. Quando eu trabalhava, era diferente...

Embora tivesse dito que não gostava de conversar, depois que ele começou, não quis mais parar. Seu nome era Willie Mahoney. Ele era natural de Chicago e trabalhou na companhia de gás até se aposentar. Sua esposa, com quem ficou 48 anos, era uma "espoleta". Os filhos, todos adultos, moravam fora do estado. Ele estava só. Quando ele enfim parou de falar, Piper tinha sido multada e perdido a chance de tomar banho.

Ela dirigiu, então, até Lakeview, onde pegou Cooper no beco um pouco adiante do prédio em que ele morava. A imagem dele sendo levado algemado continuava gravada no cérebro dela, e Piper precisou apertar as mãos no volante para se segurar e não o abraçar. Felizmente, ele estava de péssimo humor.

— Eu não gosto de ter que sair escondido da minha própria casa.

— Você prefere participar da convenção de jornalistas na frente do prédio?

Ele grunhiu alguma coisa e se jogou no banco do passageiro do Sonata.

— Do que se trata isso e aonde nós vamos?

— Obrigada por confiar em mim. — Ela evitou as duas perguntas.

— De onde você tirou essa ideia?

— Você está aqui, não está?

Mais ou menos. Ele estava com os olhos injetados e a barba por fazer. Ela queria reconfortá-lo e tranquilizá-lo, mas Cooper não iria gostar disso.

— Espero que sua aparência estivesse melhor quando tiraram a foto na polícia.

Ele quase sorriu.

— Você é impiedosa.

Piper sabia que piedade era algo que ele não queria dela.

— E você também não está ótima — ele disse. — Na verdade...

— Os últimos dias foram complicados — ela retrucou e ligou o rádio, aumentando o volume para terminar a conversa.

Ela esperou até entrarem no estacionamento atrás do prédio onde ficava a Joss Investments para explicar.

— Vamos nos encontrar com a Deidre.

— Estou vendo. — Ele esfregou os olhos. — Não quero me encontrar com Deidre.

— Trabalho em equipe.

— Não existe nenhum trabalho em equipe, aqui — Cooper disse. — Eu não tenho ideia do que você está fazendo. Você não esclareceu nada.

— Esta é a última vez que eu lhe peço para confiar em mim. Prometo — disse Piper, cansada.

Ele, então, abriu a porta do carro.

— Por que não? O que é mais um dia miserável?

Ela pegou o notebook no porta-malas. Cooper deve ter pensado que era dela, porque não lhe perguntou a respeito. O computador, contudo, foi a primeira coisa que Noah reparou quando a secretária de Deidre os acomodou no escritório. Ele levantou em um salto da cadeira em que estava sentado, perto de Deidre, analisando alguns arquivos.

Deidre cumprimentou Cooper com um movimento frio de cabeça, parecendo distante, e foi ficar atrás de sua escrivaninha, como se quisesse uma barreira entre eles.

— Você não me disse que o Cooper iria participar, Piper. Você me fez acreditar que a reunião era só com você.

— Foi o que você pensou? Falha minha.

Cooper ficou entre a porta e um retrato a óleo do pai de Deidre. Cruzando os braços à altura do peito, ele encostou um ombro na parede, deixando que Piper assumisse as rédeas. Ela queria tanto fazer aquilo por ele, entregar-lhe a solução do caso como um troféu do Super Bowl. Ela devolveu o notebook para Noah.

— Acho que isso pertence a você. Alguém o deixou na minha porta, na noite passada. Estranho. Mas não se preocupe, eu fiz uma cópia de segurança.

Noah apertou os lábios e contraiu os cantos da boca, mas ele não podia acusá-la de roubar o computador sem lançar suspeitas sobre si mesmo. Deidre tamborilou os dedos no tampo da sua mesa.

— Do que isso se trata, Piper?

— Do seu braço direito, aqui. Ele é um criminoso. Imagino que você não saiba disso.

Noah ficou furioso.

— Caiam fora daqui!

A expressão confusa de Deidre era estranha no rosto de uma mulher acostumada a estar no controle. Piper encarou Noah.

— O nome Ellen Englley lhe diz alguma coisa?

Noah correu até a mesa de Deidre.

— Vou chamar a segurança.

— Talvez você a conheça melhor como Rochelle Mauvais — Piper disse. — É um nome ótimo para uma prostituta.

O rosto dele perdeu a cor.

— Não sei do que você está falando.

Deidre se levantou e apoiou as mãos na mesa.

— Ellen é uma... namorada antiga do Noah — Piper explicou. — Ela é também a mulher que acusou Cooper de estupro. Interessante, não acha?

Cooper se endireitou onde estava, perto da parede. E Noah se inclinou sobre a mesa e apertou o intercomunicador.

— Mande a segurança aqui!

— A Ellen me contou tudo — Piper disse.

— Noah, isso é verdade? — Deidre perguntou, parecendo atordoada.

— Não! É claro que não é verdade.

— Ela está com a polícia, agora — Piper continuou. — Junto com uma cópia do disco rígido do seu computador.

Noah correu na direção da porta, mas Cooper foi mais rápido que o executivo. Ele realizou um bloqueio que fez Noah recuar, cambaleante. Antes que o outro caísse, Cooper o agarrou e o fez sentar no sofá.

— Vamos ouvir o que a Piper tem a dizer.

E Piper tinha muita coisa a dizer.

— O Noah pagou dez mil dólares à Srta. Englley para acusar Cooper de estupro. Ele queria destruí-lo. Tirá-lo da frente. Ele até mesmo usou um drone para espionar o Cooper.

Noah deixou o corpo cair para frente e segurou a cabeça com as mãos. Deidre estava paralisada e Piper continuou:

— A polícia vai achar aquele disco rígido muito interessante. Você deveria ter esvaziado a lixeira do computador. Se bem que infestar a boate de baratas é café pequeno, comparado ao resto.

— Você o roubou — ele disse com o rosto enfiado nas mãos.

— Ora, Noah! — Deidre exclamou. — Por que você faria algo assim?

Ele apertou o maxilar, recusando-se a falar, então Piper respondeu por ele:

— Noah quer ser o homem mais importante na sua vida. Ele se acostumou com o modo como você passou a depender dele depois que seu marido morreu. Talvez ele esperasse ser o próximo Sr. Joss. Mas querendo isso ou não, ele tinha que continuar sendo o principal. Seu interesse em Cooper o ameaçava. Ele queria tanto Cooper quanto a Spiral fora de cena.

Cooper ouviu tudo sem dizer nada. Deidre se afundou na cadeira, apoiou a cabeça nas mãos, depois a levantou lentamente.

— Como você pôde fazer isso?

— O que mais eu deveria fazer? — O rosto de Noah se contorceu em amargura. — Não consegui impedir você de casar com o Sam, embora qualquer um pudesse ver que ele não estava à sua altura. Eu não podia perdê-la para esse jogador de futebol.

— Eu confiava em você mais do que em qualquer outra pessoa.

— Eu precisava de mais tempo! — ele exclamou. — Eu te amo. Sempre te amei.

Amava a Joss Investments, na verdade.

A porta foi aberta e dois seguranças entraram. Deidre se levantou, assumindo o comando.

— Levem-no para o escritório dele e mantenham-no lá até a polícia chegar. — Enquanto os seguranças levavam Noah, ela foi até Cooper. — Não sei como posso compensá-lo por isso tudo.

Piper tinha algumas ideias, mas ela própria detestava todas.

*

Cooper se sentou no banco do motorista do Sonata de Piper e colocou-se a caminho da Spiral.

— Como você conseguiu o computador dele?

Piper apoiou a cabeça no banco e fechou os olhos. As palavras pressionavam seus lábios e as emoções se reviravam dentro dela – pensamentos e sentimentos tão contraditórios e dolorosos que ela não podia deixar que escapassem.

— Eu preciso dormir um pouco antes de conseguir falar.

— Eu preciso de respostas.

— Estou falando sério, Cooper. Não durmo desde a noite de domingo. Preciso ir para a cama.

— Ótimo. Vou passar a manhã toda com meus advogados, mas vou buscar você às 5 horas para jantar.

Ela abriu os olhos.

— Quantos anos você tem? Oitenta? Quem sai para jantar tão cedo?

— Você fica insuportável quando está com sono.

— Combinado — ela resmungou. — Vamos no Antigo Restaurante da Fazenda às 5 horas.

— Cinco horas porque preciso de bastante tempo para deixar você bêbada.

— Nesse caso... — Ela voltou a fechar os olhos.

✶

Quando Piper acordou, no dia seguinte, a polícia tinha dado uma declaração dizendo que a acusação contra Cooper era falsa. Eles não citaram o nome de Noah, apenas referiam-se a "uma pessoa ressentida com o antigo *quarterback* do Stars". Os telejornais do meio-dia mostraram Ellen Englley com um capuz sobre a cabeça tentando evitar as câmeras. Piper olhou para a tela, revoltada. Era provável que a amante de Noah acabasse se tornando uma apresentadora de TV.

O advogado de Cooper deu uma breve entrevista coletiva às 3 horas da tarde, na qual, entre outras coisas, Piper soube que o ex-jogador era um membro de longa data da força-tarefa da NFL contra violência sexual. O advogado leu uma declaração de Cooper sobre a seriedade do impacto que acusações falsas exercem sobre vítimas reais de estupro. Como Piper poderia não querer proteger alguém assim?

Eric ligou para dar a má notícia de que Noah Parks tinha um álibi perfeito para a noite em que Cooper foi atacado em frente ao prédio, e também para a noite em que Karah foi jogada para fora da estrada. Piper imaginou que Noah tinha contratado alguém para o primeiro ataque, mas esperava que ele estivesse no volante do veículo misterioso que colidiu com o Audi. A menos que a polícia encontrasse outra evidência, Noah seria liberado com um puxão de orelha.

Ela se obrigou a se concentrar no vestido de malha, laranja e de mangas compridas, que tinha desenterrado do fundo do armário. A última vez em que o usou foi no casamento de uma amiga de faculdade, alguns anos atrás. O decote destacava seu pescoço longo, algo em que ela geralmente não pensava, mas nessa noite Piper queria se sentir pelo menos um pouco bonita.

Cooper tinha trocado a calça jeans e as botas por uma camisa branca, calças cinza e um *blazer* cinza escuro que se ajustava ao corpo dele como se tivesse nascido ali. Admiração brilhou nos olhos dele quando a viu.

— Droga, Piper. Você sabe mesmo se vestir como uma garota.

— Eu disse que sabia — ela respondeu. — Onde nós vamos jantar?

— Vamos beber algo, primeiro. Num lugar novo e ótimo do qual ouvi falar.

— As pessoas vão cair em cima de você.

— Já cuidei disso.

Ele estava certo. O tal lugar novo e ótimo ficava bem embaixo deles, o que explicava o jantar ser tão cedo.

Embora ainda faltassem cerca de quatro horas para a Spiral abrir, uma luz suave brilhava dentro das mesas em formato de cubo, e as hastes suspensas cintilavam como estalactites douradas sobre o balcão do bar. As banquetas de couro pareciam acolhedoras e havia uma música discreta de fundo. Ninguém mais à vista.

Cooper foi para trás do balcão.

— Nós temos três horas até os funcionários aparecerem — ele disse. — O lugar está trancado no momento e dei ordens expressas para ninguém chegar até as 8 horas.

— Não há muito tempo para eles prepararem a casa antes de abrir.

— Vão ter que se virar. — Cooper abriu um vinho muito caro e serviu duas taças.

— Sinto por não ter conseguido fazer um trabalho em equipe — Piper disse enquanto sentava em uma das banquetas. — Mas você não estava disponível para consulta.

— Está perdoada.

Ela levantou a taça que ele lhe entregou.

— Um brinde à inocência — ela disse.

— Não tem nada de inocente nesse vestido — ele retrucou.

O decote do vestido descia até à clavícula dela e o restante do tecido moldava o corpo de Piper.

— Eu estava falando de você.

— Eu sei. — Ele sorriu. — Como você descobriu?

Ela contou sobre a placa do carro do Noah.

— E o restante?

— Intuição — ela disse. — Ele ficava em cima da Deidre, e havia algo na atitude dele em relação a você que parecia mais pessoal do que profissional.

Cooper apoiou a mão no balcão e deu um de seus olhares penetrantes.

— Como você conseguiu o computador dele?

Ele mencionou aquilo que ela mais queria evitar.

— Não foi licitamente. — Ela encarou a taça de vinho. — Estou me transformando em uma pessoa que não respeito. Uma dessas pessoas tão fixadas no objetivo final que não se importam com a forma como chegam lá.

— Isso se chama *paixão*.

Ela tinha outra palavra para isso. *Antiética*.

✶

Cooper observou Piper tomar um gole do vinho. Ela não estava feliz, e ele queria que ficasse. Ela devia ficar.

Ele pegou um prato de frios, queijos e azeitonas na geladeira debaixo do balcão e o levou até a mesa mais próxima. Ela o seguiu, levando as duas taças de vinho, tentando se manter firme naqueles sapatos de salto agulha que detestava. Piper nunca acreditou que ele tinha abusado de alguém. Nem por um instante. Até se mostrou impaciente quando ele a indagou a respeito – como se Cooper estivesse desperdiçando o tempo dela por tocar no assunto. Ninguém nunca tinha demonstrado tamanha fé nele. Que diabos um homem deveria fazer com uma mulher assim?

Piper deslizou pelo sofá junto à mesa, e sua saia subiu pela coxa, o bastante para fazê-lo se esquecer do que estava pensando. Mesmo sem o rímel que usava nessa noite, os cílios dela eram longos e espessos, e aquela boca de canela brilhante era um convite. Ele a adorava de cara lavada, mas também adorou perceber que Piper tinha se dado ao trabalho de se arrumar para ele.

— Isso parece um evento — ela disse.

— É uma comemoração. — Ele se deu conta de que Piper tinha colocado sua licença de detetive em perigo ao fazer o que quer que tivesse feito. Isso o incomodava mais do que saber que precisou de outra pessoa para resolver seus problemas.

— Você não parece feliz — ela observou.

— Eu estou muito feliz.

— Então por que está franzindo a testa?

— Porque estou tentando não agir como o animal que sou, imaginando o que tem por baixo do seu vestido. Não estou sentindo orgulho de mim mesmo.

Ela sorriu.

— Vamos dançar — Cooper convidou e colocou a taça sobre a mesa.

— Sério?

— Por que não?

Piper pegou a mão dele e se levantou do sofá. Ele a conduziu até a pista de dança. Foi estranho, para Cooper, perceber que aquela era a primeira vez que ele dançava em sua própria casa noturna apenas por prazer.

E que prazer. O delicioso encaixe do corpo dela contra o seu foi quase doloroso, embora ele preferisse ter evitado aquela balada sentimental do Ed Sheeran quando programou a música. Por outro lado, a canção combinava com o estado de espírito dele.

— Isto é tão estranho — ela disse, apoiando a cabeça na lateral do queixo dele e se aproximando ainda mais.

— Se pelo menos você não fosse tão romântica.

Piper riu. Por que ele ficava se preocupando em não iludi-la, já que ela tinha os pés tão firmes no chão e a cabeça tão abaixo das nuvens?

Os dois dançaram em silêncio, as mãos unidas e os corpos oscilando. Um respirando o ar do outro. A canção de Ed Sheeran terminou e Etta James começou a cantar "At Last". Ele a conduziu de volta à mesa.

Ela comeu os petiscos, dando aquelas mordidinhas delicadas que sempre o surpreendiam. Ele precisava dizer para Piper o quanto a confiança dela significava para ele. Em vez disso, contudo, Cooper pediu que ela contasse tudo que tinha feito desde o momento em que a polícia o levou, até a reunião com Deidre.

— Vou contar o melhor primeiro. — E Piper contou sobre o encontro com o homem que a Sra. Berkovitz pensava ser seu marido morto.

— Incrível — ele disse quando Piper terminou. — E quanto a Sra. Berkovitz lhe pagou para fazer esse trabalho?

— Cem dólares. Eu pensava em levá-la para jantar com esse dinheiro, mas agora espero conseguir levar os dois juntos.

— Você tem um bom coração, Piper Dove.

— E uma ética flexível — ela disse, espetando um cubo de queijo.

Cooper se levantou para pegar a garrafa de vinho no balcão.

— Vá em frente. Conte tudo.

— Eu não quero.

— É tão ruim assim?

— Depende do que você pensa sobre invasão de domicílio e furto qualificado. Eu também menti para a mulher que o acusava quanto à transferência de dinheiro, mas não me sinto mal com isso. Depois tem o seu anel...

Ele pôs a garrafa sobre a mesa.

— Não acha que está sendo um pouco severa demais consigo mesma?

— Os fins justificam os meios? Eu gostaria de acreditar nisso, mas não consigo.

— Você não se contenta com pouco, Piper. É assim que foi criada.
— Foi assim que Duke Dove a criou.

Ela lhe deu um sorriso alegre e falso.

— Chega de conversa deprimente. Conte sobre a cadeia. Algum bandido malvado tentou transformar você na mulherzinha dele?

— Eu fui mantido em uma sala de reuniões cheia de policiais que queriam reviver o Super Bowl do ano passado. Então, a resposta é não.

— Que sem graça!

Ele enfiou uma azeitona na boca.

A música ficou mais rápida e eles voltaram para a pista de dança. Não demorou para que ela tirasse os sapatos e ele, o paletó. Conforme as músicas foram ficando mais eróticas, a dança deles também ficou. De Pharrell a Rihanna; de Bowie a Beyoncé. Piper ficou na ponta dos pés, pressionando aquele bumbum delicioso no corpo dele. Então ela girou o corpo para encará-lo, com o rosto vermelho e as pálpebras pesadas. Ela girou de novo, apertando o bumbum no corpo dele mais uma vez... se Piper não parasse, Cooper acabaria repetindo o desempenho da primeira vez em que ficaram juntos. Então ele a agarrou pelos braços e a pressionou contra a parede.

Cooper a beijou de boca aberta. Beijou-a e beijou-a e beijou-a de novo – boca, pescoço, e de novo a boca. Carícias demoradas e profundas. Os dois se agarravam como se aquilo fosse o máximo que pudessem fazer. Devorando um ao outro. As roupas grudadas na pele. Uma música depois da outra.

Marvin Gaye... "Let's Get It On"...

Missy Elliott... "Work It"...

E eles continuaram se beijando. Uma sessão de carícias para ficar na história.

Fazer isso a noite toda... a noite toda...

A barra do vestido de Piper estava nas mãos dele, e foi parar na cintura dela. O cinto dele se abriu nas mãos dela.

Qual a sensação... A sensação é de...

Roupa íntima. Zíper. Malha e lã caindo na pista de dança.

Encostados na parede. No salão... Pegando fogo na parede.

Em queda livre...

As pernas ao redor do quadril dele. O bumbum nas mãos dele. Molhada nos dedos dele. Dentro dela.

Vaivém. Vaivém. Vai...
Dentro.
Assim. Assim.
E... assim.

✶

O vestido de malha tinha sobrevivido àquele furor, mas a calcinha não, e como parecia estranho usar sutiã sem calcinha, ela abandonou a lingerie por completo e colocou o vestido sem as roupas íntimas. Piper tocou os lábios, que pareciam inchados. Ficaria dolorida no dia seguinte, e não só nos lábios.

Piper começou a bater os dentes, e suas pernas não estavam funcionando direito. Ela se deixou cair no sofá do banheiro feminino.

A pior coisa do mundo tinha acontecido com ela.

20

Ela o amava. Piper tinha sido descuidada e estúpida o suficiente para se apaixonar por Cooper Graham. Os alertas foram muitos: a alegria que sentia sempre que ele aparecia, a delícia que era fazê-lo rir, as regras que tinha quebrado por ele. Como ela podia não ter identificado aquele surto intenso de emoção que a engolfava nos momentos mais inesperados?

Ela se sentia tão tonta que colocou a cabeça entre os joelhos, o que só piorou as coisas. Todos os sinais tinham aparecido, mas ela se recusou a prestar atenção neles. Piper acreditava ser imune ao amor. E talvez fosse mesmo. Imune a se apaixonar por qualquer um que não fosse Cooper Graham. Mas vê-lo sendo levado pela polícia, algemado, abriu a gaiola de aço que manteve seu coração prisioneiro por tanto tempo que a fez esquecer que possuía esse órgão. Até aquele momento.

Ela se endireitou no sofá. Não costumava amar. Não tinha recursos para lidar com isso. Como ela poderia sair pela porta do banheiro e agir como se tudo estivesse normal? Ele era tão sensível, tão bom em ler os pensamentos dela. Cooper enxergaria os sentimentos de Piper como se estivessem estampados no rosto dela. E se ele enxergasse mesmo... seria muito bondoso. Bondoso demais.

Os minutos passavam, apressados. A qualquer segundo Cooper irromperia pela porta para ver como ela estava. Piper queria se esconder ali para sempre, mas não podia fazer isso e se obrigou a ficar de pé. Só havia um modo de se salvar. Somente um modo de evitar a piedade, a bondade dele.

Ela tinha que sair dali e acabar com isso.

✶

Ele veio da cozinha com as mangas da camisa enroladas nos antebraços. Os lábios estavam tão inchados quanto os de Piper. Ela o tinha mordido? Ele arrumou os talheres sobre a mesa do jantar, junto com duas belas saladas de rúcula e maçã, que, quase com certeza, não foi ele quem fez.

— Risoto de lagosta — ele anunciou enquanto ajeitava as travessas que havia trazido. — Direto da estufa da cozinha. Extra cremoso. — Ele a fitou com as pálpebras pesadas. — Como você.

A descarga elétrica que a estremeceu provou o quanto ela estava vulnerável. Piper se afundou no sofá.

Obrigar-se a comer foi ainda mais difícil do que fingir que nada havia mudado.

— Você é um cozinheiro fantástico — ela elogiou.

Ela sabia. E ele sabia que Piper tinha conhecimento de que a comida não tinha sido preparada por ele. Mas Cooper entrou na brincadeira.

— Eu fiz um cortezinho no dedo para tirar a carne da garra da lagosta.

— Todos os grandes chefs sofrem esse tipo de acidente.

Ele sorriu. Piper atacou impiedosamente o risoto. Estava cremoso, como ele tinha prometido. Muito queijo, com pedaços suculentos de lagosta amanteigada que ameaçavam parar na garganta dela. Eles conversaram – Cooper foi quem mais falou –, relembrando o que tinha acontecido com Noah. Enfim Piper contou como tinha pegado o computador dele, mas nem isso foi tão difícil quanto o que ela tinha para falar. Afinal, ela desistiu de comer.

— Não está bom? — ele perguntou.

— A gravidez estraga o apetite.

Cooper deixou cair o garfo e a sua expressão de puro horror foi prova de que Piper estava exagerando em sua tentativa de agir normalmente.

— Estou brincando.

— Não tem graça! — ele quase rugiu.

— Você sabe que eu fico engraçadinha quando estou estressada.

— Não ligo para o quanto você esteja estressada. Nunca mais brinque com... O que está te estressando?

Talvez ela pudesse adiar aquilo por alguns dias. Algumas semanas... Essa possibilidade era tão sedutora quanto a serpente no Jardim do Éden, e tão destrutiva quanto. Ela tinha que fazer aquilo logo. De modo definitivo. Precisava ser tão impiedosa consigo mesma quanto Duke costumava ser quando Piper chorava por causa de um balão que estourava ou porque tinha esfolado o joelho. Ela era cria do pai, e se obrigou a encará-lo.

— Terminar com você.

— Ah, está certo.

Use a lógica. Homens entendem o que é lógico.

— Meu trabalho terminou. Eu tenho, enfim, um pouco de dinheiro no banco. Tenho até outro lugar para ficar.

— Você já tem um lugar para ficar.

— Um lugar melhor. Amber vai viajar dentro de alguns dias para uma turnê com o coral e só vai voltar para a Ópera em dezembro. Eu vou ficar no apartamento dela. — Piper não tinha falado com Amber. Não tinha pensado em ficar lá até aquele momento.

— Isso é completamente desnecessário. — Ele franziu ainda mais a testa.

— Eu fiz o que você me contratou para fazer.

— O que não tem nada a ver com nós dois.

Ela engoliu o caroço que tinha crescido em sua garganta.

— Claro que tem. O trabalho acabou, nós também.

Cooper fechou a mão sobre a mesa.

— Do que você está falando? Nós dois estamos nos divertindo. O sexo é ótimo. Você é a mulher com quem eu quero ficar.

— A mulher com quem você quer ficar *agora*.

— O que há de errado com isso?

Outro pedaço do coração dela se desfez.

— Para você, nada. Mas muita coisa disso não serve para mim. — Ela só conseguiu arranhar as bordas da verdade. — Não posso ficar passeando no seu mundo maravilhoso. Não sou assim. Sou uma garota simples de Chicago. Você é... uma estrela. — Ela conseguiu abrir um sorriso. — Uma estrela que precisa estar rodeada por outras, essa coisa toda.

— Isso não faz o menor sentido. — Ele abriu a mão e apontou para ela. — Você já me disse como encara a vida, então eu sei que não está querendo um anel de noivado.

O modo como ele disse aquilo foi como uma facada no coração de Piper. Ela não era romântica. *Não mesmo.* Ela não queria anel nem véu.

Isso não era a cara dela. Mas Cooper pareceu tão despreocupado ao dispensar qualquer tipo de futuro com Piper que ela sentiu a garganta fechar.

Ela tinha que bancar a durona. Piper era assim, e isso era o que estava esperando. Inspirando profundamente, ela disse:

— Você nunca levou um fora, não é?

— Essa não é a questão.

— Em outras palavras, nunca. É você quem costuma dar o cartão vermelho. E não sabe lidar com uma situação diferente. Não está vendo? Você não está preocupado comigo ou com nosso relacionamento, mas com sua necessidade de vencer. — Essa era a verdade e talvez ele soubesse, porque começou a ficar hostil.

— Não preciso que você banque a minha analista.

— É para o seu próprio bem e, sim, estou terminando com você.

Ele apertou os lábios.

— Você desiste fácil, Piper Dove. Nunca pensei que diria isso de você, mas está fugindo de nós dois como se fosse uma adolescente assustada.

Era verdade. Mas com a sobrevivência emocional dela em jogo, o que mais poderia fazer?

— Não estou fugindo. Estou sendo pragmática. Nossos mundos são diferentes, Cooper. Está na hora de eu voltar para o meu e você continuar no seu.

— É isso mesmo que você quer?

— Sim. É sim.

Ele se levantou e jogou o guardanapo na mesa, com a expressão mais fria que ela já tinha visto.

— Vá para o inferno, então.

✶

Cooper subiu a escada até o escritório. O que tinha acontecido com ela? Essa noite deveria ter sido uma comemoração. Cooper tinha planejado uma surpresa: ia convidá-la para morar com ele, algo que nunca tinha oferecido a outra mulher. E o que ela fez? Estragou tudo!

Era típico de Piper Dove pegar algo simples e transformar em uma confusão. Os dois se divertiam juntos e enxergavam a vida do mesmo modo. Era tão difícil compreender isso? Mas em vez de dar valor ao que eles tinham, Piper teve que estragar tudo!

Mas ela tinha razão em uma coisa: Cooper não gostava de perder. Ainda mais quando isso era desnecessário. Ele tomou uma decisão. Iria ignorá-la por alguns dias e dar-lhe tempo para sentir falta do que os dois tinham. Ele precisava ser mais duro com ela, porque isso era algo que Piper Dove entendia.

✶

As últimas quatro noites trabalhando na boate foram um inferno, mas ela tinha prometido a Tony que ficaria até o fim da semana e não podia deixá-lo na mão. A história de Cooper e sua falsa vítima recebeu muito destaque na mídia e a boate ficava lotada todas as noites. Para onde quer que ela se virasse, lá estava Cooper.

O sábado finalmente chegou. Sua última noite. Com toda aquela publicidade, tinha acabado qualquer discussão que ainda pudesse existir sobre deixar Cooper sozinho na boate. Jonah organizou os seguranças de modo que um deles sempre estivesse ao lado do patrão. Até essa noite, Piper tinha conseguido se livrar do dever de proteger Cooper, porque, como única segurança mulher, ela já tinha muita coisa para fazer. Mas, no sábado, Ernie ligou avisando que estava doente e iria faltar, então Piper teve que assumir os deveres do outro.

Cooper tinha facilitado a necessidade dela de manter distância, agindo como se Piper não existisse. Ele estava provando o que ela já sabia a respeito dele: o quanto detestava perder. Piper sentia tanta falta da intimidade com ele que chegava a doer. Os olhares cúmplices que trocavam, a forma como se divertiam com alguma bobagem que só os dois achavam hilariante. Tudo isso tinha acabado.

Essa também era a última noite em que ela dormiria no apartamento sobre a boate. Amber ficou feliz por ter alguém cuidando do apartamento, e Piper se mudaria para lá no dia seguinte, quando teria terminado esse capítulo na vida dela. O pior e melhor capítulo.

Enquanto ela observava uma das garotas de cabelo esvoaçante se aproximar de Cooper o bastante para deixar outra mancha de batom na camisa dele, Jonah lhe deu um tapinha no ombro.

— Está na hora de você cuidar do Cooper. — Ele olhou na direção do patrão. — O que aconteceu com vocês, afinal? Vocês não se falaram a semana toda.

Ela ia embora, mas Cooper continuaria ali. Piper precisava fazer o que era certo:

— Ele me deu o fora. Da forma mais gentil possível, é claro. Ele é um cavalheiro.

— Sério? Eu pensei que vocês fossem durar um pouco mais.

— Tudo bem. Tinha que acontecer. Quanto antes, melhor.

Jonah lhe deu outro tapinha desajeitado nas costas dela. Embora o sujeito fosse um cretino, Piper tinha desenvolvido uma afeição relutante por ele.

Alguns minutos depois que Jonah se afastou, a multidão voltou a apertar Cooper, e Piper teve que abrir caminho até ele.

— Deem espaço para ele respirar.

A maioria das pessoas obedecia, e as poucas que não obedeciam estavam bêbadas e era fácil lidar com elas. Foi bom que ninguém a provocou, porque Piper só precisava de um alvo para cada emoção não resolvida e dolorosa que fervia dentro dela. Só mais algumas horas...

Um garotão de chapéu e suéter com gola em V se aproximou de Cooper. Piper foi ficando cada vez mais furiosa enquanto ouvia o babaca relembrar cada erro de Cooper, cada passe que ele demorou demais para fazer. Cooper estava acostumado com esse tipo de provocação e lidava bem com a situação, mas ela não. Quando o sujeito começou a falar da falta de capacidade de liderança de Cooper, todos os sentimentos horríveis que fervilhavam dentro dela encontraram seu alvo e ela explodiu. Piper passou por dois amigos do cretino, cresceu sobre os saltos altos e agarrou o cara pelo colarinho.

— Caia fora, babaca, ou vou arrancar sua cabeça. Está me entendendo?

Cooper arqueou a sobrancelha. O rapaz arregalou os olhos, depois empinou o queixo, caprichando na fanfarronice.

— É mesmo? E quem é você?

— Ela é minha segurança — Cooper disse, tranquilo. — É melhor não mexer com ela.

— Este clube é uma merda, mesmo — o sujeito disse e começou a se afastar.

Bryan agiu rápido e afastou o cretino do público. Cooper olhou para ela, contrafeito.

— Muito discreta.

— Ele me irritou.

— Controle-se.

Ela não aguentaria aquilo nem por mais um instante e se afastou. Mais uma hora e aquele trabalho estaria terminado. Piper verificou o banheiro feminino e a área VIP. Tudo bem. Quando voltou ao piso principal, encontrou um grupo de homens rodeando Cooper, que estava perto da escada para o mezanino. Um rapaz barulhento, com jeito atlético e gel no cabelo, tinha chegado o mais perto que conseguiu e gesticulava na direção de Cooper com uma garrafa de cerveja.

— Você e eu, Cooper. Nós sabemos o que é isso. Uma vagabunda tentou me ferrar uma vez do mesmo jeito que fizeram com você.

— Não me diga. — Cooper se virou para o outro lado.

Mas o sujeito não tinha terminado.

— A vagabunda estava pedindo. Ela queria. Qualquer um podia ver isso.

Então o idiota cometeu o erro de agarrar o braço de Cooper. Este se virou e, sem qualquer aviso, lançou o braço e socou o infeliz, lançando-o no meio da multidão.

Merda. Piper deu um salto para frente. O sujeito caiu no chão e rolou, ficando de joelhos enquanto massageava o queixo. Ela se ajoelhou ao lado dele e olhou para o ex-amante.

— Muito discreto — ela disse.

Cooper a fuzilou com o olhar e repetiu as palavras dela:

— Ele me irritou.

Apesar da expressão feroz de Cooper, Piper teve vontade de abraçá-lo. *Isso é por todas as mulheres que contaram a verdade sem que ninguém acreditasse nelas.*

✶

Finalmente eram 3 horas da manhã. Ela tirou os sapatos de salto e se arrastou escada acima para passar a última noite no apartamento. Na noite seguinte ela dormiria na cama de casal de Amber, debaixo de um pôster de *Aida*.

Piper tirou a roupa e vestiu uma camiseta marrom lisa. Ela olhou pela janela que dava para o beco. Cooper tinha ido embora; o lugar em que ele estacionava o carro estava vazio. Tão vazio quanto ela se sentia por dentro.

Piper deitou na cama grande demais e encarou o teto. Tinha feito o que era certo. Ela podia não acreditar que era possível sofrer mais do que estava sofrendo naquele momento, mas continuar com Cooper por mais tempo – escondendo o que de fato sentia – só tornaria o inevitável rompimento ainda mais doloroso.

Ela enfim adormeceu, mas enfrentou um sono atormentado por figuras com rostos de palhaços, botas militares e paus de *selfie*. Essas figuras a perseguiam por uma selva vermelha, onde havia mulheres mortas penduradas de cabeça para baixo em postes telefônicos. Ela precisava gritar, mas não conseguia fôlego para tanto. Precisava de ar. Piper lutava para encontrar um grito. Em qualquer lugar.

Acordou com um sobressalto. Ainda estava escuro. A camiseta estava grudada em sua pele e ela tinha babado no travesseiro. Seu coração, disparado. Só um sonho... só um sonho...

Alguém estava parado na entrada do quarto. Uma silhueta escura e silenciosa. A voz dela saiu rouca e grata.

— Cooper?

A sombra correu até a cama. Tudo aconteceu tão rápido. Num momento ela estava presa em um pesadelo, no outro um homem a agarrava. Um homem que não era Cooper.

Ela gritou.

— Cale a boca! — Ele a segurava pelos braços e a sacudiu. Ela tentou lutar, mas o lençol a prendeu. A sacudida machucou seu pescoço. Piper conseguiu soltar um braço e enfiou as unhas no rosto dele, que lhe deu um tapa. As orelhas dela zuniram. A luta foi frenética. Os únicos sons eram os gemidos dela. E então até isso silenciou quando ele envolveu o pescoço dela com os dedos e seus polegares apertaram a traqueia. A luz do quarto foi acesa.

A pressão na garganta de Piper parou quando o homem se levantou, de repente, e deu meia-volta. Ela rolou para o lado oposto da cama, lutando para se soltar do lençol enquanto caía no chão. Segundos depois, ela estava de joelhos, piscando os olhos por causa da luz inesperada.

Jada estava parada na entrada, com a arma de brinquedo ao seu lado, encarando o agressor. Um homem que Piper nunca tinha visto.

— Hank? — a voz de Jada saiu trêmula.

A cabeça dele era raspada e ele tinha uma arma. Uma Beretta prateada, nove milímetros, que apontou para Jada. E depois para Piper.

Ele fez uma careta. Era um sujeito grande, musculoso, que um dia podia ter sido bonito, mas a feiura do ódio havia transformado seu rosto comprido em uma máscara de maldade.

— Que merda... Onde está a Karah?! Por que ela não está aqui?!

Jada choramingou algo. Ele recuou até a parede mais distante, para manter as duas sob a mira da arma. O homem estava procurando Karah.

— Ela... não está aqui. — Piper se esforçou para expelir as palavras. — Jada está ficando comigo.

— Onde ela está? — Ele apontou a arma para Jada.

Piper rezou para que a garota não lhe dissesse que a mãe estava dormindo no apartamento ao lado.

— Eu... eu não sei — Jada soluçou.

— Sua vagabundinha mentirosa.

— Ela está... passando o fim de semana num congresso — Piper conseguiu dizer. — Está fazendo um curso. Agora caia fora daqui!

— Você está mentindo. — Ele estava suando, vermelho, talvez doido de metanfetamina. — Ela está com o Graham. Está dando para aquele maldito! — O sujeito esticou a arma na direção de Piper. — Vá ficar com ela!

Piper se moveu com cuidado na direção de Jada, que permaneceu congelada, deixando a inútil arma de brinquedo cair no chão. Ela passou um braço ao redor dos ombros da garota e rezou para que Karah não acordasse.

— Karah não está aqui. Agora vá embora! Deixe-nos em paz!

— Ela tem que pagar por ser uma puta. Tem que pagar!

— Ninguém tem que pagar por nada — Piper disse com cuidado. — Só vá embora.

— É, todas vocês gostariam que eu desaparecesse. Que eu esquecesse o que ela fez comigo.

— Isso é passado. Deixe para lá.

Ele se aproximou delas com a arma apontada. Sua atenção se voltou para Jada.

— E a garotinha dela não é mais tão pequena.

Tentáculos de pavor deslizaram pelo corpo de Piper. E então ela ouviu o clique da porta sendo aberta. *Karah.* Ele iria matá-la. E talvez também matasse Jada.

Piper nunca se sentiu tão impotente como naquele momento. Sua Glock estava trancada no porta-malas do carro e toda defesa pessoal que ela sabia era inútil enquanto ele estivesse com a arma apontada para Jada.

Mas a voz que veio da sala de estar não era de Karah. Era de Cooper. Piper congelou de pavor.

— Eu não consegui dormir — disse Cooper.

Hank agarrou Jada e apertou a arma contra a têmpora dela, fazendo um movimento de cabeça para Piper, gesticulando para que ela saísse do quarto à frente dele.

Cooper congelou quando viu os três saindo do quarto. Piper primeiro, depois Jada com Hank.

— Cooper... — Jada balbuciou, aterrorizada.

— Ele está procurando Karah. — Piper deu um passo à frente, para que Hank tirasse a arma da cabeça de Jada e a apontasse para a sua.

— Fique parada ou eu arrebento sua cabeça! – Ele apertou o cano da arma no crânio de Piper. Ela tentou não prestar atenção nos soluços de Jada, enfrentando um terror tão intenso que ameaçava paralisá-la. Ela encarou Cooper.

Trabalho em equipe.

— Abaixe essa arma — a voz de Cooper saiu grave e ameaçadora.

— Você veio procurar sua puta? — Hank escarneceu.

— Ele está falando de Karah — Piper disse. — Não de mim.

Cooper não fez nenhuma pergunta, estava acostumado a jogar sob pressão e era a última tentativa de vencer, com poucos segundos antes de acabar a partida.

— Abaixe a arma — ele disse, os lábios mal se movendo.

— Por quê? — Ele apertou mais a arma na têmpora de Piper. — Ela vai ter o que merece. Ela me deixou e veio correndo pra você, com a saia levantada.

— Você tem a mente suja — Cooper disse. — Karah não é nada para mim.

— Mentiroso! Você mente como ela!

— Não tenho motivo para mentir para você. — Cooper parecia tranquilo, à vontade, a não ser pela atenção intensa nos olhos e pelo músculo se contraindo no canto do maxilar.

Sem aviso, a pressão na cabeça de Piper desapareceu e Hank voltou a encostar a arma na têmpora de Jada. A menina choramingou quando ele apertou mais.

— Eu ia estourar a cabeça da Karah, mas isso não é o bastante. Vou machucá-la onde vai doer mais. — Ele passou o braço pelo pescoço de Jada. — Vou, primeiro, estourar a cabeça da filhinha dela.

Jada ficou sem ar. Seu corpo todo sofreu uma convulsão.

Uma gota de suor escorreu por entre os seios de Piper. A pele dela estava pegajosa e o coração, disparado.

— Por que você acha que Cooper e Karah eram amantes? — Ela precisava falar. Dizer alguma coisa. Qualquer coisa. — Cooper é *meu* amante. Cooper e eu somos amantes há muito tempo. Somos mais do que isso. Estamos apaixonados — ela continuou falando. Ganhando tempo. Distraindo-o da arma que pressionava contra a cabeça de Jada. — Cooper nem gosta da Karah. Ele ri dela pelas costas.

— Mentirosa.

Com o canto do olho, ela viu Cooper se mover. Devagar. Um pequeno passo para a esquerda. Ela continuou falando:

— Você sabe que ela é uma fracassada. Sabe disso mais do que ninguém. Ela nem cuida da própria filha. É por isso que ela está comigo.

Porque Karah odeia a própria filha. — Cooper deu outro passo. *Trabalho em equipe. Trabalho em equipe.* — Como você ainda pode gostar de uma mulher assim? Ela disse que nunca quis ser mãe. Disse que Jada atrapalha porque a impede de ser livre.

Um soluço abafado veio do fundo da alma de Jada. Hank estremeceu e Cooper saltou. Aquele corpo comprido e flexível se estendeu. Ele mergulhou. E fez o maior bloqueio pessoal de toda sua carreira. Um bloqueio esmagador, contra as regras, que atingiu os joelhos e sacudiu a sala.

Piper agarrou Jada e se jogou por cima dela, protegendo a garota com seu próprio corpo quando a arma disparou.

21

Piper envolveu Jada com seu corpo para protegê-la. Ela teve medo de levantar a cabeça e expor alguma parte da menina. O pesadelo se arrastava. Cooper estava morto? Ela esperava que Hank tivesse levado o tiro. Ou a parede. Ou o chão. Qualquer coisa menos Cooper. Ele tinha que continuar vivo. Ele precisava continuar vivo porque ela o amava – de todo coração –, e porque ela tinha que proteger Jada e ele precisava terminar o trabalho que ela não podia fazer.

Cooper, esteja vivo.

De repente, um grito abafado de mulher. Não dela. Nem de Jada. *Karah.*

— Sua vagabunda! — o grito de ódio de Hank gelou a alma de Piper.

Cooper soltou um palavrão horrível.

Ele estava vivo.

Jada se mexeu debaixo dela. Onde estava a arma? Piper precisava pegá-la. Ela virou a cabeça.

Cooper tinha imobilizado Hank no chão. Mas havia sangue.

Piper soltou Jada e se jogou sobre a arma. Quando ela ficou de joelhos, segurando a pistola com as duas mãos, viu Karah parada logo depois da porta, a boca aberta de pavor. Piper gritou para ela chamar a polícia.

O que aconteceu a seguir durou pouco e foi brutal. Cooper levantou Hank pelo pescoço e o prendeu contra a parede, batendo nele até que Hank caísse, inconsciente.

Jada pegou sua arma de brinquedo e, com soluços que sacudiam seu corpo, ela correu até Hank e disparou contra seu corpo caído. Uma bala de espuma atrás da outra.

Piper viu primeiro a mancha de sangue na parede e, segundos depois, algo muito pior. Uma mancha rosada crescendo na jaqueta de Cooper.

✶

Os paramédicos tiveram que impedi-la de entrar na ambulância com ele. Ela pegou o Sonata e foi atrás, sem pensar em limites de velocidade, preocupada apenas com as partes dele que a bala poderia ter atingido. Quando chegaram ao Pronto-Socorro, ela se recusou a sair de perto dele, nem que fosse por um segundo.

O tiro o atingiu no flanco. A bala entrou e logo saiu, o que era bom. Nenhum órgão vital foi atingido, o que também era bom. Só que ele tinha sido ferido, o que era horrível. Inconcebível.

Piper ficou de guarda ao lado da cama dele, interrogando cada médico, enfermeira, técnico ou copeira que se aproximava. Ela até mesmo tentou entrar na sala de raio-X com Cooper, mas então ameaçaram chamar a segurança. Cooper ficou consciente o tempo todo, mas não tentou acalmá-la. Apenas a observava, parecendo estar se divertindo.

Enquanto Cooper estava no raio X, Piper começou a encaixar as peças. Ela pensava que ele só tinha Noah Parks como inimigo. Mas estava errada. Noah estava por trás das tentativas de sabotar o clube, do *drone* e da acusação falsa. Mas o ex-namorado patologicamente ciumento de Karah era o responsável pelo resto. Hank acreditava que Cooper e Karah eram amantes. Foi ele quem atacou Cooper na noite em que voltaram da viagem com Faiza até o Canadá. Foi ele quem cortou os pneus de Cooper. Ela também suspeitou que Hank sabia exatamente quem estava atrás do volante do Audi na noite em que o carro foi jogado para fora da estrada. Como não podia ter Karah para si, ele quis ter certeza de que nenhum outro homem a teria.

Piper contou tudo para a polícia e tentou não pensar no que poderia ter acontecido com Karah e Jada se Hank não tivesse confundido os apartamentos. Ou o que teria acontecido com todas elas se Cooper não tivesse aparecido.

Piper esperou até 8 horas da manhã para telefonar para Heath, que entrou correndo no Pronto-Socorro, menos de meia hora depois, com o rosto branco como um lençol de hospital. As perguntas dele foram concisas e meticulosas, mas assim que entendeu que Cooper estava fora de perigo, voltou ao seu jeito de sempre.

— Bela camisola — ele tirou sarro com um movimento de cabeça na direção do cliente, estendido em um leito de hospital.

— Deixe-o em paz — Piper rosnou.

Cooper e Heath trocaram um olhar que ela ignorou. Piper não queria que ninguém o incomodasse com nada naquele momento. Mais tarde, Piper conversou com Karah e Jada pelo telefone. Hank estava preso por tentativa de assassinato e uma série de outras acusações. Karah se culpava por tudo.

— Ele era um doce quando nós começamos a namorar, mas quando percebi o quanto o ciúme dele era doentio, já era tarde demais. Por isso eu fui embora de St. Louis. Para me afastar dele. Nunca imaginei que Hank fosse me seguir.

Piper tentou tranquilizá-la e depois falou com Jada. A conversa com a garota foi reconfortante.

— Mamãe vai me levar ao psicólogo para que eu, tipo, não vire uma psicopata ou algo assim, por causa do que aconteceu. Mas eu tenho certeza de que não vou pirar. E adivinha o que mais aconteceu? Depois que a polícia foi embora, mamãe me levou para comer panqueca, e com tudo que aconteceu, eu estava, tipo, desconcentrada, e a Clara atirou em mim. Estou oficialmente morta.

— Ah, não! Que pena.

— Não é? Eu pensei que ficaria mais deprimida, mas tudo bem, porque foi a Clara quem atirou em mim, e nós estamos, tipo, ficando amigas.

— Ainda assim, depois de tudo que aconteceu hoje, o momento foi péssimo.

— É, mas eu percebi que ela se sentiu mal por me matar. E ela precisa do dinheiro ainda mais do que eu. Então eu disse que estava tudo bem, e nós vamos nos encontrar para fazer o trabalho sobre tráfico de crianças amanhã. O bom disso é que eu, tipo, não preciso mais carregar aquela droga de arma de brinquedo.

Os médicos ignoraram os protestos de Cooper e insistiram para que ele passasse a noite no hospital. Cooper já tinha mandado Heath ir embora, mas parecia esperar que Piper ficasse com ele, não que ela quisesse ir embora.

O assistente designado para levar Cooper do Pronto-Socorro para o quarto parecia ser um jovem legal, mas Piper ficou ao lado da cadeira de rodas enquanto subiam de elevador e percorriam os longos corredores.

Cooper permaneceu de rosto fechado o tempo todo, não porque estava com dor, mas porque os médicos não o deixavam andar.

Havia gente demais parada em frente ao quarto dele, o que Piper não aceitou.

— Quem não for médico ou enfermeira dele não pode ficar aqui. Mexam-se!

O Sr. Atleta Simpático levantou a mão e deu um sorriso convencido.

— Obrigado pela preocupação.

A adrenalina que a estava mantendo em pé desapareceu, deixando-a exausta e abatida. Tudo que ela queria era ir embora, mas não podia deixá-lo sozinho em um hospital cheio de gente que só queria uma desculpa para entrar no quarto dele. Ele precisava de alguém de guarda, do lado de fora, até a hora que recebesse alta. Enquanto uma enfermeira o examinava, Piper telefonou para Jonah e lhe contou o que tinha acontecido.

Cooper tinha ficado com a versão hospitalar de uma cobertura: um quarto grande com vista para a cidade. Ele estava com a parte de cima da cama levantada quando Piper voltou ao quarto, depois de falar com Jonah.

— Você deveria estar deitado — ela disse.

Cooper a olhou com estranheza, como se ela fosse uma estranha que ele tentava identificar. Mas depois voltou ao normal.

— Fala sério. Eu sofri contusões piores no Ensino Médio. Não dá para acreditar que vão me segurar aqui até amanhã.

— É para o seu próprio bem. — Piper deu as costas para ele e foi até a janela.

— A propósito, obrigado — ele disse. — Por cuidar de mim.

Cooper não parecia ressentido, e Piper se perguntou quanto devia ter lhe custado dizer aquelas palavras. Como ela pôde fazer isso consigo mesma? Como pôde se apaixonar por alguém tão diferente?

— Eu é que sou grata. Se você não tivesse voltado ao apartamento... — Piper se virou para ele. — Por que você voltou?

— Eu queria conversar com você. — Ele deixou a cabeça cair no travesseiro.

— Não dava para esperar amanhecer? — Ela cruzou os braços à frente do peito.

— Era importante.

Ela o observou, curiosa. Cooper apertou o maxilar daquele modo obstinado que ela conhecia.

— Eu tinha esperança de que você tivesse se acalmado o bastante para perceber que essa coisa de terminarmos não faz sentido — ele explicou.

— Em vez disso, nós precisamos evoluir. Era o que eu planejava conversar com você durante o jantar de quarta-feira, antes de você surtar. Vamos morar juntos. No meu apartamento, não no seu.

A faca que ela tinha no peito deu uma volta.

— Por que eu deveria ir morar com você?

Cooper apertou os olhos.

— É bom o fato de eu ter um ego imenso, porque, do contrário, você já o teria destruído. — Piper engoliu o caroço que sentia na garganta e ele continuou: — Você está sendo teimosa sem motivo. É o mais sensato a fazer.

Como ele poderia ter se convencido de algo tão errado?

— Não sei por que você quer isso.

— Eu pensei muito sobre nós dois durante essa semana. — A cor começava a voltar ao rosto dele. — Olhe no fundo dos meus olhos e diga se este não é o melhor relacionamento que você já teve, porque eu sei que, para mim, é.

Isso a fez pensar, mas Piper esmagou aquela perigosa fagulha de esperança.

— Sério? Se este é seu melhor relacionamento, então você precisa muito de terapia.

Ela testemunhou a teimosia dele ganhando corpo. A teimosia que recusava aceitar uma derrota. A qualidade que o transformou em campeão, mas também que a fazia desconfiar dele. Ela precisava fazer algo logo. Algo definitivo. Ela sabia o quê, mas não teve certeza de que conseguiria. Piper inspirou fundo. Precisava fazer aquilo e seu único motivo era que o amava o bastante para querer o que era melhor para ele... ainda que isso partisse seu coração.

— É o seguinte, Cooper... — Ela inspirou fundo. — Assim que a poeira baixar, você precisa ligar para a Deidre.

Ele inclinou a cabeça alguns centímetros para trás.

— Eu perdi o desejo de fazer negócio com ela.

— O que aconteceu com Noah não é culpa dela, mas não estou falando de negócios. Estou falando da sua vida pessoal. — Piper se obrigou a falar as palavras seguintes: — Ela é melhor do que Hollywood. Vocês dois são perfeitos um para o outro. E ela já está meio apaixonada por você. Se nós aprendemos alguma coisa na noite passada, foi que a vida pode ser muito curta. Se ficar se divertindo com outra mulher – ou seja, eu –, vai perder a oportunidade de encontrar sua mulher perfeita.

Cooper olhou para ela como se um buraco tivesse aparecido no crânio de Piper e voltou a levantar a parte de cima da cama.

— Deidre Joss não é a mulher perfeita para mim.

Como ele não conseguia ver algo tão claro?

— Ela é! Inteligente, linda, bem-sucedida. O tipo de mulher que sempre vai apoiá-lo. Ela é maluca por você. E também é legal. Um ser humano decente.

— É oficial — Cooper declarou. — Você é maluca!

— Você tem 37 anos. Está na hora.

— Deixe-me ver se entendi: você está tentando terminar comigo *e* me arrumar outra mulher... ao mesmo tempo? Estou entendendo direito?

— Não é qualquer mulher. Você e Deidre combinam. Já vi como você age quando estão juntos. Você poderia se apaixonar por ela com facilidade, se desse uma chance. Pode não ser claro para você o que deveria estar fazendo com sua vida, mas é claro para mim.

— Continue — ele disse com algo parecido com sarcasmo. — Diga-me. Você sabe que eu estou morrendo de vontade de saber.

— Muito bem. Você precisa sair desse negócio de casa noturna. Não serve para você. Compre uma fazenda, plante, cultive alguma merda. E crie raízes... com a mulher certa. Alguém que seja tão... tão deslumbrante quanto você. Porque você precisa de alguém espetacular. Alguém que seja inteligente, linda e bem-sucedida, mas com os pés no chão. Como você.

Cooper parecia espantado quando falou.

— Isso tudo é assombrosamente fascinante. Mas, me diga... O que eu faço com o fato de que, talvez... – o olhar dele vacilou ligeiramente –, eu possa estar um pouquinho apaixonado por você?

Um soluço ameaçou escapar dela, mas, de algum modo, ela conseguiu transformá-lo em uma risada forçada.

— Você não está.

— E você sabe disso.

Piper sabia. Tão bem quanto sabia qualquer coisa. *Um pouquinho apaixonado*. Como se isso existisse. Ela não iria chorar na frente dele. *Nunca*.

— Você é um campeão. Isso está no seu sangue. Está na atitude mental que o tornou grande. Mas estamos falando da sua vida, não de um jogo. E em vez de jogar uma cortina de fumaça, pense no que eu disse. Pense em você. Em Deidre. Pense em tudo.

Isso o deixou furioso.

— O que acontece conosco, então? Depois que eu estiver com Deidre, quero dizer.

— Não acontece nada conosco.

— Você não quer ser minha *amiga*? — O movimento brusco que ele fez com o braço provocou uma careta de dor, mas Cooper pareceu não ligar. — Para se encontrar comigo de vez em quando e beber uma cerveja? Ir a uma boate de *striptease*? Jogar pôquer? Só nós, *amigos*.

Ela não conseguiu aguentar mais.

— Vou esperar no corredor até o Jonah chegar.

— Faça isso — ele disse.

✶

Eu, talvez, possa estar um pouquinho apaixonado por você. Ou se está ou não está. Ela sabia disso agora. Pela primeira vez, desde quando era criança, Piper chorou. Durante o caminho todo até o apartamento de Amber – lágrimas grandes e pegajosas que escorreram por seu rosto e pingaram na jaqueta. Lágrimas que vinham de um poço sem fundo.

Piper tinha esperado demais para se apaixonar. Por isso aquilo estava sendo tão difícil. Ela deveria ter se apaixonado pela primeira vez quando era adolescente, como as outras garotas normais. E mais algumas vezes depois. Se tivesse feito as coisas do modo normal, teria mais prática em lidar com o coração partido, mas não tinha. Era por isso que o mundo dela estava desmoronando.

A roda da frente do Sonata subiu na calçada quando Piper virou no beco atrás da Spiral. Ela precisava empacotar suas coisas, mas não podia entrar com o nariz vermelho e as lágrimas escorrendo. Ela não podia deixar que a vissem tão desolada. Ela deu ré e dirigiu até o lago, sem pensar. Quando chegou lá, arrastou-se pela grama até a trilha.

O vento que vinha da água estava forte e atravessava o suéter dela, mas suas lágrimas não paravam de escorrer. Todas as lágrimas que ela não verteu ao longo da vida estavam transbordando ao mesmo tempo. Lágrimas por uma mãe da qual não se lembrava, um pai que a amava e se ressentia dela e um ex-*quarterback* que tinha roubado seu coração quando ela se descuidou.

Piper começou a correr. Não havia muitos corredores naquela parte da trilha. Alguns flocos de neve planavam no vento. Mais alguns dias e seria novembro. E depois, o inverno. O inverno frio de Chicago. Ela correu mais depressa, tentando deixar seu sofrimento para trás.

Uma mulher vestindo um conjunto esportivo e empurrando um carrinho de bebê corria na direção dela. Conforme a mulher se aproximou, ela diminuiu o ritmo até parar.

— Você está bem? — a outra perguntou. O bebê dela dormia tranquilo no carrinho.

Piper percebeu que devia estar parecendo uma louca. Ela diminuiu a velocidade o suficiente para agradecer a preocupação da mulher.

— Meu... cachorro morreu — ela disse.

A mulher inclinou a cabeça e seu rabo de cavalo balançou.

— Sinto muito — ela disse.

Piper recomeçou a correr. Mais uma mentira que ela contava. Ela nunca foi mentirosa, mas estava se tornando uma profissional. Todas aquelas mentiras.

"Eu prefiro Esme. Lady Esme, na verdade. Esmeralda é um nome de família... A verdade é que... eu sigo você."

Ela deu meia-volta e gritou para a mulher:

— Eu terminei com o homem que amo de todo coração e ele nunca, nunca vai me amar do mesmo jeito. Estou sofrendo tanto que não sei o que fazer comigo mesma.

O único indício de que a mulher ouviu foi o fato de ter levantado o braço e acenado.

Piper olhou para o lago, as mãos fechadas ao lado do corpo, batendo os dentes, lágrimas geladas nas faces. Ela tinha que encontrar uma nova personalidade. Uma personalidade que fosse indestrutível. E nunca, jamais, deixaria aquilo acontecer novamente.

✶

Uma semana se passou. Piper tinha ido embora. Era como se ela nunca tivesse estado ali. A equipe de limpeza removeu a mancha de sangue da parede do apartamento e pôs a mobília de volta no lugar. Cooper entrou lá uma vez e não conseguiu mais voltar.

A imagem de Piper parada à sua frente, com uma arma encostada na cabeça, ficou gravada em seu cérebro. Naquele exato momento ele entendeu. Foi como se uma rajada de vento afastasse a neblina que escondia a verdade que ele deveria ter reconhecido muito tempo antes. Mas em vez de esclarecer aquilo imediatamente, ele meteu os pés pelas mãos no hospital. Cooper não tinha se expressado bem, o que era irônico, levando em conta a reputação que ele tinha de dizer sempre a coisa certa. Após anos tendo microfones enfiados na sua cara em todas as ocasiões, ele aprendeu a expressar com exatidão aquilo que queria, do modo que pretendia. Mas quando chegou a hora de dizer as palavras certas para Piper, ele se atrapalhou da pior maneira possível, e agora ela não atendia as ligações dele.

O ferimento no flanco estava cicatrizando, mas todo o resto dele estava péssimo. Alguém bateu na porta do escritório. Essa era a primeira vez em dias que alguém o incomodava. Ele não culpava os funcionários por manterem distância. Cooper estava ríspido com os clientes, descontente com os garçons e hostil com os seguranças. Ele até mesmo discutiu com Tony porque o gerente insistiu que não havia nada de errado com o sistema de ar-condicionado da boate. Mas o ar estava parado, sem circular. Tão pesado que o cheiro de perfume e bebida se infiltrava pelos poros de Cooper.

Ele se virou da tela do computador, que encarava sabe-se lá há quanto tempo, e dirigiu sua raiva para a porta.

— Vá embora!

Jada irrompeu no escritório.

— Você terminou com a Piper! Como pôde fazer isso?

— Foi a Piper quem terminou *comigo*. E como você ficou sabendo disso?

— Eu falei com ela pelo telefone. No começo ela não queria me dizer, mas depois eu consegui, você sabe, fazer a Piper falar.

Cooper se recostou na cadeira, tentando parecer despreocupado, embora quisesse arrancar os detalhes da garota.

— Então... o que ela falou de mim?

— Só disse que ela não te vê desde o acidente.

— E daí você deduziu que eu terminei com ela?

— Ela parecia triste. — Jada se jogou no sofá. — Por que ela terminou com você?

— Porque ela acha que eu não levo nosso relacionamento a sério. — Ele não conseguiu ficar sentado nem por mais um minuto. Cooper levantou de um salto e então fingiu arrumar as lâminas da persiana na janela atrás dele.

— Foi isso o que ela disse? — Jada perguntou.

— Não desse jeito, mas... — Ele foi até o frigobar, ao lado das estantes de livros. — Ela é extremamente competitiva. E acha que eu também sou.

Jada se inclinou para frente, como uma terapeuta mirim.

— E você não é?

— Não com ela. — Ele pegou uma Coca Cola e mostrou para a menina. — Quer uma?

Jada negou com a cabeça.

— Você vai tentar reconquistá-la?

— Sim.

— Você não parece muito confiante.

— Eu estou confiante.

— Não parece — ela insistiu.

A garota tinha razão. Ele abriu a lata, embora não conseguisse beber nada naquele instante.

— Ela não fala comigo. Não atende as ligações nem responde minhas mensagens. — Cooper não sabia por que estava dizendo tudo isso para uma adolescente, a não ser porque ela perguntou, e ninguém mais tinha demonstrado a mesma coragem.

— Você deveria ir até ela e simplesmente bater na porta — Jada disse. — Piper está ficando no apartamento da amiga Amber. Ou... você pode esperar perto do carro dela e a surpreender, fazer com que ela te escute.

— Isso funciona nos filmes, na vida real chamam de perseguição. Eu quero falar com ela, não deixá-la mais pu... mais brava.

Outra batida na porta.

— Caia fora! — ele gritou.

A porta se abriu mesmo assim. Dessa vez era Deidre Joss. Agora ele precisava ser bem-educado, se ainda se lembrava de como fazer isso.

— O momento é ruim? — ela perguntou.

— Desculpe, Deidre. Eu pensei que fosse o Tony.

— Pobre Tony.

Cooper se virou para Jada.

— Nós conversamos mais tarde.

Ela se levantou do sofá.

— Tudo bem, mas não diga para minha mãe que eu gritei com você. Ela não gosta de nada que te chateie.

— Que pena que não é todo mundo que pensa assim — ele murmurou.

Deidre fechou a porta atrás da garota. Cooper percebeu que ainda segurava a lata de Coca e a levantou.

— Quer uma?

— Não, obrigada. — Ela estava elegante, como sempre, em seu terninho preto. Nada de jeans amassado ou camiseta do Bears. Nem olhos cor-de-mirtilo. O cabelo dela era uma cortina preta lisa, e não uma confusão espalhada para todos os lados.

— Como está o ferimento? — Deidre perguntou.

— Quase não dá para sentir. — A menos que ele se mexesse rápido demais. Então doía, mas ele não era de reclamar.

— Fico feliz em saber. — Ela andou até a extremidade da sala. — Você não tem retornado minhas ligações — Deidre falou sem qualquer ressentimento, apenas compaixão. Ela era boa demais. E por isso mesmo Cooper nunca conseguiria se apaixonar por ela. Piper deveria conhecê-lo bem o suficiente para saber disso. — Tive notícias do advogado do Noah — ela continuou. — Ele vai fazer um acordo.

— Isso vai simplificar tudo. — Cooper largou a lata de refrigerante.

— Eu fui visitar o Noah para ter certeza de que ele entende que, depois que se acertar com a justiça, vai ter que encontrar outro lugar para viver. Longe da cidade. Meu palpite é que ele vá voltar para a casa da mamãe. — Ela tirou a bolsa do ombro e a colocou no sofá. — Eu me sinto uma idiota. Eu sabia que ele era possessivo, mas como facilitou muito a minha vida depois que o Sam morreu, eu ignorei esse detalhe. Vim me desculpar por não estar mais atenta às atitudes dele e fazer você passar por tudo isso.

— Todos temos nossos momentos de cegueira. — Principalmente ele próprio. Ele precisava falar com Piper. Tinha que explicar como se sentiu quando viu a arma enfiada na cabeça dela, mas Piper estava tornando isso impossível.

Deidre lhe deu um sorriso animado.

— Você vai receber uma oferta formal da nossa empresa amanhã. Tenho fé absoluta na sua visão e quero financiar seu projeto. Eu devia ter confiado nos meus instintos e fechado esse negócio semanas atrás, mas deixei o Noah me confundir.

Estava na hora de dizer em voz alta.

— Vou sair do negócio, Deidre. Vou vender o clube. — Foi boa a sensação de, enfim, colocar as cartas na mesa.

O rosto impassível da mulher de negócios se desfez.

— Mas você estava tão entusiasmado. Tem certeza disso? O que mudou?

— Isso vem crescendo lentamente em mim. — Tão lentamente quanto qualquer coisa pode se desenvolver com Piper Dove jogando suas dúvidas nele como uma escavadeira. Mas Piper estava certa. Toda a satisfação que ele costumava sentir quando entrava na boate tinha desaparecido. A Spiral era ótima e ele teve prazer em criá-la, mas não gostava daquela rotina, e a ideia de passar anos indo de uma casa noturna para outra tinha perdido o encanto. — Eu gostava do desafio, da ideia de construir algo do nada, mas percebi que é só disso que eu gostava. Pensei que casas noturnas seriam o negócio ideal para mim, com risco alto e recompensa mais alta ainda, mas estava enganado.

— Porque...?

Ele lhe deu a resposta mais simples que havia:

— Eu sinto falta das manhãs.

Deidre não entendeu, mas Piper entenderia como ele estava cansado das multidões, de gritar por cima da música alta, dos cheiros e da luz piscante. Cooper estava farto de viver a maior parte da vida à noite. Ele queria ar puro. Queria mais do que três horas de sono antes de sair para correr pela manhã. Queria fazer exatamente o que Piper tinha dito, cultivar "alguma merda". Não sabia como iria fazer isso, mas havia muita coisa acontecendo que ele não sabia como resolver. Só sabia que desejava grandes mudanças.

Cooper olhou para sua camiseta, que estava pendurada na parede atrás de Deidre.

— Uma amiga tentou me alertar que esse era o ramo de negócios errado para mim, mas eu demorei um pouco para perceber.

— Piper?

Ele não negou nem admitiu.

— Eu liguei para ela, outro dia — Deidre contou. — Nós conversamos.

Parecia que todo mundo estava falando com Piper, menos ele.

— Sabia que ela acredita que nós dois deveríamos formar um casal? — Deidre girou um anel prateado no dedo. — Mas isso não vai acontecer, vai?

Cooper detestava magoar as mulheres, mas ele precisava ser sincero.

— Receio que não. E sinto muito por isso.

— Não sinta tanto assim. — Ela prendeu uma mecha de cabelo atrás da orelha e lhe deu um olhar pesaroso. — Depois que eu o conheci melhor, compreendi por que não sou a mulher certa para você. Alguém mais... ou melhor, menos convencional, é o que você precisa.

Era interessante que todas aquelas mulheres acreditassem saber do que ele precisava.

— É uma pena que não vamos entrar juntos nesse negócio. Se mudar de ideia, me avise.

— Pode deixar — Cooper disse, mesmo sabendo que não mudaria.

Assim que Deidre saiu, ele pegou o celular, o encarou por alguns instantes e enviou outra mensagem para Piper.

Eu te amo. Não um pouquinho. Com todo meu coração.

A mensagem não foi entregue. Ela o tinha bloqueado.

22

— Eu não quero me encontrar com ele! — Berni protestou enquanto Piper a levava até o café onde as duas deveriam se encontrar com Willie Mahoney dentro de dez minutos. — Ele vai pensar que eu sou uma velha maluca.

Uma descrição precisa do modo como Piper se sentia: mais velha do que aparentava e quase incapaz de funcionar. A falta que sentia de Cooper era desesperadora. Sair da cama pela manhã era o máximo que ela conseguia fazer, e apenas a sensação de dever para com Berni a obrigou a cumprir suas obrigações. Ela tentou apelar ao coração mole da amiga.

— Ele é um homem bom e está sozinho. Você sabe o que é perder o cônjuge. Você é a pessoa certa para animá-lo.

— Não entendo por que tem que ser eu. Ele vai achar que eu sou uma idiota.

— Ele vai achar você interessante, e você precisa vê-lo para superar essa história.

Talvez Piper conseguisse superar Cooper se ele parasse de tentar entrar em contato. Mas ele era competitivo demais para desistir sem lutar. Ela deveria ter feito o que ele queria, deveria ter ido morar com ele, para sufocá-lo com carinho. Assim ela deixaria de ser um desafio. Se ela tivesse feito isso, ele a teria colocado para fora o mais rápido que conseguisse. Mas não fez isso porque não era durona o bastante.

Ela e Berni chegaram dez minutos antes do horário, mas Willie já estava sentado na mesma mesa dos fundos onde ele e Piper tinham conversado, uma semana e meia atrás.

— É ele — Piper disse.

— Você não me disse que ele era tão bonito — Berni sussurrou.

Willie tinha penteado o que sobrou de seu cabelo. E ele parecia ter tentado passar a camisa, além de combinar a calça cinza com tênis brancos novos. Piper passou o braço pela cintura de Berni, grata pela presença da amiga.

— Eu queria lhe fazer uma surpresa. Vamos.

Berni seguiu em frente como se estivesse indo para sua execução. Willie levantou e Piper fez as apresentações. Berni não perdeu tempo.

— Eu sei que você deve achar que sou uma velha louca.

Piper não podia deixar isso passar.

— Da primeira vez que você viu o Willie, ele estava com um chapéu de queijo.

— É verdade! — Willie concordou enquanto todos se sentavam. — Isso afasta as pessoas.

Berni olhou para ele, preocupada.

— E por que você faz isso? Gente precisa de gente.

— É o que meus filhos dizem quando me telefonam, uma vez por semana. Mas não se dão ao trabalho de me visitar.

— Você tem sorte de ter filhos. Eu e Howard não conseguimos. Ele tinha uma contagem baixa, se entende o que quero dizer.

Willie concordou, pensativo.

— É uma pena. Difícil para vocês dois.

Berni colocou a bolsa no chão.

— Nem me diga. Quando Howard...

Piper a interrompeu.

— Eu tenho que fazer umas ligações. — Ela não tinha, mas já estava deprimida demais para ouvir falar da contagem baixa de esperma de Howard Berkovitz.

Berni fez um sinal para ela ir.

Piper se sentou do lado de fora do café, em uma das mesas de metal colocadas ali para os dias mais quentes, não para o frio típico de novembro em Chicago. As nuvens cinzentas e baixas encerravam qualquer possibilidade de sol. Ela imaginou quanto tempo demorava, em média, para uma pessoa superar um coração partido. Se ela triplicasse esse tempo, talvez tivesse uma ideia de quando conseguiria voltar ao normal, porque, nesse momento, ela passava os dias sentindo como se tivesse toda quebrada, com pedaços saindo do corpo.

O celular dela tocou.

— Piper, aqui é Annabelle Champion.

A voz animada de Annabelle fez Piper se sentir um pouquinho melhor. Annabelle tagarelou por alguns minutos antes de dizer o que realmente queria.

— Eu gostaria de me encontrar com você para saber a possibilidade de fazer um trabalho para mim. A empresa que contratei para investigar os clientes ficou preguiçosa e eu queria que você assumisse esse trabalho.

Um mês atrás, Piper teria ficado maravilhada, mas ela tinha perdido o entusiasmo, como se a data de validade de sua versão antiga tivesse expirado. Duke sussurrou na orelha dela: *"Isso não é trabalho para uma garota. Você devia ter acreditado em mim"*.

Duke estava completamente errado. A tristeza dela não tinha nada a ver com o fato de ser mulher, e sim com a crença errônea de que tocar as Investigações Dove era tudo que ela queria da vida. Piper esfregou a palma da mão na calça jeans.

— Posso responder depois? Fico muito grata, mas... estou repensando algumas coisas.

— Você quer conversar a respeito?

Annabelle era tão franca, tão simpática, que Piper quase se abriu com ela. Mas como uma mulher feliz, com uma empresa de sucesso e um marido que a amava, poderia compreendê-la?

Ela usou uma resposta verdadeira, mas menos reveladora.

— Acontece que tocaias me fazem chorar de tédio e detesto contar para uma mulher que o marido a está traindo.

— Dá para entender — Annabelle disse.

— Eu preciso me reavaliar.

— Todo mundo precisa fazer isso de vez em quando. Se livrar do que não funciona e criar algo novo.

Ótimo conselho, só que Piper não sabia mais o que funcionava para ela.

Depois da conversa, Piper voltou para dentro do café, onde Berni a dispensou com a notícia de que Willie iria levá-la para casa mais tarde.

✶

Piper tinha lhe dito não. E não significa não, certo? Mas Cooper não conseguia dormir. E se esquecia de comer. Ele começou a encarar as garrafas de bebida atrás do balcão. Tinha certeza de que ela acabaria atendendo uma de suas ligações ou responderia uma mensagem, mas isso não aconteceu. Ele não estava mais perto de falar com ela do que quando saiu do hospital, uma semana e um dia antes. Ele não aguentava mais aquilo, então foi de carro até o prédio em que Piper morava antes de se mudar para o apartamento em cima da boate.

No caminho, ele se lembrou do que havia dito para Jada sobre perseguição, mas tentar uma conversa simples com Piper, contra a vontade dela, não constituía assédio, certo?

Talvez não houvesse uma resposta certa para essa pergunta. Os caras que moravam no térreo e que tinham aberto a porta da rua para ele antes dessa vez não responderam, embora ele tivesse visto movimento através das janelas da frente. Em seguida, ele tentou Jennifer MacLeish, mas não teve resposta. Ele apertou o interfone da Sra. Berkovitz.

— Quem é? — ela respondeu pelo aparelho.

— Cooper Graham, Sra. Berkovitz. Pode me deixar entrar?

— Cooper quem?

— Graham. Cooper Graham. Pode apertar o botão da porta e me deixar entrar?

— Eu poderia — ela disse, hesitante —, mas eu... eu machuquei as duas mãos e não posso apertar.

Uma mentira descarada, já que ela estava usando o interfone.

— Tente com o cotovelo — ele disse, obrigando-se a ter paciência.

— Minha artrite.

Ele pensou por um instante.

— Se eu subir, a senhora me daria um pouco daquela mousse? A melhor que eu já provei.

Uma pausa longa, depois um sussurro rouco:

— Ela não deixa. Ela avisou a todas nós para não deixar você entrar. — Ela parou de sussurrar. — Não é bom brincar com o coração de uma mulher. E isso é tudo que vou dizer a respeito.

O interfone foi desligado. Isso o deixou tão bravo que ele fez algo que jurou nunca fazer; ficou esperando ao lado do carro dela, embora isso o fizesse sentir que não era muito melhor do que Hank Marshall, o ex-namorado de Karah. Mas ele tinha que conversar com Piper, e o que mais poderia fazer?

Cooper ficou no frio por quase duas horas até ela, enfim, aparecer. Piper vestia um daqueles casacos estofados de inverno que as mulheres de Chicago gostavam. Ela tinha cortado o cabelo, cujas mechas curtas e macias tremulavam ao vento.

Piper o viu logo e parou de repente. Ela enfiou as mãos nos bolsos do casaco.

— *Me deixe em paz!* — Ela se virou e voltou para o prédio.

Cooper ficou furioso consigo mesmo. Piper tinha lhe dado uma mensagem clara e ele a ignorou. Sentiu que precisava de um chuveiro.

Ele dirigiu sem rumo, sem saber o que fazer. Enfim, ele se pôs a caminho da academia, embora os médicos ainda não o tivessem liberado para treinar. No caminho, um policial o parou por excesso de velocidade. Como era de se esperar, o policial se recusou a multá-lo, mas Cooper insistiu. Piper tinha razão, ele era um capeta atrás do volante e precisava assumir a responsabilidade por isso.

Piper com a arma na cabeça... A imagem estava congelada em sua mente como o quadro de um filme preso no projetor. Foi nesse momento que a névoa finalmente se desfez e o cérebro dele compreendeu o que o coração tentava lhe dizer há semanas: o quanto ele amava Piper Dove. Ela era parte dele. Sua alegria, seu conforto.

Mais do que isso. Ela também era sua consciência e seu amuleto. E seu desafio, mas não do modo como ela pensava. Estar com ela desafiava Cooper a mostrar sua melhor versão, a encontrar um lugar no mundo que não dependia mais de um placar vitorioso, a deixar outra pessoa se aproximar e confiar nela para aliviar seu fardo.

Mas o que ele representava para Piper? Graças a Duke Dove, Cooper talvez nunca descobrisse.

Piper tinha lhe contado o bastante de sua infância para que ele pudesse imaginar o resto. Ela teve que engolir todas as emoções que desagradavam o pai, que punia suas lágrimas e recompensava seu estoicismo. A missão dele foi transformar a filha em uma guerreira forte o bastante para sobreviver no mundo hostil que tinha matado a mãe dela. E ele formou essa guerreira. E então a sufocou negando-lhe o campo de batalha que era seu por direito.

A criação de Cooper tinha sido tão diferente. Embora seu pai tivesse seus próprios demônios, ele nunca fez Cooper se envergonhar das emoções normais que todo garoto sente enquanto cresce.

"*Às vezes os rapazes também têm que chorar, filho. É bom pôr o que sente para fora.*"

Piper não conheceu esse tipo de aceitação emocional. Agradar o pai que ela amava significava nunca poder demonstrar fraqueza, brandura ou vulnerabilidade.

Cooper enfiou os pés no freio com tanta força que quase bateram na sua traseira. É claro que ela estava com medo de falar com ele. Ser obrigada a entrar numa conversa que só podia ser emotiva... uma conversa na qual ele iria dizer tudo o que precisava e a faria dizer tudo que estava por baixo daquela atitude... Ela não tinha sido treinada para isso.

Ver aquela arma... o som dos soluços de Jada... e Piper, parada ali, indefesa, os olhos focados nele, a mensagem clara como se ela tivesse falado em voz alta.

Trabalho em equipe.

✶

Ver Cooper parado junto ao carro dela, no dia anterior, tinha desfeito qualquer progresso microscópico que ela pudesse ter conseguido na missão de seguir com a vida. Alto e robusto, com aquelas mãos poderosas estendidas, com a luz de novembro realçando os detalhes do seu rosto... Ela ficou tão tonta com uma vontade tão dolorosa que ameaçou deixá-la de joelhos.

Ela estava olhando para o nada, através da janela do escritório, quando Jada telefonou.

— Você é uma detetive — a adolescente disse. — Clara e eu achamos que você deveria fazer algo a respeito.

— Não tenho condições de resolver o problema do tráfico de crianças.

— Mas você poderia, tipo, fingir que é uma menina ou algo assim na internet e conseguir que esses caras se encontrem com você para prendê-los.

— Eu sou uma detetive, não posso prender ninguém.

— Você poderia trabalhar com a polícia — Jada insistiu. — E conversar com pessoas importantes, explicar para elas que não podem prender essas garotas como se fossem prostitutas.

O entusiasmo de Jada era admirável, mas Piper mal conseguia levantar da cama, como iria resolver um problema dessa natureza?

Quando a ligação terminou, Piper enterrou o rosto nas mãos. Annabelle tinha lhe oferecido um trabalho investigando clientes, depois Deidre Joss ligou sugerindo que ela fizesse mais trabalhos para a Joss Investments. As Investigações Dove estavam começando a decolar, mas ela não conseguia se entusiasmar. A visita à Jennifer, na noite anterior, foi o único momento animado de sua semana.

— Mandei um link do YouTube para o seu e-mail — ela disse para a melhor meteorologista de Chicago. — Use como achar melhor.

— Do que você está falando? — Jennifer perguntou.

— Você vai ver.

Piper tinha, enfim, conseguido ajudar Jennifer ao desenterrar um vídeo publicado recentemente, feito durante o tempo do Babacão na faculdade. Piper salvou o vídeo para a posteridade. As imagens mostravam o Babacão mais jovem, de quatro e sem camisa, vestindo sutiã, com uma calcinha de mulher na cabeça, enquanto um garotão de fraternidade montava em suas costas.

— Oh, meu Deus! — Jennifer exclamou. — Esse babaca pomposo está na minha mão!

Piper piscou os olhos com o fim da lembrança. Ela passava muito tempo assim, ultimamente.

A porta do escritório foi aberta. Ela levantou a cabeça quando Heath Champion entrou na sala.

— Há quanto tempo! — cumprimentou o agente.

Piper não aguentava mais nenhuma confusão. Ao mesmo tempo, aquilo poderia servir de distração.

— O que você quer?

— Estou aqui para negociar um acordo — ele explicou. — Pelo Cooper. Ele quer que você vá morar com ele.

— *O quê?!* Ele manda o *agente* dele para negociar isso?

— Jogadores de futebol — Heath disse, com aborrecimento. — Um bando de moleques mimados. Não sabem fazer porra nenhuma sozinhos.

Piper cerrou os punhos, cravando as unhas nas próprias palmas.

— Não acredito nisso.

— Pelo menos não envolve gado. Odeio quando tenho que negociar gado.

— Sr. Champion...

— Heath. Acho que já nos conhecemos bem o bastante a esta altura.

— Heath... não vou morar com seu cliente. — Piper começou a sentir dor no pescoço, assim como no estômago. E ela queria chorar. Piper cravou ainda mais as unhas. — Só por curiosidade... Agentes ganham dez por cento quando fecham um contrato para o cliente, certo?

— A porcentagem varia, dependendo do tipo de transação.

— Então se você conseguir fechar este – mas não vai –, como receberia sua porcentagem?

— Vegetais. No próximo verão.

— Entendo.

Ele inclinou o corpo para trás, apoiando-se nos tacos dos sapatos muito caros.

— Só para deixar claro — ele continuou. — Você não quer morar com ele?

— Exato. — Ir morar com ele significava aceitar que os dois não eram nada além de parceiros sexuais. Antes que o primeiro dia chegasse ao fim, ela estaria implorando ao Cooper para que ele se apaixonasse por ela. Só de pensar nisso ela começou a suar por todos os poros.

— Então faça uma contraproposta — Heath disse.

— Eu não preciso fazer nenhuma contraproposta!

— É uma negociação. Faz parte.

A paciência exagerada dele fez Piper ter vontade de pular por cima da mesa e esganá-lo.

— Minha contraproposta é que ele desapareça da minha vida.

Heath teve a audácia de parecer decepcionado com ela.

— Isso não é uma contraproposta. É um ultimato. E a minha experiência... e eu tenho muita... diz que as coisas funcionam melhor quando as duas partes negociam amigavelmente.

Ela sentiu como se tivesse em um hospício, lidando com aqueles dois malucos. Ironicamente, foi isso que lhe deu firmeza. Piper lembrou de seu primeiro encontro com Heath, quando Cooper jogou para ele o contrato que faria com Piper e Heath negociou mais dinheiro para ela. Aqueles dois não tinham uma relação convencional de agente-cliente, e agora queriam sugá-la para o mundo insano deles. Ótimo. Ela enfrentaria loucura com loucura. Isso era algo com que ela podia lidar.

— Uma contraproposta? Que tal esta: se Cooper sair da minha vida, prometo enviar para ele todas as minhas camisetas do Bears.

— Posso lhe adiantar que ele não vai aceitar algumas camisetas em troca de uma vida em um apartamento de luxo. Tenho certeza de que você pode oferecer algo melhor.

Ela só queria que o sofrimento acabasse, e isso só aconteceria depois que Cooper a deixasse em paz. Ela fuzilou o Píton com o olhar.

— Se ele cair fora da minha vida, vou ajeitar, pessoalmente, a relação dele com Deidre Joss.

— Você ainda não está levando o assunto a sério.

Piper estava levando mais a sério do que ele imaginava. Por que Cooper a estava fazendo passar por isso? Ela deveria ter conversado com ele ontem. Deveria ter ficado no frio enquanto ele dizia o que tinha para dizer, sem responder nada. Mas ela foi uma imensa covarde. E continuava sendo.

— Eu faço um mês de trabalhos de T.I para a boate. De graça. Mas só vou lidar com o Tony. E só se o Cooper esquecer que eu existo.

— Três meses grátis.

— Dois meses.

— É razoável. — Ele pegou o celular. — Vou verificar com ele.

— Faça isso — Piper disse.

Ele saiu para o estacionamento. Pela janela, ela o viu falar no celular. Piper o observou caminhando entre o carro dela e o SUV dele. Finalmente, guardou o telefone no bolso e voltou para dentro.

— Nada feito. Ele quer um encontro pessoal.

Ela não podia fazer isso. Não podia.

— Não.

— Eu pensei que você quisesse se livrar dele.

— Mais do já quis qualquer coisa.

— Então ofereça algo a que ele não consiga resistir. Além de você mesma.

Piper deu um salto para fora da cadeira.

— Quando foi que eu me tornei tão irresistível? Pode me dizer isso?

— Não sou a pessoa que deve responder essa pergunta. Não que eu não a considere atraente.

Ela arreganhou os dentes.

— Eu não quero falar com ele!

— Compreendo. Mas isto é uma negociação.

Aquilo era loucura pura e simples.

— Dois meses de T.I grátis e um ano de investigação de antecedentes dos funcionários. Um ano inteiro.

— Agora nós estamos conversando. — Heath saiu para o estacionamento outra vez. Piper afundou na cadeira. Eles tinham feito um pacto para torturá-la.

Do outro lado da janela, Heath falava ao celular. Ele apoiou uma mão no quadril, empurrando a frente do paletó. Falou um pouco mais e, enfim, retornou.

— Ele rejeitou sua oferta.

— É claro que sim — ela disse com amargura. — Ele odeia tanto a derrota que faria qualquer coisa para vencer, mesmo que fosse imoral.

— Não são palavras muito gentis, vindas de uma mulher apaixonada.

Ela encarou um ponto acima das sobrancelhas dele.

— Não estou apaixonada! E você precisa ir embora.

— Eu poderia fazer isso, mas... parece que Annabelle meteu o bedelho nesse caso e decidiu que você e Cooper precisam de algum tipo de conclusão. Não entendo o que há com mulheres e esse desejo de chegar a uma conclusão de tudo, mas é isso. Devo lhe alertar que lidar comigo é muito mais fácil do que ser forçada a lidar com a minha esposa. Eu sei que ela parece ser uma pessoa decente, mas por dentro é uma criminosa.

— Annabelle quer que eu faça isso?

— Ela é uma grande fã dessa coisa de "conclusão". — Ele parecia pesaroso. — Eu prometi que, se não conseguisse resolver isto, iria chamá-la e ela viria para cá imediatamente.

Piper desmoronou. Ela podia enfrentar os homens, mas não Annabelle. Uma onda de cansaço a dominou.

— Eu me encontro com ele, mas tem que ser em público. — Ela se esparramou na cadeira. — Café Big Shoulders, amanhã à tarde. E só se ele me der a palavra de honra de que não vai mais tentar entrar em contato comigo depois disso.

De algum modo, Piper conseguiu se controlar o bastante para aceitar isso. O café era bem iluminado e pequeno o bastante para que as conversas fossem ouvidas pelos outros clientes, assim ele não ficaria muito exaltado e era garantido que Piper continuaria com suas roupas.

— Espere um pouco. — Heath sacou o celular.

Ela teve vontade de gritar. Ou chorar. Dessa vez o agente permaneceu no escritório.

— Cooper, ela vai se encontrar com você, mas só em público... Café Big Shoulders, amanhã à tarde.... E só se você concordar em não tentar falar com ela de novo depois disso. — Heath escutou, tamborilou o pé. — Rã-rã... rã-rã... Tudo bem. — Ele desligou e olhou para ela. — Tem que ser hoje. E não no Big Shoulders. Ele tem uma reunião na prefeitura, então vai encontrá-la na Praça Daley logo depois, às 2 horas da tarde. Não dá para ser mais público que isso. Eu acho que você deveria aceitar o acordo.

Como vencer podia significar tanto? Ele já tinha o coração dela. Agora queria pisoteá-lo até a morte.

— De acordo? — Heath perguntou.

— Sim. — Ela deixou os ombros caírem.

— Eu nunca mais vou reclamar de gado — ele murmurou enquanto saía pela porta.

Piper atravessou a sala correndo, escancarou a porta e gritou para o estacionamento:

— Espero que você engasgue com seus malditos vegetais!

Ele se virou e fez um sinal de positivo, seja lá o que queria dizer com isso.

23

Piper marchou na direção do Daley Center como se estivesse a caminho de sua execução. Raiva teria sido uma emoção mais útil do que o pânico que a dominava. Precisava passar por aquilo com, pelo menos, um fiapo intacto de dignidade. Não importava o quanto ela o amava, o quanto ansiava por cair nos braços dele, ela precisava resistir.

Uma escultura de Picasso, parecida com um alienígena, dominava a grande praça em frente ao edifício de 31 andares do Daley Center. O próprio Picasso tinha doado a escultura para a cidade, e quando um artista da expressão dele doava uma coisa daquelas, ninguém tinha coragem de rejeitar. Quando Piper se aproximou, os olhos de metal da escultura a fuzilaram, e ela devolveu o olhar. Fuzilar era melhor do que fugir correndo.

O vento fez a bandeira americana farfalhar e soprou o cabelo longo das mulheres. O suéter com zíper dela não era quente o bastante para aquele dia gelado e úmido, ela deveria ter vestido o casaco estofado, mas para isso teria que ter raciocinado.

Cooper já estava lá, à sombra de Picasso, com a cabeça baixa, sem ser reconhecido pelas pessoas que passavam correndo. Por um instante, ela esqueceu de respirar.

Ele a viu, mas não se aproximou. Apenas esperou que ela fosse até ele. Cooper vestia um terno formal, escuro, com camisa branca e gravata listrada. Ela parou a alguns passos de distância, longe o bastante para não se aninhar no peito dele.

— Você ganhou — ela se apressou em dizer. — Diga o que tem para dizer e então deixe-me em paz.

Cooper a observava como se estivesse memorizando seu rosto. Piper esperava que ele dissesse algo profundo, mas não.

— O que você tem feito? — ele perguntou.

— Tenho evitado você. Tem sido um trabalho em tempo integral.

Cooper concordou, como se estivesse de acordo com ela. Ele a observava tão intensamente que ela teve que desviar o olhar.

— Acabe logo com isso, Cooper. Por que você enviou seu agente-tubarão atrás de mim?

— Eu precisava falar com você, mas você estava tornando isso impossível.

Piper não podia fraquejar na frente dele.

— Estou aqui. Diga o que você tem para dizer.

— Você pode não gostar.

— Então é melhor guardar para si mesmo.

— Não posso fazer isso. É... — Ele curvou os ombros contra o vento. — É difícil, só isso.

Piper pensou ter entendido.

— Você quer terminar isso nos seus termos, não nos meus. Vá em frente. Termine comigo. Você vai se sentir melhor se partir de você, e eu posso lidar com isso.

— Eu não quero terminar com você.

— Então o que você quer?! — ela exclamou. — Não vou morar com você!

— Eu já entendi isso. — Um par de pombos passou entre eles. — Eu sei que você não é forte o bastante para dizer o que sente por mim, então vou lhe dizer o que eu sinto por você.

Cooper a estava acusando de ser fraca. Ninguém fazia isso, e Piper resolveu atacar, jogando nele as palavras que ele próprio tinha dito.

— Você já disse. Disse que, talvez, esteja um *pouquinho* apaixonado por mim. Lembra?

— Eu só disse desse modo para não te assustar.

Aquilo a desequilibrou.

— Você sempre foi arredia quando o assunto era nós dois — ele disse. — Desde o começo. E se eu lhe dissesse a verdade, você teria fugido. Pode ser que fuja mesmo com a verdade, porque eu apenas suponho saber o que você sente por mim. Eu consigo ler seus pensamentos sobre qualquer coisa, menos sobre isso.

Piper sentiu um bocadinho de satisfação ao saber que tinha conseguido se proteger.

— Não estou entendendo essa conversa, mas quando é que eu consegui entender alguma coisa que você e seu dublê de agente fazem?

— Eu te amo, Piper. Eu não me apaixonei um pouquinho por você. Eu caí de cabeça.

O vento guinchou nas orelhas dela e seu estômago revirou. Cooper não se mexeu. Não tocou nela. Uma mecha de cabelo dela bateu na bochecha.

— Eu devia saber disso há muito tempo — ele disse em voz baixa —, mas não entendi o que estava sentindo até aquele vagabundo encostar a arma em você, que foi quando senti meu peito ser esmagado.

Piper enfiou as mãos nos bolsos do suéter, sem acreditar, lutando contra a esperança.

— Um surto de adrenalina pode fazer com que a gente sinta muitas coisas estranhas.

— Eu sei tudo sobre surtos de adrenalina, e eles desaparecem. Meus sentimentos não vão desaparecer.

A amargura da realidade se arrastou sobre ela.

— Ainda não faz duas semanas — Piper disse. — Dê tempo ao tempo.

— Você é mesmo tão cínica?

Piper não se sentia cínica, sentia-se tão frágil quanto uma escultura de açúcar. Ela tinha encurralado o campeão junto à parede, e ele estava lutando para sair, do único modo que sabia, com força bruta.

— Assuma o risco, Piper! Eu não sou Duke Dove. Diga-me como você se sente... A verdade. Ou você me ama, ou não ama. Olhe no fundo da sua alma. Eu preciso saber.

Ela não precisava olhar no fundo da alma. Mas dizer em voz alta era impossível. Se não dissesse, não estaria se acovardando? Ela era durona. Sendo dura era como ela sobrevivia. Piper apertou os punhos ainda mais nos bolsos.

— Sim, eu te amo. Claro que sim. Como poderia não amar? — Ela jogou as palavras no rosto dele. — Eu te amo o bastante para não permitir que isso vá adiante. Nós somos diferentes demais para termos um futuro, então de que adianta?

— A única diferença entre nós é o saldo das nossas contas bancárias.

— Uma grande diferença.

— Só se você acredita que dinheiro é tudo que importa.

— E fama. E casas noturnas. E anéis do Super Bowl...

— Coisa que nenhum de nós tem.

— ... e namoradas de Hollywood.

— As pessoas dizem que os opostos se atraem. O engraçado é que nós não somos opostos. Somos a mesma pessoa, lados diferentes da mesma moeda. — Um músculo vibrou no canto do maxilar dele. — Só que eu sou lúcido e você, não.

— Isso não é...

— Tem uma coisa que eu não entendo. Por que é tão difícil, para você, acreditar que eu te amo?

Cooper estava tentando confundi-la, e Piper disse a primeira coisa que lhe veio à mente:

— Eu não sou linda. E você é famoso. E eu não sou doméstica.

— É só o que tem para dizer? — Ele ficou agressivo.

— E seu dinheiro.

— Você já falou isso.

Um grupo de homens de negócio viu Cooper e começou a se aproximar. Piper se virou para eles.

— Agora não!

Pela primeira vez, Cooper não tentou compensar a rispidez dela com seu jeito de bom garoto. Ele nem mesmo se virou.

— Isso é o que eu sei. — A intensidade dele a assustava. — Seu pai podia estar bem-intencionado, mas ele estragou tanto a sua cabeça que você perdeu o contato com quem é por dentro. Você sente que tem que lutar contra o mundo e morre de medo de qualquer coisa que a faça se sentir vulnerável.

Ela precisava enfrentá-lo.

— E quem diz isso? O Sr. Durão!

— Sou teimoso e motivado, mas nunca fingi ser invencível. É você quem tem a determinação de aço.

— Isso não é verdade! — ela exclamou. — Eu me apaixonei por você, não foi? E nada poderia me fazer sentir menos invencível do que isso.

— E é por isso mesmo que está tão determinada a me afastar.

Ele estava errado, e só havia um modo para conseguir fazê-lo entender e acabar com aquilo de uma vez por todas. Ela teria que ir adiante com isso. Aguentar a situação até que ficasse evidente para ele... e para ela... que os dois formavam um casal impossível. Ela levantou o queixo e o encarou.

— Tudo bem. Eu aceito. Vou morar com você. Vamos tentar por algumas semanas, e então você vai ver...

Ele a puxou para junto do peito.

— Oh, querida...

Ela fechou os olhos e descansou o rosto no peito dele. Rendida.

Cooper pegou o rosto dela entre as mãos e encostou a testa na dela. Ele roçou gentilmente a ponta de seu nariz no dela.

— A questão é... — ele disse. — Aquela proposta não vale mais.

— O *quê?!* — Ela recuou. Ele tinha fingido um ataque. Um clássico fingimento de *quarterback*.

— Eu confiaria minha vida a Piper Dove. — A ternura nos olhos dele a sensibilizou. — Mas não estou pronto para confiar meu coração à filha de Duke Dove.

— Então o que você quer? — ela quase uivou.

— Quero um documento legal.

— Do que você está falando?

— Casamento.

Piper o empurrou e se afastou.

— Você está brincando!

— Eu não planejava tocar no assunto agora. Eu pretendia lhe dar algum tempo para você se acalmar e se acostumar a ser amada. Mas agora eu vejo que isso seria um erro. Você é tão arredia que ficaria procurando motivos para terminar.

— Isso não é verdade! — Era exatamente a verdade. A praça virou um borrão ao redor dela e suas orelhas começaram a zunir.

— Você é tão teimosa quanto eu. — Ele passou o dorso dos dedos no rosto dela. — Eu acredito que, assim que estivermos legalmente casados, vamos procurar encontrar um modo de fazer o relacionamento funcionar.

— Isso é loucura! Ninguém faz isso!

— Claro que não. Mas são circunstâncias extraordinárias e este é o único cenário que, acredito, vai funcionar para nós.

— É insano!

— Para a maioria das pessoas, talvez. Mas nós somos diferentes. Então eu acho que você tem que tomar uma decisão.

— Não é suficiente que eu diga que te amo? — As palavras dela foram quase um soluço. — Você é o melhor homem que eu conheço. Só ouvir a sua voz me transforma numa molenga. Mas isso não implica casamento. Eu já disse que vou morar com você, e agora está me forçando a casar!

— Mais ou menos. — Ele tocou o cabelo dela. — Mas ponha-se no meu lugar. Se fosse eu, o que faria a seu respeito?

— Eu... eu... Essa é uma pergunta impossível.

— Só porque você não gosta da resposta. — Ele inclinou a cabeça na direção do edifício atrás deles. — Tem um cartório de registro civil aí dentro.

Foi então que ela percebeu.

— Você planejou isso, não foi? É por isso que queria me encontrar aqui. Não foi por acaso que viemos parar aqui.

— Admito que isso me ocorreu, mas só como plano B. E parece que é nessa situação que estamos agora. — Ele a agarrou pelo cotovelo e começou a cruzar a praça na direção da entrada do prédio. — Não se preocupe com nada. É só um pedaço de papel. Não precisa ter medo.

— Eu não estou...

— Inspire fundo algumas vezes. É só o que você precisa fazer. Eu cuido do resto.

Foi quando ela perdeu a cabeça. Em vez de firmar o pé e se soltar, Piper foi com ele. Ela o acompanhou como se não tivesse vontade própria. Não olhou nem falou com ele, mas também não fugiu. Simplesmente cedeu à determinação férrea dele.

O cartório ficava no primeiro andar, uma área espaçosa e envidraçada, com um balcão comprido que continha fileiras de computadores. Um funcionário corpulento que estava atrás de um desses computadores viu Cooper assim que eles entraram e correu para levá-los para uma sala fechada.

Tudo era um grande borrão. O escrevente pediu a carteira de motorista dela e Cooper teve que tirá-la da carteira de Piper. Quando foi o momento de assinar, ele colocou a mão dela na linha certa. Durante todo o processo, ele massageou as costas dela, como se estivesse acalmando um animal assustado.

Com a papelada pronta nas mãos, eles saíram do prédio. Quando chegaram à praça, Cooper levantou delicadamente o queixo dela.

— Eu sei que você está preocupada. Pior que isso, está com medo, e como medo é algo com que você não sabe lidar, vamos tirar isso do nosso caminho assim que possível. Eu vou tomar todas as providências. Convide quem você quiser. Tudo que você tem que fazer é aparecer no meu apartamento às 6 horas da tarde, amanhã.

— Amanhã? — Aquela voz tênue e trêmula não podia pertencer a ela.

— Ligue para o Heath se precisar de algo até lá. É melhor que ele lide com você.

— Mas...

O rosto dele ficou o mais sério que ela já tinha visto.

— Eu preciso de um compromisso sério da sua parte, Piper. Sou forte com muitas coisas, mas não com você. Daqui em diante você vai ter que seguir sem que eu a empurre. Eu já nos trouxe até a linha do gol. Você vai ter que carregar a bola até o fim.

— Mas amanhã? Não podemos... adiar um pouco?

— Quanto? Um ano? Cinco? Quando você estará à vontade o bastante para fazer isso?

Ela olhou para os pés.

— Exatamente. Quanto mais tempo você adiar, mais difícil vai ser.

— Mas *amanhã*?

— Eu não sou tão forte quanto você, querida. É melhor acabarmos logo com isso e com o nosso sofrimento.

— Eu acho que não consigo fazer isso.

— Espero que você esteja enganada, porque eu lhe dei minha palavra de honra. Eu disse que se você falasse comigo hoje, não tentaria falar com você depois. — Ele baixou a cabeça e, quando a levantou, ela viu tanto sofrimento nos olhos dele que sentiu como se suas próprias emoções a estivessem encarando. — Esse é meu limite, Piper — ele sussurrou. — Não posso fazer a última parte por você. Ou você aparece... ou não.

E isso foi tudo. Ele virou as costas e foi embora.

✶

Annabelle tinha ótimos contatos e talento para fazer milagres, então Cooper deixou todas as providências do casamento com ela, que só aceitou ajudá-lo depois que ele ouviu um sermão.

— Casamento é um compromisso sério, Cooper! Não é algo que você deva fazer por impulso, e isso é tão repentino... — ela continuou e continuou. Ele entendia como aquilo devia parecer para ela, mas ele nunca tinha feito algo menos impulsivo. Piper compreenderia. Tinha que compreender. E ela apareceria, também... porque se não... Ele não conseguia pensar nessa possibilidade.

Cooper passou o dia seguinte tentando arrumar alguma coisa para fazer, que não fosse beber, até as 6 horas da tarde. A imprensa soube de sua visita ao cartório de registro civil no dia anterior, mas ele não estava atendendo as ligações dos jornalistas. Cooper testou sua recuperação correndo alguns quilômetros, então tomou um bule de café e correu mais um tanto. Foi até o escritório e encarou o computador. Ligou a TV na ESPN. Desligou. Tentou ler.

Por volta de uma hora da tarde, Heath telefonou.

— Estou com sua antiga segurança aqui. Preciso dizer que ela é um pouco tensa. E barulhenta.

Cooper segurou o telefone com mais força.

— Entre outras coisas.

Piper gritou com ele do outro lado da ligação.

— Você não pode se casar sem um contrato pré-nupcial, seu idiota! E um pré-nupcial não é algo que se faça em uma hora!

— Receio que ela tenha razão nisso, campeão — Heath disse.

— Você tem milhões de dólares! — ela gritou. E então, provavelmente para Heath, embora ainda estivesse gritando tão alto que Cooper precisava manter o telefone afastado da orelha: — Você está vendo o que eu tenho que enfrentar? Ele é um viciado em adrenalina.

— É óbvio que ela pensou bem nisso — Heath disse. — Nessas circunstâncias, eu aconselho fortemente que você não prossiga sem envolver seus advogados.

— Do contrário, vou tirar de você cada centavo que tem! — Mesmo com o telefone longe da orelha, ele não teve dificuldade para ouvir isso.

— É difícil não ouvir. Diga para ela se preocupar consigo mesma — ele disse e desligou.

✶

Annabelle fez sua mágica. A mobília do jardim e a mesa de envasamento desapareceram do terraço. Uma empresa entregou cadeiras, junto com aquecedores externos para manter os convidados aquecidos na noite fria de novembro. Quando o pessoal do bufê tomou conta da cozinha, ele se trancou no quarto, ficando mais ansioso a cada minuto. Quando não aguentou mais, ele telefonou para o Heath.

— Ela vai aparecer?

— Não tenho ideia. Imagino que você tem, no máximo, cinquenta por cento de chance.

Não era o que ele queria ouvir.

O ministro chegou às 4h30 da tarde. Ou, melhor dizendo, o "oficiador" chegou. Cooper estava um trapo.

Pouco depois, os convidados começaram a chegar. Ele tinha feito uma lista pequena, convidando apenas pessoas que Piper conhecia, com quem se sentiria à vontade: Tony e os seguranças; Jada e Karah; Sra. Berkovitz, que apareceu com um homem tímido que ela apresentou como Willie Mahoney, seu namorado. Ele desejou ter trazido Faiza, mas sair do Canadá a deixaria nervosa. Jennifer MacLeish apareceu de braços dados com um Eric Vargas todo feliz.

Cooper a puxou de lado.

— Você falou com ela?

Jennifer parecia preocupada.

— Berni e eu batemos na porta dela, mas Piper nos disse para ir embora, só que não de modo tão educado. E ela não atende o telefone. Essa não foi sua jogada mais inteligente.

Cooper receou que Jennifer estivesse certa e tentou lembrar por que teve tanta certeza de que aquilo funcionaria.

Jonah se aproximou dele.

— Você quer que os garotos e eu vamos buscá-la?

Cooper se sentiu tentado, mas negou com a cabeça.

— Ela tem que vir por vontade própria.

— Arriscado, chefe. Muito arriscado.

Nada que ele já não soubesse.

Seis da tarde. A hora do juízo final tinha chegado. Todo mundo tinha aparecido, menos a noiva. Ele foi louco de ter lhe dado um ultimato. Ninguém gostava de ser encurralado, mas para Piper Dove isso era três vezes pior.

Mais cinco minutos se passaram. Depois, mais dez. Em breve ele teria que sair para o terraço e fazer o anúncio humilhante de que o casamento não aconteceria.

Nesse instante, a porta do elevador se abriu e Piper apareceu. Ela estava com uma expressão abatida e usava um vestido tomara-que-caia rendado que, provavelmente, tinha comprado na H&M e que lembrava creme de cobertura de bolo. Ela tirou o cabelo do rosto com uma tiara de strass, destacando as maçãs do rosto. Cada centímetro dela era uma perfeição. A não ser os grandes olhos azuis, que pareciam estar aterrorizados como ele nunca tinha visto.

Ele chegou ao lado dela com três longos passos. Quando olhou para ele, Cooper viu algo que nunca tinha imaginado. Algo tão inconcebível que ele pensou ser um efeito da iluminação. Mas não era. Os olhos de Piper Dove estavam rasos de lágrimas. A visão fez com que os olhos dele também ardessem, e Cooper segurou a mão dela.

— Querida...

Piper levantou os olhos para ele, com uma única e linda lágrima presa nos cílios de baixo.

— Estou com medo.

Ele nunca a amou mais do que naquele instante. Por mais que aquilo fosse loucura, eles estavam fazendo a coisa certa.

— Eu sei que está. — Ele beijou os cantos dos olhos dela. Provou o sal. Compreendeu como lhe custava revelar tanto.

— Você não está com medo? — ela perguntou.

— Agora não. Mas alguns minutos atrás... não queira nem saber.

Os lábios brilhantes dela tremeram.

— Você estava com medo de que eu não aparecesse.

— Apavorado.

— Eu não poderia fazer isso com você. Eu te amo demais.

O caroço na garganta fez com que a voz dele saísse rouca:

— Eu sei. Porque se você não amasse, não estaria aqui.

Ela colocou as palmas das mãos nas lapelas do paletó dele.

— Eu não tenho ideia de como ser uma esposa. Você tem certeza de que quer isso?

— Sessenta por cento.

Isso a fez sorrir, o sorriso mais doce que ele já tinha visto, um sorriso tão querido que ele precisou pigarrear antes de falar.

— Eu tenho uma ideia. — Ele passou o polegar pelo canto da boca de Piper. — Depois que passarmos pelas próximas horas, vamos fingir que esta noite nunca aconteceu. Vamos viver juntos, cuidar das nossas vidas, sem nunca mais mencionar a palavra casamento.

— Você faria isso por mim? — Ela sorriu para ele.

— Com certeza.

Cooper pegou a mão dela e a passou por seu cotovelo dobrado.

— Finja que é um sonho ruim.

— Não tem nada de ruim. — Ele a ouviu sussurrar.

Ele a conduziu através da sala de estar até a porta do terraço. Juntos, eles saíram para aquele terraço encantado na cobertura.

Os convidados estavam sentados em cadeiras Chiavari douradas, debaixo de um dossel cravejado de centenas de lâmpadas cintilantes. Flores em grandes urnas douradas exibiam todas as cores do outono: dálias roxas, rosas cor-de-vinho, hortênsias verdes e lírios laranja.

Os convidados viraram a cabeça assim que eles apareceram, e ele ouviu mais do que um suspiro de alívio seguido por um assobio de Jonah. Piper conseguiu dar um sorriso trêmulo. Cooper tinha mandado um avião particular buscar Amber em Houston, como surpresa. Ela acenou para Piper e começou a cantar "Come Away With Me" com sua voz única de soprano coloratura.

Laços de veludo marrom e amora marcavam o corredor improvisado, e as luzes sob o dossel faziam sua tiara de strass brilhar em contraste com o cabelo escuro. Ela estava tão envolvida pela apresentação de Amber que não reparou em quem os esperava no fim do corredor, não até o refrão final e ele começar a levá-la até a frente. Ela apertou os dedos no braço dele.

— Você não fez isso! — ela sussurrou.

— Nós precisávamos de alguém para nos casar — ele sussurrou de volta.

— Mas...

As últimas notas da música foram sumindo. Ele colocou a mão sobre a dela, que descansava na curva de seu braço, e a conduziu até o fim do corredor, o lugar em que Phoebe Somerville Calebow, proprietária do Chicago Stars, esperava para casá-los.

✶

— Eu o avisei desde o início que sou uma usufrutuária — Piper disse para o marido, deitada nos braços dele, tonta e saciada de tanto fazer amor.

— Quanto tempo você acha que eu vou durar antes que minha utilidade acabe?

— Muito tempo. — Ela se curvou no peito dele. Ela não sabia exatamente como faria isso, mas pretendia ser uma esposa maravilhosa. — Não acredito que estamos casados. — Ela suspirou.

— Pensei que não iríamos tocar no assunto.

— Só esta noite. — Ela deitou de costas. — Agora que consegui um homem, estou pensando em largar mão. Chega de vestidos, maquiagem, cabeleireiros...

— Você praticamente já não corta o cabelo. — Ele observou, puxando-a para perto de novo.

— Vestidos são um saco.

— Tudo bem por mim, mas você vai sentir falta de se admirar no espelho enquanto se arruma.

O sorriso dela se transformou em uma careta.

— Você tem que ter um pré-nupcial. Ou pós-nupcial. Sério, Cooper! Para alguém que deveria ser um grande homem de negócios, está sendo completamente irresponsável.

Ele bocejou e colocou a mão sobre a coxa dela.

— Resolva isso com o Heath.

— É assim que este casamento vai ser? Nós três. Eu, você e seu agente?

— É o que acontece quando se casa com um ex-atleta mimado.

Ela riu e levantou a mão, admirando o anel que ele lhe deu sob a luz difusa do quarto. Uma espiral de diamantes pequenos em volta de um anel de ouro.

— Você tinha condições de comprar um muito maior — ela disse.

— Verdade. — Ele beijou a curva do seio dela. — Mas você teria me matado.

Ele a conhecia tão bem. Não só suas preferências em termos de joias, mas também seus defeitos e suas inseguranças, bem como cada um de seus problemas emocionais. Mas ele a amava mesmo assim.

— Eu também tenho um anel para você — ela disse. — Mas você só vai recebê-lo daqui a algumas semanas. — Ele girou no dedo o anel de platina que Piper tinha lhe comprado usando uma boa parte de suas economias.

— Eu já tenho um anel.

— Não desse tipo.

— Diga-me que você não... — Ele levantou a cabeça do travesseiro.

— Eu precisava. Estava na minha consciência. A Sra. Calebow e eu tivemos uma longa conversa depois da cerimônia e nós duas fizemos um acordo. Um substituto para seu anel do Super Bowl em troca de um trabalho de Segurança de Computadores que vou fazer para o Stars neste inverno.

— Piper, eu não ligo a mínima para aquele anel.

— É melhor ligar! — ela exclamou. — Porque agora vou ter *mesmo* que me livrar das minhas camisetas do Bears.

Ele riu.

— Que bom que você é durona.

Nem tão durona. Mas o bastante. Porque quando se casa com um campeão, tem que se estar preparada para dar o seu melhor.

Epílogo

Jada estava sentada de pernas cruzadas no chão da casa de Piper e Cooper em Lincoln Park, observando Isabelle Graham, de 11 meses, e seu irmão gêmeo, Will, indo cambaleantes de um móvel para outro, como se estivessem totalmente bêbados. Eles arrastavam um porco cor-de-rosa puído e conversavam em uma língua que só os dois compreendiam, o que os tornavam ainda mais fofos. Ela os amava de todo coração.

Ela lembrava de quando Piper descobriu que teria gêmeos. Jada ficou na casa deles quando sua mãe foi a Lansing conhecer os pais de Eric. Ela já estava no primeiro ano do Ensino Médio e era velha o bastante para ficar sozinha, mas gostava de ficar com Cooper e Piper, então não reclamou.

Piper ficou supernervosa quando engravidou, mas isso não foi nada comparado ao que aconteceu quando ela fez o primeiro ultrassom. Como Jada estava estudando Biologia – e porque ela implorou –, Piper e Cooper deixaram que ela os acompanhasse na consulta com o obstetra. Quando Piper descobriu que teria gêmeos, ela surtou por completo. Pulou da maca, com o gel do ultrassom ainda melecando toda a barriga, e apontou para Cooper.

— *Um!* — ela gritou. — Eu disse que te daria *um* filho! E você concordou em tomar conta dele! Eu nunca disse nada a respeito de dois! Você tem que se superar em *tudo*?

Cooper a pegou no colo, se lambuzando todo de gel, e disse que ela seria a melhor mãe de gêmeos de todos os tempos, por causa do espírito competitivo dela. Então Piper gritou que ele é quem era competitivo e que ela era emotiva demais para ter gêmeos. Cooper disse que era verdade que ela era emotiva, e perguntou se Piper estava com vontade de chorar. Quando ela respondeu que sim, Cooper disse para ela ir em frente. Ela chorou, mas não por muito tempo, e então retribuiu o abraço do marido.

A médica ficou parada ali o tempo todo, segurando o equipamento do ultrassom e olhando para eles como se fossem loucos.

Cooper estava certo quanto a Piper ser uma ótima mãe, mas ele também era um pai ótimo. Os dois passaram por muitas mudanças nos três anos que se passaram desde o casamento. Cooper vendeu a Spiral e começou um programa de jardinagem urbana. Ele já tinha sete jardins crescendo em terrenos abandonados que costumavam ficar cheios de pneus velhos e garrafas quebradas. Cooper conseguiu que ex-membros de gangues plantassem e limpassem os terrenos, junto com idosos e mães solteiras. Todos trabalhavam juntos para alimentar suas comunidades. Em setembro, Cooper abriu uma escola para treinar jovens e ajudá-los a conseguir emprego na indústria alimentícia. Piper disse que ajudar a transformar bairros era a ocupação perfeita para um homem que adorava grandes desafios.

Na opinião de Jada, o trabalho de Piper era ainda mais interessante. As Investigações Dove tinham se especializado em investigação de antecedentes e fraudes para um grupo de empresas, e Piper conseguiu trabalho suficiente para contratar dois empregados. Mas essa não era a parte fascinante. Jada falou tanto de tráfico de crianças para Piper que esta ficou tão furiosa que se tornou mais interessada no assunto do que a própria Jada. Ela começou a usar seu talento em informática para ajudar a prender traficantes de garotas e a encontrar homens que abusavam das meninas. Entre outras coisas, ela se passava por uma adolescente de 14 anos em salas de bate-papo *online*. Ela também montou *sites* falsos, que a polícia usava para pegar pedófilos. Eric, que se tornou tenente, assumia as investigações a partir desse ponto. Piper disse que era um trabalho sujo, de revirar o estômago, mas que nunca se sentiu tão limpa.

Jada ouviu o pessoal do bufê lavando pratos na cozinha. Nessa noite Cooper e Piper comemoravam o aniversário de casamento e estavam dando uma grande festa para compensar o que Cooper chamava de "casamento negociado". Piper e Jada não pensavam que tinha sido negociado. Piper dizia que o casamento dela foi o mais lindo de todos os tempos e Jada adorava o evento porque foi ali que sua mãe roubou Eric da amiga de

Piper, Jennifer. Quanto a Eric... ele era o padrasto mais descolado que existia. Jada podia conversar com ele sobre qualquer coisa, e Eric amava sua mãe. Jada quase nunca pensava no que tinha acontecido com Hank. Talvez fosse desejo de vingança, mas ela gostou quando soube que ele foi morto em uma briga na prisão.

✶

Como o pessoal do bufê estava arrumando uma mesinha no corredor, Cooper parou na porta da sala de estar. Ele e Piper se arrumaram para a festa dessa noite enquanto Jada tomava conta de Isabelle e Will. Eles também tiveram tempo para uma rapidinha, um luxo desde que os gêmeos nasceram.

Ele olhou para a outra ponta da sala de estar. Piper estava ajoelhada em seu vestido vermelho justo que, sem dúvida, tinha encontrado em alguma liquidação. Os gêmeos estavam se jogando nela, um de cada lado.

— Venham, macaquinhos — Piper disse, abraçando-os. — Está na hora de dormir.

Cooper se aproximou da família.

— Eu coloco os dois na cama — ele disse. — E você, tente relaxar antes de os convidados chegarem.

— Estou bem relaxada — ela respondeu, e Cooper esperou que Jada não percebesse o brilho malicioso no olhar de Piper. — Eu cuido deles.

— Tudo bem. Eu faço isso.

— Não precisa. Vá conversar com Jada.

— Eu já conversei com ela — ele disse, firme.

— Vocês dois são ridículos. — Jada riu. — Vocês sabem que os dois vão acabar pondo os gêmeos na cama.

Cooper olhou para a garota.

— Você é minha testemunha. Você estava lá quando Piper disse que, depois que os gêmeos saíssem dela, era eu quem deveria cuidar deles. Piper e eu tínhamos um acordo.

— Que eu honrei — Piper disse.

— É. Às 3 horas da madrugada.

Piper deu aquele sorriso que derretia os ossos dele. O sorriso que nenhum dos funcionários municipais e estaduais via quando ela os enfrentava para proteger as meninas de rua que tinham conquistado o coração e a determinação dela. Piper era a mulher mais forte que ele conhecia. Até o momento em que entrava em casa.

— Vamos, crianças. Hora de dormir. — Ele pegou Isabelle nos braços enquanto Piper recolhia Will.

Pouco depois, ele estava entre os dois berços enquanto Piper dava os últimos beijos de boa-noite. Ele era um homem de sorte. Tinha amigos, um trabalho no qual acreditava, os filhos de seus sonhos e uma mulher que ele amava acima de tudo.

A campainha tocou e Piper pegou a mão dele. Juntos, eles desceram a escada para receber os amigos.

Aquela era uma boa noite para ser Cooper Graham. Mas, afinal, todas as noites eram.

Agradecimentos

Não sei como começar a agradecer a equipe incrível da William Morrow e da Avon Books pelo trabalho incrível, bem como pelas muitas amizades que formei ao longo dos anos: Carrie Feron, minha editora de longa data, confidente e *coach* de vida; Pamela Spengler-Jaffee, que cuida de mim quando não a estou fazendo beber champanha no meu chuveiro (longa história); Liate Stehlik, mulher incrível que eu quero ser quando crescer; Tavia Kowalchuk, que me leva no coração quando vai caminhar. Obrigada à incomparável Lynn Grady, às supereficientes Nicole Fischer e Leora Bernstein, e à entusiasmada equipe de vendas da Harper: Brian Grogan, Doug Jones, Rachel Levenberg, Carla Parker, Dale Schmidt e Donna Waitkus. Aprecio muito a ajuda que recebi de Shawn Nicholls e Angela Craft, bem como o suporte em marketing digital de Tobly McSmith. Virginia Stanley, você tem sido minha incentivadora há mais tempo do que eu me lembro. Elsie Lyons, obrigada pela capa linda, e Shelly Perron, você não só é minha valorosa editora de texto, como também a mulher mais paciente da Terra.

No fronte doméstico, se não fosse por minha assistente incrível, Sharon Mitchell, o intervalo entre meus livros seria muito maior. Meu marido, Bill Phillips, é um homem de muitos talentos, que inclui encontrar o título deste livro. Minha irmã Lydia é minha alma gêmea desde sempre. Eu trabalho há tanto tempo com Steven Axelrod e Lori Antonson, da Agência Axelrod, que sinto como se eles fizessem parte da minha família.

Sinto-me abençoada por ter as amigas mais maravilhosas. Elas me fazem rir e pensar, e me inspiram, principalmente Nicki Anderson, Robyn Carr, Jennifer Greene, Kristin Hannah, Jayne Ann Krentz, Lindsay Longford, Dawn Struxness, Suzette Van, Julie Wachowski e Margaret Watson. Andy Kamm e Allison Anderson, obrigada por responderem minhas perguntas. E, Jules, você é minha guardiã completa.

Aos meus editores em todo o mundo, vocês me fazem sentir muito bem acolhida. Agradecimentos especiais a Marisa Tonnezer, das Ediciones B, em Barcelona, e também à equipe notável da Blanvalet, em Munique, principalmente Nicola Bartels, Berit Bohm, Anna-Lisa Hollerbach e Sebastian Rothfuss. Também à minha amiga Angela Spizig, que é minha "voz" na Alemanha.

Aos meus leitores e blogueiros de todo o mundo, obrigada por apresentar meus livros para tanta gente. Às minhas leitoras, adorei que vocês exigiram mais um livro com o Chicago Stars. (Vocês que não sabem como Heath e Annabelle se casaram, creio que vão gostar de *Match Me if You Can*, um livro cujo título também foi criado pelo meu marido, algo que ele nunca me deixa esquecer.) Obrigada a todas vocês que se tornaram minhas amigas no Facebook, Twitter e Instagram.

✶

Se estiver interessado(a) em conhecer todos os meus livros, ou quiser saber mais a série Chicago Stars, por favor visite susanelizabethphillips.com, onde também pode se inscrever para ser informada das novidades.

Boa leitura, minhas amigas!
Susan Elizabeth Phillips

Este livro foi composto com tipografia Electra Std e impresso
em papel Off-White 70 g/m² na gráfica Intergraf.